北方的森林

BEIFANG DE SENLIN
LIANG XIAOSHENG ZHONGDUAN PIAN XIAOSHUO XUAN

梁晓声中短篇小说选

梁晓声◎著　　　　　路文彬◎主编

时代出版传媒股份有限公司
安徽文艺出版社

图书在版编目（CIP）数据

北方的森林：梁晓声中短篇小说选 / 梁晓声著；路文彬主编. -- 合肥：安徽文艺出版社，2024.8.
ISBN 978-7-5396-8110-8
Ⅰ．I247.7
中国国家版本馆CIP数据核字第2024LG5367号

出 版 人：姚 巍
责任编辑：王婧婧　　　　　　　　装帧设计：SIMPLE

出版发行：安徽文艺出版社　　www.awpub.com
地　　址：合肥市翡翠路1118号　邮政编码：230071
营 销 部：(0551)63533889
印　　制：武汉鑫佳捷印务有限公司　(027)60706370

开本：710×1010　1/16　印张：23.5　字数：390千字
版次：2024年8月第1版
印次：2024年8月第1次印刷
定价：79.80元

（如发现印装质量问题，影响阅读，请与出版社联系调换）
版权所有，侵权必究

代序 作为反义词的梁晓声

路文彬

我是梁晓声的读者,也是他的同事,所以在工作之余跟他有很多交往,自然有资格说自己比一般读者对他的了解更为深入。在我对梁晓声这相对深入的了解当中,他给我留下最深刻的一个印象是,他的记性似乎不怎么好,也就是说,是个健忘的人。在认识他之前,我曾对此有所耳闻,认识他以后,便彻底确证了他的这种毛病。不过,健忘有时倒也不那么要紧,要紧的是他为人又向来极为慷慨;慷慨有时也不那么要紧,要紧的是他这个人又挺有钱,于是,你尽可以找他去借钱。结果,这便要紧了。

如果你当真去找他借钱,向他提出这个要求,他一定会牢记在心,想方设法在第一时间把钱送到你手上。但是钱借出去之后,他便彻底忘了,仿佛这事压根不曾发生,从此再也不会想起。这不是我的想象,而是发生在他身上的真实事例。然而首先我得声明,即使再怎么缺钱,我也从未想过要找梁晓声借钱,因为知道他有这个毛病,再找他借钱显然就太不厚道啦。

毫无疑问,发生在梁晓声身上的这种事例看起来实在有些矛盾。但其实,我并不以为它有什么不一致的地方,因为在梁晓声这里,他的矛同我们的矛或许是完全一样的,可他的盾和我们的盾就大相径庭了。比如,在梁晓声的人生词典里,"健忘"这个词的反义词并不是什么"牢记""铭记"

抑或"记住"，而是"关切"。梁晓声始终就是一个对他人、对社会、对现实以及对这个世界充满关切的作家，正因为关切，所以他轻易不会健忘。这一点，我们通过他的写作和为人可以看得相当清楚。可见，对梁晓声而言，记忆从来就不是一个问题，故此健忘对他也不是一个有待克服的障碍。因为有着深刻的关切情怀，所以记忆在我们这里体现出的矛盾性，在梁晓声那里显现出的却是高度的一致性。

真实的关切证明了梁晓声作为一个作家的高度真诚。当然，会有很多作家都认为自己的写作足够真诚，但遗憾的是，他们的真诚缺乏梁晓声这样的单纯———一种有着天真成分的矛盾性。对梁晓声来说，"真诚"的反义词也不是"虚伪"，单纯的人本就是实在的人，他无知于虚伪，因而也就不可能从虚伪的反面去认识真诚。所以，在梁晓声这里，真诚的反义词乃是"刻意"。有鉴于此，梁晓声的写作从来不事刻意，相反，我甚至可以说他的写作不修边幅。无论是在题材的选取上，还是在结构的布局或是情节的设置上，梁晓声都常常表现得漫不经心。尤其是在语言上，这也是当下不少人诟病梁晓声的地方，认为他的写作语言没有个性，有悖于今天所谓公认的语言美学追求。但是，他们好像没有注意到，我们的作家在刻意追求此种语言美学标准时，究竟是如何将真诚不知不觉丢失掉的。

梁晓声的写作语言是自生活表象之下破土而出的语言，这种语言有着泥土的芬芳以及粗糙，你可以说它是不纯净的，也可以说它是不精致的，但绝不能说它是肮脏的。不要忘记，恰是这种泥土蕴含了我们生命所需要的全部滋养。基于此，在论及梁晓声的写作语言时，我们势必不能把他真诚的写作动机先行忽略。说到这里，我想起了法国作家纪德。早期的纪德是一个在文体上非常自觉的作家，格外注重语言的独特表现力。但是到了后期，他忽然开始有意用口述的方式进行写作，即让秘书或录音设备记录下来，然后直接拿去发表。纪德拒绝用笔或打字机写作，就是为了表达对自己早期"刻意"写作语言的反抗。梁晓声在写作语言上的不讲究，无非就是源自真诚写作动力的反刻意。何谓真诚？真诚即是对于真实的热爱或者尊重。我欣赏梁晓声的真实，所以不能不欣赏他的不讲究。

真实的梁晓声注定要时刻执着于对真相的揭示，可真相和真相也是不一样的。在梁晓声的作品里，"真相"的反义词同样不是我们习以为常的"假象"。不难看到，梁晓声的笔触从不致力于对假象的批判和揭露，因为真相的反义词在他眼里是"遗忘"。在这一点上，他与希腊语不谋而合。希腊语中，真相的反义词恰好也是遗忘。从梁晓声的写作，尤其最新发表的百万字长篇小说《人世间》当中，我们能够见证其对真相的个人化阐释。在此，他津津乐道的是新中国 50 年峥嵘岁月里那些濒于被忘却的记忆，他执拗地用自己的坚持表达着对于真相的一贯理解，那就是针对遗忘的抵抗。《人世间》所呈示的这半个世纪的新中国史，没有让我们看到多少反思批判性的话语，它仅仅试图向我们揭开时代沉重帷幕的一角，希望我们从中记住他想让我们不要忘记的那些事实。我们应该注意到，在进行这样的努力时，梁晓声采取了一种极为有效的策略，那便是思考。这亦是梁晓声的写作一向充满思想者气质的根源所在。耐人寻味的是，《人世间》里所有的人物几乎都在思考，不管是身居权力高位的大人物，还是栖于社会底层的小人物，他们都在思考，都在阅读。梁晓声缘何如此热衷于笔下人物的思考？因为他非常清楚，对于真相的记忆，或者说对于遗忘的抵抗，最好的手段就是思考。记忆不能凭背诵而保有，它只能靠思考获得生命。

梁晓声用他的写作实践证实了一个真谛：思想激活记忆，思想甚至产生和创造记忆。倘若没有思想，那一切记忆都是毫无意义的。扪心自问，为什么人类许多历史的覆辙还会重蹈？实际上正是因为记忆的不可靠。须知，假象和真相的分辨需要靠头脑，需要判断和思考。并且，时间也是真相的敌人，它随时促使着我们遗忘。故此，守住真相的最好办法就是拒绝遗忘、捍卫记忆，而捍卫记忆最好的办法则是思想。没有思想就没有记忆。同样，没有思想也没有语言，语言是用来思考的，不是用来表演的。今天大多作家的语言追求，在我看来皆是一种表演，一种哗众取宠式的自恋，掩饰着自身思想能力及勇气的不足。

最后，我要特别拜托诸位的是，希望你们在看完我的文字之后，千万不要去找梁晓声借钱。

2019 年 6 月 16 日于北京语言大学

目 录

代序

001 | 作为反义词的梁晓声　　路文彬

短篇小说

002 | 西郊一条街
021 | 这是一片神奇的土地
045 | 教授之死
062 | 一只风筝的一生
067 | "爱丽丝"的自由
075 | 课桌课椅
079 | 评　级

中篇小说

086 | 今夜有暴风雪
203 | 冰　坝
245 | 婉的大学
327 | 北方的森林

短篇小说

西郊一条街

西郊原本没有这条街。那一带城乡自然交界，有一个几十户人家的小村，叫大柳树村。有一个百多名工人的小厂，叫广华五金厂。大柳树村和广华五金厂相隔半里来路，一个在正东，一个在正西，从方位上讲，有点"龙盘虎踞"的意味。

大柳树村的农民，农闲时，一户户阖家出动，推车挑担，背筐提篮，到广华五金厂附近做小买卖。他们卖的都是庄户人家富足有余的东西。新鲜瓜果，四季蔬菜，鸡鸭鹅蛋，黄烟瓜子。买卖做得顺手，积攒下一点本钱的，便索性在广华五金厂附近租块地皮，盖间房屋，全家从大柳树村迁住过来，干脆弃农经商。本钱不足，但也要想方设法从"赵公元帅"那里获得利益的，就将大柳树村的宅院和广华五金厂工人的房屋对换，半农半商，全家分而治之。广华五金厂的工人，有图住到村子里清静的，倒也乐于和他们对换。如此一来，那带地方便形成了工农杂居、非城非乡的状况。

三十年前的某一天，一辆小吉普车开来，在一个小小的馄饨铺门前停下。车上钻出三个人，手中各拿标杆、卷尺、图纸，在这一带四处转了一圈，立杆绘图，测量几番后，一块儿回到吉普车旁。

馄饨铺主人，五十二岁的段吉顺，趋步迎出来，红光满面的胖圆脸上堆下和蔼可亲的笑容，略微哈着腰向铺子里请道："几位，吃两碗馄饨不？新鲜猪肉的。"

三人见他客气，便踱进了馄饨铺。铺子虽小，但还风凉洁净。他们刚坐定，段吉顺就端上三大碗馄饨。三人边吃边夸馄饨皮儿薄馅美。段吉顺听了高兴，说:"不是老王卖瓜,自卖自夸,我这馄饨,一毛钱一碗还是值的!敢问三位,到此地有什么公差?"

为首的一人告诉他,他们是城市规划管理局的,来实地观测,不久后打算在这里修一条街道。

"政府为民造福,好事好事!"段吉顺更加高兴,喜笑颜开。这事明摆着跟他的买卖利益相关,街道修好了,肯定会有城里的电车汽车在这一带设站,那时,这一带便会热闹起来,光顾他这馄饨铺的,也肯定不只是广华五金厂的工人们了。但他转而似乎又想到了什么不利的方面,试探地问:"要修路,大概总少不得会有人家迁动吧?不知我这小小的馄饨铺是不是碍着政府修这条路?"

"放心,街道正好从你这馄饨铺门前修起,修好后,你这买卖就更有做头了!"他们中的一个,唯恐他不信似的,从公文夹里抽出张图纸,摊平在桌上,指给他看。

段吉顺虽然从那张纸上看不出什么名堂,但猜想他们没来由骗他,便放心了。

三人中另一个问:"掌柜的,你是大柳树村的吧?"

"正是,正是。"段吉顺连连点头。

那人又道:"恭喜你呀!"

"不知喜从何来?"段吉顺眨着眼睛,有点丈二和尚摸不着头脑。

"第一恭喜你将来买卖兴旺,第二恭喜你要吃商品粮了!"

"吃商品粮?"

"是呀!这条街修好后,城乡就要以街为界,发给你一个户口本儿,你就算堂堂正正的城市人了!"

段吉顺做梦都想成为一个城市人!虽然土地从没亏待过他这个庄稼户主,但祖祖辈辈跟垄沟打交道,他厌倦了。尤其是在他独自经营了这个小小馄饨铺之后,更加感到,城里的任何一行,都比农民们从土地里刨钱容易得多!何况有句俗话:人挪活,树挪死。更何况一下子从农村挪到城市!他内心暗暗激动,愣了半天神儿,才似信非信地讷讷反问:"当真吗?"

他们肯定地对他笑笑,付了钱,告别而去。

晚上,向来头一挨枕就呼噜声起的段吉顺,生平第一次体验了彻夜失眠的滋味儿。种种的希望、憧憬,甚至包括小小的野心,在他那庄稼汉的并不很复杂的头脑中翻江倒海！

第二天清早，馄饨铺掌柜刚把幌子挂到门外，有一个人唱着京剧散板走来。这人和段吉顺年纪相仿，比段吉顺高一头，不如段吉顺那么胖。此人是广华五金厂的老钳工师傅，姓周，单名一个衡字。周衡有一大家人口，老伴，二男三女，还奉养着年近八旬的老岳丈。好在他每月工资不低，一家人的生活虽说不上丰衣足食，却也吃穿不愁。周衡的长子周成民，二十二岁，是这一年里就毕业的师范大学生，正偷偷地与一个姑娘恋爱。那姑娘非别人，是段吉顺的女儿段小翠。小翠那年十八岁，虽然是个土生土长的农村姑娘，可出落得苗苗条条，秀眉俊眼的，水灵得像白菜芯儿。小翠得空儿常从村里来到馄饨铺，帮父亲做些铺子里的事。成民大学里放假回家，每天早晨都给全家来馄饨铺买烧饼或油条。两人一来二去熟悉了，渐渐产生感情。小翠爱成民文质彬彬，有一肚子墨水儿。成民爱小翠性格温柔，长得俊俏。他们已幽会过好几次，彼此立下海誓山盟，一个非小翠不娶，一个非成民不嫁。这桩姻缘还没第三者知晓，包括他们的父母家人。两人商定，要等成民毕业分配工作以后，才公布他们的爱情。最幸福的等待就是爱情的等待。只要成民一从大学回到家里，他们总千方百计幽会一次，彼此各道思念，倾诉衷肠。

这会儿，段吉顺看见周衡，离老远就打招呼："周师傅，早啊！"

"早！早！"周衡答应着，已走了过来，对段吉顺笑道，"再早也不如你早哇！你们买卖人到底是勤快，这么早就挂幌子了！"边说边走进馄饨铺。自从段吉顺的馄饨铺在此开业之后，周衡是最常来的主顾。

段吉顺嘿嘿地笑着，跟进铺子，给周衡端上馄饨、烧饼，在桌旁坐下。

周衡看了他一眼，奇怪地问："你肿眼浮面的，夜里准没睡好！八成遇到狐仙了吧？"

段吉顺揉揉眼睛，嘿嘿笑道："我这号模样，狐仙会来找我？夜里蚊子好多！"

待周衡吃罢了，抹抹嘴，起身将走，段吉顺扯住了他的袖子："慢走，慢走！"

周衡不禁愣了愣，问："你要跟我算账？咱们不是说好了月底一总算吗？"

"哪儿的话！咱们老哥俩，谁跟谁？你就是白吃我一个月的馄饨、烧饼，我绝不会向你张口讨一分钱！我跟你有事商量。"段吉顺说罢，掏出一盒"葡萄"香烟，递给周衡一支。段吉顺经常兜里揣着两种烟，左兜里是卷烟，右兜里是叶子烟。他自己从来舍不得吸一支卷烟，更舍不得敬人，是专为招待突然光临他的馄饨铺的有身价的人预备的，尽管从来就没有什么有身价的人光临过，但他宁肯有备无患。周衡知道他这一点，故意在油迹斑斑的工作服上拭了拭手掌才接过去。

段吉顺嚓的一声划根火柴，替周衡点着了烟。周衡坐下，慢条斯理地吸一口，问："跟我商量什么事？"段吉顺将"葡萄"香烟揣起，掏出叶子烟口袋，捏了两撮烟叶，一边用报纸条认真地卷着，一边说："我要跟你商量换房子的事儿。"

原来，早些日子，周衡相中了段吉顺在大柳树村那三间有院墙的半砖半坯的房子，要用自己家的两间板夹泥的房子换，而且还答应折给段吉顺三百元钱。段吉顺当时想要五百，周衡一来嫌他要得太多，二来手头也不宽裕，结果两人就都把这事搁下了。今天，段吉顺主动重提这件事，周衡倒摆起了架子，说："我当什么事，原来这事！休提了，如今我不想跟你换了！你那三间房就是金銮宝殿，我也不稀罕了！"

闻听周衡此言，段吉顺心中发急了："周大哥，别封你老弟的口嘛！你莫非因为我当初向你要的折价太高，生我气吗？我当时买卖刚起手，实在是缺钱呀！"

段吉顺这么说，周衡反而果真生起气来，心想，当初你一点交情都不讲，狮子大张口，敲我的竹杠。今儿个你反来求我，我也不那么好说话，哼！

"段老弟，不是我驳你的面子，这事儿，咱们从此休提了吧！我要上班去了！"周衡说着，站起来就要走。段吉顺又一把扯住周衡不放，嘿嘿笑道："好！换房的事不提就不提！你上班还早嘛，再多坐会儿都不成？"周衡只得又耐着性子坐下。段吉顺转身走进柜台内，取出半瓶老白干，一盘猪头肉，一手提着酒瓶子，一手端着肉盘子，笑呵呵地又回到桌旁，轻轻放下，用宽厚的语气说："交易不成，情意还在嘛！来，陪你老弟喝两盅！"周衡外号"醉八仙"，见了酒便迈不动步。听了段吉顺的软和话，心中火气已消一半。此时瞅见酒瓶子，剩下那一半火气也顿时全无了。"喝两盅就喝两盅！"他两只手掌同时按在桌面上，专等段吉顺斟酒。

他两个都是有酒量的人。半瓶老白干你推我敬转眼喝光，各自微带醉意。

对于喝酒的人，这种七分清醒三分醉的状态，是彼此商洽某种协议的最佳气氛，段吉顺当然不会坐失良机，于是又施展庄稼人那种并不高明的狡猾，小心翼翼重提方才的话头。周衡本非成心拒绝，又见他给自己一个体面的台阶，一口答应。于是二人当场立下字据。段吉顺不像平素那般斤斤计较了，只要了周衡二百五十元的折价钱。

星期天，周衡家那位师范大学生从学校里回来，一走进家门，见家中的摆设全变了样，小翠坐在他家窗前，正在飞针走线地绣花儿。他心中好生奇怪。

小翠抬头见是他，放下手中的花撑子，眯起一双好看的大眼睛，笑盈盈地说："你走错家门了！""这是怎么回事儿？我们家的人呢？你怎么在我家里？"成民连连追问。"你爹和我爹，把咱两家的房子换了。"小翠笑答，站起身，微探头朝窗外瞄一眼，把窗子轻轻关上了。

成民也笑了，说："随他们换去。到头来，你家还不是我家，我家还不是你家！"说着，走到小翠身边，拿起她绣的花看了看，夸道："你手真巧，绣得这么好！这是绣的两朵什么花？"

"傻瓜！牡丹花都看不出？"

"这一对鸟儿呢？"

"白头翁。"

"这牡丹花和白头翁鸟绣在一块儿，取个什么意思呢？"成民明知故问。

"真不懂？"小翠瞋目反问。

"不懂。"

"不懂也不告诉你！自个想去！"

"想不出来。非听你告诉我不可！"成民说着，一把抓住了小翠的手。

小翠红了脸，朝窗外又瞄一眼，将嘴贴近成民耳朵，柔情地说："牡丹白头！"

成民就势紧紧拥抱住了小翠，在她红润的双唇上印下了一个长久的亲吻。小翠温顺地偎在他怀里，如醉如痴，一动不动。突然，房门咣啷一声被撞开了，一个大簸箕首先探进屋，接着是段吉顺的一只脚。簸箕太大，被门框卡住。

"小翠！死人呀？"段吉顺大呼小叫，"外边下雨了不知道哇？你成心把这一簸箕干菜让雨淋着呀！"

小翠和成民如一对惊弓之鸟，慌张分开。小翠赶紧跑过去，帮着将簸箕抬进屋来放下。段吉顺直起腰，还欲对女儿发火，猛然瞅见周成民竟在自己家里，而且是单独和自己的女儿在一起！不禁一愣。随即，他那双肉泡子眼睛里就投射出猜疑的目光来了，一会儿从小伙子身上射到女儿身上，一会儿从女儿身上射到小伙子身上，直瞅得一对情人好不自在！

"你们俩，方才在干什么？"段吉顺终于发问。"没，没干什么呀！成民他，他还不知道咱们两家换房子了呢！"小翠忙替成民解释。"是吗？"段吉顺分明并不完全相信，说，"你爹这人也真是，怎么不告诉你一声！"成民回答："搬家不缺人手，他当然想不到给我个信儿，反正又没搬多远。"意识到不便久留，说罢告辞，匆匆离去。

成民走后，段吉顺的疑心可并没消除，开始细细地盘问起女儿来。小翠在爹的盘问之下，起初还遮遮掩掩，后来一想，纸里总归包不住火，再说婚姻大事也不该瞒着父亲的，便红着脸和盘托出，承认自己和成民早有了爱情。

"爹，要是我能嫁给成民，一辈子就心满意足了！除了他，我谁也不嫁！"小翠向父亲坚决地表白了自己的心愿。段吉顺沉吟有顷，问："他对你真心实意吗？"做女儿的回答："我心里只装着他一个人，他心里也只装着我一个人！"

段吉顺一声不响，卷起叶子烟来，卷好了就抽，抽完了一支烟，才盯着女儿说："男大当婚，女大当嫁。你对他好，他对你好，只要你们真心相好，这件婚姻大事我不反对！但你们可莫要做下什么见不得人的事！"

小翠听父亲说出这话，心中一块悬着的石头落了地，竟情不自禁地耍起小女儿娇态，扑到父亲身上，搂着父亲的脖子说："爹，你真好！"……

几天之后，一队满载沙石的车队开始忙碌地来往于西郊，卸下一堆堆筑路备料。又过了几天，修路工人们、挖土机、压道机，热热闹闹地在这一带出现了。广华五金厂的工人和大柳树村的农民们，对于修筑这条造福于民的街道，表现出了老百姓极大的热情，在没有任何人号召的情况下，发动过好几次义务劳动。为了给这条街道让路，某些该搬迁的人家，无论是广华五金厂的工人，还是大柳树村的农民，绝没有一个向政府提出苛刻条件的。他们说："政府为咱们修这条街道，咱们还能让政府为难吗？"他们依依不舍地离开了各自居住惯的老房屋，或者搬迁到这条街道以南，或者搬迁到这条街道以北，或买现成的旧宅，或用搬迁费另盖新居。仅仅一个多月之后，一条柏油街道就竣工了。街道一端和郊区的公路相连，另一端和城里的马路衔接。街道通车的第二天，来了几个交通局的人，埋下一块牌子，上写"城乡街"三个字。第三天，又来了几个不知道是哪一部门的人，在路南组织居民开了几次会，帮助成立街道委员会居民组，选出了街道委员和居民组长。接着，向几户从路北刚搬到路南的人家发了户口本儿，郑重地宣布，他们从此算是吃商品粮的城市人口了。当然，如果他们不愿做城市人口，还可以搬回大柳树村去。这些人家，搬过了一条街道住，便从庄稼人变成了城市人，没有不乐意的。馄饨铺掌柜的段吉顺，当然也不例外地获得了一个户口本儿，上面清清楚楚地写着户主段吉顺以及他全家大大小小六口人的名字。而且，他还被选为街道委员会居民组组长。那几户从街南搬到了街北的人家，见街南发生了如此变化，期待着户口本随后也发到他们手中，也给他们成立居民组。因为他们都是广华五金厂的工人，原本都是住在街南的，是理所当然的城市人口。可是盼来盼去并没有盼到什么人过问过问他们，也没有盼到一个户口本儿，虽然他们每天照常跨过街道去工厂上班，可是街南的人们，居然有点不把他们当城市人口看待了。因为他们没有政府颁发的户口本儿。尤其是在遭到那几户从街北搬到街南、原属于大柳树村的农民，而如今也获得了户口本儿的人家的揶揄之后，他们愤愤不平了，不满了，不安了，似乎意识到自己从城市人口中被开除了。于是他们有一天串联起来，去找政府说明情况。先找到交通局。他们认为，全是因修了这条街，他们才落到这步田地。交通局回答得很干脆，这事不归他们管，应该去找城建局。城建局的人说，他们只管城市的建设规划，既然他们都是工人，应该去找劳动局。劳动局的干部听了他们的说明，拿出一份什么文件查了查，说广华五金厂是私营厂，不归劳动局管。见他们非常沮丧，又安慰说，不久以后就要开始公私合营了，广华五金厂也会归到劳动局的管辖范围，到那时问题不愁解决不了。于是他们又只好各自回去耐心等待，把一切希望都寄托在"公私合营"四个字上。

在他们中，只有一个人对于有没有一个户口本儿，并不当成回事儿放在心上，也不着急。这人就是周衡。有没有一个户口本儿又怎样？算不算城市人口又怎样？我不照例每天上班，每月拿钱吗？不过就是上班的路被一条街隔开了而已！但这条街并不宽呀，三脚两步就跨过去了。何况他当初是自愿和段吉顺换了房子的。他图段家的房子宽敞，大柳树村清静。再说，广华五金厂的厂主，不是像往常一样对他这位老钳工师傅很尊敬吗？

一天，周衡下班回到家里，才端起饭碗，大柳树村的村干部不请而来，进门就说："周师傅，今晚村里开会，在小学校，你吃罢饭就去，别迟到了。"

周衡不禁一怔，放下碗，问："你们开会，通知我去干吗？"

对方笑道："你往后就是咱大柳树村的人了。"

周衡不高兴起来，沉下脸，说："笑话，我是广华五金厂的工人，怎么就会成了你们大柳树村的人呢？"

对方说："你还不知道？街那边的住家，统统都算城市人口，归街道委员会管理；街这边的人家，统统都算农村人口，归咱们大柳树村管理。何况你就住在咱们村子里呢！"

周衡不听犹可，一听火了，拍下桌子，大声说："我和段吉顺换了房子住不假，可并没连同城市户口都换给了他！"

对方也有些恼了："城市户口？你的城市户口本呢？拿出来我见识见识！你若有，我才不通知你开会呢！谁叫你没长前后眼，跟段吉顺换了房子呢！"说罢，悻悻离去。

周衡气得连晚饭也没吃好。

第二天，他憋着隔夜的火气去上班，一进厂门，就被看门的老头拦住，通知说厂主在账房等他谈话。走进账房，见里面已坐着六七个人，都和他一样，是从街南搬到街北住的。他心中顿时产生了一种不祥的预感。他看看大家，大家也看看他，互相没打招呼没说话儿，一个个心事重重。过了许久，厂主没来，管账的倒来了，向大家道了几句辛苦之类的话，随后话题一转，说："这个厂，马上就要公私合营了，接到通知，凡属农村户口的工人，都要动员回农村去，安心当农民，努力搞好农业生产……"

大家一听这话可就炸了。周衡第一个跳起来大叫大嚷："怎么，我们在这个厂，从解放前干到解放后，这两年就盼着公私合营这一天，熬成个国家正式工人，现在眼瞅着这一天盼到了，倒要把我们一脚踢开，叫我们去种地当农民吗？我们怎么就连个城市人口都算不得了呢？"

管账的等他们一个个发过了火，笑笑，用一种公事公办的口气说："这些都是实话，我也都知道，可你们没有户口本呀！究竟算不算城市人口，现在得看有没有户口本！"

管账的一番话，说得大家哑口无言。管账的拿出几个纸包，一一摆在桌上，又说："这是大家本月的工薪，每人都发了五十块钱，算厂方的一点意思。纸包上写着姓名，大家别拿错了。明天，大家就不必再来上班了。"管账的说完，撇下大家，抽身离去。管账的一走，大家气愤地议论起来，有的说不能拿这钱，拿了，就等于承认被开除了。有的说，钱还是先拿着为好，拿了钱，再找地方说理去，别弄个户口本儿没到手，钱也白白不拿的下场。他们公推周衡当个头儿，要第二次找政府的各级部门去申诉。这一次关系到了切身利益，周衡也不推诿，便当了这个头儿。能找到的部门，他们都找过了。所有的部门都接待了他们，所有的部门都承认他们的特殊情况是由于具体工作上的疏忽所造成。所有的部门，也都用同样内容的话劝说他们：城乡总得有个界线，这界线不可能划分得那么合理。你们都是国家的主人公，从大局着眼，就不要再使政府各级部门的工作人员为难了。像这样的特殊情况，全市有好几个地区存在呢！给你们纠正了，给不给别的地区的人家也纠正呢？再说，我们是个工农联盟的国家，当工人光荣，当农民也同样光荣嘛！工农一家人，赛过亲兄弟嘛！并且，你们和城市不过隔着一条街嘛！……

这几家被城市人口"开除"了的人们，终于认识到，要再从街这边迁居到街那边，是比登天还难，没什么指望了。不久，情愿也罢，不情愿也罢，他们便都成了大柳树村的庄户人家了。

再说馄饨铺掌柜段吉顺，摇身一变成了堂堂正正的城市人口，而且当上了街道居民委员会的一个居民组组长，暗暗庆幸自己的运气，和周衡换房一步棋走对了，连孙子那一辈将来都会沾光，都得感激自己！他好不得意！人太得意，往往就会替自己招来是非。段吉顺一次酒后失言，把自己事先得知城乡以街为界的事说漏了出来。世上没有不透风的墙，话传到了周衡耳朵里，周衡这才知道自己上了段吉顺的当。心中恨透了他！某天一大早，段吉顺的馄饨铺子刚开门，周衡跨了进来，不吃馄饨，不买烧饼，存心来找麻烦，和段吉顺大吵大骂了一顿，盛怒之下，抡起小板凳，把铺子砸了个一塌糊涂。吓得段吉顺缩在柜台底下不敢探头。

"你们大柳树村的高粱花脑袋们，得了便宜还卖乖！我们在城里住了大半辈子的人，反倒上当受骗扛起你们丢下的锄杆啦！你们反倒冒充起堂堂正正的城里人来了！姓周的从此叫你们这样的城里人日子过不顺心！……"他如此这般地大骂一通之后，扬长而去。他这一通骂，打击面儿宽了点，那几户从大柳树村搬到街南的城里新居民，认为他的矛头不只是对着段吉顺一个人的，而是明明对着他们所有人的。这又触了众怒。周衡刚一到家，他们便成帮结伙跨过街追随到周家门外，口口声声要周衡出来赔礼道歉才算拉倒。周衡和二儿子周成龙，一人抄了一件家伙，从屋里蹦到院子里，毫不示弱，骂得更凶。被广华五金厂解雇了的那几户人家，听说街南的人竟敢打上周家门来，好似火上浇油，男人女人，大人孩子，一齐出动，赶到周家助威。这一来，各方形成了阵势，恰如两军对垒，先是对骂不休，后来便动了手脚。于是大人孩子一场混战。街南居民委员会和大柳树村的干部们闻讯跑来制止，才控制住了战局。但双方已各有伤员，鼻子出血的，牙齿掉了的，眼眶肿的，头发扯下一缕的，手腕子扭了的……不一而足。

自此之后，双方结下了冤仇。大柳树村那几户"半路出家"的农民，抱成了团，轻易不过街，过街便无事生非，寻衅吵骂。半夜三更，会突然有几只二踢脚，从窗子飞进街南某家"冒牌城里人"的屋内开花。这种报复，有时难免会错落到无辜者头上。当然，都是孩子们所为。而那几户"冒牌城里人"，也以牙还牙，常常将泔水垃圾有意无意地拎过街，倒在大柳树村的菜地里。这类纠纷几经双方的干部们调停，却并不奏效。一日甚于一日，渐渐地扩大了范围，形成了街南街北的仇视。这仇视不但存在于大人们之间，也植根在了孩子们的心里。街南街北的孩子，常常用石头土块，隔街开仗。

不久，周成民从师范学院专修科毕业了。报纸上发了头条社论，号召师范学校的毕业生们，到农村去，加强农村的文化教育战线。周成民自愿回到了大柳树村，当了村小学的教师。

周衡对儿子的就业选择极为不满，风风火火地大发了一顿脾气："号召归号召，可还有个人自愿这一条哩！全家人省吃俭用，供你上了一回大学，是指望你有朝一日出息了，耀祖荣宗，不是指望你当一个农村的孩子王！你辜负了父母对你的培养，你忘了你是咱们周家祖辈第一个上大学的人！你存心叫旁人看我们周家的笑话！"

成民心平气和地回答："爸，话不能这么说，全家人为我上师范学院省吃俭用不假，父母对我的培养不容易，我也感恩。但培养我的还有党呢！党的号召我能不响应吗？咱家现时又在农村，我能不带头吗？再说，当农村的小学教师有什么丢人？用文化知识培养农民的后代，使命非常光荣！"

当父亲的既说不过儿子，又很愧疚地觉得，儿子的这种就业选择大概也是不得已，其中也有自己在生活路上迈错了一步应负的那份责任。他更加终日闷闷不乐。

周成民对于大柳树村小学的教育工作投入了极大的热忱。他还多次跨过城乡街，来到街南，挨门挨户地劝说街南的人家，让他们的子女到大柳树村小学来就读。但他没有争取到街南的一个学生。这倒也并不完全由于街南街北的积怨，更主要的是城乡街在人们心中也意味着一条分界，形成了一种普遍的古怪心理。街南的人家觉得如若让子女到街北的村里小学读书，对做父母的仿佛是一种耻辱似的。这种心理也在孩子们的心中萌发。就是那几户从大柳树村迁住到街南的城里新居民，也宁愿让子女每天花两毛钱的车钱，到市里很远的小学去读书。

周成民虽怅怅然，却也无奈。

街南街北，一条街隔开了所有的大人孩子，只隔不开两个人——成民和小翠。他们恋爱得更深，幽会得更勤。小翠并没有因为成民如今是个前途不大、收入不高的小学教师而变心。相反，她觉得自己的父亲对不起周家。她要用自己对成民的爱情来补偿段家对周家的良心债。但段吉顺不容许女儿这样做，他将女儿囚禁在家中，时时刻刻提防着女儿溜出家门，去跟周家的小子幽会。做长辈的往往都那么愚蠢，不相信爱情是看管不住的。段吉顺一不注意，女儿便从家中逃出。当然，小翠为此挨过父亲不少次打骂。做母亲的总比做父亲的更同情女儿，也更理解女儿。有一次段吉顺又因为小翠去跟成民幽会而要动家法，当母亲的终于忍不住出面干涉了。她从丈夫手中夺下打得快散了的笤帚，扔在地上，说："老东西！你想把女儿折磨死吗？女儿爱谁，与你何干？周、段两家原本关系不错，都是你这老东西，把好街坊变成了死对头！"

"你懂屁！"段吉顺吼道，"我不能把养活这么大一个如花似玉的女儿，白白送给一个农村里的孩子王当老婆！"

"呸！"小翠妈啐了他一脸唾沫，指着他的鼻尖数落，"说出这话来不嫌害臊！你、你爹、你爷不是农村人吗？你刚混了一个城市户口本儿才几天呀？脱下你身上那裤子抖抖，不抖一簸箕农村的泥土才怪呢！"

小翠也一边哭一边说："我爱成民，当初你是知道的，红嘴白牙说过不反对的话……"

"住口！"段吉顺一弯腰又从地上捡起了笤帚，"当初是当初，现在是现在！到哪座山，砍哪儿柴！我当初不过看得起他是个大学生，日后兴许有个飞黄腾达，没想到他才混了个孩子王当！……"

小翠两眼含泪，一跺脚，愤恨地发誓："不许我嫁周成民，我就死给你看！我活着要和成民结婚，死了也要在阴曹地府和他做夫妻！我嫁他嫁定了！"

自那一次吵闹之后，段吉顺感到女儿大了，看管是看管不住的。唯一放心的办法，就是趁早把女儿嫁出去。他四处托人说媒，最后相中了一个在肉联加工厂跑推销的人。此人三十四五岁，结交广泛，因为是个光棍汉，据说存下一笔数目相当可观的钱。就是相貌不扬，身高马大，一脸麻子。段吉顺嫁女心切，饥不择食，虽然心下不免替女儿惋惜，但经过几番犹豫，收了不少钱财之后，就满口应允了。他想得很实际也很长远，人不可貌相，跑推销是个赚外快的行当，女儿嫁了此人，今后的日子准穷不了。漂亮脸面不能当肉馅饼吃。而他的馄饨铺买卖要往大处经营，肯定今后还要多多仰仗这位女婿呢！小翠得知后，连日哭哭啼啼，不梳不洗，不吃不喝。段吉顺却是不理不睬，定下嫁娶的日子，独自跑前跑后，忙忙碌碌地张罗。

就在出嫁日子的前三天，小翠喝下了敌敌畏！等家人发现，已经手脚冰凉，死去有些时辰了。一个温良俊俏的女孩儿家，就这样含着对父亲的怨恨，怀着对爱情的绝望，离开了人间。小翠留下遗书，要家人把自己埋在大柳树村的坟地里。小翠的死，使成民的心灵受到了严重的打击。他几乎天天都要到小翠的坟头上去，轻轻唤着她的名字，流泪不止。从此，他将婚姻二字从自己的生活字典中抠了去，一颗心里只装着小学校和他的学生们，还有对小翠的永不淡漠的怀念。

城乡街街南街北的人们，由于小翠的死，积怨再也无法消除。大柳树村的人，当然是同情成民和小翠、痛恨段吉顺的。他们骂他："得了个城市人的户口本儿，就像土拨鼠披了件金袈裟！"作为一个人，他在他们心目中的形象彻底瓦解。他自己，也从此再没勇气跨过城乡街，踏上属于大柳树村的一寸土地。街南的人们，倒也有站在段吉顺一边儿的。他们把小翠寻死的罪过加在周成民身上，诅咒他说不定用什么手段勾引人家的女儿呢！甚至怀疑小翠八成已和周家那小子做下了见不得人的事，害怕嫁给别人丑事败露才寻短见的。不然小翠为何留下遗嘱，要把自己埋在大柳树村呢？难道这其中会无文章？更甚者，有人怂恿段吉顺请法医验尸，看小翠到底还是不是个黄花姑娘……

仇视积恨影响到了街南街北人们的日常生活。大柳树村的农民，都是菜农，以种菜为主。但他们地里的新鲜蔬菜，绝不再卖给街南的菜店，宁肯用马车拉到市里去卖。街南的人们，看着一马车一马车的蔬菜，招招摇摇地打城乡街上过，既眼红又生气。这一点令大柳树村人们的心理上，得到极大的满足和快感。"叫你们这些城里人吃不上菜！你们不是挣现钱了吗？有钱就去买大鱼大肉吃吧！哼！"他们坐在满载的菜车上，解气地瞧着街南的人们那种眼巴巴的样子，得意地这么想。如果车上拉的是水灵的黄瓜和红鲜鲜的西红柿，新摘的香瓜或西瓜，他们还要坐在车上大吃特吃。赶车的要偏巧是个年轻人，还兴许故意从车上颠下几个，街南的孩子们看见了，准会一拥而上去抢。他们便停下车，大骂孩子们一顿，几脚将从车上掉下的东西踢到街两旁的水沟里……这般整治街南的人实际上也是整治自己。赶车拉菜进城总比不上跨过街来就地出卖方便。但他们要气气街南的人，宁肯挨点累，就是受点经济损失也不在乎。偶尔他们也将自家菜园子里侍弄的蔬菜挑过街来卖，但那价钱贵得吓人，如卖金枝玉叶，而且绝没有讨价还价一说，爱买就买，不买拉倒，挑进市里卖去！挑进市里反而便宜些，愿意的话就坐车跟进市里买去吧！"修了这条街，不是交通方便了吗？"他们往往用这样的话故意刺激街南的人。街南的人，想吃口新鲜菜，花了大价钱，还只好忍气吞声……

三年困难时期，街南街北的人们，日子同样不好过。有几棵老榆树，结的榆钱大而茂盛，因为长在街北，便被街北的人们"专利"了起来。街南的人们饿昏了头，黑夜里偷偷摸摸跨过街，从菜地里拔几棵萝卜，或者起半垄还没有成熟的土豆。街北的人知道一准是街南的人干的，于是组织起十几个棒小伙，保卫劳动果实。一次，街南的三个半大孩子又到街北来偷菜，让街北的小伙子们逮住，扣留至大半夜，第二天清晨才放回街南。三个都被扒下了裤子，下身赤条条地逃过街去。街南的人们大怒，男女老少纠集起几十名，大天白日冲过街，发一声喊，分散到菜地里，哪分什么白菜萝卜、土豆倭瓜，拔了摘了就往麻袋篮子里装。街北的小伙子们见街南的人来势汹汹，对付不了，便跑回村里敲钟报警。大柳树村的人们全数出动抗暴，包围了街南的人们，夺回劳动果实，并将街南人们的麻袋篮子尽数缴获，将妇女孩子轰过街去。对男子汉们，则教训以老拳狠脚。街南又纠集起更加众多的人，冲过街来，把大柳树村人逼进村里。于是街南街北的人，在村子里又展开了"巷战"。在这一次大的冲突中，周家的二儿子成龙光荣挂彩，被打断了一条腿。大柳树村人发誓，此仇必报，哪天也非打断街南一个人的腿不可！

只有已经当上了小学校长的周成民，对这一事件保持清醒的头脑。他挨家挨户劝说大柳树村的人们："今天你打我，明天我打你，岂不成了打冤家吗！街南住的什么人？多数是工人老大哥，工人和农民，原本是一家人，都是社会主义的主人翁……"

有的不听，客气地回答："你是大学生，小学校长，知识分子，这类事你就别管！"

有的当面顶他："要不是因为你们这几家街南的落户到村子里，街南街北能有今天的积怨吗？现在你倒会来充好人！……"

周成民说服不了大人们，只能去说服他的学生们。他定下一条校规，哪个学生今后参与这类冲突，就开除哪个学生。

就在那一年，周衡病故了。老钳工弥留之际，手指街南方向，似乎想说什么，却没说出来就咽了最后一口气。

挨饿的年头总算熬过去了。街南街北人们长期的积恨却并没有消除。只不过随着生活的好转，人们的内心也变得宽厚了点。

街南街北的人们，都料不到两年后又刮起了"文化大革命"的政治龙卷风，而且刮到每个工厂、每个农村，刮遍神州大地！造反派们的广播车以检阅的缓慢速度行驶在城乡街上。通过车上的大喇叭向街南街北的人们慷慨激昂地宣读"两报一刊"的重要社论。街南的人比街北的人政治敏锐性强，临街的墙上首先张贴出了形形色色的大标语、内容空洞措辞激烈的大字报。大柳树村的人们反应和动作都慢了点，结果让街南的革命者们来到村里搞了一次袭击式的"革命行动"。那些革命者是街南的中学生们。他们选择的革命对象是大柳树村的小学校长周成民。给他定的罪名是"农村教育战线上的当权派"。因为这一条罪名对他来说既合适而又无需什么确凿的事实。他们的动机与其说是革命莫如说是报复。因为他们的家长差不多都参与过和大柳树村的冲突。只是这种报复落在周成民头上，着实太不公道。周成民被挂着牌子，戴着高帽在城乡街上游斗了一遭。

大柳树村的人们岂肯善罢甘休！连夜成立了"贫下中农赤卫队"，研究部署了对街南的"作战方案"。第二天一早，来了个"农村包围城市"，把以段吉顺为首的过去的几个大柳树村的农民，因为在街南做小买卖而侥幸被划为"城市人口"的乡亲揪回村里，整整批判了一个上午。而后给他们一人挂上一块"资本主义暴发户"的牌子，也敲锣打鼓地在城乡街上游斗了一遭……

"文化大革命"的疾风暴雨稍微消停，城市里又掀起了知识青年上山下乡运动。小小的大柳树村一时变为城市人注意的目标，各行各业各个单位纷纷派人前来商议，要在大柳树村办"知青点"。所有的城里人，都想把子女们安插到大柳树村来。因为到这里虽也属于"下乡"，实际上却跟在城里差不多。甚至可以像在城里工厂上班那样乘公共汽车早来晚归。当上了生产队长的周成龙，对所有来商办"知青点"的人都满口答应，给予方便。他心中只有一条铁的原则——街南人家的子女，哪怕和他们沾点亲带点故的，一概不收。街南的人们，做梦也不曾想到过，十年河东，十年河西，他们也有用得着大柳树村这条船的时候！可是大柳树村这条船不靠他们的岸！他们当中的某些人，硬着头皮跨过城乡街，拎着烟酒点心，迈进周家的门槛，又是赔礼又是道歉，专拣让周成龙受用的话说，忐忑不安地提出允许自家的儿子或女儿到大柳树村"插队落户"的要求。对于他们的要求，已经当了父亲、有了大儿大女的周成龙，一边轻轻摸着被打断过的那条腿，一边平静地回答："过去的事，不必提起了！东西，怎么拎来的，怎么拎回去，别把我当成个吃赃受贿的人！至于你的要求嘛，我们大柳树村地面小，负担不了那么许多城里人的子女呀！"街南的人们，给将去云南、内蒙古、新疆、东北的子女打点行李的时候，没一个不因当年与大柳树村人结下不解之怨而懊悔莫及的……

三十年弹指一挥间。到了八十年代，由于城市建设迟缓，城乡街南几乎没有发生什么变化。如果说有什么变化，那就是——人。当年五十多岁的人中，只有一个还活着——段吉顺。虽然活着，已经八十有几，老态龙钟。他这辈子总算是如愿以偿地当了一回城市人，可城市人的户口本并没给他带来什么好运气。公私合营，他那个小馄饨铺也结合到社会主义商业中去了。从那以后，他在城市生活的舞台上所扮演的不过是一个最不起眼的角色——一家不大的国营饭店的店员。当年二十多岁的人，如今都已经五十多岁了。

当年的娃娃，如今也都成了堂堂男子汉。除了他们，街南还成长起一批新人——二十七八岁的年轻人。他们下乡，返城，如今多数在家待业。

城乡街北大柳树村，由于沾了"知青点"的光，得到城市各个部门各个单位的物资援助，今非昔比，变化很大。

与街南对照，简直可谓"风景这边独好"。村里的泥草房不见了，代之而起的是一幢幢一排排砖瓦房。它已经发展成为一个二百多人口的大村，其中包括当年到这里"插队落户"的知青。他们的思想很实际，可不想为了重新获得城市户口本而回家去待业。何况村里并不把他们当成简单的廉价的劳动力使用，而是充分发挥他们各自的特长。他们有的在村里当上了教员，有的当上了卫生所的医生，有的当上了优良蔬菜品种培育员，有的当上了小机械厂的技工，有的当上了村里的干部。他们很自然很骄傲地把自己看成大柳树村人。大柳树村人的生活以令人咋舌的速度富了起来。新的农村经济政策更加使他们如虎添翼。那一排排砖瓦房顶，接二连三地架起了电视机天线。差不多每隔个把月，就会看到大柳树村的拖斗车，拉着从市里买的各种新式家具，从城乡街拐进村里。城乡街上的摩托居然也多了起来，奔驰于市里和大柳树村之间。它们的主人，都是大柳树村那些春风得意的小伙子或姑娘们。街南的人们，眼见街北这些变化，嘴上不说，心里却想："曪！看架势他们要比城里更早实现'四化'呢！"

大柳树村得到有关部门的批准，还在街南盖起了一座规模不小的两层楼的农副产品商店，每天顾客盈门，买卖兴旺。街南的人说："段吉顺苦心经营一辈子没实现得了的愿望，大柳树村今天像闹着玩似的就办到了！真有点农村包围城市的兆头呢！"

某天，一个小伙子走进店里。他见售货员都在忙着照应顾客，只有一个姑娘闲坐在柜台内看报，犹豫了一下，走过去问她："姑娘，哪位是你们领导？"姑娘上下打量他一番，反问："你找领导有什么事？"小伙子说："跟你讲白搭，你做不了主。"姑娘细眯起眼睛，又打量他一番，说："不见得，你讲来我听听。""我给你们提个建议。""提建议？欢迎啊！"姑娘做出洗耳恭听的样子。小伙子很有把握地说："你们经营的好几种农副产品，据我所知，在全国好几个城市里都缺货，会有好销路。你们应该把产品推销到其他城市去，保证受到欢迎！"姑娘情不自禁地"噢"了一声，对小伙子有点刮目相看了。小伙子朝柜台里一指，又说："比如你们种的这种草药黄芩,在南方一些城市的药店里就很稀罕。"姑娘又情不自禁地"噢"了一声。小伙子善于察言观色地注意着姑娘脸上的表情,接着说:"不过,这就需要一个出色的推销员。""一点不错。"姑娘分明对他的话饶有兴趣了。"推销员是商业调度。""此话有理。""如果你们需要一个出色的推销员,我就能胜任。"姑娘第三次"噢"了一声,又细眯起眼睛,注视着他的脸。小伙子笑了:"我就知道对你讲白搭嘛!劳您驾带我去见见你们领导吧!"这时,旁边一个售货员打发走了顾客,指着姑娘说:"她就是我们领导,商店经理。"小伙子也情不自禁地"噢"了一声,隔着柜台打量起姑娘来。姑娘老练通达地微微一笑,说:"你这种自我推荐的精神,我很佩服。不过,口说无凭,我得对你的业务能力考核一下,黄芩正好就是我们的积压货,你先给当当义务推销员吧!""包在我身上了!"小伙子说完,转身就走。姑娘刚想叫住他,他已迈出店门。

　　这小伙子,是段吉顺的孙子段宝琪。他一回到家里,就打点起一个手提包,然后,对他父亲说:"爸,我外出几天就回来。"他父亲问:"到哪儿?干什么去?"他回答:"南方,帮大柳树村推销农副产品。""你,吃饱了没事儿干,撑的?""吃饱了没事干,当然撑得慌!""他们给了你多少钱雇你?!""一分钱没给,我情愿!路上的一切费用,我都自己掏腰包!""不许你去!"当父亲的大吼一句。儿子却一脚迈出门去,头也不回地走了。当父亲的追出门,眼睁睁地看着儿子跳上了一辆公共汽车。

　　段吉顺虽然老得动不了,耳朵却不聋,躺在里屋炕上,将方才儿子和孙子的话听得明明白白。他气得用拳头嘭嘭地擂着床帮,上气不接下气地骂道:"孽种!小孽种!叫他……去……从此……不许……再回来!……"

　　段宝琪几天之后就回来了,没进家门,先进了大柳树村农副产品商店的店门。他突然风尘仆仆地出现在那位姑娘经理面前,令她好生惊讶。

　　"马到成功,不负重托!"宝琪打开皮包,取出一个小本本,递给姑娘,"你自己看,订货的单位都记在上面。"姑娘接过小本一看,厂址、联络人姓名、电报挂号、电话号码、订货数量,抄得一清二楚,令她越发惊讶。"你,可真快!大概下了火车还没回家吧?"姑娘的语气不无赞赏。宝琪掏出手绢擦擦汗道:"先公后私嘛!"姑娘说:"留下车票、住宿费收据,我们给你报销,每天的伙食补助也照发。"

　　"不!"宝琪一摆手,"小本留给你,你们按上面的单位再联系。买卖每一家都做成了，考虑要不要我当推销员。买卖不落实，车票、住宿费一分钱不要你们报销。"

姑娘笑了，说："信得过你。"又问，"咱们该认识一下了，你的名字？"

"段宝琪。"宝琪用手指在柜台上写出姓名。

"段宝琪？段吉顺是你什么人？"

"是我爷。你叫什么名字？"

"周秀兰。周成龙是我爸。周成民是我大爷。"

宝琪瞪大了眼睛，瞅了秀兰足足有一分钟，才说："咱俩真是冤家路窄！我当推销员的事儿算没指望了吧？"秀兰不动声色，语气郑重地说："咱俩是哪路的冤家？上辈人们的纠葛与我们有什么相干？要不要你，你后天来听信儿吧！"第三天宝琪来到商店听秀兰的答复。两人一见面，秀兰就开口说："我用你了。"宝琪问："你能做得了主吗？你虽然是店里的经理，可你爸是村里的队长。你容得了我，只怕你爸容不了我呀！我小时候用石头打过他！"

秀兰说："我既说用你，就做得了主。你小时候用石头打没打过他，与我有什么相干？你要是不称职，我可是说撤你就撤了你！"说罢，交给宝琪一张支票，一叠现款，吩咐道："支票三千元，现款一千元，那批黄芩由你发货，你再顺便从南方采购些好看的夏季衣服回来，要样式新的！"

宝琪说："交给我这么多钱，你放心？不怕我骗了你？"秀兰说："你爷当年为一张城市户口本儿欺骗过我们周家，难道你还要再骗我不成？"

另一个售货员姑娘听了笑道："我们经理早把你的底细打听清楚了！插队五年，后调到县上，当过县里物资局的推销员，办事认真，品质可靠。"

宝琪咧嘴一笑："原来如此！"

……

宝琪当上大柳树村农副产品商店推销员的事在街南一传开，令街南一些待业的小伙子和姑娘们嫉妒起来。他们诘问他究竟是用怎样的花言巧语和手段，才取得了大柳树村人的信赖。

宝琪回答："咱们这条街，不是叫城乡街吗？照我看，隔开街南街北的，不是一条街，说到底是一个城字和一个乡字。住在咱们街南的，手里攥着个城市户口本，就觉得比街北的人高了一头。街北的人，顶不服气的就是这一点。如今，街北比街南的生活还好，人家在心理上感到和咱们是平等的了。只要咱们放下那点城里人的臭架子，人家还会跟咱们计较上辈人们结下的怨恨吗？哪里还用得着对人家花言巧语耍手腕？"

"我们如果去请求，大柳树村也会给我们安排个什么职业吗？""那还用问，我不就是个例子吗？"于是，在宝琪的鼓励下，那些小伙子姑娘们，终于有一天，集体跨过城乡街，来到大柳树村，找到队长周成龙，团团围住他，一声接一声的"周大伯"，叫得亲亲昵昵，要求他收纳他们做大柳树村人。周成龙不动声色地问："怎么？街南养活不了你们了？"一个小伙子怯怯地回答："大伯，我们既然来求您了，您就别说这么不中听的话了！街南街北住着，您不能看着我们年轻力壮的，待在家里无事可干，游手好闲呀！工农一家亲嘛，您应该欢迎我们才是！"

这话把周成龙说乐了："小子！长了条好舌头！农民穷的时候，咋不见你们这么亲过？好，既然你们今天跨过街来求我了，我就不能叫你们扫兴！只要你们父母不反对，大柳树村就有工作给你们干，有钱给你们开薪！"

年轻人们听了，高兴得欢呼起来。

周成龙又问："不过，你们舍得你们的城市户口本儿吗？"

"舍得，舍得！……"

"户口本儿又不能当饭吃，当衣穿，当房子住……"

"还要我们把户口落在大柳树村吗？"

年轻人们七嘴八舌。

周成龙严肃地回答："大柳树村才不稀罕你们的户口本儿，我不过是试探试探你们的心诚不诚！今后谁再想回到街南，大柳树村一个也不挽留！我是姜太公钓鱼，愿者上钩，愿者上钩！"

就在这一天晚上，段吉顺老到岁数了。咽最后一口气前，他费力地抬起一条胳膊，手指街北，吐出两个字："小翠……"

大柳树村里，周成民那瘦长的身形，伫立在小翠坟头。

月光洒在城乡街，洒在街南街北……

（选自 1982 年第 8 期《雨花》）

这是一片神奇的土地

一

那是一片死寂的无边的大泽,经年累月覆盖着枯枝、败叶、有毒的藻类。暗褐色的凝滞的水面,呈现着虚伪的平静。水面下淤泥的深渊,沤烂了熊的骨骸、猎人的枪、垦荒队的拖拉机……它在百里之内散发着死亡的气息。人们叫它"鬼沼"。

我到北大荒后,听了许多关于"鬼沼"的传说:没有月亮也没有星星的深夜,荒原在静谧的黑暗中沉睡的时候,可以看见那里有绿莹莹的忽闪的"鬼火"飘动,可以听到当年被"鬼沼"吞陷的熊的怒吼、猎人求救的枪声和其他不幸的遇难者们绝望悲惨的哀呼……还可以听到一种怪异的鸟叫声,那声音仿佛一个女人在凄凉地哭号着:"多可怜、多可怜……"然而谁也没有见过这种鸟长什么样子。鄂伦春人把这种鸟叫作"收魂鸟",说它们是大地之神变化的精灵,在深夜招收并抚慰那些丧命于"鬼沼"的人和动物的幽魂。"鬼火"是它们打的灯笼。

"鬼沼"像希腊神话传说中令人恐惧的九头恶龙,霸占着它身后的万顷沃土,只要春天播下种子,秋天便能收回千万吨粮食。然而没有人敢涉过"鬼沼"去播下一粒种子。据说当年日本关东军的一个大佐,对那片沃土发生了兴趣,幻想在那里创建个农场,将来做个大农场主,曾亲自率领一个勘查小队在冬季越过了"鬼沼"。他们如泥牛入海,一去不返。北大荒的老人们，有说他们被狼群吃掉了的，有说他们被零下四十多度的严寒冻死了的，有说他们给养不足饿死了的，有说他们被鄂伦春部落消灭了的，也有的说他们春天返回时，连人带车陷没在沼底的……鄂伦春人把那万顷沃土叫作"满盖荒原"。"满盖"鄂伦春语是魔王的意思。冬季他们偶尔也出现在那荒原上，但绝不猎杀那里任何一只动物，惧怕受到"满盖"的惩罚。

恐怖的"鬼沼"！神秘的"满盖荒原"！

我到北大荒的第三年冬季，我们连队由十几个知识青年组成了一支垦荒先遣小队，向那里进发了！

我们这个连队，由于当初选点错误，耕地有限，低洼，麦收时一碰上雨季，收割机就陷在麦地里，像一只只瘫痪的大蛤蟆，无法作业。因此，连年歉收。那一年更惨，连种子都没有收回来。团里决定解散我们这个连队。全连二百多个朝夕相处的知识青年，将被分插到各个兄弟连队去，这意味着，我们不但不能向国家贡献粮食，而且也养活不了自己了！我们刚到北大荒三年呀！许多人还要在战天斗地中大有作为呢！屯垦戍边的信念还没有动摇呢！艰苦创业的精神和热情还没有泯灭呢！

还有什么能比团里这个决定更令我们感到耻辱？！许多人听老连长羞惭地宣布了决定后，当场哭了。副指导员李晓燕，首先站起来激烈而坚决地反对接受这个耻辱的"解散令"。

她说："连队绝不能解散！我们可以去开垦'满盖荒原'！我们离它最近，早就应该想到开垦它了！我们要把连队重新建在那里！要在'满盖荒原'上留下第一行垦荒者的足迹！要向团里提出保证，当年开荒！当年打粮！第二年建新点！我们立军令状！"

我们听惯了甚至听厌了副指导员在任何场合说出的豪言壮语。可她说出的这番话，是怎样地激励了我们、鼓舞了我们啊！我觉得那是她说出的最豪迈、最有力量的话！许多人和我有同样的看法。

团里收回了已经下达的决定，接受了我们的军令状。

几天之后，我们连队的两台最新的五十四马力的拖拉机，披红戴花，拉着赶制的木耙犁，在全连人的列队送行下，驶向茫茫雪原。希望、信赖、寄托、无言的叮嘱，从一双双默默注视着我们的眼睛里表达出来。我们每一个垦荒队员都从这些眼睛里体验到了责任感。我们每一个人都哭了。

哦！我们这些年轻人！

我们是多么珍重责任感啊！

我们是多么容易激动和被感动啊！

第一辆爬犁装载着粮食和行李。第二辆爬犁上搭着帐篷。我们十几个垦荒队员，一个紧挨一个地挤在帐篷里。我坐在扣着的破脸盆上，用膝盖夹着一本翻开的《虹南作战史》。我猜想，它是我们这一行人唯一的精神食粮。不过我并不靠它充塞头脑和思想。我两眼注视着书页上的铅字，却在回忆我所读过的《战争与和平》《约翰·克利斯朵夫》《悲惨世界》《红与黑》……内心深处被书中人物的命运暗暗感动。

身旁坐着我妹妹，她怀里抱着一个柳条编的小笼子，笼子里关着一只小松鼠。一路上，她一句话都没有说，像个哑巴。她的脸色那么苍白，表情那么呆滞，眼神那么凄凉！我没有兄弟也没有姐姐，就只有这一个妹妹，我从小爱她，可是我当时可怜她又恨她，不久前她败坏了自己的名誉，令我丢尽了脸。

对面坐着副指导员李晓燕，身旁坐着铁匠王志刚。他黑，健壮魁梧，有一张线条粗犷的脸，给人一种意志坚定、力大无穷的堂堂男子汉的印象。他使人联想到莎士比亚悲剧中的人物奥赛罗，因此获得了一个"摩尔人"的绰号。他性格孤僻，为人正直，敢于主持公道，不喜欢出风头，但一言一行都在知青中具有潜在的影响力。我嫉妒他在我们知青中那种无形的任何人不能匹敌的威信。他暗暗爱着我们副指导员李晓燕。这一点许多男知青都知道，他自己也在大宿舍里公开承认过，但没有一个人敢在这一点上开他一句玩笑。我钦佩他公开承认爱情的勇气和惊人的坦率。从那天起，我把他看成了我的对头。因为我也暗暗地爱着我们的副指导员。他参加到我们这支垦荒队，是副指导员指名道姓点的将。这使我嫉妒极了！而更加使我嫉妒的是，李晓燕此刻竟将头靠在他宽厚的肩膀上，似睡非睡地打盹！

我瞧着她，心中不禁又一次暗问自己：我为什么会爱她？她身上究竟具有什么吸引我的魅力？是因为她美吗？不错，她美。她是个上海姑娘，有一张清秀妩媚的脸，脸上的皮肤白净，五官俊俏，一双眼睛很大，很明亮。眉毛又细又长，和眼睛之间的距离略宽了些，这就使她的脸上永远呈现出一种扬眉凝睇、惊诧不已的表情。自从我第一次见到她，就再也不能不注意她。她的身材也很优美、修长、苗条，亭亭玉立。据说她是上海芭蕾舞学校小班的尖子学员，许多部队文工团和地方文艺单位争着招收过她，她都拒绝了，却自愿报名来到北大荒。我见过、接触过、结识过的容貌美丽的姑娘，绝不只她一个，我不是那么容易被姑娘们的外表美所迷惑、所倾倒的人。越是在美丽的姑娘们面前，我越会表现出一种孤傲的清高来。我的座右铭是：决不轻率地做爱情的俘虏。那么，是不是她那严肃庄重的性格引起了我的好感呢？也不。我更喜欢性格热情爽朗的姑娘，我甚至认为她那种严肃和庄重是做作的、虚伪的，我曾因此而极端地蔑视过她。她一到北大荒就立下了誓言，为了自觉考验自己扎根边疆的坚定性，三年之内不探家。她对全连女青年提出倡议，不照镜子，不抹香脂，不穿花衣服。她的倡议得到了一致的响应，是否真诚，大可怀疑。据女青年们透露，她经常深为自己的脸那么白嫩而苦恼，夏天里，曾偷偷地跑到小河边，独自躺在僻静的河滩曝晒过，但只能使她的脸色白里透红，而不能进一步红里透黑。因此她故意在穿着方面比所有的姑娘更男性化，以弥补在"晒黑了皮肤才能炼红了心"这一"接受再教育"标准上的先天不足。她还有意干和男青年们同样劳累的活，想使自己的体形改造得更符合"劳动者的美"。遗憾的是成效甚微，三年来虽然健壮了些，还是那么修长、那么苗条、那么亭亭玉立，像一株挺拔的小白桦。她果真三年没有探家。第一年里她当上了排长，第二年里她入了党，第三年里她当上了我们的副指导员，成了全团知识青年扎根边疆的光荣榜样。

就在第三年的夏季，团里任命她为副指导员不久后的一天傍晚，我支着自制的简易画夹在河边写生，忽然听到小河上游有人在轻轻地唱歌：

　　九九那个艳阳天来哟，
　　十八岁的哥哥呀坐在河边。
　　……

这首歌当时是被列入"黄色歌曲"一类，绝对禁止唱的。是哪一个姑娘在唱呢？她也太忘情、太大意了！如果让我们的副指导员听到，少不了又要开展一场"思想意识领域内的斗争"。然而她唱得多好听呵！嗓音那么甜、那么圆润、那么婉转。我完全是出于好奇心，收起画夹，悄悄地顺着河沿朝上游循声觅去。在一株歪脖子老柳树下，在一丛蒿草的掩蔽处，隔小河我瞧见了唱歌的姑娘，竟是我们副指导员！她坐在河边一块光滑的大青石上，两只赤脚探入水中，裤筒卷在膝盖以上，裸露着一段洁白的小腿。她正在洗衣服，那好听的甜而圆润的歌声，就是她一边洗衣服一边唱出来的：

　　九九那个艳阳天来哟，
　　十八岁的哥哥呀告诉小英莲。
　　……

　　我，痴痴地隔岸望着她，完全呆住了。

　　她三搓两揉，一淘一漂，洗完了最后的一件衣服，拧干，从大青石上站起身，踏上河岸，踮着脚尖，小心翼翼地走过一片鹅卵石，将衣服晾在灌木枝上。由于她怕卵石硌脚，因此她的脚抬得高，放得轻，步子很碎，她小心翼翼走的那几步路，很像芭蕾舞《天鹅湖》里的一段小天鹅舞。她晾好衣服，又以那样的步子走回河边。她随手在河边摘了几朵野花，闻了闻，欣赏地玩弄了一会儿，左三朵右三朵，插进鬓发里了。她蹲下身去，久久地注视着水面。她在欣赏她自己！她在欣赏她的美！她对她自己欣赏了那么久才缓缓地直起身。忽然，她轻盈地跃到那块光滑平坦的大青石上，伸展双臂，优美地旋转了半圈，竟跳起节奏欢快热情而急促的墨西哥民间舞来！

　　画夹从我手中脱落，掉进河里，顺水漂流！画夹落水发出的轻微声响，令她倏然停止了舞蹈，警觉地朝对岸看来，发现了我，便顿时僵立在大青石上。那姿态像疑惑的小鹿，又像一只受惊欲飞的仙鹤。

　　隔着小河，她望着我，我望着她。

　　我们都呆愣住了。我首先恢复了常态，跳到河里，把我的画夹抢救到手，涉着浅浅的河水，装出若无其事的样子，蹚到了对岸。这时，她插在鬓发里的几朵野花已经不见了，卷起的裤筒也放了下来。

　　"你，你到河边干什么来了？"她主动问我，分明想在心理上先发制人，显出非常自然的样子，竭力掩饰着窘态，竭力保持一个庄重的姑娘在小伙子面前的矜持，竭力保持一个副指导员的尊严。然而，她却没有来得及扣上她那洗白了的兵团服的衣扣，敞露出了短小而紧束的浅粉色的衬衣，

025

那是一件鸡心领的质地很薄的衬衣。我无意地瞥见了她那雪白的颈子,雪白的一部分前胸和同样雪白的浑圆的肩膀,瞥见了她那在紧束的衬衣下高耸的双乳的优美轮廓。我迅速地移开了目光。在那一瞬间我的心怦怦跳动,脸一阵火热,我竟莫名其妙地产生了一种可耻的罪过感,我竟觉得我亵渎了她,也亵渎了我自己。虽然我可以对天发誓,那一瞬,我心里绝对没有萌发一点点邪念,哪怕是一个小伙子对于一个动人的姑娘那种可以原谅的倏忽间的本能冲动,而这种冲动,是上帝创造的亚当对夏娃也曾萌发过的。

她太敏感了!我的目光仅仅从她身上一掠而过。她就像接受了电子讯号的仪器,立刻下意识地用两只手掩上了衣襟,并且马上转过身去。当她再转过身来的时候,站在我面前的,又是我所熟悉的一位副指导员了。她连外衣的领钩都钩上了。只不过还赤着一双脚。就连这双赤脚,她也在使劲踩陷到河边的泥沙里去,用泥沙掩埋住。

她这些接连的举动,令我感到受了莫大的侮辱!

我想找一句话打破这局面,但说出口的却是一句愚蠢至极的话:"你……太美了!"

"什么?……"她的脸红得像一朵彤云。我的意外出现,使她从刚才那种自我陶醉的忘情境界之中,陷入眼前这种无法掩饰的窘迫地步。我顿感内疚,也从内心深处对她可怜起来。

"我……我是说,你刚才跳的那段舞,真美极了!如果我没说错的话,那该是一段墨西哥的民间舞吧?"

"跳墨西哥舞?我?!别开玩笑了,我不过是做了一套中学生广播体操!"她装出一种迷惑的模样,用那么严肃、那么认真的口气加以解释。

"这么说,你也要否认你刚才唱过歌啦?"

"唱歌?我刚才是唱过歌的。这有什么必要否认呐?"她脸上的表情,在伪装的迷惑之外,又增添了伪装的坦率。

　　一道清河水,一座虎头山,
　　大寨就在那山下边。
　　……

她又唱了两句,说:"我刚才就是唱这支歌。怎么,你听到了?……"

这时，她脸上的绯红已消失，神态也变得自然了。

我感到她简直是在把我当成一个瞎子、一个聋子加以公然地愚弄！

我愠怒了，冷冷地说："不！我听到你唱的不是这支歌！你唱的是'十八岁的哥哥呀告诉小英莲！'"

"什么十八岁的哥哥？什么小英莲？你别瞎说！我听都没有听到过这支歌！"她那两条又细又长的眉毛扬了起来，使她本来有一种诧异表情的脸，显出不但诧异而且惊愕的表情来，仿佛我当面说她是一个贼！

这么富有魅力的动人的一张脸，几次虚伪地变化的表情就浮现在这张脸上。

我惊奇地凝视着这张脸，在她面前僵立了。我对她再也无话可说。她在我眼中仿佛是埃及的狮身人面怪物斯芬克司。斯芬克司也要比她坦白！因为斯芬克斯对所有的人都说同一句话："猜不中我的谜，我将吃掉你！"斯芬克斯也要比她知道羞耻！因为斯芬克斯被俄狄浦斯猜中了谜语后，毕竟从巍峨的岩石上跳下去摔死了！

而她，竟要使一个神经正常的人相信自己大白天活见鬼！

我几乎是恶狠狠地对她说出两个字："虚伪！"

我猛转身，怀着对她的似乎永远也无法消除的鄙视，悻悻地大步走了。

"等等！"她叫住了我。

我站下，并没有转过身，但想象得出她是怎样慌张急促地追到了我身后，也感觉到了她那惴惴不安的呼吸。

"你，你要汇报给连里知道吗？……"她讷讷的语调中，带着难以明言的苦苦哀求。

我心软了，背对着她，摇摇头。我走出很远，情不自禁地回头望了一下她，她仍站在小河边，像一尊石雕，一动也不动……

我没有对任何人说过这件事。

我还不至于那么卑劣！

从那以后，过每一次团组织生活，当她诲人不倦地对我们进行种种思想意识方面的教育时，一接触我的目光，语调和神态就不自然起来……

这倒使我觉得有些对不住她了。

不久，我收到了母亲病重的电报。连里没有批假，理由很简单——正值夏收季节，我是康拜因手。其实我知道，主要的原因是，连长不相信这封电报的真实性。某些想父母想得厉害的知识青年或者他们的父母，曾用父母病重、病危甚至病故之类的电报，使我们的连长上了好几次当。连长是个典型的经验主义者，对这样的人，解释和哀求都是没有用的，效果只能适得其反。但我不能对这封电报无动于衷。我父亲去世得早，母亲是街道小五七厂的工人。她在困苦的生活中把我和妹妹拉扯大是多么不容易！谁也不能比我更体谅她为我们兄妹操碎了的那颗心。如今我和妹妹都来到了北大荒，将她一个人孤苦伶仃地撇在了家里。她是个刚强的女人，无论多么想念我和妹妹，她都不会采取欺骗手段的……

我必须立刻回到母亲身边！

我在当天就悄悄地离开了连队……

呵！我的母亲！这一辈子受尽了生活辛酸磨难的女人！她太刚强、太爱她的孩子了。她明明已经病得奄奄一息，自知将不久于人世了，却只给她的儿子拍了一封"病重"的电报，她怕"病危"这样严峻的字眼会惊吓她的孩子。

母亲活在人世的最后五天，我给予了她老人家一个儿子所能给予的最大限度的爱和孝心，也代替我的妹妹，报答她把我们带到这个世界上来并抚养成人的恩情。

五天，短短的五天啊！无论我在这五天内给予她老人家多少孝心，那也只能算是一个儿子对母亲的象征性的报答啊！而这种报答却成了永恒的抵消！

母亲去世前给我留下的最后一句话是："照顾好你妹妹！她就你一个亲人了！"我带着一颗悲哀得麻木的心回到连队。

回去当天，团支部按照连长的指示，讨论给我这个"逃跑主义者"以什么样的处分。事先有人向我透露，要拿我当典型，杀鸡给猴看，处分早已确定——开除团籍。讨论不过是走个组织形式。

而我，却根本对任何处分都无所谓了。

副指导员主持讨论。我想，她这下子该称心如意了！可以堂而皇之地实行报复了。我准备一言不发地听她大发一通议论，一言不发地接受她对我的批判。

她让我先谈谈对自己的错误的认识。我，谁都不看，只漠然地喃喃说了一句："我母亲……死了……三天前……"说完这句话，便低下头，用双手捂住了脸。我凭感觉肯定，所有的人的目光都一下子投注到了我身上。

一刹那间，似乎每一个在场的人都停止了呼吸，宁静得令人窒息，好像空气都凝固了！许久许久，我听到副指导员用极其低微的刚刚能使人听到的声音说了两个字："散会……"

她第一个起身离开了。

当我迈动机械的步子经过连部时，听到里面传出了副指导员和连长激烈的争吵声，她对连长的"指示"从来是奉若神明的，我不禁停下了脚步。

"我是一连之长，难道没有处分一个战士的权力？"是连长恼怒的四川口音。

"我是团支部书记，如何处分一个犯了错误的团员，这是团组织的权力！"副指导员的声音也那么激动。

"你这样做，是袒护一个逃兵！"

"逃兵？他是从战场上逃跑的吗？他逃到黑龙江对岸去了吗？你知道吗？他母亲已经死了！他在母亲死后第三天就回到了连队！……"

"哦！死了？……"

"连长！我也是一个知识青年，我也有老父老母，他们日夜思念我，我也日夜思念他们。要不是我受自己誓言的约束，我也想立刻就回到父母身边去，但……我不能够！我不同意开除他的团籍！连长！请你设身处地想一想！……"

我听到了她的哭声。

我站在连部外面，顿时泪如泉涌！

我心里对她充满了感激！不是因为她代替我辩护，而是因为她说的那句话："我也是一个知识青年……"

这一句话，完全消除了在此之前我对她的种种误解和偏见。凭这一句话，就足以令我心甘情愿地去为她赴汤蹈火。

这句话，使我看到了一个姑娘高尚的本性！一颗富有同情的心！然而，又是她，亲口告诉了我一件如雷轰顶的事，在两天后……

"我们一块儿走好吗？"

收工之前，她接着我锄完了最后一条漫长的田垄。当我们锄碰锄的时候，她对我说了上面那句话。这是三年来她第二次主动跟我说话。第一次，就是不久前在那条小河边。她脸上阴沉的严峻的表情，令我产生了不祥的预感。

所有的人都扛着锄头列队时，她又当众大声对我说了一句："你留一步，我们一块儿走！"男女青年，都用异样的目光看着她，也看着我。

当他们走远，她盯着我说："我没有得到你的同意，就把你妹妹调到我们连队来了。"

"啊！她……她怎么了？快告诉我！"

"在你回家期间，她……"

"说！"

"她做了一次人工流产……"

我的身子摇晃了一下，险些栽倒！

她上前一步，双手扶住了我。

我粗暴地推开她，大吼："你胡说！"

她踉跄着倒退一步，恐惧地瞧着我，从颤抖的嘴唇间挤出两个可怕的字："真的。"

我觉得自己朝脚下的土陷了进去！我想可怕地喊叫出什么，却似乎又有团东西堵住了喉咙！我张大了嘴，只发出一种嘶哑的类似呻吟的声音。我瞪大了眼睛怪异地看着她，她却在我眼前模糊起来。

我突然发了疯似的朝连队飞跑……

那天夜里，当大宿舍响着此起彼伏的鼾声时，我将头蒙在被子里，咬着被角无声地哭了一夜。

我想起了母亲弥留之际的叮嘱，而我还没有将母亲的死告知妹妹，她却做出了这种身败名裂的事，还有脸调到我所在的连队来，企图得到我的庇护。

不！我要严惩她，以一个哥哥的权力！替死去的母亲！

第二天，我被副指导员叫到连部，在那里见到了妹妹。我当时一定是恶魔附体了！我像凶猛的豹子一样朝妹妹扑过去，双手抓住她的头发，使劲把她的头接连地朝土墙上撞、撞、撞……

"住手！"我听到副指导员用变了调的嗓音喝止，冲上前来掰我的手。

我对她大吼："滚开！"

我折磨的是妹妹，但又像是我自己，我在这种歇斯底里中感到了一种痛快。

"啪！"我脸上挨了一记狠狠的耳光。

我终于松开了手。第二记耳光比第一记耳光更狠。

这两记耳光顿时把我打清醒了，我不禁倒退数步，下意识地摸着火辣辣的脸颊。

妹妹，从始至终，一声没有吭，没有呻吟，没有叫喊，没有哀求。被我抓得凌乱的头发，遮掩了她那张毫无血色的苍白的脸，那张泪水涟涟的脸，那忍辱吞声的深陷在眼窝中的大眼睛。

副指导员的脸色像妹妹的脸色一样苍白，她紧紧地把妹妹搂在怀里，胸脯剧烈地起伏着，欲以命相搏地瞪着我。

"畜生！"

这是我第一次从她口中听到的一句骂人话。

从那一天起，我爱上了她……

她现在就坐在我对面，搭着帐篷的爬犁，被疲倦的铁牛拖着，在茫茫雪原上挺进……

篷帘卷着，灌进来被西北风扬起的雪粉，我们冻得缩手缩脚，但谁也不想把帐篷帘放下来。从帐篷口望出去，始终是白色……白色的大地，白色的山峦，白色的河，白色的林。"大烟泡刮起来了"，如万千头发了疯的野牛齐头奔突，示威地追逐在大爬犁后面。

副指导员默默环视着每一个人，自言自语地说："谁来讲个故事？要不就大家一块儿唱支歌！"

没有谁对她的提议做出任何反应。

大家疲劳了。

副指导员把目光停在我脸上。

我清了一下嗓子，唱起了《兵团战士之歌》：

　　兵团战士，胸有朝阳，胸有朝阳。
　　屯垦戍边，披荆斩棘，战斗在边疆。
　　……

没有一个人随声附和，我只得唱了开头两句，便知趣地打住了。

这时，"摩尔人"王志刚吹起了口哨。他唱歌不行，口哨却吹得相当好。令我暗吃一惊的是，他吹的竟是著名的俄罗斯民歌《三套马车》。这个"摩尔人"！简直不把副指导员的存在当成一回事，可他那口哨声真令人着迷，像黑管，又像小号，节拍、曲调吹得准确无误，流露出淡淡的感伤和深沉的忧郁。

不知是谁，竟低声和着口哨唱了起来，接着，第二个，第三个……终于，非常自然地形成了小合唱。

我的妹妹抬起头，瞪大了黑眼睛，愕然的目光不安地瞧瞧这个，瞅瞅那个，又很快地垂下了头。她暗暗发出一声深长的叹息，使我的心恻然一动。

我，面对面地注视着副指导员，猜想她立刻就会严肃地加以制止了！

她，却无动于衷。头，仍然在"摩尔人"肩上。

她竟闭上了眼睛，装出睡意蒙眬的样子。我发现，她放在腿侧的手，分明在偷偷点着节拍！

我的自尊心被刺伤了，紧紧地咬住了嘴唇。

冰雪遮盖着伏尔加河，
冰河上跑着三套车。
有人在唱着忧郁的歌，
唱歌的是那赶车的人。
……

夜幕悄悄降临了，暴虐的"大烟泡"不知是自甘屈服，还是被全速挺进的拖拉机远远甩到了后面，荒原那么沉静！

黑暗完全替我们垂下了篷帘……

二

我们的拖拉机像远迁的鄂伦春部落，在茫茫的雪原上奔驶了整整两天两夜。当我们打开地图，一致确信拖拉机履带已经碾在积雪覆盖的"鬼沼"的冰面上时，正是荒原庄严而肃穆的黎明时分。

呵！"鬼沼"！它并非像传说中那么恐怖，也许因为它处在冬眠状态，雪被罩住了它那狰狞的真实面目吧。我们看到了什么？仿佛看到了世界上最大的湖泊被冻结在眼前，"满盖荒原"——它平坦得令我们这批垦荒者难以置信，直铺到遥远的地平线。

"魔王！你在哪里？你出来！"我们的一个伙伴大声呼喊。

"魔王"没有出现。

铁匠王志刚突然朝不远处一指："你们看！"——一根从正中间劈开的圆木桩钉进土地，倾斜地立在那里。

我们都好奇地走了过去。副指导员拂掉木桩上的雪，我们看到了一块木牌，累累斧痕粗糙砍平的劈面上，刀刻的字迹被风雨所侵蚀，只能依稀认出"死于此"三个歪扭的字。

我相信，我们每个人当时都和我一样，倒吸了一口冷气。

"那里，还有一个！"我的妹妹又发现了同样的不祥之物，她第一个朝拖拉机退去。

副指导员低声说："我们走吧，别搅扰他们安息了。"

如果有人问我："你在北大荒感到最艰苦的是什么？"

我的回答是："垦荒。"

为了寻找有水源的林子的理想地点，我们的足迹几乎踏遍了"满盖荒原"。我们发现了一条在地图上没有标出来的小河，它是"满盖荒原"上唯一洁净的水源，被我们命名为"流浪者"。我们发现它之前，它像流浪汉在荒原上不知徘徊了多少岁月，现在我们在它身边扎下了帐篷。

当冰雪消融的时候，当"流浪者"唱起了"拉兹之歌"的时候，我们闪亮的犁头劈进了"满盖荒原"的胸膛。若非垦荒者，谁能体会拖拉机翻起第一垄处女地那种喜悦？这荒原上有那么多的狼，光天化日之下，它们三五成群、大模大样地尾随在我们的拖拉机后面，捕食被犁头翻出的肥大的土拨鼠。夜晚，它们就在我们帐篷四周嗥叫。创业的艰苦，使垦荒队的每一个小伙子都变成了圣徒。副指导员跟我的妹妹和我们同住在一顶帐篷里。一块毯子分隔开了她们的狭小世界，毯子后面是神圣不可侵犯的"巴黎圣母院"。

一天深夜，我从睡梦中偶然醒了一次，却没有听到拖拉机翻地的轰响。我一下子跳起，来不及多想，只穿着短裤，就闯进了"巴黎圣母院"，将副指导员从被窝里捅了起来。

"你！你要干什么？！"

"拖拉机不响了！'摩尔人'，在翻地！"

"啊！"副指导员顺手就操起了步枪。

拖拉机不响，意味着"摩尔人"出了事。所有的人都惊醒了！正当大家要奔出帐篷，"摩尔人"从外面钻了进来。马灯光下，我们见他身上背着一只狼，两手拽着狼的两只前爪，头顶住狼脖子。那只狼朝天张大着嘴，两只后腿抓在他的腰胯上。

"摩尔人"大声说："快动手！它还活着！"

我们各自操家伙，棍棒齐下，将那只狼在他背上打死了，好大的一只白毛老苍狼！

"摩尔人"一下子坐在地铺上，喘息了半天，才说："拴大犁的钢丝绳断了，我回来换钢丝绳，这东西跟上了我，出其不意地将两只前爪搭在我肩上……"他的脸上、手上尽是血痕，棉衣被撕成碎片。他拧着眉脱下棉衣，里面的绒衣和皮肉被狼的后爪抓得稀烂！

副指导员命令我的妹妹："快，拿医药箱来！"

这时，我们才发现，她仅穿着衬衣衬裤，光着一双脚。她也意识到了什么，在我们的目光下一时显得不知所措。随即，她镇定了下来，从容地说："都瞪着我干什么？没你们的事了，全睡觉去！"

大家都一个个顺从地钻进了被窝，我没有。我将马灯举在"摩尔人"头上。

副指导员柔情地看了我一眼，一句话也没有说，立刻从妹妹手中接过医药箱，替"摩尔人"小心翼翼地包扎伤处……

我妹妹是垦荒队的"内务大臣"，给我们做饭、洗衣服。从连队带来的冻菜吃光了，任何一种野菜还都没有从荒原上生长出来。为了使我们能吃得稍微满足点，她对剩下的两袋面粉发挥了充分的创造性：馒头、发糕、花卷、烙饼；甜的、咸的、又甜又咸的、先蒸后烙的……

如果说我是因为副指导员而参加垦荒队的，妹妹则是因为我才来到"满盖荒原"上的，我是她唯一的亲人。我走到天边地角，她会追随我到天边地角。我那么凶狠地对待过她，她却依然在心理上对我希求着荫庇和保护。我表面上对她仍旧冰冷异常，可感情上早已彻底饶恕了她。

只有自己罪恶深重的人，才不肯饶恕别人。

何况她是我的妹妹，唯一的妹妹！

我有责任保护她。无论在那件可耻的事情发生之后或者之前，我对她尽到过一个哥哥的责任了吗？没有！到北大荒的第一天，当我们经过鹿场，她被鹿群迷住了，她请求我和她一块儿留在鹿场。只要我愿意，那是完全可以的，我却没有留在她身边。为什么？我不愿和妹妹在一个连队。我觉得她太娇气又太任性，同在一个连队会给我添无尽的麻烦。为洁身自好，我逃避一个哥哥的责任，而在她成为舆论和道德严厉谴责的对象后，我首先想到的又是她败坏了我的名声。因此我憎恨她，不肯给予她半点怜悯和同情……

在"满盖荒原"上无数个不眠之夜里，我内心进行着深刻的反省，我认识了自己的真实面目。我忏悔我是一个多么自私的哥哥，一个多么可鄙多么卑劣的人！

有一天，当帐篷里只有我和妹妹的时候，我叫了她一声："小妹！"她正在案板上揉面，听到我叫她，立刻抬起头。她怔怔地望着我，脸上浮现出无比激动的表情，一双黑眼睛里顿时充满了泪水。

"小妹，你还生我的气吗？"我轻轻走到她身边。

泪水，大颗大颗的泪水，慢慢从她的黑眼睛里淌出来，顺着她苍白的脸颊落到案板上，被她的双手一下一下地揉进了面团里。

"小妹！……"我的声音哽咽了。

她倏地转过身，扑在我身上，沾满面粉的双手紧紧抱住我的脖子，头偎在我怀里，放声大哭起来。

泪水从我眼中簌簌而落。

许久，她才止住了哭声。她问我的第一句话是："妈妈的病好了吗？"

我的心像被捅了一刀！哦，母亲！如果您在九泉之下听到妹妹这句话，肯定也会老泪纵横的吧！

但愿您听不到这句话，但愿您不再为您的儿女们伤心，可我又多么希望您能够听到这句话呵！妹妹比我更爱您呵！

我没有勇气实告小妹，母亲已不在人世了！她那脆弱的情感、脆弱的心灵是经不起重击的。

我低声回答小妹："妈妈没有生病，妈妈太想念太惦记我们了，我告诉她我们都很好，她就放心了。"

妹妹嘴角挂上了一丝笑容，一丝苦涩的笑容，几天来的第一次笑，如果那种惨然的表情也能算是笑容的话。

"告诉我，那个人是谁？我要教训他！"

妹妹坚决地摇了摇头。

"你……爱他？"

妹妹无语地点了一下头。

"他呢？……他也爱你吗？"

妹妹又点了一下头。

我注视着妹妹。她脸上呈现出一种天使般圣洁的表情，那是心灵的反射。我茫然了。

妹妹忽然肯定地问："哥哥，你爱她？"

"谁？"

"副指导员。"

"你听什么人胡说的？"

"我看出来了，她……也挺喜欢你的！"

"真的？……"我双手紧紧抓住了妹妹的两条胳膊。

"真的。"

"不，我知道她喜欢的是'摩尔人'！"

"她只是信任他，我也信任他，他是一个值得信任的人，任何一个姑娘都会信任像他那样的人。但她喜欢的是你！她说你是个具有诗人气质的小伙子，是个雪莱型的小伙子。她说她喜欢雪莱，不喜欢拜伦，虽然他们都是天才的诗人，她还说拜伦只能评定一个女性外表的美丑，而雪莱却能窥察一个女性内心的善恶。她也知道你在爱她……"妹妹突然住口了。

我们几乎同时发现副指导员不知何时呆呆地站在帐篷门口，她显然听到了我和妹妹的谈话内容。

"哎呀，我晾在河边的衣服还没收回来！"我找了个借口逃出帐篷，在荒野上盲目地奔跑，我觉得"满盖荒原"成了世界上最美好的地方。

当天，吃过晚饭以后，我们又围聚在帐篷里，讲起故事来，这成了我们精神生活的唯一方式。我们什么故事都讲：神、鬼、荒诞的、恐怖的、风趣的……我们每个人，包括副指导员在内，都摆脱了在连队的种种束缚，真正成了"满盖荒原"上"顶天立地"的人。

副指导员娓娓动听地讲了希腊神话《奥德赛》中的一段故事：伟大的俄底修斯攻打了特洛伊城以后，率领他手下的勇士们从海上返回家乡伊塔克，结果被逆风吹到了一个孤岛上。岛上的居民专靠吃一种"忘忧果"度日。他们热情地把"忘忧果"捐送给俄底修斯和他的勇士们吃。勇士们吃了"忘忧果"，完全忘记了自己的家乡和父母，忘记了兄弟姐妹和妻子，忘记了一切朋友，竟无忧无虑地长久留在了孤岛上……

我惊讶地发现，她讲故事的水平超过我们所有的人，她并不绘声绘色，只是娓娓道来。但那语调中流露出来的感情，是能够打动到人的心灵深处的。

她讲完了，我们都陷入沉思。只有妹妹叹息了一声，自言自语地说："我真想获得许多许多那种'忘忧果'……"

副指导员，又是和"摩尔人"坐在一起，又是那样地将头靠在他的肩上。大铁炉子里的火光，将她的脸映照得那么红。火光一闪一闪，她那张美丽的脸忽明忽暗，浮现着一种虚幻憧憬和淡淡的愁思。

我不禁对她充满了同情。如果不是三年前她立下的誓言束缚了她，她早该回家了。三年呵！她一定比我们每一个人都更加思念她的父母和亲友。

我打开画夹，说："别动！'摩尔人'，我给你们画张像！"我的本意是，要给她画一张肖像。因为此时此刻的她，那么美丽，那么楚楚动人，但我没有勇气坦白说出。"摩尔人"显然错误地认为我的话是对他的当众揶揄，他顶不能容忍的就是这个。所以，当副指导员下意识地将头从他肩上移开时，他一把抓住了她的手，冷冷地盯着我，说："别动！叫他画，别扫他的兴！"语势中隐含着挑衅。副指导员又顺从地将头靠在了他肩上，微微一笑，也注视着我。

我再没说什么，认真地画了起来。我看她一眼，画一笔，暗想，我一定要画得十分像。我从来没有画得那么好过，真的！最后一笔，我存心一顿，把笔尖折了。

"没画好！"我把画夹递给了副指导员。

大家都围拢来欣赏，赞叹：

"像！像极了！"

"嘿！没看出来你还有招不露！什么时候也给我画一张？"

"咦，你就画了我自己呀！"副指导员看了"摩尔人"一眼。

"我的笔尖断了。"我脸上微微一红。

副指导员拿着肖像端详了一会，问："送给我？"

"送给你！"我大胆地盯着她。

她垂下了眼睑，说："我会仔细保存它的。"

这时，"摩尔人"站了起来，一声不响地钻出了帐篷。从那一天起，他更加沉默寡言了……

然而，什么都可以转让，唯独爱情。

我要执着追求，决不放弃对她的爱，决不……

三

第一场春雨降临了。

我们开垦的乌油油的沃土，贪婪地吸吮着大自然母亲的乳汁。人们都习惯把春天比作花枝招展的少女，可是当她在"满盖荒原"上旅行时，却更像一位庄重的夫人，脚步懒散而从容，带着唯一的颜色——淡绿，所到之处，漫不经心地随意点染，画出了绿的世界。

副指导员有一天昏倒在"流浪者"河边，她病了。她接连两天昏迷不醒。在昏迷中，她时时念叨着两个字："麦种，麦种……"医药箱里所有的药，都不能减退她的高烧。第三天，她稍微清醒了一些，首先把妹妹唤到她铺前，问："还有多少粮食？"

妹妹回答："只剩一点点了！"她亲切地环视着我们，微笑了，说："伙计们，我代表连队谢谢大家。我要建议党支部，给大家都记一功，放进档案里。现在，这里留下几个人就够了，其余的全部回老连队去，帮助老连队迁移来……一定要赶在'鬼沼'开化之前！"她轻轻地拉着妹妹的一只手，"你留下吧，没有你在身边，我会寂寞的。"

妹妹说："副指导员，我留下！"

我说："我也留下。"

"摩尔人"看着副指导员，问："如果你同意，我也留下。"

副指导员默默地点了点头。

"满盖荒原"上就留下了我们四个人。

一天，两天……四天过去了，连队没有到达。整整一个连队，几百口人，搬迁到这里来不是一次简单的行动，会有许许多多的困难。在这四天之内，"鬼沼"卑鄙地联合了起来，向我们示威！当我、妹妹、"摩尔人"第四天早晨走出帐篷时，都被惊愕得呆住了！清可见底的"流浪者"河，不知从哪里汇集了那么多水，隔夜之间变成了一匹脱缰的野马，浊流湍急，打着漩涡，夹杂着雪坨、冰块、枯枝断树，甩了一个直角弯，奔泻而下，河水溢出河床，灌进沼地，"鬼沼"一片汪洋！

妹妹忧愁地说："今天连队再不到达，我们就一点吃的也没有了。"我和"摩尔人"同时看了她一眼，都没说什么。我们担心着更严峻的事情……连队将如何涉过"鬼沼"？

妹妹一声不响地又钻进帐篷里去了，我和"摩尔人"也跟进帐篷，见她坐在副指导员的地铺旁，瞧着昏迷中的副指导员垂泪。我们进来，她赶紧抹去眼泪站起来，拿上一把镰刀和一个小土篮，说："我去挖野菜。"

将近中午，妹妹的喊声突然从远处传进帐篷："哥哥，哥哥，快来呀！"

我和"摩尔人"同时跳了起来，奔出帐篷，但见妹妹像一只小猎犬，在追赶一头弱小的狍子。她一扬手，将镰刀飞抛出去，砍中了狍子后腿，狍子一头栽倒。她猛扑上去，却扑了个空。那小动物挣扎着跳了起来，带着伤向沼地里逃窜，妹妹跟在后面紧追不舍。小狍子在沼地边沿停了一下，似乎还回头看了她一眼，跃进了沼地，一拐一拐地向沼地深处逃去。

"站住！"

"小妹！"

我和"摩尔人"对妹妹大声喊。

妹妹追到沼地边，欲罢难舍，焦急地来回奔跑。她终于停住了，望着陷住四蹄寸步难移的狍子，迟疑了一下，小心翼翼地向"鬼沼"迈出一步。

"回来！危险！""摩尔人"高吼一声。我和他同时朝妹妹跑去。

妹妹回过头来望了我们一眼，挥动了一下手臂，好像是在任性地说："你别管我！"她跑进了"鬼沼"。

当我和"摩尔人"追到沼边时，她已捕住了小狍子。她和那小动物在沼泥中搏斗了几下，一眨眼间，忽然深陷了下去，一下子被吞陷到胸部！还没等我和"摩尔人"有所反应，沼泽中便只露出了她的一只小手。那小手也只来得及在空中抓了几下，倏忽间便从眼前消失了！

"哥哥！别过来！"她留在这世界上的最后一句话，击响我的耳鼓！

"小妹……"我发出一声可怕的叫喊，不顾一切地向沼泽冲去。

"摩尔人"两条有力的手臂，从后面紧紧将我搂抱住了。我挣动了几下，眼前一黑，昏倒在他怀里。

当我醒来的时候，已经躺在帐篷里。妹妹的那只小手像电影中的叠印镜头一样，重复地在我眼前出现。我耳边又响起了母亲临终的叮嘱，泪水唰地一下子淌了出来。我硬撑起身，看见"摩尔人"那高大的身躯，一动也不动地伫立在帐篷外。惨白的月光照在大地上，将他的身影衬托得格外分明。"鬼沼"那边，传来了令人毛骨悚然的怪异鸟叫，也许是"收魂鸟"将妹妹的魂灵收走了吧？我虽然并不迷信，但这种迷信的思想在我头脑中闪过。我盯着"摩尔人"的身影，心中突然对他产生了强烈的憎恨！甚至思路狂乱起来。如果不是他搂抱住我，我相信我是一定可以救出妹妹的！对小妹的死他是有罪过的！

我站了起来，一步一步走出帐篷。"摩尔人"听到我的脚步声，缓缓地转过身来。他骇然地瞪大了眼睛，也许他看到了我怒不可遏的狂乱的脸色，本能地朝后退了一步。

我霍然对他扬起了拳头。

"你……"他惊愕地朝后退了一步。

"我恨你！"我咬牙切齿地说出了这三个字。

他的目光，盯在我脸上，低沉地说："如果是因为你的妹妹，那我有权替自己辩护。你以为我有一颗魔鬼的心吗？你以为我就不为你妹妹的死难过吗？如果当时我的生命能换取她，甘愿躺在沼底的是我！如果你是因为她……"他朝帐篷里看了一眼，"那你尽管动手！只要我活着，只要她还没有宣布做你的妻子，我就有权爱她，并且追求她！"

他的话，令我的双手发抖了。好像为我的小妹志哀，我垂下了头。宁静的夜晚，荒原显得更加沉寂，连"收魂鸟"那种怪异的叫声也听不到了。

"摩尔人"注视了我一瞬间，慢慢朝我背转了高大的身躯，朝荒原黝黑的深处走去，消失在黑夜的巨口中。

"你们吵嚷什么？"

我扭回头，见副指导员站在帐篷口。四天内，她病得虚弱不堪，如果她松开拽着帐篷帘的那双手，一定会无力地瘫软在地。

我半天才从双唇间挤出了一个字："狼……"

"狼？"她怀疑的目光久久地审视着我，追问，"你一定有什么事情瞒着我！'摩尔人'呢？你妹妹他们到哪儿去了？快告诉我，发生了什么事？！"

"我妹妹……她……她……她死在'鬼沼'里了！"我双手捂住脸，克制不住巨大的悲痛，失声号啕了。

副指导员像被猛击了一锤，发出短促的一声"啊"，昏倒在帐篷口。

深夜，"摩尔人"还没有回来，他到哪里去了？在我缺乏理智地对待了他之后，他会不会也恨我呢？他还会回来跟我同住在一顶帐篷里吗？他会不会遭到什么不幸？如果他真遭遇到什么不幸，那杀害他的就是我了……

我忏悔极了，不安极了，我感到黑夜的漫长。我守护着昏迷中的副指导员，第一次体验了在这广袤无垠的荒原上，孤独是一种多么可怕的处境。我整夜没有合眼。

黎明时，一阵急促的马蹄声由远而近。我奔出帐篷，"摩尔人"已经在帐篷外跳下马背。

"马？哪来的马？……"我忘记了我们之间发生过的一切不愉快的事，亲切地跟他说话。他说："前几天，我曾在树林中发现了被猎刀砍断的树枝，推测这附近可能有鄂伦春猎人。昨天夜里我找到了他们，向他们借了这匹马。副指导员怎么样？"

"还是昏迷不醒。"

"鄂伦春猎手们说，可能染上了出血热。"

"出血热？！"

我的心顿时冷却了。我听说过这种病，它夺走一个人的生命，像秋风吹落一片树叶。

"摩尔人"又说："你立刻骑上这匹马，顺着我们的来路护送副指导员过去！你一定能迎到我们的连队，副指导员就有救了！"他完全是命令的口气。

"不！你护送她，我留在这里！"

"我的身体太重，半路上非把这匹马压垮不可。它已经跑得够累了！由此向西五十里，可以绕过'鬼沼'，你们沿沼地向西走吧！"

再争执就是卑劣的虚伪。

"摩尔人"用行李绳将昏迷中的副指导员缚在我后背，扶我跨上了马鞍。

"把枪带上。"他把步枪递给了我。

"你留下！"

"你带上，以防万一。"他将步枪挂在马鞍上，拉着马缰掉转马头，用充满信赖的目光看了我一眼，在马屁股上猛擂了一拳。

那马嘶叫一声，撒开四蹄，朝西疾驰而去。

朝西虽然比朝东少绕三十里路，却要经过一片"塔头"甸子。幸亏那马是纯种鄂伦春猎马，在"塔头"地里也行走如飞。这种马体形矮小，其貌不扬，但能吃苦耐劳，是猎人之友，是荒原上的骆驼。

绕过"鬼沼"，仍一路不停地踢着马腹。那马仿佛体谅我的心情，速度毫不懈慢。又疾驰了大约三十里路，我的棉裤被马身上的汗湿透了。突然它打了几个响鼻，四腿发抖，蹄步摇摆起来，它似乎还想全力奔驰，但前蹄却跪倒了。我的双腿刚刚离开马鞍，在地上站稳，它便侧身一卧，伸长了脖子——它彻底累垮了！马腹忽起忽落，鼻孔喷出热气，嘴里吐出白沫来。这有灵性的动物，在倒下时，也绝不用身子压住骑者的腿，它那双琉璃眼，歉意地悲哀地望着我。

"放下我，放下我！这是什么地方？我们为什么在这里？你要把我背到哪儿去？"

副指导员从昏迷中清醒过来了，她在我背上挣脱着被缚住的身子。

我解开绳子，将她轻轻放在地上，让她的头和肩靠在我的胸前。

我轻轻对她说："副指导员，我要护送你迎接连队，你病得很严重！"

她喃喃地问："我要死了，是吗？"

听我所爱的人说出这种话，我如万箭穿心，难受极了！我大声回答她："不，你不会死的！"

她吃力地微笑了一下："我不怕死，真的。你忘了，我们的扎根誓言中，不是有这样两句话吗，'埋骨何须故土，荒原处处为家'。遗憾的是，我再有几个月就可以回家探望我的爸爸妈妈了，我真想他们啊！他们想我，大概都想疯了呢。我已经给他们写了信，保证我们在'满盖荒原'上秋收之后……"

我呜咽了，眼泪一滴一滴落在她脸上。

"别哭，"她轻轻握住了我的一只手，"如果我真的死了，就把我埋在'鬼沼'旁，我要和你的妹妹做伴。她是个好姑娘，我喜欢她。我只有一点请求，在我的碑上，在我的名字前面，刻上'垦荒者'三个字……"一大滴泪水，从她的眼角慢慢淌了出来。

我紧紧搂抱着她，放声大哭。

"你看，那是什么？多像书上写的那种忘忧果！你给我折一枝来，好吗？"她那双美丽的大眼睛忽然闪亮闪亮的，盯着附近的什么东西。

我顺着她的目光，发现了一丛紫红的尚未开放的达子香花。我将她靠在马鞍上，站起身去折那丛达子香花。待我折了一束花回到她身边时，她已经闭上了眼睛。

她和那匹鄂伦春猎马同时停止了呼吸！

大地在我脚下旋转，蓝天变成了黑色。

我擦干了眼泪，将那束达子香别在她衣扣里，跪了下去，在她渐渐消失血色的双唇上，长久地亲吻着。我相信，她若有灵，是不会嗔怪我的。

我又背起她，继续朝前走。

这时，在地平线上，我看到了我们搬迁的连队带状的影子……

全连队为副指导员默哀了许久许久。

每一个人都流出了真诚的眼泪。

……

当我们全连队的马车、爬犁、拖拉机和团里支援我们搬迁的卡车所组成的车队行进到"鬼沼"前，冥冥的暮色开始在荒原上织成了帏幔。有人发现了一顶棉帽子，挂在倾斜的作为坟碑的木桩上，还压着一块石头。我首先走过去取下那顶帽子，认出是"摩尔人"的狗皮帽。帽兜里有一张纸，上面写着这样几行字："我探出了一条涉过'鬼沼'的路，以树枝为标记，由此向东，一里远处……"

当天晚上，我们将可能陷没的车辆停在了原地，全连队的人都平安地涉过了"鬼沼"。可是我们却到处也寻找不见"摩尔人"。

第二天黎明，在"流浪者"河边，发现了"摩尔人"的血迹斑斑的衣片，一柄大斧，三只死狼……周围的一切，都无声地向我们作证，这里曾进行过怎样触目惊心的人与兽的搏斗，可以想见，强壮勇猛的"摩尔人"是怎样拼搏尽了最后的气力才倒下去的……

我们在悲痛的日子里，开始在"满盖荒原"上播种。

按照副指导员的遗嘱，我们将她埋葬在"鬼沼"旁。我们从百里外的驼峰山上运回了一块大青石，连队的老石匠将它凿成了石碑，碑文上刻着：垦荒者李晓燕和她的战友王志刚、梁珊珊长眠于此。

我们从驼峰山上伐下了上千棵义气松。沿着"摩尔人"作的标记，在"鬼沼"上铺了一条垦荒者之路。第二年，又有好几个连队建点在"满盖荒原"上。

"鬼沼"，它终于被征服了！

当我带着垦荒者的胜利，在一个黄昏默走到"垦荒者"墓前凭吊的时候，一个陌生的青年也在那里。我发现墓碑上放着一束达子香花，那是妹妹生前最喜爱的花。

我立刻明白，他是妹妹生前所爱并爱过妹妹的那个人！

他脸上的表情令我深信，他永远也不会离开"满盖荒原"的了！

我们对望了一眼，他便掉头缓缓离去了。

我没有叫住他，没有问他的姓名，甚至没有想到问问他是哪一个城市的青年……

他是我们那一代中的一个，这一点足够了。

我们经历了北大荒的"大烟泡"，经历了开垦这块神奇的土地的无比艰辛和喜悦。从此，离开也罢，留下也罢，无论任何艰难困苦，都绝不会在我们心上引起畏惧，都休想叫我们屈服……

呵，北大荒！

（选自 1982 年第 8 期《北方文学》）

教授之死

教授六点半出门，去某报主编家。他是位社会心理学教授，应约为某报写了一篇较长的文章，题目是"勿以善小而不为"。内容嘛，无须赘言，读者诸君自会明了。主编极欣赏教授的文章，已决定作为重点文章推出，希望能引起全社会的讨论。只不过对题目稍存异议，认为未免太直白了点儿，不似学者文章了。在电话里说服教授改个题目。教授不打算改。他想，自己那篇文章不是在做学问，而是在谈社会现象；不是为研究生们写的，而是为全社会人写的。所以直白的题目，正符合自己的初衷。他此去主编家，就为一件事，反过来说服主编接受那个被认为"太直白了点儿"的题目……

教授是个很守时的人，他估计会提前五分钟到主编家。

他今天心情无比好，因为女儿从美国来信了。女儿在信中向他"汇报"三件事：一、获得了法学硕士学位；二、已经有了心上人；三、怀孕了。一个月后，将与心上人同时回国正式举行婚礼，此后定居国内……

这三件事，一件比一件令教授欢喜。当然，信中还有些别的内容，介绍未婚夫的性格、人品、专业，父亲是一位局级干部，母亲是一位高级会计师……

教授想，这门亲事，也可算是门当户对了。虽然他在女儿的婚姻问题上毫无封建观念，但门户相当总归是好的啊！

教授只有这么一个女儿，不说是掌上明珠，也可以说是心中最大的安慰。

信中还夹了一张照片，是一对儿爱人的合影。小伙子形象挺斯文，清丽的女儿，小鸟儿依人似的，和他偎得那么亲昵……

从收到信那一天起，教授已经开始"倒计时"了。

教授在不是教授而是讲师的年龄被打成了"右派"，结果就由讲师而成为农民了。所以四十多岁才结成婚。当年的农村女子，嫁给讲师自然是一百个乐意的，但是按部就班地嫁给农民也无所谓，就是都不肯嫁给由讲师而成为农民的男人。这样的男人既没工资，也挣不了几个工分，何况四十多岁了，何况还是"右派"。

当年坚定不移地要嫁给他的，是一名插队的女知青。

她因与他结婚，也被时代划入了"另册"。

但是他们当年是何等相亲相爱啊！

两年后她死于难产，他怀抱着刚刚出世的女儿痛不欲生。以后他那男人心中便渐渐有一种母性的情愫形成了。这是由于对女儿的双重的爱而形成的，并且每每不由自主地从内心里向外释放，待及他人。尽管他人不因而改变对他的阶级立场……

现在，他早由当年的讲师而成为教授了，还出了好几部社会心理学专著，还去国外进行过学术交流，全社会却没什么人拿他当"大知识分子"了……

教授一招手，一辆出租车停在他跟前。那是一辆"夏利"。教授坐入车里，伸出手刚要关上车门，后边过来一辆自行车，骑车人的胳膊撞在车门上。教授感到大拇指一阵剧痛，低头一瞧，手指被骑车人的脚蹬子卡于车门，卡青了。

教授刚想说——你这人怎么骑的车啊？却首先听到了那骑车人的一吼——你怎么停的车！

教授用另一只手捂着作痛的大拇指，扭头朝车外一看，见那么凶恶地发吼的，竟是一个女人，五十六七岁，高而且壮。对，不是胖，是壮。

教授想，我不是司机，这话不是问我的。

他向司机瞥了一眼，司机不动声色，暗示他关上车门。

教授只得向那身高马大的女人赔笑脸，抱歉地说："对不起啊，我下次一定注意。"

他关上车门，车开走了。司机嘟哝："这女人，什么德行啊！"教授又冲司机笑笑，息事宁人地说："哎，在气头儿上嘛，也是可以理解的。"司机朝教授的手瞥了一眼，挖苦他说："您真有涵养，要是我的手指被弄成那样，今天和那女人没完。可恶的女人！"教授说："何必呢。她又不是故意的。"车开出去没有五十米,一辆自行车从后边超到车前,车身一横,挡住了方向。司机急刹车,教授的头呼地撞在车内的铁栏上。那真是好险的情形!教授定睛看时,见是刚才那个女人。她蛮横地叫道:"下次?这次就得说清楚!"司机说:"是你自己撞在车门上,又不是我开车撞了你。"那女人说:"就是你的车撞了我!你的车门撞了我!休想一走了之,没那么便宜的事儿!"司机说:"又不是我开的车门,是这位乘客开的车门,他开车门撞了你,还是你撞在开着的车门上,我也没看清楚,你有理和他讲!"

教授觉得很有必要替自己辩护了,他彬彬有礼地说:"女同志啊,您这就太过分了点儿。不是我开车门撞了您,是您撞在开着的车门上,对吧?一辆出租车开着车门,又是在大白天,几百米以外就可以望得清楚,对吧?何况,您也没撞伤,您究竟要怎么样呢?"

教授对目前的世相民风也是了解一二的。他知道在这种情况之下,大抵是要靠钱来调停的。所以他才问最后那一句。如果对方要五十元钱,他会毫不犹豫立刻掏出来就给。他曾目睹过两个骑自行车的人相撞了,感到自己欠理的那个问:"你说怎么办吧!"另一个捻动着手指回答:"咱俩也甭浪费时间,你给半条烟钱拉倒!"对方够爽快,掏出一百元往另一个手里一塞,于是二人都不再啰唆,跨上自行车各奔东西。教授打算向那个爽快的男人学习。但他身上只带了一百零几元钱,不能都给那女人,得留下五十元来回"打的"。他想,那女人不见得是女"烟民",何况也不怎么占理,五十元是该打发得了的吧?他一心巴望那女人让开路,出租车快一点儿开走……

岂料那女人双眼一瞪,怒道:"你少跟着搅和!哪儿凉快上哪儿待着去,别自找引火烧身!"

教授见她那副刁蛮样子,明白是碰上个无赖女人了,或者是个患"更年期综合征"的女人。同时明白那出租汽车,一时半会儿怕是动不了地方了。

教授怀着几分内疚对司机说："师傅，我有事要办，看来你的车我坐不成了，我得另打一辆'的'……"

教授说罢下了车。

司机也赶紧下了车，扯住教授的袖子说："别走别走。老先生您走不得。您走了，我这算怎么回事儿呀？"

那女人，则望着他们冷笑。

教授愣了愣，心里虽然急，脸上却尽量微笑着，尽量以平和的口吻说："师傅，我要坐进你的车里，就得开车门吧？我不是一只飞虫，能从窗子钻进你的车里去。我一点儿过错都没有哇，我怎么不能走呢？你扯住我袖子不许我走，不是等于无理扣押乘客吗？"

听了教授的一番话，司机的手缓缓松开了。教授得以摆脱，匆匆地往前走。心里未免生气，但主要还是生那女人的气。他想，那司机也够倒霉的，我一招手，他就把车停了，结果就摊上了这么一件窝火的事儿。虽然并不怪我，可毕竟是我给人家添了麻烦啊……走出五十多米，不禁回头望，见出租车自然还停在那儿，已围了些看热闹的人……

教授继续往前走，继续想，事儿由我引起的，我倒好，一走了之，将一个又刁蛮又无赖的女人只留给司机一人去对付，是不是有点儿太……那个了呢？我不是主张与人为善的吗？在这件具体的事儿上，我不是有点儿言行不一了吗？……

这时他已走出了一百多米。他的脚步放慢了。他不禁再次回望，见看热闹的人围得更多了……教授犹豫片刻，一转身往回走了。他分开看热闹的人，走近出租车，见那女人已很撒泼地坐进了车里，坐在他坐过的座位上，样子更加刁蛮了，猜不透她打的什么鬼主意。

教授将自己的一张名片递给司机，说："师傅，真对不起啊，不承想让您摊上这么一件事儿。她要去医院，医疗费我出了；她要什么赔偿，也可以算在我名下！不就是几十元钱一百来元钱吗？早直说，早满足她了……"

那女人并不看他，瞪着两眼望向车前方，嘴角聚着两抹阴阴的冷笑。

教授到主编家里，已经八点多了。比预约的时间迟了一个多小时。教授将那件意想不到的事儿讲了一遍。主编沉吟良久，缓缓地说："我的教授先生呀，在理论上，我完全同意你的主张，在现实经验方面，连我也不敢照你的主张以身作则啊！"

教授说："著文劝世之人，该讲言行一致。我心甘情愿。"

主编说："感动，感动。"

至于教授那篇文章的题目，主编倒没太固执己见，很轻易地就被教授说服了。

主编将教授送出家门时又道："你呀，已经走掉了，干吗又回去呢？千不该万不该，不该还主动将名片给人家。"

教授说："图的是好心情。否则心情会不好，会觉得太对不起司机。"

教授回到家里，仍寻思那件事儿。他想，社会是变了。同类小事儿，若在从前，无非道个歉，说句"对不起"。现在，光道歉不解决问题了，说许多句"对不起"也不行了，得给钱了。这也好，简单，商业时代嘛。但是似乎该明码标价，比如在人挤人的情况下谁踩了谁的脚，一方应付另一方人民币多少；出门进门谁碰了谁的肩，又应付人民币多少。随着人民币的贬值，价码又应逐年上调。真的好。那样一来，每一位中国人，就真的成了"神圣不可侵犯"的个体了。谁咳嗽时唾沫星子溅到了别人脸上，甭道歉，甭说对不起，那都没用，多余，点出几张人民币往对方手里一塞就是了……

教授想得好玩儿，径自扑哧笑了。

第二天晚上，教授家里来了人，是那司机两口子。按着名片找上门来。

司机落座后，吸着一支烟，从昨天教授走后缓缓道来，说那女人如何又纠缠了他一个多小时，他如何带她去了医院，如何又开车将她送回家……

教授正改着学生的一篇论文，心里虽然充满内疚和同情，却没时间细听，催司机快说花了多少钱。

司机才不再讲下去，掏出几张单据，一一向教授交代："这是挂号费，这是药费，这是拍X光片的单据……"

"还拍X光片？"教授不禁愕然。

"对，她非要求拍。"

"有问题吗？"

"没有，半点儿问题也没有。"

教授一时悬起的心定了："你说吧，共计多少钱？"

"一百四十七元八角六分……"

在教授和司机对话之际，司机的妻子不停地从旁自言自语："我们招谁惹谁了，我们招谁惹谁了！我们招谁惹谁了！！……"仿佛是在声明，在抗议，在示威，一声比一声高。

教授暗想，毕竟还不算多。掏出钱包，点出一百五十元交给司机，之后说："别找我零钱了……"教授故意看了一眼手表，又补充道，"我正忙着……"

司机说："看得出来，看得出来……哪儿能不找您钱呢！……"于是司机也掏出钱包，摊了教授一桌子零钱，凑分点角，直到找清给教授为止。"这一笔过了，咱们该过第二笔了！……"

"还有……第二笔？！……"

"别皱眉，您老先生别皱眉……只要您痛快，第二笔也几分钟就能了结……"司机将半页纸递给了教授。

教授狐疑地一看，见是一张"收据"。拙劣的字迹写着收到了九百九十六元"工资补偿"。"这是什么意思？"教授眉头扭成了疙瘩。

"您听我一解释就明白——那女人已经提前退休了，又在一家公司任会计。她说她的月薪是两千五百元，那么每天是八十三元。医院给她开了两个星期的病假，八十三乘以十二天，等于九百九十六元。我已经替您垫付给她了。我也是为您好，怕她上门滋扰您。如果您不留下话和名片，我是不敢自作主张的。可您当时留下话了。您给我的名片可以为证……"

"我们招谁惹谁了？！……"司机的妻子又及时地嚷了一嗓子，其声尖且恼。

教授不禁朝她看去，从她脸上发现了那个无赖女人脸上所具有的同一种东西。"你，不是说，照了片子……半点儿问题也没有吗？"

"那是，那是。的确半点儿问题也没有。可是从X光片上只能看出骨头的情况。她非说她腰闪了，一躺下就不起来，直哼哼。医生拿她没法子，只得给她开了两个星期的病假……"

"岂有此理！简直岂有此理！"脾气一向很好的教授，不禁拍了下桌子。他那指甲被卡紫了的大拇指震得一阵疼，使他倒吸冷气……

"我们招谁惹谁了，给我们找这么大麻烦！"

教授又朝司机的妻子看去，头脑中迅速地进行了一番判断——司机会不会和那女人勾结了讹诈于他呢？他将目光注视向司机，立刻否定了自己的胡乱猜疑，并因而谴责自己对别人的胡乱猜疑太不厚道。教授觉得司机是个老实人。教授给了那司机九百九十六元，他看出来了，两个女人基本上是同样的女人。他不给钱，他们是不会离开他的家的。晚给莫如早给明智。他头脑中当时也闪过一个念头，想与司机商议，九百九十六元二人分担。但司机的妻子的模样，使那念头只在他头脑中一闪便彻底打消了……

司机两口子走后，教授的思路已没法儿重新回到学生的论文上。他徒自生了半天气，也不禁高叫一嗓子："我招谁惹谁了？！……"

但是仅仅几天后，教授便将这件事忘却了。因为他收到了两笔稿费，加起来一千多元。不但补上了那一千一百四十三元八角六分的"意外"经济损失，而且还似乎"盈余"了几百元。这使教授的心理获得了一种自欺欺人的平衡。他打算用两笔稿费给将成为他女婿的那小伙子买件礼物，只是买什么还没想好……

两个星期后，也是在晚上，教授家来了一位律师。三十几岁，瘦高个儿，戴眼镜，给人一种精明强干、踌躇满志的印象。教授家几乎各行朋友都来过，就是从没和法律沾边的人来过。教授对律师的到来非常讶然，以为他找错了人家。他却胸有成竹地说他绝对没找错人家，找的正是教授。

律师彬彬有礼地问："两个星期前，您乘出租车时，开车门撞了一位骑自行车的女同志？"

教授回答："是发生过那么一件意想不到的事，但……"

律师打断他的话："您先别急着辩解，请允许我把我的来意讲完。"

教授心里对他用"辩解"一词十分反感，出于主人应有的礼貌，隐忍着听他先说。

"现在，那位女同志是我的当事人了。她因腰肌扭伤，目前仍不能上班，仍需休假半个月，也就是十五天。喏，这是医院开的病假单。她的工作是临时聘用性质，意外假不发工资，所以，工资要由您补偿。喏，这是她所在的公司出具的证明她每月两千五百元工资的证明。半个月十五天，您应补偿她一千二百四十五元。如果您明智地承担责任，那么我今天就替她把钱带回去。否则呢，您不久将作为被告，收到法院的传票哦……"

"讹诈！勒索！……"教授叫喊了起来，脸腮抽搐，浑身发抖。

"您别激动，别激动。您刚才不是已经默认了，是发生过那么一件意想不到的事嘛……"

"你刚才打断了我的话！不是我开车门撞了她，是她撞在开着的车门上！……"

"难道会是这样吗？"

"不是难道，而是当然！当然会是这样！"

"会是，就意味着不一定当然。"

"你！……你给我出去！……"

"那么，您是准备接收传票了？"

"滚！……滚！……"教授气得脸都发青了。

几天后，教授接到了传票。他常听人讲，谁想告谁，从法院立案到发出传票，时间往往挺长的。他万万没料到，法庭传自己的传票，到得如此之神速。他曾想到过要与些朋友们商议商议对策，但又实在不愿惹得别人为了自己的事也和自己一样大动肝火，便没跟任何一个人说。他也曾想到过应该请一位律师，但考虑来考虑去，估计到请律师准要花一笔比"赔偿"还多的钱，而且得抽出一定的时间和律师泡在一起，此念他打消了。堂堂教授，自己占着理，还怕上法庭吗？还需请律师在法庭上代言吗？最后这么一想，他胸中升起了一种类乎"孤胆英雄"的气概……

然而，一审的结果是，教授当庭大败。法庭允许那女人因"身体不便"不到庭。司机作为唯一"目击证人"出庭了。他在法庭上的表现比给教授的印象还老诚。他的证言却对教授极为不利。真是又老诚又卑鄙。

他说："不是那女人撞在开着的车门上，而是教授一开车门将骑自行车从旁经过的那女人撞倒了。"

法官问："你能对你的证言负法律责任吗？"

司机平静地回答："能。我不是法盲，我懂法。"

教授当庭冲他大叫："可耻！撒谎！你作伪证！……"

司机耸耸肩，眯起眼睛望着教授说："我并没撒谎，所以我不感到可耻。我和那位女同志非亲非故，和您无冤无仇，为什么要作伪证呢？"他说得那么襟怀坦白。他的表情那么诚实可信。相比于教授冲他的大叫，他的平静尤其显得比教授有修养，难能可贵而且简直可敬。

"你！……小人！小人！……"教授指斥着他，脸涨得紫红紫红，嘴都由于咬牙切齿而扭歪了。

司机清白且无辜地耸了一下肩，摇了一下头，苦笑着说："不管您气成什么样儿，不管您多么恨我，我只能说我亲眼所见的真实情况。因为我明白，我的证言将产生法律效果，所以我不能按照您心里所希望的那样回答法庭的讯问。"

教授求援地向法官们望去，而这是相当愚蠢的。这使他显得茫然不知所措，显得方寸大乱，仿佛一个孩子的谎言被当众戳穿，而智力却有限得很，不能花言巧语现编出第二套似的。从法官们严肃的态度、不偏不倚的脸上，教授发现了对于司机的诚实不动声色的赞赏。

教授绝望了。

事实上他也真的方寸大乱了。预先思考过的陈述条理、辩驳逻辑，以及理直气壮地维护自身权益和义正词严地谴责那个无赖女人的讹诈行为的话语，统统被一块无形的脏抹布从头脑中抹去了。他头脑中顿时一片空白，处于一种不可名状的懵懂之境。

"被告，你还有什么可说的吗？"法官的声音，似乎是从极遥远的某处地方传向他的。

"我……我……看！……"教授竖起了受伤的大拇指。它那紫黑的指甲已向上翻翘起来了，不久后肯定完整地脱落无疑。

法官出于审案的认真，竟离开法台走到了他跟前，俯下头仔细看他的大拇指。法官同情地说："伤得可真不轻啊！但这与本案有什么直接关系吗？"

教授心中产生了转败为胜的希望。他说："是那个女人的自行车脚蹬子卡的！我的手正搭在车门上，她的自行车冲过来了！可是我就不像她，并没因此和她纠缠不清，更没想到要告她勒索什么赔偿！……"

法官说："你也是有她那种权利的。你要反告，我们也是会受理的。法律面前人人平等。"

教授大声说："我当然要反告她！我当然也要索求赔偿！我要以其人之道，还治其人之身！否则这世上没有公理可言了！"

法官说："老同志，别这么说。不能因为一件小事，就把社会看得太糟了。你要反告，有旁证吗？"

教授朝司机一指："他！他就是证人！当时见我攥着手指直吸冷气，他还骂那个女人可恶来着！"

法官回到法台上以后，望着司机问："那么，你为他作证吗？"

司机说："不，法官，我不能就此作证。因为当时并没有发生他说的那种情况。我更没骂过那个女人。不错，他是教授，是文明人，那我们出租汽车司机就一定都是一张口就骂人的人吗？而且还要替别人骂？至于他的手指究竟是在什么地方、怎么弄伤的，只有他自己心里最清楚。"

司机不但显得清白、无辜、诚实，而且显得人格被侮辱与被损害了。

这时，那女人的律师开口了。他激动地说："法官，由于对方没有人证，希望法庭本着重事实、重证据的法律原则驳回被告的反告！"他将脸转向教授，接着说，"某些被告，在企图摆脱法律责任的错误心理的促使之下，往往以攻为守，倒打一耙，这早已是司空见惯的法律现象！本律师对此现象深恶痛绝！相信这样的被告是不会得逞的！……"

律师似乎还想多说几句激愤的话，但被法官制止了。法官说："法庭提醒原告律师注意这样一点，此案只不过是一桩后果并不严重的民事纠纷案。所以反告即使不成立，性质也没有你说的那么严重、那么恶劣。对于民事纠纷案，我们的原则一向是能调解就不放过调解的机会……"

教授听出来了，法官分明是在维护他作为教授的自尊。他内心里不禁暗暗地感激法官，但同时也开始可怜自己。他明白自己是有口难辩了……

最后法官宣布，原告要求赔偿的事实成立，理由正当，且金额不高，完全在被告的经济承受能力之内，故被告应限期对原告进行赔偿；至于诉讼费，本应亦由被告负担，法庭考虑到原被告双方都是知识分子，事出无意，那么双方都有个心理平衡问题，予以免去……

教授就如此这般地、无人知无人晓地、悄悄地输掉了那一场官司。

教授曾打算向中级人民法院上诉，但考虑来考虑去，最终决定不上诉了。因为司机作为唯一的证人，似乎已经是那无赖女人的同伙了。他觉得即使上诉被接受了，自己也没多大讨回公道的把握。

他及时给了那一笔钱。

他病了几天。

在病中，他这样劝解自己——像生物界有毛毛虫、有水蛭一样，人类的社会中，总是难免也有无赖的。既有，便不可能全是男的，全是年轻的，全是非知识分子。就当自己被爬上身的毛毛虫蛰了，被水蛭吸去了点儿血吧。

这么一往开了想，他的病慢慢好了。

一天，他正在家中闲坐读书，电话骤响。是那司机打来的。司机在电话那一端说："老先生，我很对不起您。但我那样做，实在是没法子。如果我不在法庭上那么表演，那无赖女人就会赖上我的。如果她再一个月不上班，我哪儿经得起呀！您设身处地替我着想着想，我归出租汽车公司管着，而她丈夫是正管着我们出租汽车公司的。那律师，也和他们是亲戚。我哪儿惹得起他们呀！所以我只能牺牲您。不牺牲您我牺牲谁呢？难道非让我牺牲我自己吗？反正咱俩共同摊上那件窝火的事儿了，总得有一个牺牲一下的。而我上有老下有小，是根本牺牲不起自己的。其实您老留给我的印象非常好。实在是太好了！哪儿有您这样的乘客呢，摊上了事儿，本来可以推得一干二净，本来已经走掉了，却又回来留下名片，主动提出承担全部责任。我以后再也不可能碰到您这么好的乘客了！但话又说回来，您那也是自作自受哇！您如果不回来，不留下名片，不当着那女人的面说那些话，我兴许还偏和那女人理论理论呢！她如果当天没从我这儿讨到什么大便宜，也就不会第二次找您了，咱俩也就不会在法庭上又见面了不是？但不管怎么说，我认为您是一位好人。我不愿给好人留下恶劣的印象，所以呢，我打算去看望看望您……"

教授默默地听那司机尽说尽说，并不打断他。

待话筒那一端没声了，教授才反问："说完了？"

"说完了。"

"你别来我家。我不想再见到你。"

"那……那我也不敢非去打扰了。不过老先生啊，我奉劝您一句，千万别上诉。您想啊，我是唯一的证人，我会为您改证词吗？我不改证词，您注定了还是输。再让法院传我一次，再逼我作一次伪证，再让您生一次气，再让我良心不安一次，于您于我，有什么好处呢？何苦呢？……"

教授一字未答，缓缓放下了电话。如同将一条半死不活的鱼放在水里，有几分恻隐，又有几分回天乏术的无奈和沮丧。

电话立刻又不停地响起来，好像在发出哀号。

教授第二次将听筒抓起……

"就一句！请耐心听我说最后一句，尽管我卑鄙，尽管我对不起您，但我认为我们的心是相通的！心是相通的！在道德立场上我是站在您这一边的！……"

教授还是不想回答什么，他干脆将电话挂了。但教授内心里有点儿怜悯起那司机来。相比于自己被讹诈了两千几百元钱，他觉得那司机被讹诈了比钱重要得多的东西。

教授放下手中的书，开始回忆自己在法庭上"理屈词穷"的过程。明明自己有理，怎么就落了那么一个结果呢？尽管那可怜又可鄙的司机作了伪证，但起码也会给自己留下点儿理碴儿呀！他认为事实是一种只能被歪曲而不能从根本上被消除得不留痕迹的"东西"。自己当时在法庭上怎么就连事实这"东西"的一丁点儿痕迹都没抓住呢？现在，官司本身的胜败对教授来说反而无所谓了，两千几百元钱更无所谓了。教授一心只想找到那事实毕竟存在过的根据，如同一个人要找到确实晃花了自己眼睛的一束强光的射来之处。找到了也没什么特别的意义，不找到却又那么于心不甘。

事实明明是那个无赖女人自己撞在开着的出租车门上，却成了我开车门撞了她……却……我开车门……撞了她……可我是上车，不是下车，我已经坐在车内了，那么就只有关车门一说，还开车门干什么呢？……对，对呀！我开车门干什么呢？！……谁能回答？我开车门干什么呢？……

教授一经想明白自己是在哪个环节上"失利"的，就不免后悔没请律师了。唉，唉唉，自己毕竟不是法律系教授哇！太自信了，太自信了！真是自信反被自信误啊！……

他虽然找到了事实留下的这一任谁也消除不了的重要的"痕迹"，仍不打算上诉。

他想，现实之中被严重歪曲的事实还少吗？有许多事实存在过的"痕迹"，不是仍没被重新发现吗？事实有什么了不起的？事实就不可以被强奸一次？我有什么了不起的？我就不可以再被公正地冤枉一次了？

他这么一想，心中就没有什么遗憎，而仅有一种类乎发现了真理奥秘的愉悦了……

但是——"我为什么要开车门呢"这句话，却从此成了教授的一句呓语，一句睡梦中并不说，醒着甚至头脑非常清醒的状态下才说的呓语。

在大学的教室里，讲课之间，他会突然地冒出一句——"我为什么要开车门呢？"

于是学子们面面相觑，不解他此话的意思何在。

在与人交谈时，他也会突然冒出一句——"我为什么要开车门呢？"

于是对方大为莫名其妙。

独自一人在家里时,还会突然冒出一句。

有一次,在电视台接受现场采访,他搞得女主持人竟有些狼狈。

他那篇题为"勿以善小而不为"的文章见报了,颇有反响。电视台正是就那篇文章采访他。几分钟的对谈后,年轻貌美的女主持人又问:"教授,请您对观众谈谈关于善的见解吧!"他目不转睛地凝视了对方片刻,突然反问:"我为什么要开车门呢?"主持人小姐眨巴了一阵眼睛,不知说什么好。他追问:"我为什么要开车门呢?"她红了脸说:"没想到我们的教授如此幽默!亲爱的观众们,教授也等于是在反问你们呀?让我们大家共同思考教授这句话的深意吧!教授是不会在接受采访时乱开玩笑的,请记住那句话是——'我为什么要开车门呢?'"

教授再也不坐出租汽车了……

女儿如期归国。女儿已经有了四个月的身孕,以前苗条的腰肢变得浑圆了。教授一想到将要做外公,心里就喜滋滋的。女儿却感到父亲有一些不对头的地方。但究竟哪儿不对头,一时又说不清楚。

有一天吃晚饭时,女儿问:"爸爸,你为什么总在家里说'我为什么要开车门呢'一句话呀?"

教授放下碗,郑重地回答:"那是事实的痕迹。每一个事实,只要存在过,无论怎样被歪曲,终究会留下点儿痕迹。"

女儿笑了,说:"爸呀,您现在变得满脑子哲学了?!"

教授回答:"这不是哲学。这是世相丑陋的尾巴,正和我的专业有关。"

吃罢晚饭,教授坐在沙发上,女儿坐于地,上身伏在教授膝上,开始娓娓地向教授讲自己留学生活的艰难。讲着讲着,女儿落泪了。

"爸,咱们中国人,尤其是从大陆去美国的年轻人,其实彼此一点儿也不关心,一点儿也不互相帮助。仅仅希望获得别人的帮助,甚至希望巧妙地利用别人一次,心安理得地占别人一次便宜……"

教授问:"那么,你和他呢?我的意思是,你们怎么结识的?"女儿说:"我们各自都为省钱,合租了一套房子。他住大间,我住小间。有时心里都很寂寞,后来慢慢就好了……"

"我想,他肯定无私地帮助过你。"

"不,爸爸,因为他一心讨好我,所以他对我的一切帮助都谈不上无私不无私。可我现在真的觉得自己很爱他……"

教授想告诉女儿，中国人在国内的关系，其实并不比女儿在美国感到的强一点儿。但张了几次嘴，没忍心那么告诉女儿。

第二天，女儿的"他"来了，并不像照片上那么相貌端正，身材还不及女儿高。但还算看得过去。教授觉得女儿嫁给他，是有点儿低就了。但既然女儿说很爱他，教授准备和女儿对他的感情保持一致。

他们在厨房里配合着做饭，教授在厨房门外剥青豆，听他们一问一答亲亲爱爱地说话儿。

"哎，你猜我妈送给你那条项链怎么来的？"

"你问得怪，买的呗。这还用猜？"

"不是买的。"

"那还是偷的抢的不成？"

"当然也不是偷的抢的。我妈好歹也算一女知识分子，能干犯法的事儿吗？我说不是买的，是指不是花自己的钱买的。"

"那就是别人送的。"

"等于是别人送的。可送的人，我不认识，你也不可能有机会认识。我不是跟你说过，我妈那单位效益不好，每个月只开几百元，所以提前退了吗？后来我妈不是在我爸那个局下属的一个公司上临时班吗？没承想那公司的效益好了一阵，也不好了。每月开的钱少，我妈心情当然就不好。一天我妈下午早早地就离开公司了。在骑车回家的路上，由于想心事，就和另一个骑自行车的女人撞上了。结果对方就捂着肩膀赖上她了，不管我妈说了多少句对不起，非要我妈陪她上医院不可，要不就得给她一百元钱赔偿费。我妈怕一上医院，反而被她赖上，只得给了她一百元钱了事儿。其实，她肩膀根本没怎么样。女人的肩膀撞女人的肩膀，能撞出问题来吗？……"

"中国人现在怎么都变成这样了啊！"

"听我往下讲！我妈心里这个气呀！一气，眼神儿不好了。没骑多远，又撞在一辆出租汽车开着的门上。这下我妈可火透了，不干了。拦住那出租汽车不让开走！我妈心里想啊，那一百元得从出租汽车司机钱包里抠出来。司机当然是不情愿的了。可一乘车的，充阔佬儿，说一切赔偿都包在他身上了，还给司机留下了名片。这你说我妈还客气个什么劲啊？一不客气，敲了对方两个星期的工资。其实我妈那公司，因为效益不好，每天才发给她十几元钱。后来，我妈第二次又索赔了一千多元。两笔钱加在一起，我妈给你买了那条项链儿。你要知道，我妈一辈子自己可没戴过项链儿！你说我妈对你多好啊！为了讨好你简直就不择手段了！我妈给你肚子里那小宝宝预备的小衣、小裤、小鞋，就是在家休病假的日子里闲着没事儿做的。我回来后我妈还絮絮叨叨地对我说过，要是不用上班，总有人按每天八十几元的工资赔偿着，那什么心情！……"

教授觉得自己周身的血渐渐冷却着、凝固着，思维一片空白，大脑仿佛石化了，只剩下最中央一个核桃那么大的部分仍有点儿感知。他窒息得透不过气儿来。

女儿听到咣当一声响，从厨房奔出，见菜盆翻扣在地，剥出的青豆滚了一片。父亲面色苍白，两眼呆得直勾勾的。双手皆攥着拳，浑身在抖。

女儿惊问："爸，你怎么了？怎么了？"

教授瞪着她，不住地摇头，张了几下嘴，却一个字也没说出口。

"女婿"也奔出来了，与女儿一左一右将教授搀起，扶进卧室，安顿在床上躺下。女儿不停地替父亲抚胸口。"女婿"站立一旁不知所措。

教授深喘了几大口气，苍白的脸色终于又红润了。他低声说："没事儿，我没事儿……老毛病了……"他躺了半个多小时，伪装出好心情，陪着女儿和"女婿"吃了那顿饭。

女儿心里的不安却没打消。她怕父亲夜里再那么发作一次，自己应付不了，要求"女婿"住下了。

第二天早晨，教授走出卧室，见女儿和"女婿"在阳台上。女儿坐在竹椅上，"女婿"蹲着，头侧贴在女儿腹部……

女儿悄问："听到了什么？"

"女婿"说："小东西在叫爸。"

"胡说！"

"现在又开始叫妈了。"

于是女儿笑了，笑得那么甜蜜，那么幸福。教授望着他们的亲爱情形，心理矛盾极了……

婚礼的形式是中外结合的。教授寻找种种借口不参加，可女儿一落泪，他临时改变主意，还是参加了。他终于又和那个女人见面了。相见之际，她是怎样尴尬自不必说,她的头发染了、烫了,她脸上还化了妆。教授觉得她更加丑陋了,像一条被包裹了的花色毛毛虫。

教授想不明白,会计师,起码也是大学文化程度。究竟哪几种原因,使一位退了休的中国知识女性,变得那么俗恶、那么刁蛮、那么无赖?

亲家公不明内情,一个劲儿地和教授套近乎,没话找话地搭讪着说东道西。教授对他内心里也充满了厌恶。因为教授知道,倘没有他在背后起作用,那女人未见得便会轻而易举地赢了那场官司。

主婚人问:"女士,你愿意嫁给这位先生,并终生爱他吗?"

女儿回答:"愿意。"

"先生,你愿意娶这位女士为妻,并终生不背叛她的爱情吗?"

"愿意!"

于是一对新人亲吻。

于是宾客中的年轻人们齐唱《你是我永远的爱》:

你是我永远的爱,
因为除了爱你,我没有选择!
你是我永远的爱,
因为只有爱你,我才能真正快乐!
……

在歌声中,女儿走向了她的婆婆,女婿走向了教授。现在,那年轻人的身份是合法化了,因而女婿二字,也不必带引号了。教授望着女儿那张秀丽的脸贴向了她婆婆那张漫画似的脸……

他突然大叫一声:"不!"将走到跟前的女婿推开,奔过去,拽住女儿的手转身便走……

人们一时都蒙了。

女儿一边挣手一边说:"爸你这是干什么呀?爸你这是干什么呀!……"

"亲家,亲家!……"女儿的公公上前阻挡。

"不!……"教授又喊了一声。他拖着女儿走了十几步,倒下了……

"爸爸!爸爸!爸爸你究竟是怎么了!……"女儿吓哭了。

教授说:"我……我……我……为什么要开车门呢?……"其实他想对女儿说的并不是这句话,而是另一句话——他们丑陋。

对女儿,对女婿,对那做了公公的男人和那做了婆婆的女人,对一个被歪曲了的事实,对他已开始反感的社会本身,教授倒下时决定,该谅解还是要谅解。说完那句话,他的心脏爆裂,就死了……

(选自 1997 年第 12 期《北京文学》)

一只风筝的一生

这是春季里一个明媚的日子。阳光温柔，风儿和煦，鸟儿的歌唱此起彼伏。

一丛年轻的竹，在一户人家后院愉快地交谈。它们都正感觉一种生命蓬勃生长的喜悦，也都在预想和憧憬着它们的将来。有的希望做排，有的希望做桅杆，有的希望做家具，有的希望做工艺品……

还有一个说："我才不希望被做成另外的任何东西呢！我只想永永远远地是我自己，永永远远地是一棵竹！但愿我的根上不断长出笋，让我由一而十，而百，而生发成一片竹林……"

它的话音刚落，有一个男人握着砍刀走来。他是一个专做风筝卖风筝的男人。他这一天又要做一只风筝。

他上下打量那一丛年轻的竹。它们在他那种审视的目光之下，顿时都紧张得叶子瑟瑟发抖。

此刻，对那一丛年轻的竹而言，那个瘦小黧黑其貌不扬的男人，乃是决定他们命运的上帝。他使它们感到无比怵畏。

他的目光终于只瞧着那棵"不希望被做成另外的任何东西"的竹了。他缓缓地举起了砍刀……

不待那棵竹做出哀求的表示，他已一刀砍下——在一阵如同呻吟的折断声中，它的枝叶似乎想要拽住另外那些竹的枝叶，然而它们都屏息敛气，尽量收缩起自己的枝叶避免受它的牵连……它无助地倒下了……被拖走了……

做风筝的男人将它剁为几段，选取了其中最满意的一段。接着将那一段劈开，砍成了无数篾子。

　　他只用几条篾子就熟练地扎成了一只风筝的骨架。其余的篾子都收入柜格中去了。而剩下的几段，已对他没什么用处了。被他的女人抱出去，散乱地扔在院子里，只等着晒干后当柴烧。

　　美丽的、蝶形的风筝很快做好了。它是用兜风性很好的彩绸裱糊成的。当做风筝的人欣赏着它的时候，风筝得意地畅想着——啊，我诞生了！我是多么漂亮多么轻盈啊！我要高高地飞翔……

　　后来那风筝就被一位父亲替自己六七岁的儿子买去了。在另一个明媚的日子里，父亲带着儿子将风筝放起来了。它越飞越高，越飞越高，飞到了一只真的蝴蝶所根本不能达到的高度。他们还用彩纸叠了几只小花篮，一只接一只套在风筝线上，让风送向风筝……许多行人都不由得驻足仰头观望那只美丽的风筝。风筝也自高空朝地面俯瞰着。它更加得意了。它对另一只风筝喊："瞧，多少人被我的美丽和我达到的高度所吸引呀！我比你飞得高！""我比你飞得高！那些人是被我的美丽和我达到的高度所吸引的……"另一只风筝不服气起来。"我飞得高！""我飞得高！""我美丽！""我比你美丽！我像蝴蝶，而你像什么呀！不过像一只普通的毛色单一的鸟儿罢了……"

　　于是它们在空中争吵。于是它们都不顾风筝线的松紧，各自拼命往更高处升，都一心想超过对方的高度……不幸得很，蝶形的风筝，首先挣断了控制它高度和操纵它方向的线，从空中翻着筋斗坠落着……一阵突起的大风将它刮走了……

　　翌日，一个女人站在自家窗前，若有所思地凝视着它——它被缠在电线上了……

　　几只麻雀——城市里司空见惯的、最普通、毛色最单一的小东西也落在电线上。它们对那只美丽的、蝶形的风筝感到十分好奇，叽叽喳喳地评论它，不久开始啄它，还大不敬地往它上面拉屎……

　　第一场雨下起来了……

　　然后风开始刮得尘土飞扬令人讨厌了……

　　被缠在电线上的风筝，湿了又干了，干了又湿了。它沾满尘土，肮脏了……

　　最初它还能吸引一些人的目光。他们一旦发现它，都不禁驻足望它一会儿，都会说出一两句惋惜的话，或内心里产生一些惋惜的想法。

风筝不但肮脏了，而且破了。它的竹篾编扎成的骨架暴露了，像鱼刺从一条烂鱼的皮下穿出来一样。

一旦发现它的人都赶紧低下头。它容易使人产生不好的联想了。只有麻雀们仍愿落近它，仍喜欢啄它。当然，更加肆无忌惮地往它上面拉屎。仿佛它变得越狼狈不堪，越使它们感到高兴似的。

还有那个女人，也一直在天天隔窗关注着它由美变丑的过程。

她是一位女散文家。那风筝触发了她的某种文思，于是不久她写成了一篇充满伤感意味的叹物散文发在报上。于是此篇散文一时被四处转载，被收入什么什么"散文精品文丛"之类。不久获奖。

女散文家用三千元奖金买了一套时装。

她的亲朋好友都说她穿上那一套时装显得气质特别端庄、特别高贵，总之是特别超凡脱俗。她穿着它出现在文化活动中的社交场合，甚至行走在路上时，常会招来刮目相看的目光。她也十分需要这个，这也能使她那颗女人的心获得极大的满足。她因此暗暗感激那只被电线缠住的风筝……不，更真实更准确地说，是暗暗感激"俘虏"了那只风筝的电线……

有一位摄影家，从报上读到了女散文家那篇散文。并且，也从报上知道她那篇散文获奖了。

于是有一天，他挎着照相机，提着三脚架，按照她那篇散文所提供的线索，来到了她家住的那一条街。男摄影家被女散文家以感伤的文字所描写的一只风筝由美变丑的过程所影响，来为那只不幸的风筝拍一张艺术照片。他的初念并没什么功利目的，只不过受种中年人常常会产生的感事伤怀的心绪的驱使，想以摄影的方式，抒发凭吊某一事物的忧郁情怀罢了。

他选好了角度，支牢三脚架，耐心地期待着光线的变化，连拍了一卷儿才离去。

他将胶卷冲洗出来惊喜地发现，有一张的意境拍得格外好。他在暗房中又进行了几次艺术处理，使那一张成了很独特的艺术照片。后来他举办了一次个人摄影展。那一张照片当然也放大了悬置其中。取题为《一只风筝的弥留之际》。他是位颇有名气的摄影家。参观的人不少。许多人都在《一只风筝的弥留之际》前沉思冥想，或故作沉思冥想状。其实那也算不上是一张怎样出色的照片，只不过令人看了觉得感伤忧郁罢了。

但当代人的问题是物质生活水平越提高了心情越忧郁，精神生活内容越丰富了精神越空虚，越没多少值得感伤的事了，越空前地感伤。这是一种时尚、一种时髦、一种病，一种互相传染而且没什么特效药可治的病。人们都觉得自己也处在弥留之际似的，包括正年轻着的男女。

替摄影家操办摄影展的经纪人，从人们的神情中预测到了这一艺术照片的商业价值。他起先估计得太低了。他让手下人暗中将出售标价牌儿为他偷来了，打算再加一个零，或再加两个零……

突然响起了一个孩子的哭叫声——"这是我的风筝！我到处找过它！我能认出这就是我那只风筝……"这孩子曾因失去了那只风筝而非常难过。他和它之间似乎已存在着一种感情了。他央求他父亲替他将那摄影作品买下……当父亲的不忍拒绝儿子，领着儿子找到了那经纪人。经纪人伸出了一根指头。"一千？"经纪人摇摇头，向那当父亲的出示标价牌儿——一千后已被加上一个零了。孩子很懂事，知道这完全超出了父亲的经济实力，噙着泪，一步三回头地跟着父亲走了……

那摄影作品立即被一位"大款"买定。"大款"倒不太喜欢它。他喜欢的是当众在别人买不起时，自己一掷万金买下任何东西的那份儿好感觉。

那摄影作品被一位"大款"以万金买定的事见了报。并且，此消息报道配有那摄影作品。

女散文家那天一看报，当即给自己的代理律师拨通了电话——指出这是公然的侵权，甚至是公然的剽窃。因为摄影作品的构思，分明来自她那篇不但获奖还被收入"散文精品文丛"的散文……

于是一场"版权"官司又见报。寂寞的报界大喜过望，"炒"得天翻地覆。那当父亲的看到了有关报道，心想若说"版权"，"原始版权"是属于我的呀！

他向女散文家和男摄影家同时进行了起诉，使得报界更加大喜过望。电台、电视台也不甘落后，分头进行采访。由于案例独特，律师界终于被诱上钩，自觉不自觉地卷入了大讨论。媒体推波助澜，使讨论发展成了辩论。于是有经济头脑的人，不失时机地就此事组织了一场法律系大学生们的辩论大赛。于是学生们在电视里唇枪舌剑，势不两立。于是有人从中大发广告效益之财。于是引起一位杂文家对此现象的批评。于是引起另一位杂文家的措词激烈的"商榷"。于是有人支持前者，有人支持后者，掀起了一场杂文大战，使各报战火弥漫，硝烟滚滚。于是引起一部分社会学家的忧虑，而另一部分社会学家认为这一切其实很正常，大可不必杞人忧天……

第二年的春天里的一个日子，在那一户人家后院，那一丛都长高了几节的年轻的竹子，又在愉快地交谈着……

"还记得咱那个不希望被做成另外的任何东西的兄弟吗？可怜的家伙，结果落了个尸骨不全的下场！"

"嗨，你不提，我们早把它忘了！我一点儿也不同情它，谁叫它那么狂妄呢……"

那用完了竹篾的男人，又握着砍刀走来了。竹们顿时全吓得悄无声息，连一片最小的叶子也不敢抖动一下……

又一只美丽的风筝诞生了。又一根竹四分五裂了。

许多种美的诞生是以另外许多种美的毁灭为代价的，而在这过程中和其后，更会有许多无聊的没意思的事伴随着……

（选自1998年《文学报》编辑部选编《浪漫注解〈文学报·文学大众〉小说佳作选》）

"爱丽丝"的自由

"爱丽丝！"

"这儿呢！"

"睡得好吗？"

"很好。"

"用早餐了吗？"

"吃着呢。"

"需要什么关照吗？"

"谢啦！"

这是女孩儿和"爱丽丝"每天早晨照例的对话。女孩儿其实已经二十六岁了。科学家说地球还很年轻，所以年轻的地球上的男人们，忽一日似乎就都有理由认为三十岁以下的女性还皆是女孩儿了。她们喜欢男人们将她们仍看成女孩儿。男人们在这一点上不讨好她们，会显得男人太不懂事儿。我是个挺懂事儿的男人，故我不讳言在此有讨好的动机。讨好她们总不至于比讨好达官富贾更没出息。何况，我们这位女孩儿尚未结婚，人也标致，不讨好白不讨好。她在一家外企公司供职，年薪颇丰。眼下住的房子是租的，几年后就必定买得起房子买得起车了……

而"爱丽丝"，是一只聪明的鹦鹉。女孩儿不清楚它的性别。我当然也不清楚。女孩儿是在鸟市上花高价买下它的。当时关着它的笼子很小，很旧。卖主说笼子白送给她了。女孩儿暗想，这么聪明可爱的鹦鹉，关在这么小这么旧的一只笼子里，真委屈死它了！几天以后，女孩儿为它换了一只大笼子。用镀铬铁丝编的那一种。编出了飞檐耸脊，笼门也编得非常美观，看上去像一座金灿灿的宫殿似的。

于是这鸟儿对它的新主人满怀感激。感激使它更聪明了。更聪明了的鹦鹉，学主人的话也就学得更快了。甚至连主人的语调都能模仿七分。新主人便更喜欢它了，觉得花高价买下它是值得的。

这鸟儿原先并没名字。它的旧主是鸟贩子。鸟贩子也是爱它的。但说到底是爱它所值的高价。鸟贩子教它说话，目的和旧中国的老鸨花心思教妓女学琴棋书画是一样的。它每学会了一句人话，身价就又在鸟市上抬高了些。这与女孩儿对它的喜欢是颇不同的。女孩儿刚刚改变了自己的命运不久，还未改变过任何别人的命运。能改变一只鹦鹉的命运，使女孩儿从心理上获得了一种优胜感。女孩儿教它说话时，每每将它视为孩子，而宁愿暂时从自己是女孩儿的时代角色中摆脱出来。因为二十六岁的这个女孩，已本能地有母性的情愫在内心里涌动着了；女孩儿也将它视为小弟弟小妹妹，因为女孩儿在她的家庭里是备受关爱的小妹妹，希望能有机会充当长姐；女孩儿也将那鸟儿视为男孩儿，也就是想象中的情人想象中的白马王子帅哥酷小伙儿。这是女孩儿们最为普遍的想象，实在不足为怪。

于是，那改变了命运的聪明的鸟儿，就学会了不少乖孩子的话语；学会了不少听起来善解人意的小弟弟小妹妹的话语；自然地，还学会了说一些多情种子常说的那类通俗诗句和一般的示爱昵语。其实呢，女孩儿若想听男人们对她说那类话，那么几乎她所认识的每一个男人，都早就在内心里储备好了能连绵不断地对她说上几个钟头的那类话。事实上一有机会，他们无不见缝插针地对她说上几句那类话。不少男人或女人都患着一种病，据说叫"肌肤饥饿症"。又据说这原本应属于儿科病，而且主要体现为对母体肌肤的饥饿状态。不知怎么着后来就传染给了不少男人女人。由这一种病人又发现自己还患着一种类似的病，或可叫"情话缺失症"，好比身体里缺钙缺碘一样。这一种病比前一种病疗治起来简单多了、便当多了，只需互相动动嘴，病症就明显减轻。好比低血糖患者嚼块糖马上头就不那么晕了。但是女孩儿听男人们对她说那类话早就听腻了，产生抗"药"力了。听鹦鹉说那类话却极为愉悦。因为鹦鹉似乎尤其善于将那类话说得很纯洁、很真诚似的。因为鹦鹉说那类话时别无企图。鹦鹉饿了食钵里没食了，它一定大叫"添食！添食！"，而绝不会假惺惺地说什么"心肝儿宝贝儿"。男人们那么叫她时，眼里的内容往往挺复杂的。她也讨厌男人们看着她时眯起他们的眼睛。鹦鹉看着她时就从不眯眼睛。它歪着头，大瞪着一双无比坦白的眼睛看她。那时它如果说："没有你我可怎么活？"她就高兴得心花怒放，恨不得将它抓在手里，举在面前，猛亲一阵……

宠物之所以是宠物，盖因其聪明。纵然是一条蛇成了某人的宠物，那也必是一条专善解某人之意之蛇。否则人断不会宠它。而普遍的规律是，宠物一经被宠，原本超越同类的聪明便往往"发扬光大"。对于低级的宠物，比如蜥蜴吧，它的更加聪明是由于条件反射。它知道它若怎样，便会获得什么。它本能地明白它与宠它的人之间的关系是一种相互承诺的契约关系。它明白只要它做出人喜欢的样子，人就会一直保障它在人的荫庇之下无忧无虑地生存。鹦鹉自然是高级于蜥蜴的宠物。鹦鹉善于学人说话这一点，又简直高级于一切的宠物。自从它的新主人使它领悟"爱丽丝"就是它以后，它对它的名字分外敏感。只要女孩儿一叫"爱丽丝"，那鸟儿就会对女孩儿说出一套套的甜言蜜语，直说得她眉开眼笑——尽管那都是她教它说的，半句也不是它自己天生就会说的。那鸟儿的聪明，不但使它住进了宫殿一般的宽敞的鸟笼，而且食钵水钵里一向是满的……那鸟儿的聪明确实是异乎寻常的。它能够根据主人的语调，听出自己应该扮演乖孩子、小弟弟小妹妹还是情人的角色。

一天，女孩儿突发奇想，打算试探那鸟儿对她的依恋有多深。她将鸟笼放在窗台上，开了笼门，怂恿地说："飞吧！如果你觉得外边比笼子里好，那么我赐给你自由。"

这只鹦鹉是在笼中孵出的一代，它从没离开过笼子。它首先仅仅将头探出笼门，并且立刻就缩了回去。笼外的世界对它太陌生了。人对陌生的事物往往是缺乏信任的。在这一点上动物尤甚于人。我们人在陌生的自然环境里，特别是在深山老林里，往往会以为危险四伏。掬一捧溪水洗把脸，那动作也会比在家里洗脸快速得多。因为害怕前边不远处溪水积成的深潭里，会冷不丁地蹿出一个狰狞的怪物；背靠大树吸支烟，会担心头顶上是不是正盘着一条蟒蛇；躺在平滑的石面上歇息，一阵风吹过，会联想到景阳冈那一只锦毛吊睛白额大虫……这只鹦鹉对笼外世界的胆怯也是如此。幸而笼外的世界当时天高云淡，阳光明媚，这使它终于有勇气站立在笼门上了。它歪头看它的主人，她也正任之由之地看它。人的泰然，使那鸟儿更加大胆了。终于，它扇翅飞去了。但它只在主人家窗前的天空盘旋了一小圈。之后赶紧落回窗台，蹦进笼子里去了……

从那一天起，女孩儿索性将笼子固定在窗台上了。

从那一天起，笼门一直是开着的。

从那一天起，"爱丽丝"不但享受着充足的饮食，而且得以享受着飞翔的自由……它胆子越来越大了，它飞离得越来越远了，它对自由的感觉越来越好了……但它自由够了的时候，还是要回到笼子里去吃食饮水。鱼与熊掌"爱丽丝"都要，而且都有了。它备觉自己是一只既幸运又幸福的鹦鹉了。由是它说女孩儿爱听的话说得更来劲了。"爱丽丝"交上了两位朋友———只喜鹊和一只麻雀。它们经常栖在同一株树上聊天。

"爱丽丝，你爱过吗？"

"爱？当然！"

"那，它是一只怎样的鹦鹉呢？"

"鹦鹉？嘻，我怎么会爱一只鹦鹉呢？我爱的是一个人。我的主人！她使我幸福，所以我爱她！"

问它的是麻雀。麻雀困惑了，仰起头望上面树枝的喜鹊。那意思是——我们该如何理解鹦鹉的话呢？喜鹊于是也问："爱丽丝，那么你究竟是一只雄鹦鹉呢，还是一只雌鹦鹉呢？"

"爱丽丝"回答："这我可不知道。我想我的主人从不在乎这一点。那么我也不在乎。只要我永远是我主人的宠物。性别对我有什么重要意义呢？"

结果连见多识广的喜鹊听了它的话不但也困惑，而且大为愕异了。一只鸟儿连自己究竟是雄的还是雌的都不知道，它怎么竟那么自信自己在幸福着呢？

喜鹊和麻雀也有令"爱丽丝"吃惊的地方。

"爱丽丝"连续几天不见喜鹊的踪影，颇觉寂寞。终于见着后，奇怪地问为什么。喜鹊喜滋滋地说："我和我的丈夫又有了一窝小宝宝了，我们不能让它们饿着呀！几张小嘴儿每天都等着喂东西呢。"

喜鹊刚一说完便匆匆地飞走了。"爱丽丝"望着喜鹊的空中身姿，同情地自言自语："唉，活得可真累。活得这么累怎么还被叫作喜鹊呢？""爱丽丝"也困惑。

有一次，"爱丽丝"看见麻雀在一个小水坑里扑腾，有些不安地从高枝上俯视它，问它在干什么。

麻雀说在洗浴。

"哦，天呀，天呀，多脏的水啊，你还好意思说在洗浴！"

麻雀却说："脏是脏了点儿，但附近的麻雀几乎都在这儿洗浴。我有什么资格例外呢？例外，也得在这儿洗浴啊！我爸爸妈妈都一辈子在这儿洗浴的……"

麻雀说完，抬头望天。麻雀告诉"爱丽丝"，它盼着快下一场大雨。再不下雨，水坑就要干了。那么它们麻雀不仅洗浴成了问题，连饮一口水也不得不飞到很远的地方去了……

听了麻雀忧虑的话，"爱丽丝"万分地庆幸自己不是一只其貌不扬的麻雀，而是一只羽毛鲜艳美丽的鹦鹉，还是一只比许许多多鹦鹉都更善于学人话的鹦鹉……

在秋季的一个日子里，"爱丽丝"好说歹说，总算说服它的两位朋友跟随着它参观参观它高级的笼子了。它一直期待着向两位朋友炫耀幸福的机会，那机会使它得到炫耀者的大满足。

"难道不像是一座金灿灿的宫殿吗？"

喜鹊和麻雀都同意地说："那的确是一只美观的鸟笼子。"

"瞧，我爱吃的小米是盛在这么高级的东西里的！""爱丽丝"一边以优越感极强的语调说着，一边从敞开的笼门蹦入到它的"宫殿"中去了。它在笼中啄了几口食后，得意地又说："我爱吃的小米也是今年收获的新小米，而且拌了鸡蛋黄儿！"

它蹦到"宫殿"另一端，饮了几口水接着说："我和主人一样，一向饮的是纯净水。"

笼中的食钵水钵，乃是正宗景德镇的烧制品，小巧精致。细腻光洁的白瓷上，绘着蓝色的古典风格的图案。喜鹊和麻雀隔笼欣赏，啧啧赞叹那两个它们从没见过的高级东西。

笼的上方吊着一个亮晶晶的圆环。

"爱丽丝"轻轻一蹦，蹦到了环上，于是那环悠荡起来。

"这是我的秋千！定期为主人打扫房间的小时工，也负责为我清洁笼子。所以我的笼子永远如此干净。我的笼子底是可以抽开去的。下边是我专用的浴缸。我洗浴那一定是要用温水的，还要滴几滴洗浴液。我洗一次澡要换两次水，洗完后舒服极了！这就是我的羽毛为什么如此艳泽的原因。也就是你们为什么觉得我身上散发香味儿的秘密……"

喜鹊和麻雀，便都飞落到别人家的下一层的阳台上，引颈仰视，以便能欣赏到"爱丽丝"的"浴缸"。那"浴缸"当然更是它们从没见过的高级的东西。其实呢，也只不过就是一个美观的月饼盒子。

"两位朋友，为什么不进来体验体验住宫殿的感觉呢？为什么不进来享受一番今年的新小米和纯净水呢？"

于是喜鹊和麻雀又飞了上来。那笼子虽然美观，那笼子的一应配制虽然都特别高级（在鸟儿们看来），但并不是喜鹊和麻雀特别渴望拥有的东西。而今年的新小米和纯净水，对它们却产生了难以抗拒的诱惑力。别说拌了鸡蛋黄的小米了，就是一般的小米，隔了许多年的小米，这两只城市里的野鸟也没吃到过呀！什么又是纯净水呢？饮一口，一定像人喝琼浆玉液一样润肺沁腑吧？

然而笼门太小，喜鹊太大，它试了几次，钻不进去。麻雀蹦进笼中，啄了几口小米，连说："好香！好香！"饮了几口纯净水，不禁叹道："这才是水呀！"麻雀没忘笼外的喜鹊，隔着笼子，啄了满满一嘴小米哺吐给喜鹊。喜鹊吃了，由衷地承认，那不但是它自己，肯定也是所有的喜鹊从未享受过的美食。麻雀以同样的方法使喜鹊也享受到了几口纯净水。喜鹊又由衷地承认，那水对于它简直如同甘露。在笼中，还有一个专为"爱丽丝"睡觉用的同样美观的窝。那可算是"爱丽丝"的笼中"卧房"。"爱丽丝"趴在"卧房"里，只将头探在外，看着喜鹊和麻雀一个在笼内一个在笼外受用它的食水，陶醉于虚荣心和满足感之中。它慷慨大方是因为它从不为饮食而忧。反正它们吃光了饮光了，主人还会给它添满的。

但是麻雀一不小心碰了笼门，笼门就落下来了。结果麻雀也成了笼中鸟了。于是麻雀惊恐万状。它在笼中东扑西撞，恐惧得大叫："喜鹊救我！喜鹊救我！"

它竟搞得自己羽毛纷落。"爱丽丝"是在笼中居惯了的。麻雀那种仿佛大祸临头的样子使它看着很开心。它哈哈大笑起来。

喜鹊及时用它的爪子和尖嘴从外面将笼门打开了。麻雀扑撞而出，像一架被击中了的飞机，昏头晕脑地在空中倏上倏下了好一阵才掌握住平衡……

当三只鸟儿重新聚在小树林中的一棵树上，麻雀惊魂甫定，不无羞愧和自我懊恼地说："上帝，上帝，我再也不会为了拌蛋黄儿的小米和纯净水而进入一只鸟笼中去了！如果没有喜鹊救我，我岂不是永无自由了吗？太可怕了！太可怕了！"

喜鹊说："你的教训，也提醒我今后要远离一切的笼子。要么选择自由，要么选择笼子，对于一切的鸟儿，这两者是无法同时拥有的。"

"爱丽丝"听了，不悦地反驳道："那么我连一只鸟儿都不算是了吗？"喜鹊说："你的幸运和幸福，根本不可能是一切别的鸟儿的追求。如果竟是了，那么鸟儿们就太理想主义了。而理想主义对鸟儿们来说，也许是最迷幻也是最危险的陷阱啊！"

"爱丽丝"极其反感喜鹊的话，它哼了一声，忽地飞走了⋯⋯

麻雀说："它生气了。"喜鹊说："那我也没必要追上它去请求原谅。我们和它是太不同的两类鸟儿了。而这一点决定了我们很难长久地成为朋友。我们和它的交往该结束了⋯⋯"麻雀感伤地说："是啊，我们不会像它一样学人说话。所以我们没资格用我们的活法和它的活法比。"喜鹊又说："但它除了自我感觉未免太好，本质上还是一只可爱的鸟儿。让我们祝福它永远那么幸运、那么幸福吧！"

⋯⋯

女孩儿出差了。女孩儿出差的第二天，冬季提前来临的第一股寒流猝至。

"爱丽丝！"三天后女孩儿回到家里，习惯地这么叫时，没听到鹦鹉的回应。她奇怪地走到阳台上。她所见的情形令她大吃一惊——在狂风中，笼门落下了，"爱丽丝"被关在了笼外。饥渴和寒冷，以及对于季节骤变的惶悚，使它极欲往它安全的笼子里钻。但那是一件根本不可能的事。笼门不会因它的惶悚自行打开。笼中的鸟儿对于外面的世界最普遍的无知是——它们从没想到过自由是要经受季节骤变的严峻考验的。

那考验对于"爱丽丝"是严峻的，对于喜鹊和麻雀，却又实在不算什么。因为它们都曾经历过最凛冽的严寒。"爱丽丝"由于一心想钻到它安全的笼中它温暖的"卧室"里去，结果头被两根笼条夹住在笼内了。这聪明的、可怜的、曾经幸运而又幸福的鹦鹉，两只翅膀伸展在笼外，两条腿朝后僵直着，就那么死去了。

食钵里拌了蛋黄儿的小米还剩不少⋯⋯

水钵里的纯净水也几乎仍满着……

　　女孩儿用手指轻轻触了它一下，看出它有一只翅骨折断了。它曾多么痛苦无助地挣扎可想而知……

　　喜欢女孩儿的某一个男人，又为女孩儿买了一只鹦鹉。那也是一只灵舌巧嘴特别聪明的鹦鹉。女孩儿仍叫它"爱丽丝"。当然，它拥有了前一只"爱丽丝"所拥有的高级的一切。只是自从它入笼那一天起，就决定了它没有自由。女孩儿总结经验了。那经验就是——成为宠物的一只鸟儿，是不必再多此一举地赐给它什么自由的……

　　"爱丽丝！"

　　"这儿呢！"

　　女孩儿与鹦鹉每天早晨的对话一如既往……

（选自 2004 年梁晓声著《错位恩仇》）

课桌课椅

那是西北一个很穷的村子。

那村子在去年——也就是二〇〇〇年新建了一所小学校,说是"学校",其实呢,它只不过是一间土坯房,比西北农村人家的一间房大点儿,比正规小学的标准教室小点儿。说它"新"却是对的:每一块土坯都是当年脱的新坯,梁和檩都是用当年伐倒的树锯成的。苫房顶用的,也是当年收割的麦秸。

那村子原先是没小学的,去年的春季,在一次村委会上,有名村干部说:"唉,明年都二〇〇一年了,叫作新纪元呢!一千年一个纪元呀!咱们借千年一回的年份的吉利,为村里的孩子们好歹弄起所小学校吧!再说最近的小学,离咱们村也有三十几里远,叫那些想上学的孩子怎么去呢?可全村的孩子一代代从小都不上学,往后还怎么行啊!"

众村干部一时沉默。接着,一个个在沉默中点了头。

于是从那一天起,他们一有空就义务脱坯。村人们在他们的带动之下,也都乐于为孩子们尽那份义务。秋收前,四堵土坯墙垒起来了。秋收后,村里仅有的几棵大树伐倒了,小学校举架了。一出新麦秸,就苫顶了……

但村里的孩子们仍不能上学,因为学校还没门窗,也没课桌课椅。

不久,县教委通知村干部,说是县里一所小学换下了一批旧桌椅,可捐送给村里三十套,另外,还为村里搞到了一扇旧门和几扇旧窗,窗上的玻璃基本完好,县教委某人的一个亲戚是拆迁队的,通过这种亲戚关系用一条烟替村里要到的。

村人们奔走相告,男女老少别提有多高兴了:这要是一运回来,几天后孩子们不就可以上学了吗？

可用什么车运回来呢？村里自然是没卡车的，也没任何别的车辆。

村里有个男人叫刘辉，是本地的"大知识分子"，十年前县师专的优秀毕业生，还没拿到正式的毕业文凭，就被县里一所重点小学迫不及待地"抢"去当老师了。后来由于失恋，精神受创，曾在精神病院住过一段时日。出院后，父母将他接回村里将养。这一养便是十年，父母已过世了，他还没娶上媳妇。他对娶不娶媳妇倒也无所谓了，却一心指望还能有重新当老师的某一天。村人们则并不嫌弃他，十年来一直敬重着他文化高这一点，也一直称他"刘老师"……

晚上，"刘老师"出现在一名村干部家。他说车的事，他可以解决，包在他身上了。村干部问："你？包在你身上？你有什么办法解决呢？"他说，毕竟在县里待过几年啊，朋友总是交下几个的嘛……村干部沉吟着说："可是，可是你……"村干部原打算说："可是你当年那些朋友，如今还能给你这个生过精神病的人面子吗？"话到喉间打了个滚，吞咽回去了，换了一种说法："可是你有什么条件呢？""刘老师"说："只有一个条件，让我当咱村小学校的老师吧！"村干部不由一愣，他万万没有料到"刘老师"会提这条件，他顿时联想到建小学校时就数"刘老师"积极肯干啊，那间土坯房举架后，总见"刘老师"围绕着房子转，原来竟是这么种心思……村干部不能泼"刘老师"一头冷水，他沉吟了一会儿，说："你的条件嘛，得全体村干部研究研究，是吧？""别人什么态度你先别管，你先表个态。""我……我……我能为咱村的孩子们当一名好老师。""是啊是啊，这我是毫不怀疑的……""那，我就去了。""去哪儿啊？""去县里，我替孩子们急。""这……天都黑了……你连夜赶到县里去？""没事儿的，早一天是一天。我又不是女的，怕什么？"村干部没扯住，"刘老师"转身就匆匆走了……这件事儿当晚就传开了。有人说，怎么能指望他将课桌椅弄回来呢？还有人说，要是他真将课桌椅弄回来了，村里难道真的让一个住过精神病院的人当孩子们的老师？

第二天，"刘老师"没有回来……

第三天，"刘老师"被他的几名朋友送回来了——一位当司机的朋友确实答应了他的请求，还有那几名送他回来的朋友帮着装车。为孩子们上学的事儿，谁都愿意表现份儿热心的，但卡车在半路被三名穿了警服的歹徒劫了，"刘老师"被打成了脑震荡，他的司机朋友也被打昏了。他们苏醒过来时，那辆满载旧课桌椅的卡车早不见了……

村人们一时全都目瞪口呆，面面相觑……

"刘老师"的朋友轮番劝了一阵，说车是上了保险的，而且已经报案了，让"刘老师"只管安心养伤，"刘老师"答应了，他们才走……

那天以后，人们再也见不到"刘老师"围绕校舍转悠的孱弱身影了，他甚至都不大在村里出现了。许多人开始说些埋怨的话了，先是埋怨那名村干部，不该把这事交给一个患过精神病的人办，接着又埋怨"刘老师"，认为完全是他插了一足才把事情搞糟了，否则，校舍的门窗也会安装上了，课桌椅也有了，孩子们都上学了……大人们的埋怨情绪，自然影响到了孩子们……

"刘老师"又在村里露面时，已是秋末，天冷了。大人们对他的笑脸勉强了，孩子们望着他的目光也有几分鄙夷了。他显然敏感地察觉到了人们对他的态度的变化。在孩子们面前，他的样子更加无地自容，他对每一个孩子都负罪似的说："我绝没想到会那样，绝没想到会那样，他们抢劫一卡车旧课桌椅干什么呢？我保证替你们把课桌椅找回来，我保证！"

有的孩子冷漠地望他一会儿，不愿搭理，就跑开了；有的孩子则悻悻地向他掷出了两个字："疯子"……

于是他仿佛被定身法定住了，呆呆地一动不动，站了很久。

下第一场雪了……

在这个村子里，在第一场雪洁白的"日记"上，印了第一行足迹的不是别人——他的足迹从他的家门口走向校舍，围绕着校舍走了一圈，走向村外去了……那间校舍的房顶上，没有窗扇的窗口坯台上，以及里边没有课桌椅的地上，积着厚厚的一层雪，像无眼、无唇、无齿的骷髅……

没人知道他去哪里了……

几天后，因他而受舆论责备的那名村干部收到了"刘老师"寄来的一封信，信上说，希望村人们不要替他担心，他不会出什么事儿的，说他在找那几个劫车的人，也就是在为孩子们找那批旧课桌椅，说他保证能找回来……

这封信的内容也在村里传开了。村人们都摇头叹息：唉，十几年没犯过的病，准是因为受那一场惊吓和刺激犯了。村干部们决定派人把他找回来，但不知他在什么具体地方，派人找回他的事儿议了几次都无法落实……

而就在这时，在邻省离本省最近的一个县城里，出现了一个蓬头垢面、衣衫褴褛的疯子，靠乞讨饱腹。他令人讨厌之处是对留络腮胡子的人反应特别不正常，一见就两眼发直，就跟踪，有时甚至会扑上去抓住对方的一只手……疯子因此没少挨揍。

有一天，他又扑上去抓住了一个留络腮胡子的人的手，那人的一只手少了中间两个手指……疯子大叫："你逃不了啦！卡车在哪儿？车上的课桌课椅你们弄哪儿去了？"

那人就挥拳打他，一边咒骂："你这疯子，老子打死你！打死你！"

疯子被打得满脸是血，然而却顽强地不肯松开对方的手臂……

对方急了，拔出刀子扎他，一刀、两刀、三刀……

疯子倒下了，却又抱住了那人的一条腿……

警察来了……

那疯子——也就是"刘老师"的尸体被送回了村里。

络腮胡子招认了。后来，卡车也找到了，它被推下公路，四轮朝天翻在深沟里。一车旧课桌椅，断断裂裂地散乱在山坡上。因有杂树丛遮掩着，从公路上看还不太容易发现……

劫车的歹徒们当时倒不是为了那车课桌椅，而是为了抢了这车尽快逃窜。他们是一伙早已遭公安机关通缉的罪犯……

没人能知道："刘老师"究竟根据什么，认定了在那个县里会有所发现，倘他还活着，自然可以问问他，但他已经死了，于是谜团永不能解了。

公安机关问村里还要不要那批旧课桌椅，村干部们回答：当然要啊，门扇窗扇也要！于是公安机关找了辆卡车，将那些在许多人看来毫无用处的东西跨省运了来……

村人们在修那些课桌椅时，想到"刘老师"的惨死，心情都很难过，便将他埋在了小学校旁，插了一块木牌，上面写的是"本小学荣誉教师刘辉之墓"……

校舍是终于安装上了门窗，里边是终于摆上了课桌椅，孩子们是终于得以上学了……

当教室里传出第一阵朗朗的读书声时，又下雪了。大雪纷飞……

（选自 2008 年梁晓声著《老师》）

评　级

　　Ａ城南马路，有一幢新盖的三层楼。某星期六，家家做晚饭的时候，一个乒乓球从三层楼梯上弹跳着往下滚。滚到二楼时，被一只穿皮鞋的脚踩扁了。究竟是那个乒乓球滚到了那只脚底下，还是那只脚踏到了那个乒乓球上，用摄影机的慢速镜头也得不出结论。反正那个崭新的乒乓球没发出一点儿破裂之声就顷刻变成了一个元宵饼。这既成事实导致的后果是两个男孩子的争吵：

　　"你干吗踩扁了我的乒乓球？"

　　"你的乒乓球还硌疼了我脚呢！"

　　"你赔我！"

　　"赔你？猴年马月赔你！"

　　于是，拳来脚去的厮打代替了口舌之争，厮打中夹杂着哭叫和辱骂。首先被惊动的是正对楼梯的三号门的两口儿。那两口儿正吃晚饭，女人放下筷子："是咱们小二哭！"男人腾地站起来，大步跨出门去。女人紧跟在男人身后，刚到门口，男人却又跨进门，把门关上了："不是咱们小二！是苗主任的孙子跟韩连珂的儿子！"女人说："你倒是给他们拉开呀！""随他们打去，反正是俩孩子，打不出人命来！打累了就罢手了！"男人说着，把女人推到饭桌旁。这两口儿刚坐定，一号门呼地开了，苗主任的胖老伴颠着一双小脚从屋里奔出来。这老太太对孙子娇爱得很，见心头肉正被老韩家的小儿子揪住了头发要按倒在地上，急了，奔到跟前，大声唬喝："撒手！撒手！"那韩家的小儿子却揪住对方的头发不肯放松："他还掐着我耳朵呢！他先撒手我就撒手！哎哟呀！你使劲儿我也使劲啦！"把对方的头发在手里又一揪，苗家的孙子便哭叫得更邪乎了。"小恶人！你要把我孙子的头发揪光呀！君子动口不动手！"老太太一边嚷，一边在韩家小儿子的屁股蛋上拍打起来。忽然，有人大声叫道："左邻右舍们都出来见识见识哟！好大年纪一个动口不动手的君子哇！"原来是韩家的主妇。她正在厨房切菜，匆忙之中，菜刀也没顾放下就奔出来了。那老太太一见韩家女人手里攥着菜刀，先是一愣，随即可就火冒三丈，跺跶着小脚："呀！呀！老韩家的！你要玩命杀人吗？我可是不怕你这个！""呸！你不怕死，我还怕脏了我的菜刀哩！"此时，两个孩子倒是罢了手，各自站到大人身旁，说不清道不白地哭诉自己的委屈。两个女人，则诅天咒地互不示弱地对起阵来。

　　说句客观话，苗主任老伴和韩连珂屋里的，并非那种刁恶霸道的女人。前者平素同左邻右舍相处说得上通情达理；后者同右舍左邻来往，也还算客客气气。今儿晚上这场"乒乓球事件"，不过如一根导火索，是苗、韩两家多年积怨的又一次爆发。其实，这两家既无前世冤仇，也无现世宿恨。说来韩连珂同苗主任还曾有过师徒之情，"文化大革命"以前两家关系正经挺不错。苗主任原来是车工组组长，六级工。"文化大革命"的派别之争抵消了师徒之情。在一次大辩论中，韩连珂呼名道姓地批判师傅是"铁杆保皇派"。师傅则指着徒弟的鼻子骂他"泥鳅鱼搅漩涡妄想成蛟龙"，还当众啐了他一脸唾沫。当徒弟的在火头上随手就扇了师傅一记耳光！那一巴掌扇在他脸上，却在他心上留下了五个指印！

　　后来，苗老头当上车间主任不久，厂里要抽调一批技术工人支援外地新建工厂，车间里只有一个名额，落到了韩连珂头上。如果说这是一种报复，或许诬蔑了苗老头。论技术，韩连珂在车间里是数得着的，名额落到他头上，是车间支部讨论决定的，并非苗老头一句话拍板的。但这"报复"两个字，却不由韩连珂不去想，因为当时他那小儿子正闹病。细论起来，这也是韩连珂的短理之处，他并没有把这个具体困难向支部提出来。"这是存心整治我呀！鞋儿再小，我决不向你姓苗的低三下四说一声挤脚！"那三级车工堵着这口气走了。可不到一个月他又回来了，是一封加急电报把他催回来的。小儿子病重了，韩连珂堵在心里那口气终于喷出来了："要是我儿子有个好歹，非跟你玩命不可！"当着全车间工人的面，韩连珂对苗老头说下了这话。幸亏他小儿子的病没有"歹"，很快就好了，"玩命"那话才不了了之。

说了其实没了，两人的感情彻底伤了。两家大人孩子碰头照面儿都白眼相视。

这会儿，韩连珂正在家，他竖起耳朵听着走廊里两个女人的对阵，却不出来排解。最近几天，厂里正在评级。那韩连珂料想苗老头肯定会在这当口上从中作梗，自己这一级十有八九涨不上。与其被人暗中整治，吃哑巴亏，倒莫如干脆找个因由再跟苗老头抓破面皮大干一场，让瞎子也看到了，聋子也听到了，或许会造成一种无形的舆论压力，使车间主任即使存报复之心也得考虑一下影响，自己那十有八九涨不上的命运变成八九不离十能涨上也说不定。因此，他静听着走廊里两军对阵的动态，只要苗老头一搅进去，他立刻也会闯出家门。

那苗主任这会儿也在家。老头知道自己这个评级小组组长绝非一个好担当的角色。但一来群众推选了他，二来他是车间主任，没法儿推脱责任，有点儿义不容辞。对全车间每个工人的情况，他心里都有一本账。论工作态度，除了几个吊儿郎当的，都不含糊；论贡献大小，谁也不比谁多干多少，谁也不比谁少干多少；论技术，有不少三四级工敢跟他这个老六级工比试比试；论工作年限，这一大半三四级工，差不多都有十五年以上的工龄，有的甚至二十多年了。哪一个不该涨一级加几块钱呢？甭说别人，就说他自己吧，新中国刚成立时就定为三级工，如今三十多年的工龄了，要不是有一场十年"文革"，八级工的工资早该拿到手好几年了！可是，有一个"百分之四十的比例"在那儿框着，应该涨的就难保都能涨上了。老头儿当上评级小组组长那一天就暗自在心中感叹："要是车间里有几十个见利益就让的，我这角色可就好当多啰！"他很是担心在近几天跟什么人产生纠纷和矛盾，无事生非，而最要谨慎规避的当然还是韩连珂。他听着走廊里的争吵，本想出去把老伴吆喝回来，可是又怕老伴在气头上，不买他的账，韩连珂的女人再把话锋转移到他身上，反为不美。但听那两个女人的争吵似乎要无休止地继续下去，而且果然都把双方丈夫之间的恩恩怨怨提带出来了，他再也沉不住气，就敞开门，站在屋内朝走廊里喊了一嗓子："我说你，给我回来！"走廊里已经出来了几个劝架的。车间主任的老伴本已争吵得口干舌燥，听到老头子的一声断喝，仿佛听到了鸣金收兵的号令，很识趣地拉着孙子就往屋里走。韩连珂那口子，这会儿也猛然想起炉火上蒸着馒头，并且闻到了一股焦味，便也赶紧扯着小儿子回到屋里。那锅揉得很好的白

评级

馒头已经焦成了锅贴，她连馒头带蒸笼往案板上一掼，坐在厨房里的凳子上落下几滴眼泪来。

"大人孩子跟上你过这种穷日子不算，还整天受人欺负……"她一边抹泪一边数落自己的丈夫。

韩连珂跺了下脚："你别跟我念这套经，咱们惹不起也还躲得起。时候不到，到时候咱们抬脚走！"

"到时候？什么时候？"

"涨上工资的时候！"

"你往哪走？"

"此处不容人，自有容人处！凭我的技术，到哪个工厂……"

"就你？我早看透你的生辰八字了！你没长那前后眼，把人家得罪下了，如今人家当了官，掌了权，你还想涨工资？一辈子拿你那四十六元吧！"女人不听犹可，听了丈夫那英雄气短的话，愈加伤心起来。

"唉！"当丈夫的也不由喟叹一声，他是多么后悔十年前自己那一巴掌啊！要是他现在单身一人，一辈子再不涨工资他也不在乎。可是他如今有孩子，两个！

三号门里，那两口子已经吃罢了饭。女人一边刷碗一边埋怨男人："有你这号人吗？左邻右舍住着，刚才两个孩子打架，你就应该给拉开，也免了两家大人这一场脸红脖子粗的争吵！"

"得得得！你少教训我！"那男人从床下拖出一个小筐，挑出一个顶大的苹果，揣在兜里，走出门，来到了隔壁的苗家。这三号的主人姓王，单名一个佼字。他跟韩连珂是同年入厂的，上一次调级有他，已比韩连珂高了一级，是四级车工。这一次，他还巴望着涨一级。如果这次没人提他，他倒也就死了这份心，偏偏提他的跟提韩连珂的人数相等。虽然论技术他远不如韩连珂，但他人缘好，和车间主任的关系也不错。班组把他的名字同韩连珂的名字一块儿报到了车间评级小组，让评级小组从他俩之中确定一个。因此，他也就难免起了活动活动大有希望的念头，事在人为嘛！

他迈进苗家门槛，先把苗主任那孙子拉到跟前，抚平整了被揪乱的头发，擦干了挂在脸蛋上的泪花，疼怜不已地说："傻孩子，你比人家小两岁，没人家胳膊粗力气大，还不是只有吃亏的份儿嘛！人家那是把对你爷爷的火气全都泄在你身上哩！"说着，掏出苹果塞到那孩子手里，走到苗主任跟前，又说："老主任，不是我一个男子汉传闲话，我看下次调房子，你们家还是要求换换吧！这气谁受得了哇！我可得事先给你提个醒，这次评级，别看班组把我和韩连珂的名字一块儿报上去了，你这当车间主任的，还是把我的名字拉下来为好！如果把他拉下来，把我评上了，他准会说你这当主任的一碗水没端平，偏向我。叫你背这个黑锅，我可是于心不忍……"

苗老头一听就火了："他要跟我对着干，我不怕他！我姓苗的没报复过什么人，这次还偏是要叫他体验体验报复两个字的滋味呢！"

正说这话，他的儿子小苗推开了家门，王佼便告辞了。

老苗问小苗："怎么样？"小苗扫了父亲一眼，反问："什么怎么样？""你，怎么样？""还能怎么样？就这样！"小苗心里像有什么不顺气的事儿。"你爸是问你，你们厂评级怎么样？"还是老伴理解了老苗的话。"评上了！""嗯！"老苗满意地点了点头。"群众评上了我，领导又把我刷下来了！""哦？"老苗一怔。对于儿子，他是了解的，干起工作来，和他一样，任劳任怨，一丝不苟。论工作年限，也在该涨之列。他有点不相信："你，最近出了什么差错？""没有。还不是因为'文革'那阵子，我给一个领导贴过几张大字报！""就为这！这都过了多少年的陈芝麻烂谷子啦！这不明摆着是报复嘛！""缺德！"老伴忍不住插了一句，"当官的，在这种时候，不把良心摆正，搞恩恩怨怨，才叫缺德呢！""哼！你们当官的，有几个不报复的！""什么叫你们当官的？"老苗也火了，"你这话也包括我在内吗？我老苗就不知道怎样报复人，没学会！""他爸！"老伴立刻给老苗点上了一支烟，又给儿子递了个眼色，"他哪能连你都说在内呢！""爸，我可没说你！我是说，有些领导，少数、个别的，不够水平的！"小苗立刻解释。老苗鼻子里使劲儿"哼"了一声，光吸烟，不说话，心里替儿子愤愤不平。"爸，韩连珂这次评上了吗？"儿子忽然问。虽然苗、韩两家关系很僵，但儿子却对韩连珂另有看法。"他？做梦娶媳妇吧！"老苗悻悻地回答。他这会儿不愿提到韩连珂，他想的是：儿子这次能涨上一级该多好！他的生活够多紧迫啊，媳妇身体弱，经常闹病，每月还要给老丈母娘寄去十元钱。唉，在这时候报复人，是缺德！

儿子却很关心那个韩连珂，说："他比我早参加工作整整十年，技术上拿得起放得下，工作上也不拈轻怕重的，却跟我同样拿三级工的钱！听说他不是还常搞一点革新吗？虽然没搞出什么名堂，可人家毕竟有那份儿热情！我看呀，他要是涨不上，也准是因为脾气不好，得罪下了哪一位当官的！"

小苗这番话，竟使老苗沉默了好半天。

晚上，老苗翻过来掉过去，一夜没睡好。不知为什么，一闭上眼睛，面前就浮现出韩连珂那两个孩子的脸。一个声音在他耳边悄悄地说："老苗，老苗，就冲这两个孩子，咱们也应该把良心摆正啊！缺德的事儿咱们不能干！"

在车间评级小组会上，老苗把韩连珂和王佼的情况客观地对比了一下，发表了赞同给韩连珂提一级的意见，得到了一致拥护。但是，厂里平衡下来，又压掉了车间里的一个名额。为了确保韩连珂涨上级，老苗把自己的名字从评级榜上除掉了。事后，韩连珂夫妇一块儿来向他诚心诚意地赔礼道歉，使他感动得不得了……

第二天醒来，却是一场梦。老苗躺在床上，左思右想，忽然产生了一个愿望，一个要把这梦变成现实的愿望，一个在良心上要得到和梦中同样的坦荡、公正、感动人和被人感动的愿望……

（选自 2018 年 12 月 3 日《青岛财经日报》第 A08 版：副刊·原创）

中篇小说

今夜有暴风雪

一

公元一九七九年，春节后，东北松嫩平原，仍然寒凝大地，千里冰封，万里雪飘。

一辆从黑河开往嫩江的长途汽车驶入孙吴县境内不久，突然刹住了。一头羊站在公路正中，拦住了汽车。司机不停地按喇叭，它一动也不动，像具石雕。司机只得跳下车去赶它，走近才发现，它用三条腿站立着。这显然是一只被狼伤害过的羊，它失去了整条后腿，胯上血肉模糊。司机不禁骇然倒退一步。羊，却突然僵硬地倒下了。一位乘客也跳下了车，走到司机身旁，踢了死羊一脚，肯定地说："是兵团的羊。"

司机愕然地看着他。

乘客抬起手，朝远处一指："都走光了，放羊的小伙子连羊群都没顾上移交。"

司机朝乘客指的方向望去，雪原上，几排泥草房低矮的轮廓，不见炊烟，不见人影，死寂异常，仿佛一处游牧部落的遗址——那里几天前还是黑龙江生产建设兵团的一个连队。

乘客瞧着那只死羊："奇怪，狼怎么没把它整个吃掉呢？"看了司机一眼，又说，"不捡白不捡，够吃几顿的，羊皮也小不了，我帮你搬到车上！"

"别，别……"司机皱起了眉，他觉得不是好预兆，用手势叫乘客把死羊拖到公路边去……

这辆长途汽车又开动了。

它开出不到一个小时，第二次被拦住。

手提包和行李捆连接在一起，在公路上"筑"起两道"路障"。十几个人站在公路边，从衣着一眼就可以看出，是建设兵团的知识青年，有男有女。

司机只得将车缓缓停下。

知青们有的搬开了"路障"，有的围住了汽车。

司机打开驾驶室车门，用商量的口气对他们说："你们人不少，东西又多，先别急着上车，车上已经没有空地方了，等我动员一下乘客，给你们腾出点地方……"

一个男知青感激地说："那你可真是个好人！"

司机砰地关上驾驶室车门，见"路障"已搬开，便呼地将车开过去了。

乘客中有人扭转身，朝后车窗看了一眼，说："何必呢，大家互相挤一点，就可以让他们都上来了！"

"让他们上来，一路准没好事！"司机嘟哝一句，加快了车速。

司机忽然从车镜里看到有人骑马从后面追赶，顿时神色惊慌。骑马的人转眼赶上来，却并没有拦车，超车奔驰而去。

司机暗暗吁了口气。

汽车顺公路刚拐过一个山脚，几乎所有的乘客都和司机同时发现，三台拖拉机并列在公路上，四个人站在拖拉机前，三个抱着肩膀，一个牵着马，虎视眈眈地从车前窗瞪着司机。

这里附近也有一个生产建设兵团的连队。

"糟了！"司机叫苦一声，刹住车，双手从驾驶盘垂下，无可奈何而又忐忑不安地朝驾驶座上一靠。

一辆马车这时也从后面赶了上来，车上是刚才被甩下的十几个男女知青和他们的行李捆、手提包。

牵马的人走到车前，拉开驾驶室车门，对司机怒吼一声："下来！"他是那十几个知青中的一个。司机脸色苍白，十分惧怕，不敢下去。有一个知青走过来，推开了那个牵马的，对司机说："别害怕，他吓唬你，我们不会把你怎么样的。请你打开车门，让我们上车吧！车上有我们，再碰到拦车的知青，我们保你平安无事，顺利通过！"

羊剪绒的帽子底下，露出两条短辫，一双俊秀的大眼睛恳求地望着司机，是个姑娘。

车门打开了……

汽车又路过了一个被遗弃在雪原上的生产建设兵团的连队。

又路过了一个……

当这辆长途汽车开到嫩江火车站，天黑了。十几个知青拎上手提包和行李捆，跳下汽车，奔进了车站。

那个姑娘临走时还对司机说："谢谢！"

车站内，站台上、候车室里，几百名知青在等待列车。他们随身所带的手提包、行李捆堆积得像小山。焦急、茫然、惆怅、沉思、冷漠、凄凉、庆幸、肃穆、严峻……各种各样的神色和表情，呈现在一张张男女知青疲惫的脸上。他们有的人从连队到这里，需要四五天。和伙伴们失散了的，大声呼喊着，奔来跑去。丢掉了什么东西的，在别人的手提包和行李堆中翻找着，惹起一片片斥责、争吵。

托运处更加混乱，吹毛求疵的手续，认真过分的查看，咒骂、哀求、抗议、威胁……

角落里，在破碎了镜子的立柜旁，一个知青和一个身份不明的旅客正做着一笔买卖：

"三十元……"

"三十元？！我从连队辛辛苦苦折腾到这儿，要不是无法托运我才舍不得……"

"三十五元！再多一元也不加！"

"好，好，三十五元就三十五元！"

卖了立柜的知青，接过钱就走。刚走了几步，又转回来，还给对方钱，大声说："不卖了！"抬腿一脚，大头鞋将立柜踢了个窟窿，接着又是一脚，又一个窟窿……

一个怀里抱着孩子的女知青跑过来阻拦，用上海口音嚷叫着："你疯了！好端端的一个立柜，泄啥气！"

"哇！……"孩子哭了。

列车进站了。

几百名知青像狩猎一只庞大的野兽般，包围了每一节车厢的车门、窗口。

手提包、行李捆，纷纷从打开的窗口塞进车厢。

等不及从车门挤上车的，就从窗口爬。

"孩子别从窗口……"

已经塞进去了。

车厢里传出孩子的哭声……

另一个窗口，一场难舍难分的离别！

姑娘在站台上，小伙子在车厢内。小伙子从窗口探出身，姑娘拽住他的胳膊，哭着、喊着："我不放你走！我不放你走！我不放你……"

小伙子泪流满面。

几个知识青年同情地望着他们。

有人摇着头，轻轻地说："北大荒姑娘……"

车站上的广播喇叭响了："各位旅客请注意，本次列车晚点四小时……下面广播天气预报，嫩江地区，零下二十四度。黑河地区，气温继续下降，受西伯利亚寒流影响，今夜有暴风雪……"

……

这是北大荒四十余万知识青年大返城期间的一个夜晚，在东北最北边陲，在驼峰山上，黑龙江生产建设兵团某师三团工程连战士裴晓芸，今夜第一次在边境哨位上站岗。

"六号坐标"矗立在白雪皑皑的驼峰山顶。它被寒冬包裹了一层霜的外壳，远远望去，通体反射着镀银般的冷冽的光。

月，凝冻在夜空，似一面冰块磨成的圆镜，刚用雪擦过，连蟾宫的虚影也擦去了。夜空澄净，澄净得异常，令人感觉到潜伏着某种不祥，仿佛大自然正暗暗汇集威慑无比的破坏力量。偶尔，纱绢一样的薄云从夜空疾迅掠过，云影在苍茫的雪原上匆惶地追随着。稀寥的星怯视着大地。大地上的一切都显出畏惧，屏息敛气。没有风，伸出雪面的蒿草的枯叶，树木细弱的秃枝，都是静止的。荒原一片沉寂。驼峰山两峰之间的山沟里，狼嗥声不绝，引起近处村子里阵阵狗吠。狗吠声过后，愈加沉寂。这种凛峻的沉寂，是北大荒暴风雪前虚伪的征兆。

裴晓芸肩枪站在哨位上。她摘下棉手套，借着月光看手表——差七分九点。今天是她的生日，九点是她的诞生时刻。二十五年前，这一天，这一时刻，她从母腹中降生。刚生下来不会哭，护士倒提着她的身子，在她屁股上打两巴掌，她才哇地哭响。在她对这个世界发出第一声啼哭的同时，母亲猝然离开了人间，没来得及看她一眼，也许听到了她那一声啼哭……

是父亲告诉她的，在她的第五个生日，那天，父亲从幼儿园接她回家，她一路哭着闹着向父亲要一个妈妈。幼儿园的孩子们都有妈妈，为什么单只她没有妈妈呢？那是她幼小心灵首次意识到比别的孩子缺少什么，首次感到生活对她不公正，首次向生活提出抗议，用跟父亲哭闹的方式。她不愿比别的孩子缺少什么，她要一个妈妈，正如向父亲要一个布娃娃。回到家里，她哭闹得乏了，噘着小嘴生闷气，不吃饭，不睡觉，不理睬父亲。父亲是大学哲学系讲师，在社会科学方面，是辩证唯物主义的忠实宣传者。但在解释自身生活时，又是个带有宿命论色彩的人。

"别哭。"父亲对她说，"从小失去妈妈的孩子，生活中不止你一个。告诉我，你为什么忽然想要一个妈妈呢？"

"小朋友都说，妈妈比爸爸好。"

父亲呆呆地注视着她，许久无言。

"爸爸，我要一个妈妈，就要！"

父亲默默地从床下拖出皮箱，打开来，找到旧相集，把她抱在膝上，一页一页翻给她看。

所有照片，都是一个年轻而美丽的女人的。

父亲合上相集后，说："她就是妈妈。"

妈妈？妈妈多年轻！妈妈多美丽！每张照片上的妈妈，都面露温柔的婉雅的微笑。那种微笑告诉别人，也告诉自己的女儿——我曾在这个世界上非常幸福地生活过。

"妈妈在哪呀？为什么从来不回家？"

"妈妈在另一个世界。"

"我要到那里去，我要去找妈妈！"

父亲苦笑了。

"孩子，我们每一个人迟早都是要到那个世界去的，但我们现在不能去找妈妈。我在这个世界上还有许多没做完的事，而你呢，还没有开始做什么……"

她不明白父亲的话。

"妈妈……死了……"

死——她明白。

她哭了。

"记住，妈妈是为生下你而死的。"父亲轻轻抚摸着她的头，向她讲述了在她出生那一天妈妈所经受的痛苦。

"妈妈是歌唱家，你想听妈妈唱的歌儿吗？"

泪珠从她的小脸蛋上滚落下来，落在花兜兜上，落在父亲手上。

宝贝，你爸爸正在过着动荡的生活。

他参加游击队打击敌人哪我的宝贝。

……

唱片缓缓旋转，播放出妈妈唱的动听的歌声。

她觉得唱片就是父亲说的"另一个世界"，妈妈就生活在那里，在那里天天都唱歌。

妈妈的歌声冲淡了"死"这个严峻的字在她那颗幼小心灵中造成的阴霾。

父亲收起唱片说："孩子，挑选一张妈妈的照片吧，由你自己珍藏。"

她凭孩子的意识得出判断，那些照片，不，妈妈，对于她也许还不如对于父亲那么重要。她从中挑选了一张最小的二寸照片。

从那一天开始，她那儿童的心理和情感世界，比一般孩子更早地趋于成熟，趋于丰富了。

以后，她经常在小朋友们面前声明："我也有妈妈。"

"你妈妈在哪儿上班呀？"

"你妈妈怎么从来没到幼儿园接过你呀？"

"你是个撒谎的孩子！撒谎就不是好孩子！"

"骗人！狼来啰！狼来啰！……"

被羞辱所包围时，她就从兜里取出妈妈的照片，大声说："喏，你们看，我妈妈！"

大声地说出这句话，她获得一种朦胧的安慰、一种空泛的满足。

渐渐长大，她才愈来愈体会到，母亲对一个人，尤其对一个人的童年和少年时期，何等重要！人，首先是从母亲身上来洞察生活，认识生活的，也首先是从母爱之中体验到自己的存在价值的。父亲往往教会孩子用理智的眼睛去看世界，母亲则往往教会孩子用情感的眼睛去看世界。从小失去母爱的孩子，生活在其短浅的视野中难以展现全貌。仅仅这一点，就意味着不幸。

上体操课，她从平衡木上摔下来，左腿骨折，在家中躺了一个多月。父亲给她洗脸、洗手、洗脚、梳头，甚至给她剪手指甲和脚指甲。有一天，父亲给她朗读《海涅诗选》，她突然说："爸爸，给我擦擦身子吧！"父亲怔怔地瞧了她一会儿，没有回答，没有任何表示，合上了诗集。晚上，她的三个女同学来到家里。父亲预先烧好了一大盆热水，备好了毛巾和香皂，找出了她需要换的内衣，而后对三个女同学说："麻烦你们了。"便转身走出她的房间。门，被一个女同学轻轻从里面插上了。她们开始七手八脚地给她脱衣服，脱得一丝不挂……

同学走后，她无声地哭了。她虽然感谢她们，虽然觉得身体清洁爽适了，但内心受到一种不能明言的挫伤，萌生了一种复杂的委屈……

父亲走进房间，她用被子蒙上了头。

父亲默默地在她床边站立许久才离去。她听到了父亲离去之前轻微的叹息，不知是为他自己，还是为她……

那一年，她十五岁。

从此，夜晚九点这一时刻，对她来说就变成神圣的时刻了。每到这一时刻，她就凝视着大挂钟，久久地凝视着。她那少女的心灵便超越了时间和空间，与另一个世界中的不曾见过面的母亲的心灵贴近了，融合了，合而为一……

少女的心灵具有特殊功能，愈是感到缺少什么，愈容易靠想象来弥补。想象总是比生活本身更完美、更迷人。对母爱的殷殷向往和饥渴，使她对仅有的父爱更加感到不满足。

不久之后，父亲也被人从这个世界上夺走了，那是在十年动乱的第二年……

她成了一个情感方面的赤贫者。对于情感需求极其细腻，内心世界稚嫩而丰富的少女，这种赤贫状态是足以风化灵魂的。

幸而，她熬过来了。

灵魂熬过来了。灵魂孕育着对生活的一点点的希望，便不会像肝脏一样硬化……

此刻，裴晓芸又看一眼手表——九点。

这大概是她第一百次独自膜拜这一神圣时刻了。她摘下手套，一只手伸进内衣兜，摸出一个小小的塑料夹，里面夹着母亲那张二寸照片。端详着母亲的照片，二十五岁的上海姑娘情不自禁跪下了，月光将她肩枪的身影，清晰地映在雪地上。

她心中有许多许多话要对母亲说，在这个夜晚，在这一时刻。

她想说："亲爱的妈妈，今夜我是这么高兴！我被批准成为战备分队的战士了！今夜我第一次站岗……"

她想说："亲爱的妈妈，我肩上这支枪，得来可真不易啊！别人早就发了枪。而我，在不久前才获得这样的信任……"

她想问："妈妈，我，是同别人一样离开北大荒，还是留下呢？离开，这里有我感情上难以割舍的东西。留下，我会感到孤独，感到被遗弃……"

她想问："妈妈，即使我回到上海，谁又是我的亲人呢？上海有我可以得到关怀、可以完全信赖的人吗……"

她想问……

忽然觉得有什么东西触碰她———一只狗，一只体大如豹的狗，浑身的黑毛在月光下闪着黑缎般的光，粗颈，方头，大耳，阔嘴，样子十分凶猛。

她没受惊吓，这只狗对她有特殊的感情。它叫"黑豹"，名字是工程连的知青们起的。它的母亲一共生下六只小狗崽，连它在内。老母狗一天跟着砍柴的马车上山，被猎人设下的野猪套套住，活活喂了狼。六只小狗崽因断奶饿死五只，"黑豹"被男知青排排长曹铁强抱回宿舍，像哺喂婴儿般养活了下来。它是男女知青们的宠物。它长大以后，看仓库、守麦场，报答知青们的恩泽。有人带它到哨位来站过一次岗，它便又增加了一项义务，每到深夜，自觉跑来，和站岗的人做伴，直至天明。

"黑豹"认出裴晓芸，两只前爪扑在她身上，伸着脖子要舔她的脸，讨她的喜爱。她拍拍"黑豹"的头，又捧着它的阔嘴巴往自己冻红了的脸颊上贴一下，推开它，缓缓站起来。因刚才跪在雪地上，即使在"黑豹"面前她也难为情了。她心中顿时萌发了哨兵的神圣责任感和战士的英武气概。

"黑豹"耍着活泼劲纠缠她。

"'黑豹'，不许跟我胡闹！"她严厉地呵斥它，挺直身，肩正枪，目光巡视着冰封的黑龙江江面。"黑豹"听话地卧在她脚边，昂头专注地望着天空中的一颗星。

一会儿，她感到寒冷了。她后悔没穿棉大衣，棉大衣太肥，平时就不爱穿。何况今夜她第一次站岗，臃臃肿肿的，有失一个哨兵的英姿！可是毕竟感到寒冷了。又看一次表，过两个小时，就会有人来接岗，坚持得了。她双手都摘下手套，放在嘴边哈了一阵，又搓了一阵，解开一个衣扣，交叉地伸进棉衣里，紧紧地夹在腋下取暖。脚也冻得有些疼了，她轻轻跺踏着。"黑豹"披着毛皮大氅，似乎并不寒冷，卧在雪窝里一动也不动，不再望星星，侧头瞧着她，眼睛流露出对她的嘲意。

"坏东西！"她骂它一句，转身向山下望去。团部机关一片漆黑，一幢幢砖房和机关食堂的高大烟囱，轮廓分明。只有团部会议室的四扇窗子，透射出灯光。

她不禁想到了他，他下午四点就到团部去开紧急会议，显然到现在这个会还没散。不知这是一次什么样的重要会议？为什么开到这样晚？

他，或许在发言吧？

或许，发过言了，正从窗口朝外望，想望到她？

傻瓜！他根本望不到她！

她微笑了……

二

全团各连连长、指导员聚集在团部会议室。室内烟雾缭绕，空气污浊得令人窒息。几个烟灰缸插满烟蒂，像小盆景中的假山石。不少人继续吞云吐雾。

会议从下午四点开到六点，吃过晚饭，接着开到现在。每个人都意识到，这是一次严峻的会议。

团长马崇汉，比任何一个人都更加清楚这次会议的严峻性。知识青年大返城的飓风，短短几周内，遍扫黑龙江生产建设兵团。某些师团的知青，已经十走八九。四十余万知识青年返城大军，有如钱塘江潮，势不可挡。一半师、团、连队，陷于混乱状态。唯独三团，由于地处最北边陲，交通不便，消息阻隔，返城飓风的势头还没有真正席卷到这儿。三团的知识青年们，近几天才开始从亲友、同学和家书中获得返城信息。各种迹象表明，他们也在暗中骚动起来了。

兵团总部下发了一份紧急文件：为缩短从兵团体制恢复到农场体制的过渡时期，为尽快稳定各师团的混乱局面，组建起各师各团连队新的领导机构，重新形成生产秩序，确保春播，知识青年的返城手续，必须在三天以内办理完毕，逾期冻结，春播后各师团酌情自决。

急件被马崇汉扣押，不向连队传达。

三天，三个二十四小时，只要拖延过三个二十四小时，全团八百余名知识青年，就可能被永久地钉在各连队的花名册上了。他曾同政委孙国泰就这一点交换过看法，却遭到老农场干部孙国泰的坚决反对。

"我们没有权力扣压兵团总部的急件，没有权力！"政委严肃地回答他。

"当然，我一个人是没有权力这样做的，因此才同你商量嘛。你和我，如果我们两个人的意见统一了，在特殊情况下是可以代表党委的嘛。"马崇汉温良恭俭让地说。

凭着与对方多年共事的经验，孙国泰知道，对方越是在他面前表现得温良恭俭让，越证明根本没把他的意见当成一回事，虽然他是政委。孙国泰也明白，马崇汉所以要在决定八百余名知青命运的这一严峻大事上"征求"自己的意见，无非是要自己表明一种态度，表明一种"赞同"的态度。有了他这种态度，哪怕是一种含糊"赞同"的态度，不，哪怕是缄口不言，那么，这件严峻的事情，这一首先从马崇汉头脑中产生出来的个人意志，便可以被对方也被别人认为是"党委的决定"了。

"党委也没有权力做出这样的决定。"老政委态度鲜明。

"政委同志！"马崇汉语气强硬起来，"别忘了，你是一位团级领导，是一位思想工作者，在当前这种局面下，为生产建设兵团保留一部分青年力量，是你我的共同责任！"

老政委被激怒了。政委同志？他曾被对方当作同志看待过吗？思想工作者？多么尊重的称谓。可是在这方面，对方曾允许他充分发挥过作用吗？说什么为兵团保留一部分青年力量，说什么共同责任，真是冠冕堂皇！好听的话都叫你马崇汉挑着说了。难道你心里就一点都不感觉对这些知识青年们有愧吗？

他压下怒气，慢言慢语地说："团长同志，你不觉得为生产建设兵团思考得晚了些吗？许多知识青年是怎样来到北大荒的，你应该比我心里更清楚！"

"你！……"马崇汉一时说不出话来。

兵团组建的第二年，马崇汉作为兵团代表，乘飞机来往于各大城市之间，做了一场又一场的精彩演说式的动员报告：正规部队的性质，不但发军装，还发特别设计的领章帽徽，居住砖瓦化，生活军事化，生产机械化……如此这般天花乱坠，欺骗了多少知识青年啊！

马崇汉立了一功，但他也被多少知青诅咒啊！……

此刻，老政委孙国泰盯着团长马崇汉那张刮得发青的五官分散的脸，不禁又想到了十年前就是在这个会议室里，为他召开的"欢迎会"上的情形。那次"欢迎会"也是由团长马崇汉主持的。马崇汉向全团机关工作人员介绍他时，十分钟大摆他的老资格和革命经历，三十分钟大批他在农场时期犯下的种种"路线错误"。

他当时猛然站起来，声音洪亮地说："马团长对我的介绍，等于为我树了一个碑，立了一个传，盖棺定论。千秋功罪，自有历史评说。据我所知，我们共产党没有为活人树碑立传的惯例，马团长这番话，就算是我的悼词吧！既然我还没有死，追悼会现在可以结束了！"

从那一天开始，他就意识到，团长马崇汉是要故意在他们之间造成一种领导地位上的悬殊差异的。但十年之中，在每一个无论大小的原则问题上，他从没有向对方妥协过。虽然，他是一批被罢官撤职的老农场干部中，幸运地获得"解放"的，时时有从领导地位上再次被打翻下去的可能。

从开会到现在，他还一句话没说，坐在角落里，一支接一支地吸烟。

马团长今天格外沉得住气。参加会议的人们沉默着，他这个主持会议的人也沉默着。他扫视着人们的脸，想从每个人的表情上，窥测他们的内心活动。

公务员小张又一次走了进来，交给他一条"牡丹"烟。他将包烟纸扯开，东甩一盒，西抛一盒，将一条烟顷刻分光，自己仅留下一盒。他抽出一支烟，在桌面上笃笃蹾了半天，却没有点燃，而拿起了暖水瓶，往茶杯里倒水，只倒出半杯水。

"小张！"

小张应声而至。

他用下巴朝暖水瓶示意，小张领会地默默拎起几只空暖水瓶去打水。

坐在马团长对面的，是工程连指导员郑亚茹，她看了马团长一眼，说："我表个态吧！"

大家的目光都集中在她身上。

团长马崇汉轻轻咳嗽了一声。

"我认为……目前……对于我是一个考验关头。我……赞同团长……不，赞同团党委……"大家都听得出来，这几句话，她说得并不轻松。

团长嘴角浮现了一丝不易被人察觉的微笑，向她投去极为满意的一瞥。

她刚抬起头，一接触到团长的目光，立刻又将头低了下去，掏出手绢擦汗。她是出汗了，细密的汗珠沁聚在她那清秀的眉宇间和端正的鼻梁上。

老政委孙国泰站了起来，用纠正的口气缓慢地说："不，不是团党委的决定，团党委没有做出过这样的决定。"

马团长怔了一下，随即大声说："不错，党委是没有来得及做决定。"他用一种特别加以强调的语调说出"没来得及"四个字，之后也站了起来，肩膀一耸，将披在肩上的大衣抖落在椅背上，接着说，"不过，今天在座的，除了我和孙政委，还有几位也是党委委员，其他同志，都是各连队的连长和指导员，我看，这次会议就算是一次党委扩大会议也未尝不可嘛！"他停顿了一下，将脸转向郑亚茹，换了一种亲切的安抚的口吻又说，"你刚才的发言很好，态度很明确嘛，你就算代表工程连党支部第一个表态了。"

"郑指导员只能代表她自己，不能代表我们工程连党支部。"在最后一排座位上，有人说话了。大家的脸一齐转向这个人，说话的是工程连连长曹铁强。

郑亚茹尴尬又不知所措地瞧着他。

马崇汉从桌上拿起刚才想吸而没吸的那支烟，已经划着根火柴，听罢曹铁强的话，脸色沉了下来。燃烧的火柴在手中晃了晃，熄灭了，被狠狠地插在烟灰缸里。"这么说，你，是反对的啰？如果是这个意思，也算一种表态嘛！"他说这话时，并不看曹铁强，说完，紧接着喊，"小张，倒烟缸！"小张立刻悄无声息地走进会议室，从桌上拿起烟灰缸。

"叫你打开水，你怎么没打来？"马崇汉又一次拿起水杯。

"开水房锁着门。"小张讷讷地回答。

"再去打一趟！"马崇汉口气中流露出愠怒。

曹铁强瞅了团长一眼，又瞅了小张一眼，待小张走出去，才说："是的，我反对。"

郑亚茹的脸红得像要渗出血来。

马崇汉的目光如伤人利器，咄咄地射向工程连连长。对于这个东北小子，他心中耿耿于怀地记着一笔账。此时此刻，这笔账的账簿子又翻开了……

全兵团大搞"公物还家"运动那一年，马崇汉亲自带着工作组，坐镇工程连抓试点。他是个很善于总结各种运动经验的人。在这一点上，能力要比政委孙国泰高一筹。几天内，他就总结出了一套"三字经"——一"看"，二"查"，三"搜"。就是：各家各户的天棚地窖要看看，所有知青的箱子要查查，凡属公家的东西，一针一线都要搜回来。"三字经"通过电话线，由马团长亲口传达到全团三十几个连队，指示照办之，推广之。"运动"得全团鸡犬不宁。

一天，马崇汉来到男知青宿舍，发现大火炕炕头一床褥子底下，垫着三块杨木板。他亲自动手将木板抽了出来，木板着炕的一面已经烤黄。

"是谁垫在褥子底下的？"中午召开了全连大会，马崇汉指着三块被搬到会场的木板，严厉追究。

"团长，是我……"小瓦匠单书文怯怯地站了起来。

"你为什么要把公家的木板垫在褥子底下？"团长瞅定他的脸，字字拖长地问。军大衣很有派头地披在团长高大魁梧的身上，风度如革命样板戏《智取威虎山》中的"二〇三"首长。

"我……我……我怕烤着了褥子……"小瓦匠脑袋耷拉在胸前，不敢正眼看团长。

"抬起头！"

小瓦匠的头沉重地抬了起来，眼睛却盯着自己的衣扣。

"你自己的褥子烤着了，你心痛。公家的木板烤着了，你就不心痛。这叫什么？这就叫——损、公、利、己！"团长的大手掌啪地在桌子上拍了一下。

小瓦匠浑身一颤。

"岂有此理！限你明天早饭以前，把检查交到工作组来，不得少于五千字！"

团长声色俱厉。

……

晚上，小瓦匠从炕洞里往外扒炭火，一锨锨端到宿舍外，倒在雪地上。

"哎，你这是干什么？"有人抗议了，"我褥子底下还冰凉呢！"

"将就点吧！"从不跟任何人发生口角的小瓦匠，憋了一肚子的气，都通过这四个字发泄出来。

抗议者二话不说，从炕上蹦下来，往炕洞里塞满了木柴。

出身于封建官僚家庭的小瓦匠由于背着个甩不掉的包袱，甘做人下人，是知青中的弱者，对别人一向逆来顺受，不敢也没有能力维护自己的尊严。他没再从炕洞里往外扒火，默默地卷起自己的褥子，无法睡觉，便将一只小肥皂箱搬到地上，坐着个木墩写检查。

写了撕，撕了写，写写撕撕，撕撕写写，一本信纸转眼扯去了大半本。五千字！自己把自己往高得不能再高的纲上线上联系，搜肠刮肚，抓耳挠腮，却无法写满一页纸！

当年的男知青排排长曹铁强从外面查岗回来，见状问："你怎么还不睡？"

"你叫我怎么个睡法？"小瓦匠可怜巴巴地反问一句。

曹铁强摸了一下炕面，不再说什么，转身又走出去了。

一会儿，他从外面扛进了那三块杨木板。

"垫上吧！"

"我……不敢……"

"叫你垫上你就垫上，明早再扛回原处去，没人知道。"

"万一……"

"我顶着！"

马团长是一位最讲"认真"二字的共产党员。当男宿舍响起一片鼾声时，他又神不知鬼不觉地来了。

他是为那三块杨木板而来。

拉亮电灯，见三块杨木板又被垫在了小瓦匠的褥子底下，马团长愤慨极了。他不唯最讲"认真"二字，而且最讲"服从"二字。军队使他养成了坚决服从首长一切命令的习惯，他要将这一点作为优良传统灌输到知识青年们的脑袋里去。他最不能容忍对首长的命令阳奉阴违。在他本人即首长，阳奉阴违者又是他的战士的情况下，更不能容忍。

他猛地掀掉小瓦匠的被子，拽着小瓦匠的胳膊，将小瓦匠扯到了地上。

小瓦匠穿着衬衣衬裤，光脚站在地上，揉开蒙眬的睡眼，半睁半闭的，也没看清对方是谁，啪地甩手给了对方一记耳光："开什么玩笑！"

马团长被这一耳光打愣，呆呆地站在小瓦匠对面。

小瓦匠跳上炕，钻进被窝，又蒙头睡了。

马团长一声未吭，转身就走。

这一幕，被排长曹铁强躺在被窝里看得分明。马团长一出门，他立刻爬起来，跨过几个人的身子，推醒了小瓦匠。

"你知道你刚才打了谁一记耳光？"

"打谁谁挨着！"

"你打了团长！"

"别……逗了……"

"你看，地上是谁的大衣？"

小瓦匠爬起，探身朝地上一瞧，心中不由暗暗叫苦。地上果然有件军大衣，不是团长的是谁的！

"快起来，把木板拆下！"

曹铁强帮他的忙，二人慌乱地从褥子底下抽木板。其他人被惊醒，一个个翻身趴在被窝里，莫名其妙地瞧着他俩。

"深更半夜，你们搞什么名堂！"不知哪一个，从地上拎起一只大头鞋，朝他俩扔过去。大头鞋打在小瓦匠后脑勺上，小瓦匠"哎哟"一声，双手倒捂着后脑勺，仰躺在炕上。

"谁打的？谁？！"曹铁强厉声喝问。

几颗脑袋畏惧地缩进了被窝。

这时，外面进来三个人，都是团警卫排的，是跟马团长一块儿来到工程连的。为首的，是警卫排排长刘迈克。他们，虽不属于工作组成员，但在工程连战士们面前，却显示出一种优越感。这种优越感似乎在时时表明，他们，即使算不得"高级知青"，起码也是"特别知青"。因为他们是"拿枪杆子"的，是经常跟随各级团首长的。他们是半享受职业军人待遇的。

刘迈克一进大宿舍，首先从地上捡起马团长的军大衣，拍拍土，然后踢了踢小瓦匠垂在炕沿的赤脚："起来起来，跟我们走。"

小瓦匠坐起，一见是三个警卫排的，顿时变了脸色，讷讷地问："到哪儿去？"

"连部，马团长有请。"警卫排长一副闹着玩的样子。

"我……我不去……"小瓦匠往曹铁强身后躲。

"不去？那哪成啊！"小瓦匠的胆怯使警卫排长开心，他用命令的口气对另外两个警卫排的战士说，"带走。"

那两个便上前去拖小瓦匠。

他们被曹铁强推开了。曹铁强抢先一步，身子挡在宿舍门口，冷冷地说："你们，简直成了马团长养的狗了，叫你们咬谁就咬谁？"

刘迈克愣了一下，后退一步，眯缝起眼睛，咄咄地盯住曹铁强的脸，一字一句地反问："你说什么？我没听明白。"

曹铁强讥讽地说："你腰间扎条武装带不伦不类，劝你还是解下来的好。"

"你看不惯？"刘迈克真的缓缓解下了武装带，在手中摇晃着。

"别碰着我！"曹铁强又说了一句。

刘迈克唰的一声将武装带朝他抽过去。

曹铁强一偏头，武装带的铁卡子抽在门框上。他朝门框瞥了一眼，门框上留下了一道痕迹。

"别怕，吓唬吓唬你，闪开吧！"刘迈克的武装带仍在手中摇晃。

曹铁强动也不动。武装带第二次抽了过来。这一次，他躲闪未及，肩头挨了一下，白衬衣绽破，立刻渗出血来。

他捂着肩头，从门旁闪开了。

刘迈克也不看他，悍然往外就走。

曹铁强出其不意，照他下巴猛击一拳！这一拳那么有力，刘迈克踉跄倒退，撞在脸盆架上。一排脸盆翻落，一只漱口缸子滚到红火彤彤的炕洞里。

刘迈克爬起，惯于争凶斗狠的脸扭歪了，扑过来与曹铁强扭打作一团。

小瓦匠吓傻了，瞪大惊骇的眼睛，像只耗子似的缩在墙角。

另外两个警卫排的战士，同时上前，对曹铁强拳打脚踢。

刘迈克的霸悍早已激起工程连知青们的公愤，这时眼见自己的排长要吃亏，哪里还按捺得住！他们发声喊，纷纷从火炕上跳下地，一个个赤腿露胸地投入了恶斗。从地上打到炕上，从炕上滚到地上。战斗结束后，警卫排长和他的两个战士被结结实实地捆了起来。

刘迈克凶恶地说："曹铁强，你不计后果是不是？"

"啪！"有人给了他一耳光。

连部里，团长马崇汉坐在椅子上吸烟。

他好生恼火！

身为团长，被知青打了一记耳光，简直是奇耻大辱！

对于知识青年，从正规部队到生产建设兵团那一天起，他就产生了一种敌对情绪。不，也许用敌对心理这个词更准确。

什么生产建设兵团？用他自己的话说，参加革命多年，到头来落了个"七〇（零）八三（散）的装甲（庄稼）部队"的团长当！幸而，没脱掉军装。当上三团团长后，了解到这个团原先不过是个劳改农场，更令他替自己愤愤不平！这么个团长和"草头王"有什么两样？

然而，"草头王"却并不那么好当。知识青年，既不同于"一切行动听指挥"的正规部队的战士，也不同于"向解放军学习，向解放军致敬"的革命群众。他们到底算什么呢？在他眼中，他们简直是"蝗祸"，是"洪水猛兽"，是从城市蔓延到边疆的"瘟疫"！可他们毕竟是成千上万，几万，十几万，几十万，浩浩荡荡的四十多万！一批又一批地拥来了，卷来了。是戴着大红花，敲锣打鼓地从城市欢送来的。一来就声明："我们要做北大荒的新主人！"不错，"最高指示"说他们是来"接受再教育的"，而且"很有必要"。但实际上，他们的马列主义水平高不可攀。若要问共产主义运动发展史、巴黎公社失败的经验教训、当前中央路线斗争的营垒划分和斗争焦点，他们都能侃侃而谈。在这方面，每一个都有资格当他这位团长的教师！他们不但了解过去，而且仿佛能预知未来，中国革命和世界革命，整个儿装在他们发热的头脑里！他们是经过风雨、见过世面的，根本不把他一个小小的团长放在眼里！连中央首长，他们也敢炮轰，也敢油炸，何况他马崇汉！

他深知自己缺少驾驭他们的能力，恰如一个人，完全没有信心和气魄，但又被命运所捉弄，不得不驾驭一匹难驯的劣马。

多可悲！

有时扪心自问，他承认，他们中的一些人，是被他骗到北大荒的。但他自己不也是被骗来的吗？何况说到四十万的话，那可没他的干系。他马崇汉没这么大本事，那是一场运动的力量。

他所有郁闷在胸、积压在胸的怨气、怒气，准备痛痛快快地发泄在小瓦匠身上。他要好好调教"它"，当成一匹牲畜调教。当然，犯不上用鞭子的。

听到外面的脚步声，他坐得更端正，表情更威严，目光更冷峻，咄咄地盯着连部的门。

门开处，第一个进来的是警卫排排长刘迈克。鼻青脸肿，浑身灰土，双臂被反绑着，衣领被撕掉了，衣扣只剩下了一颗。第二个进来的，是警卫排战士。第三个进来的，是警卫排战士。一个排长两个战士，他派去传带小瓦匠的，都成了狼狈不堪的"俘虏兵"。

他霍地站了起来！

跟在三个"俘虏兵"后面走进连部的，是曹铁强。

"他们，据说奉了您的命令去绑我排战士单书文的，我反对这样做。他们不听我的阻拦，首先动武，我命令我的战士教训了他们一顿。现在我把他们给您带回来了。我自己，明天听从您的发落。"

曹铁强说完就走。已经走出门外，又转过身，对团长点了一下头，那意思好像是说："祝您晚安！"

……

曹铁强一回到大宿舍，就被他的战士们团团围住。

"我早就瞧着警卫排这三个家伙狐假虎威的样子不顺眼，今天可让他们知道咱们工程连的人不好惹了！"

"刘迈克在'文化大革命'中欠了我一笔账，今天我才出了口恶气！"

"这就叫不是不报，时候未到，时候一到，一切都报……"

七言八语，激昂兴奋。

小瓦匠满面阴云，一言不发，默默叠被子、卷褥子，叠好卷好，用毯子包上，用行李绳捆。

"你这是干什么？"曹铁强问。

"干什么？今天的事，全是我惹起来的。马团长能放过我吗？我今天夜里就扛着行李到团部警卫排去投案自首，当二劳改！"

这话，像一盆冷水，劈头盖脸朝大家泼来。

曹铁强沉默了一会儿，在小瓦匠后脑勺轻轻拍了一下，说："你犯什么案了，竟要自首去？你别怕，我一人做事一人当。"

男女宿舍是一栋房子，中间被过道分隔开。这时女知青们也都来了，询问刚才发生的事。

有人问、有人答的时候，裴晓芸挤到曹铁强跟前，神色慌张地说："不好了！马团长给团部警卫排打电话，说咱们工程连的男知青聚众闹事，要警卫排立刻派三十个人来，还说，还说……"

曹铁强迫问："还说什么？"

"还说……全副武装，一级战斗准备……"

"你怎么知道？"

"我今天夜里看麦场，刚才经过连部门口。"

身材瘦弱娇小的裴晓芸，替男知青们担惊受怕得瑟瑟发抖。

沉默。

各种表情在一张张脸上变化着，每个人都预感到面临着威胁。

"你们……快躲起来吧！"裴晓芸比谁都焦急不安。

所有人的目光，同时集中在排长曹铁强身上，那些目光是复杂的。

"躲？……"他被这个字激怒了。这个字从一个姑娘嘴里说出来，而且分明是主要针对他说的，他觉得当众受辱。

"听着。"他对全排战士说，"事态是我扩大的，我还是刚才那句话，一人做事一人当。你们可以预先把我捆起来，等警卫排的人到了，将功赎罪！"

言词刚烈，语气豪壮。这番话，是从小说里读到过的，还是看了什么电影印象太深记住了，连自己也闹不清楚。

大家被感动了。由感动而敬佩，由敬佩而义愤，由义愤而激发起一种类似"同仇敌忾"的情绪。这种情绪抵消了年轻人本来就易于丧失的理智，而丧失理智有时是件痛快的事。

"排长你说的算什么话？！把我们都看得胆小如鼠吗？！"

"警卫排有什么了不起？比这严重的事件我们经历得多了！"

"与其在这儿瞎嚷嚷，等着警卫排的人来，像抓犯人似的一个个把我们抓走，莫如跟他们大干一场！"

"对！咱们去打他们的埋伏。"

于是，在盲目英雄主义的驱使下，他们匆匆穿好衣服，拥出了大宿舍，各人找到可以当作武器的物件，集合起来，向村外而去。女知青们也不肯错过这一表现英雄主义的机会，纷纷跟了去。只有几个没有去，她们赶紧跑向连长和指导员那儿报信。

离连队十几里远的山坡下，他们埋伏在公路两旁的小树林中。

不久，一辆卡车从山路上缓驶下来，工程连的战士齐声呐喊，冲出树林，包围了卡车。车下，铁锹钢叉，横握竖举；棍棒锄头，左右相逼。车上，警卫排的枪口，也指向了工程连的战士们，双方剑拔弩张。

一触即发的关头，有人策马从山上飞奔而下。

来人是老政委孙国泰。马头几乎碰上了车头。他才猛勒马嚼，勒得那马竖起前蹄，打了个立桩。

"给我把枪都放下！"他两眼闪亮，样子十分可怕。警卫排的枪纷纷挎到肩上去了，但有人还不服气，说："我们是奉团长的命令……"

"现在命令你们的是我政委孙国泰！谁再啰唆，我叫他就地挺尸在这里！"老政委从腰间嗖地拔出了枪，用枪筒在卡车驾驶室的铁顶上砸了一下，向司机喝道，"你给老子把车开回团部去！"

司机乖乖地掉转车头，卡车顺原路开回去了。

老政委长长地嘘了口气，跳下马，扫视着工程连的战士们，问："谁带的头？"

"我。"曹铁强低声回答。

老政委走到他跟前，目光死死地盯在他脸上，又问："你是谁？"

"工程连男知青排排长。"声音更低了。

啪！一记耳光打在他左脸上，他的手刚捂住左脸，右脸又挨了一记耳光！

又有人骑马从连队的方向赶到这里，跳下马，双膝跪在雪地上，说出一句震动人心的话："你们都是离家千里的孩子，你们要互相动武，就先打死我！……"

是指导员，当地剿匪战斗中立过一等功的英雄……

铁锹钢叉，木棍锄头，从一双双手中落地。

一片哭声惊扰了林中的宿鸟。

政委孙国泰一迈进工程连连部，就指着团长马崇汉大吼："马崇汉！老子毙了你！"

……

这件事虽然发生在知识青年刚到边疆不久,但曹铁强却永远也无法忘记。每每回想起,总还会产生不寒而栗的后怕。那时,自己多么缺少理智,多么鲁莽啊!他曾不止一次半夜三更从噩梦中醒来,浑身冷汗淋漓地想,如果老政委那天夜里迟一步赶到,自己还会不会躺在这个知青大宿舍的火炕上?还有他们,他排里的战士,是不是也还会躺在火炕上,发出那么安然的鼾声?如果他和他们中的某些人,成了那次"英勇行动"中的不幸者,幸存的人今天将会怎样谈到他,谈到那次"英勇行动"呢?

他们会恨他的。

不幸者的父亲和母亲们也会恨他的。

如果别人成了不幸者而他自己是个幸存者呢?

那更加可怕,对他来说。

每天清晨出早操,他站在全排战士的面前,望着他们的脸,心中便会产生一种对他们的深深的内疚和愧意,恨不得跪在他们面前,请求他们的饶恕。

这种负罪感折磨了他的心灵若干年。虽然,他的任何一个战士都没有在他面前提起过当年那件事。也许大家都忘记了,也许谁也没有忘记,而是有意不提。但他自己经常想在某一种场合、某一种时机,重提当年那件事。目的只有一个,希望大家痛骂他一顿,甚至暴打他一顿。

理智是年轻人在成熟过程中攻克的最后一个堡垒。攻克了,他们便成为能够掌握自己命运,也能对别人的命运施加影响的生活中的强者。这是要付出代价的。不过有人付出的代价惨重,相比之下有人付出的代价轻微罢了。付出代价的同时,他们也必然会丢掉对他们来说是十分有害的东西——轻举妄动和不计后果。

曹铁强正是从当年那件事中发现了自己危险的弱点,也正是从那件事之后,他成熟起来了。

当年的男知青排长成为今天工程连的连长,从某种意义上讲,"袭击警卫排事件"对他来说是一次"淬火"。经过那次"淬火",他才成为一个具有钢一样的弹性和硬度的人。

但是其中的哲学,是不会从团长马崇汉的头脑中产生的。马崇汉因为当年那件事,受到了党内记大过的处分,而且被通报全兵团。如果将他今天主持召开紧急会议的动机再深剖一层，也是和当年那件事分不开的。

他希望，为兵团保留八百余名青壮年劳动力，能够被上级赞赏，撤销干部档案中的处分。而这关系到，兵团解体之后，他能不能重新回到部队去。档案中带着一次处分，他是没指望重返部队的。不能重返部队，他便只能落到一种无可奈何的境地——由团长变为一个农场场长。这无疑更加可悲。八百余名知识青年一走而光，将他这位团长弃留在北大荒，那岂不等于是命运对他的一种恶意捉弄和冷酷惩罚吗？

他今天的内心活动，可以用八个字概括——瞻念前程，意冷心灰。不过这种内心活动并没从他脸上暴露丝毫。

他此时恍然醒悟，到会者沉默的原因只有一个——在这么严峻这么重大的问题上，他们要首先知道政委是什么态度。

他意识到，自己十年来那种在任何事情上都能左右局面、举足轻重的威信，今天面临了公开的挑战！甚至怀疑他自以为曾有的威信，根本就没存在过！

他感到一种惆怅和悲哀。

而政委孙国泰刚才的发言又是对他那么不利！

工程连连长曹铁强又分明不把他这位团长的意志放在眼里！

他现在毕竟还是团长！纵然八百余人的去留他决定不了，一个连长的命运他还是可以决定的！"交代工作"，只消他一句话，就可以拖住这名哈尔滨知青三天，叫他终身后悔！

难道这哈尔滨的小子就毫无顾忌吗？他怎么敢？！

马崇汉盯着曹铁强正要说句什么有分量的话，一个女人突然闯进会议室，身后跟进两个女孩。

是他的妻子和女儿。

马崇汉好不惊诧！四天前他打发她们回老家，怎么这会儿又做梦似的出现在他面前了？

"把宿舍钥匙给我。"妻子向他伸出一只手。

"你……车票丢了？"他怔怔地问。

"根本就没买到火车票！"妻子大声嚷嚷，"要不是在黑河碰上个熟人，连长途汽车票也别想买到！我们娘儿仨好不容易挤上一辆长途汽车，开出黑河镇不到两小时就被知识青年给截住了。嫩江县城、火车站，返城知青像逃荒,连大车店都住满了!我们娘儿仨……火车站蹲了两天……跟你来到兵团,可倒了八辈子霉!待不下,走不了,亏你还是团长呢!呜呜呜……"

团长妻子放声哭起来。

公务员小张拎着几只暖水瓶走进来。马崇汉心烦意乱,拿起水杯朝小张递过去,好像胸膛内有干柴烈火在燃烧,他觉得口焦舌燥。

"水房锁着,到处也找不见烧开水的人。"小张嘟哝地说明没打来水的原因。

"岂有此理!"马崇汉把手中的水杯高高举起,狠狠摔在地上,啪的一声粉碎了。

小张一反往常对团长的敬畏,大声说:"少来这套,我不侍候你了!"说罢,扬长而去。

马崇汉脸色青了。他的目光又瞪向妻子,从衣兜里掏出串钥匙,扔在她脚边。妻子怯怯地瞄他一眼,赶紧弯腰捡起钥匙,扯着两个孩子离开会议室。

电话铃响了。

郑亚茹也瞄了团长一眼,走过去拿起听筒,低声问:"找谁?……"接着把听筒递给团长。

马崇汉皱着眉头接过听筒。

对方问:"你是马团长本人吗?"

"我是马崇汉!"他粗声粗气地回答。

"马崇汉,听着!你召开的这个紧急会议,不必再开下去了!"就这么两句,口气像"最后通牒",一说完,对方就挂上了电话。

马崇汉拿话筒的手剧烈地抖动。许久,他才扫视着大家,沙哑地说:"有人把我们开这次会的内容泄露了。"接着,严厉地问,"谁会议期间打过电话?或者,接过电话?"

"我接过一次电话。不过,是长途。"曹铁强回答。他这时站了起来。

"长途?……"马崇汉根本不相信地追问。

"是长途。"曹铁强很镇定地回答。

尽管他很镇定,尽管大家对召集这样一次会议内心各持己见,但目光还是同时质疑地射向了他。政委孙国泰,也严肃地望着他。

"好像……有什么情况!"郑亚茹突然离开窗口,走到会议室门前,同时推开了两扇门。

一股寒风灌进来,将雪粉扬在人们脸上。几扇没插上的窗子被这股寒风吹开了。开会的人们,或从窗口向外望,或从门口向外望,但见不计其数的火把,分成几队,从山坡上,从荒原上,从公路上,从四面八方,朝团部汇聚而来……

三

裴晓芸站岗两个多小时了,再过一小时,就该下岗了。

但她这会儿就已经快被冻僵了。

"黑豹"也感到了寒冷,它开始在雪地上兜着圈子奔跑。它身上发出的热量结成霜,染白了黑皮毛。

"'黑豹'!"裴晓芸把狗唤到身边,弯下腰对它说,"回去吧,'黑豹',回去吧,回到连队去吧!到大宿舍去,趴在炕洞前,那多舒服,多暖和,何苦陪着我一块儿挨冻呢?"她简直是在哄它,像在哄一个人。

"黑豹"瞪着那双善于和人交流情感的眼睛瞅她,分明听懂了她的话。它的眼睛追随着她的目光,也朝连队的方向望去。

"瞧,最南边那一排灯光,就是大宿舍!"她又低下头对它说了一句。

"黑豹"却一动也不动。它的身子忽然抖了一阵,又开始在雪地上奔跑。

她望着它,拿它毫无办法地摇摇头。

月亮好像挂在原来的地方,一寸也没移动。但月面已不那么明净,变得朦胧了。夜空的蓝色加深了,深蓝混合着漆黑。夜空似乎被来自宇宙之外的某种自然力量所压低。

起风了。这风是突然刮起的,异常猛烈,而且辨不清方向,朝她迎面横扫过来。她侧转身,弯下了腰。

风过之后,四野顿时迷茫。

"黑豹"在奔跑中突然站住,昂着头,略显不安地瞭望着荒原。

在荒原的尽头,在寒夜神秘而威严的幽远处,一场大暴风雪狰狞地注视着生产建设兵团的女战士和这只狗。

然而她并没有预感到什么威胁，她在瞧着那只狗。

"黑豹"使她又想到了他……

也许因为她和他不是同一个城市的知识青年？也许因为她和他不是同一批来到北大荒的？也许因为她是全连姑娘中最其貌不扬、最沉默寡言的一个？也许因为她是一个政治上有"特嫌"的歌唱家和某个大学里的"反动讲师"的女儿？……他不曾注意过她。而她，也从来不敢主动接近他，主动跟他说一句话。因为，他是威信很高的男知青排排长，是全连最英俊的小伙子。

年轻人，小伙子也罢，姑娘也罢，总是希望从自己身上发现某种值得自信的东西——高于别人的威望、渊博的知识、受人赞扬的品质、友好相处的人缘，家庭出身优越、政治有前途，甚至，包括俊美的容貌等等，一点儿值得自信的东西也没有，这样的年轻人便会离群索居，产生自卑感。

裴晓芸在所有人的面前都会产生这种自卑感，她有时甚至自己鄙视自己。

她身上半点值得自信的东西也没有，连一个少女最可自慰、最起码的那点儿自信——容貌方面的自信都没有。

她到北大荒以后，从来也没有像其他的姑娘那样，偷偷拿面小镜子自己端详自己、欣赏自己。她认为自己是个半点可爱之处都没有的丑姑娘，一只丑小鸭。

是啊，她的身材那么瘦弱，小手小脚的，像是发育不良没长开似的。她那张小女孩般的脸上，永远笼罩着悲哀的愁云，一接触到什么人的目光，她便会情不自禁地立刻垂下睫毛，掩住那双怯生生的眼睛。

一方面，她因为自己是那么不引人注意而自卑。另一方面，她又但愿任何人在任何场合下都不注意到她的存在。有天中午下暴雨，男女知青跑出大宿舍，遮盖土坯。苫席不够用，她把自己身上披的雨衣也盖到土坯上了。她在暴雨中淋得像一只落汤鸡，衣服裤子紧紧地贴在身上，模样滑稽而可怜。他不禁多看了她几眼，她竟像被一只大猩猩所注视似的，吃惊地呆愣了一刻，转身而逃，令他大感不解。那天他才知道，女知青排还有这么个叫裴晓芸的上海姑娘，才十六岁，在全连知青中年龄最小。但她也并没有从此引起他多注意一点。而她，后来则更加有意地处处回避他。

就在那一年冬季的一天半夜里，全连紧急集合，男女知青都被拉出了连队，一气儿跑了十多里路远。演习紧急集合，大宿舍里是不许开灯的，手电筒也不许打亮。

跑步急行军途中，又演习了一次"围山搜敌"。

曹铁强是演习行动的总指挥，在大家都已经搜索到半山腰时，他回头望了一眼，见有人刚跑到山脚下，艰难地踩着没膝的深雪向山上攀登。

"那是谁？快跟上来！"他大声喊。

落伍者摔倒了，而且没有立刻爬起。

他跑到那人跟前才认出，是她。

"跑一段路就受不了啦？别那么娇气！都像你这个样子，打起仗来怎么办？"他有些生气，对她大加训斥。他拉着她的一只手，将她从雪窝里拽起来，也不管她跟得上跟不上，几乎是粗暴地拖着她往山上跑。

她一声不响地被他拖着跑了一段山路，又一个筋斗跌倒在雪中。

"你别装熊，快起来！自己跟上去！"他更加生气了，索性放开她的手，那语气完全像在战斗中，呵斥一个无能的士兵。

"我……我的脚……"

"你的脚怎么了？"

她扒开埋住双脚的厚雪，甩掉两只手上的棉手套，双手攥成拳，使劲擂自己的双脚。

借着月光，他这才发现，她穿的竟是一双网球鞋！

他怔住了，半天才说出话："你……怎么穿着这样一双鞋？"

她没有回答，她不再擂自己的脚了。她的双手忽然捂住了脸。她的肩头开始轻轻耸动着，她无声地哭了。

他猛地弯下腰，将她再次拉起，强行背上，朝山下就跑。

"不，不，我不！冻掉双脚，我也要……"她挣扎着，拳头擂着他的背。

他并没有放下她，任她的拳头一下接一下地在自己背上擂打。他背着她深一脚浅一脚地跑下山，接着跨开大步朝连队跑。十几里路，他的脚步毫不减慢，越跑越快，径直背着她跑进女宿舍，将她放在火炕上，拉亮了灯。

她那张小脸哭得如同泪人儿一般，泪水在她脸上结成薄冰，一缕鬓发冻在她的脸颊上。

他呼哧呼哧地大口喘气，汗湿透了衬衣和绒衣。

"别动！"他对她说，摘下帽子，扔在炕上，拿起一只脸盆，转身奔出宿舍。

他从外面端进一盆雪，她果然一动未动地垂着双脚坐在炕沿上。网球鞋和她的双脚冻在一块儿了，他无法替她脱下来。

"剪刀！"

她茫然地瞧着他。

"你的嘴巴也冻住了吗？我问你有没有剪刀！"

她默默地朝摆在窗台上的一只小木箱指了指。

从小木箱里取出一把剪刀，他从她脚上剪下了那双网球鞋。接着，小心翼翼地剪下了她的袜子。他将她的双脚按在雪盆中，迅速地用雪搓起来。

他一边搓她的脚，一边抬起头，瞧着她的脸，低声问："疼吗？"

她垂下了睫毛，只吐出一个字："不……"

"不疼才糟糕！"他更快地用雪搓她的脚。

一盆雪搓化了。

"这会儿开始疼了吧？"

"不……"

"还不？有没有……像被火烧一样的感觉？"

"有……一点点……"

"冻掉双脚，在北大荒可不是没有过的事！小时候我的脚也冻过，我妈妈就像这样子给我搓。"他从毛巾绳上扯下条毛巾，要替她擦脚。

"别，那不是我的毛巾。"她用轻微的声音说，这时才怯生生地看了他一眼。

他的目光不禁注视在她脸上，心中实在不可理解，这种时候，她为什么还会对生活中的这般小事如此认真。

"那是我们排长的擦脸巾。"

"那又怎么样？"

"她会生气的。"

"是你自己这样认为吧？"

她摇了摇头："她真会生气的。她对我和对别人不一样。"

"为什么？"

"因为……因为我和别人不一样。"

他不再问她什么了。他心中明白了。他缓缓地将郑亚茹的毛巾搭在毛巾绳上。

"边上第三条毛巾是我自己的。"

他取下了她自己的毛巾。

"让我自己……"她向他伸出一只手要毛巾。

他没给她,他轻轻地替她擦干了双脚,慢慢解开自己的衣扣,撩起绒衣和衬衣,半裸出宽阔的结实的胸膛,将她的双脚暖在自己胸上。

"啊!不,不!……"

她慌乱起来,她骇然了。她欲缩回自己的双脚,他用绒衣将她的双脚包裹住,紧抱在怀里。

"别动!"他语气那么严厉,同时瞪了她一眼。

她挣动了几下,没有挣回双脚。他的手那么有力!

她的脸红极了,她一下子用双手捂上了脸。

"当年我妈妈对我也是这样做的。"第二次提到他的妈妈,他的语调中流溢出一种深情。

她还能再有何种表示呢?还能再说什么呢?

她一动也没再动,双手依旧捂着脸。

渐渐地,她感到自己的两只脚恢复了知觉,温暖了,也开始疼了。他胸膛里那颗年轻人的心强有力地跳动,传导到她的心房。她自己那颗少女的稚嫩的心,也仿佛刚从一种冷却状态中复苏,怦怦地激跳。

许久许久,他们之间没有再说一句话。

一滴泪水,从她的指缝中滴落下来,随即,又是一滴,又是一滴……

是因为过分受感动?是的,当然是。但泪水绝不仅仅是因为受感动而倾涌,还因为……他提到了他的母亲,用那样一种深情的语调提到他的母亲。

而她从未领受过母爱的慈祥和温柔。为了领受一次,她宁肯自己的双脚被冻掉!

同样的做法,这北方的小伙子从他母亲那里学到,施加于她,诚挚之中带有几分强迫。

如果是母亲的话,她起初心理上会产生慌乱和骇然?

区别就在于此。虽然深受感动,但也触碰到了她的隐衷。

她那颗少女的心不但稚嫩,而且那么细腻。所有细腻的情感都被她的双唇封锁在心里。因此,她的内心世界比别的姑娘更加丰富,也更加充满矛盾和变化。

这样的一颗心当然不是他所易于了解的。他发现她在落泪，问："你怎么又哭起来了？"

这时，外面响起一片纷乱的脚步声，夹杂着吵嚷。紧接着，门开处，女排的姑娘们拥进宿舍。她们一见他在女宿舍中，他和她那种不寻常的样子，都呆呆地站立住，用猜疑的目光望着他们。

在众人的目光之下，她显出无地自容的样子，仿佛自己是个小偷，被当场逮住。她猛地从他怀中收回双脚，窘迫而羞涩。

"用被子包上脚。"他平静地对她说，转过身，问姑娘们，"你们这样看着我干什么？"

没有谁回答他的话。

"简直是拿着弟兄们开玩笑！演习演习，半路上丢了战备演习指挥员！"

"不是丢了，咱们大排长准是叫敌人俘虏啦！"

男宿舍传来发牢骚的怪话和嘻嘻哈哈的笑声。

郑亚茹最后一个走进宿舍，她的目光在曹铁强身上差不多停了半分钟，然后，缓缓地转移到裴晓芸身上。

裴晓芸已经坐到火炕上，用被子包住了双脚。她低着头，不敢瞅姑娘们。

"哼！真丢人！"郑亚茹大声说了一句。

"你说谁？"曹铁强有点恼火了。

"我说谁，你心里明白！"郑亚茹向裴晓芸瞪了一眼。

他的同班同学，当着所有姑娘们的面，对他说出这般带有侮辱性的话，使他感到格外不能容忍。他几步跨到她面前，咄咄地盯着她的脸，质问地说："我不明白！你今天非得当着大家的面对我讲清楚不可！"

"讲清楚就讲清楚！我说的不是别人，就是你！还有她！你们俩！趁着大家演习，你们两个跑回来，在宿舍里搞什么见不得人的勾当！"

"你……混蛋！"曹铁强大吼一声，对郑亚茹扬起了拳头。但他毕竟克制住了自己，拳头并没有落下去。如果不是当着所有姑娘们的面，这一拳也许会落下去的。

"裴晓芸穿了一双网球鞋就跑了出去，你们知道不？她的脚冻伤了，如果不是我把她背回来……可你们，都想到什么地方去了！"

郑亚茹怔住了。

曹铁强指着一个姑娘说："你，去把那盆雪水倒了！"又指着另一个姑娘说，"你，去把卫生员找来！"

两个姑娘不知是慑服于他的恼怒，还是出于同志之间的义务感，彼此望了一眼，一个服从地去倒那盆雪水，另一个立刻转身去找卫生员。

其余的姑娘，都向裴晓芸围拢过去。

郑亚茹独自站在原地，显得极尴尬。

"你和我的关系，并不比别人特殊，不过曾经是同班同学，你没有资格像刚才那样对待我！"曹铁强冷冷地对她说完这番话，愤愤地离开了女宿舍。

郑亚茹慢慢走到自己的铺位前，呆立了一会儿，突然扑倒在火炕上，抱着自己叠得四四方方的被子，哇的一声大哭起来。

"排长，都是……都是我不好，就算他刚才的话，是对我说的……"裴晓芸望着排长，心里感到无比内疚。

"你别装好人！"郑亚茹倏地坐起身，对裴晓芸狠狠地嚷了一句，之后又倒下去抱着被子哭。

有几个姑娘赶紧过来劝排长。

从那一天起，女排所有的姑娘都看得出来，排长对裴晓芸更加冷漠了，好像排里从此不存在裴晓芸这个人了似的。她们也看得出来，她们的排长和男排排长之间，以前那种比别人亲近的同学关系中，出现了一道看不见的屏障。

而裴晓芸和曹铁强之间，又恢复到了那种几乎谁都不接触谁的关系。

然而，裴晓芸多想找个时机对曹铁强说句感激的话啊！即使仅仅从情理上讲，这样的话也是应该对他说一句的。可是，每当她和他单独在一起，还没来得及开口，郑亚茹便会忽然出现。能够和他单独在一起的机会又是那么难得！

春节前，连里不知出于何种安排，对每一个请假回城市探家的知青，都毫无例外地批准。也许是出于对知识青年的体贴和关怀吧！知青先后离开连队。最后，男排只剩下了一个人——曹铁强；女排只剩下了两个人——郑亚茹和裴晓芸。裴晓芸知道，排长所以迟迟没有动身离开连队，一定是想和曹铁强结伴探家，同去同归。可曹铁强为什么迟迟不回城市探家呢？

他舍不得他养的那只小狗？也许是的。他那么喜爱那只狗？她哪里知道，出于对她的同情，他决定放弃那次探亲假了。他不忍心将知青中的一个小阿妹，孤独地撇在连队。

她和排长两个人住在空荡的宿舍里，却谁也不理睬谁。在排长郑亚茹面前，裴晓芸更自卑。排长是一位军队干部的女儿，正牌的"红五类"：排长是老初三毕业生，在学校成绩优异，据说要不是因为"文化大革命"，学校要保送她上重点高中呢；排长是市红代会常委，来到北大荒之后，还被请回城市参加过一次红代会常委会；排长在全排姑娘们眼中是具有男性威严的；排长是在全团名声响亮的人物；排长是很美的，高于一般姑娘的个子，飒爽的身姿，乌黑而浓密的短发，裹着一张椭圆形的五官端正的脸，两条眉毛不但细而长，还很英气，一双丹凤眼，总是投射出自信的矜傲的目光。

女排的姑娘们，谁都知道，她们的排长在暗暗地爱着男排排长曹铁强。天生一对，地产一双，大家都这么认为。但也有姑娘对两位排长之间的关系发表过预言性的看法："两个自尊心都太强的人，是无法结为生活伴侣的。"这话是背地里谈论过的。

姑娘们都不能理解的是，她们的排长明明爱着人家，又总是随时随地有意无意在她们面前扮演一个无穷烦恼的被追求者的角色，尽管这种角色她扮演得极成功。

裴晓芸在这一点上却自以为是能理解排长的。"不会高傲，就不懂得爱情的艺术。"她忘记了自己过去曾从哪一本小说里读到这句话的。排长一定也读过这本小说，因为排长既会高傲，必然也就对爱情的艺术深通谙达了。

她非常希望排长也能理解她，哪怕一点点。非常希望自己能和排长处好关系——一般的战士和排长的关系，对她来说就很知足了。她不敢奢望比这更进一步的友好关系。她觉得自己不配，排长是什么样的人物！

两个人，按照同样的时刻，早、午、晚活动在大宿舍里，却彼此不说一句话，不正视一眼，这是多么别扭！有几次，她想主动张口和排长说话，排长却好像能够猜度到她的心思，每每在这时候走出去了。

其实，她最想对排长说的，无非只有一句话："排长，我是敬佩你的呀！我心甘情愿处处听你的吩咐，服从你的命令！"

就像一粒沙子含在河蚌体内，久经揉磨，变成了珍珠。这句话也是许许多多话在她内心经过无数次筛选的结果，这句话无论从任何意义上都是她的心里话。

排长竟不给她说出这句话的机会。

有天晚上，排长不知到哪里去了。她一个人百无聊赖地坐在火炕上，坐在窗前，把嘴贴在玻璃上，一口接一口地用哈气暖化玻璃上的霜花。

玻璃上渐渐哈出了一个可见夜色的小洞。从这个小洞，她朝外面窥望。有两个人在月辉下向宿舍走来，分明是排长和他——曹铁强。他们走到宿舍门前那棵大杨树下，同时站住了，对望着。

她向他走近了一步。他也向她走近了一步。

他们拥抱在一起了。他们的嘴唇相吻了。

裴晓芸的脸倏地从窗前侧转开，双手下意识地捂上了那个小小的霜洞。

少女的心狂跳不已。

这是她第一次亲眼看到男女之间的情爱举动。她仿佛看到了自己所绝不应该看到的，愧怍极了，不安极了。虽然是无意中看到的。

她赶紧展开被子，钻进了被窝，用被子蒙上脸。

一会儿，听脚步声，知道排长走进了宿舍。

又过一会儿，灯熄了。

第二天，当她醒来时，见排长在捆行李。

"你醒了吗？"排长说。

她没有回答，一时不能相信排长是在对自己说话。

排长转身看了她一眼，又说："帮我捆一下行李可以吧？"

不是在对她说话又是在对谁说话呢？她立刻从被窝里爬起来，顾不上穿衣服，也顾不上蹬鞋子，光着脚就跳到了地上。

"你先穿好衣服，别冻着。"

排长这种从来没有施舍给她的关心，令她深深地感动了。

她匆匆忙忙地穿上衣服，趿着鞋走过去帮排长捆行李。一根绳子，一人手里攥一头。

"用不着勒太紧，捆上点就行。"排长一边勒绳子，一边说，"我也要回去探家了，今天就走，和他一起走。"

她知道排长说的"他"是谁。

内心的欢喜反射在排长的脸上和眼睛里。排长的眼睛比以往更明亮，脸上焕发着娇红的光彩，洋溢着少见的柔情。排长的心境一定像早晨的花园一样！

而她自己的内心里，却感到一种空旷和苍凉。

从今天起，两个大宿舍，只剩我一个人了，她心中不禁这么想。

别人都有家可归，她没有家了，也没有亲人。在大上海，连一个亲人也没有。

帮排长捆好行李时，他来到了女宿舍，怀里抱着小狗"黑豹"。

"我们今天也要离开连队了，大宿舍就剩下你一个人了，我把它托付给你。"他像将什么贵重之物至诚相托。

她从他怀里接过"黑豹"，抚摸着，一句话也没说，只是值得信任地点点头。

他默默地环视着女宿舍，问："你怎么不回上海呢？"

"我……回去没意思。"她故意用一种平淡的语调回答他，并且，对他微微笑了一下。

她不愿因自己的凄婉处境破坏他们此刻的良好心境。但她的微笑并没有如她所愿。因为他从她那一现即逝的微笑中，分明细心地观察到了一种苦涩的意味。

"也许，'黑豹'和你在一起，会减少一点你的孤寂。"他对她这么说，目光是怜悯的。

听了他的话，她不禁低下头，将脸贴在小狗身上。

她抱着小狗，站在大宿舍门口，久久地目送他们所坐的马车离开了连队……

从那一天，大宿舍里就只剩下她一个人和一只小狗。白天，她并不感到特别孤独，因为她还要和老职工们一起劳动。他们对她表示了种种关怀。他们，只有他们，才公正地、平等地把她看作几十万来到北大荒的知识青年中的一个。一个从小生长在城市而如今远离城市的女孩子，到了夜晚，那种孤独之感，才咄咄逼人。当外面呼啸起西北风，小"黑豹"就跃上火炕，往她被窝里钻，它也感到了孤独。

刚过完春节，他就从城市返回连队了，是全连第一个回来的知青。

那天中午，她正在宿舍里独自吃饭，忽听外面有人叫："黑豹！黑豹！"接着，是一声口哨。

"黑豹"愣怔了一下，立刻像支箭一般蹿到宿舍外面去了。她跟了出去，看见他拎着提包，站在男女宿舍之间的过道里。

"他在叫狗，并没有叫我。"见他将"黑豹"抱起，亲爱地抚摸着，她这样想。

他对她笑笑："我应该感谢你，小狗长大了不少！离开这么几天，我还真想它呢！"

同样是离别，他心中想的只是狗，一句话也不问到她。

她的心被挫伤了。她习惯地在他面前垂下了睫毛，一声不响地退回宿舍。

一会儿，他来到了女宿舍，送给她一些从家中带回来的糖、花生、瓜子。

"我不要，你自己留着吃吧。"她拒绝收下。她把这些东西视为他给予她的报酬，因为她替他喂养了几天小狗。

"这是我的一点心意。"他把那些东西放在火炕上，转身就走。

那天深夜，外面又刮起了西北风，像是一头怪兽在嘶叫。她躺在被窝里，难以入睡。她心中产生了一种莫名其妙的委屈，仿佛又受到了什么人的欺负。她哭了，开始哭声还很低微，后来哭声渐渐大起来，无法克制。

第二天早晨，她端着脸盆走到宿舍外面倒洗脸水，他跑步回来，拦住她，问："你昨天夜里为什么哭？"

"我没哭。"她低下头，想绕过他身边走进宿舍。

他挡在宿舍门口，固执地问："是不是你一个人在连队的几天里，有谁欺负你了？你不告诉我，我就不让你进去！"

她摇了摇头。

他又说："你为什么不信任我呢？像信任一个大哥哥似的。你……简直不像一个女知识青年，像一个小女孩。我是很愿意在什么事情上帮助你的，真的！"

她还是默默不语。

"世界上有一样东西，对任何人都越多越好，那就是友情。"

听了他这句话，她渐渐抬起头，第一次那么勇敢地面对面地正视他的脸。

她的目光中既有信任，也有疑问。

他脸上的表情是真挚而坦率的。

于是，她喃喃地说："我……怕……"

"怕？……怕什么？"

"怕……夜晚……"

"夜晚有什么可怕的？你不是已经一个人度过好多夜晚吗？"

"那些夜晚，有小狗和我做伴。现在你回来了，连小狗也不肯和我做伴了。"

他的心弦被她低声说出的话语拨动了。对面前这个出于怜悯而想给予一些关照的少女，他是多么缺乏理解啊！

当天，他在男女宿舍的墙上各凿了一个小孔，将一根绳子穿过小孔，抻到女宿舍来。

"你要干什么？"她瞪大眼睛看着他这样做，很奇怪地发问。

他将绳子引到她的铺位前，绳子的一端交在她手中，说："我在绳子那头拴了一个小铃铛，向大车老板要的，马铃铛，就吊在我头顶上。你睡时，手里握着绳子，做噩梦也不会感到害怕了，梦中我肯定会像天神一样降临你的身边，解危救难！"他因为自己竟想出这样一个哄小孩的主意，说完有点不好意思地笑了。

"你……真逗……"她也笑了。

她果然天天晚上手里握着那根绳子睡觉，果然从此不感到孤独，也不怕夜晚，不怕西北风的呼啸了。

知青们陆陆续续地返回连队了。绳子被她收起来了，小铃铛他送给了她。

他依然是男排的排长。

她依然是女知青中最沉默寡言的一个姑娘。

生活又回到了原来的样子。

虽然如此，她还是真实地感觉到生活对自己来说发生了些什么变化。这感觉是朦胧的。正因为是朦胧的，似乎发生了但又似乎并没发生的变化，才既令她入迷，又令她感到新奇。她是怀着连自己都难以解释清楚的微妙的心理，去细细体验这种新奇的变化的。她战栗地期待着更重要的变化某一天突然发生。她究竟期待的是什么呢？期待着一种什么意义上的变化呢？将会发生什么呢？怎样发生呢？……她什么都不能回答自己，然而她又的确体验到了什么，的确在期待着什么，的确被什么诱惑了。也许什么变化都没有发生？也许什么都不存在？也许令她内心骚动的，不过是虚幻缥缈不可捉摸的憧憬？……

女排排长郑亚茹最后一个返回连队，她超假半个月。一回到连队，她就立即向党支部补交了一张诊断书，她在探家期间生病了。诊断书证明这一点，但女排的姑娘们都看得出来，排长绝没有生过病。并不是从排长外在精神状态得出的结论，而是她处处不自禁地有所流露的内心情绪的真实色彩告诉了她们。一个姑娘若被许多姑娘加以研究，那她内心是难以隐藏住什么秘密的。何况，女排排长早就成为她的战士们的重点"研究项目"了。她们在对她加以诸方面的研究之后，已经积累了不少经验呢！经验告诉她们，排长准是在爱情方面获得了极大成功！不，更准确一点说，是在爱情的"拉锯战"中获得了决定性的胜利。那被征服了的一方，当然是男排排长曹铁强了。她们既替曹铁强惋惜（未免被攻克得太轻松了些吧），同时，也不无对郑亚茹的嫉妒。瞧她不论说什么话做什么事时，那种自信劲儿！瞧她那双被内心的爱情之火燃烧得多么明亮的眼睛！瞧她浮现在脸颊上的那种幸福的红晕！瞧她独自呆坐，凝眸出神时那暗暗得意的模样！唉！唉！哈尔滨的小伙子那种刚愎和高傲哪去了？怎么就招架不住姑娘的一二个回合呢？在她们面前，他对郑亚茹像块百炼钢，说不定背人时，就变成了绕指柔呢！小伙子们差不多都是这德行吧！

曹铁强的确是被征服了，被情愿地征服了，在和郑亚茹一块儿探家的短短十几天中被她征服了。有谁会想到，小伙子刚愎高傲的性格的茧衣内，包裹着一颗充满情感矛盾的心呢？又有谁能真正理解小伙子对北大荒的开拓事业那种特殊的崇敬呢？他的父亲和母亲，都是北大荒的第二代创业者。父亲原是东海舰队某舰的轮机班长，母亲原是哈尔滨军事工程学院医务所的护士长。父亲是随着十万转业官兵的行列来到北大荒的，当上了开垦雁窝岛的第一支垦荒队的队长。为了给垦荒队踏勘出一条道路，他牺牲在绵亘的大沼泽里，连遗体也无法寻到。母亲哭了三天。三天后，将刚刚背上小学生书包的儿子寄养在老上级家中，自己也坐上了北去的列车。母亲一到北大荒，就坚决要求到以父亲的名字命名的那支垦荒队去。她不久成为中国最早的几名女拖拉机手之一。她驾驶着父亲生前驾驶的那台拖拉机，追随着垦荒队，驰骋在北大荒。艰苦并没有把这个刚强的女性从男子汉们的队列中甩掉。她终于像父亲一样赢得了他们的敬佩，担任了父亲生前的职务——垦荒队队长。她是中国第一名女垦荒队队长。她曾出国参加世界劳动妇女联欢节。以后，她成为中国第一名女农场场长。曹铁强永远也忘不掉九岁时看过的一部影片——《英雄战胜北大荒》。他当时比看任何电影都更加被吸引、被激动。虽然，他没有从银幕上看到爸爸和妈妈，但顶着暴风雪向荒原挺进的垦荒队出现在银幕上时，他相信其中有一台拖拉机一定就是爸爸妈妈驾驶过的。他对北大荒的向往，他对垦荒者们的崇敬，就是从那时开始的。一个五六岁的小女孩，用手绢兜着种子，跟在父亲身后，向肥沃的土地点种……这是影片中的一个镜头。他对那小女孩多么羡慕多么嫉妒啊！他在寄给妈妈的信中写上了这样一句话："妈妈，我要到北大荒去！"妈妈的回信很短："孩子，你要学好文化知识，你要长大以后再来！妈妈在北大荒等待着你！"他没有因为妈妈的信写得这样短而沮丧。他完全能够理解，刚刚建立起来的农场，需要创业者们做多少事情啊！何况妈妈不但是创业者，而且是农场场长……

他长大了。每天都带着一种迫切希望自己早些长大的心理一年年地长大了。母亲那封信至今他仍保留着，但母亲，却已长眠在地下数载了。

批判会，批判修正主义建场路线，批判"黑劳模"，批判中国第一个女农场场长。第一个，这本身就是一种罪过！哥白尼是第一个向全人类大声说"地球是绕着太阳转"的人，结果支持他的布鲁诺被教皇下令烧死了。除了耶和华，教会是不能容忍人类还在其他某方面产生什么"第一个"的。中国人虽然相信上帝的不多，原来却有许多人同样具有不能容忍"第一个"的劣根性。

对中国第一个女农场场长的批判形式是别出心裁的。父亲生前开过的那台英雄的拖拉机被用黑漆画上了"×"，母亲被迫令驾着这台拖拉机来到批判会场接受批判。拖拉机像坦克一般冲乱了会场，碾过会台。母亲将拖拉机一直开到山崖畔，她纵身跳下了山崖……

这就是中国第一位女农场场长的结局！这就是十年动乱中发生在北大荒的一幕悲剧！

刚满十八岁的曹铁强没有哭。他在全校第一个报名要求到北大荒去，他要见识见识北大荒那一片吞没了他父亲的沼泽！他要知道母亲是从哪一座山崖跳下去的！他要擦掉父亲和母亲都开过的那台拖拉机上的黑"×"！他要告诉每一个北大荒人，他是谁的儿子，他来了！

他的要求竟没有被批准。

他哭了，只因为此。

代替父母像抚养自己的儿子一样抚养了他十年的恩人，母亲生前的老上级、哈尔滨军事工程学院一位当时也遭到政治厄运的副院长，陪同他第二次来到黑龙江生产建设兵团驻哈联络处。

老人大声质问："你们为什么不批准他？"

得到的回答是："因为他母亲的问题……还没有最后做结论，我们政审很严。"

"可他也是他父亲的儿子啊！他父亲的烈士碑还立在北大荒！"老人的手杖使劲捣着地板。

接待人员搓着手说："我们……做不了主啊！"

"烈士的儿子，竟连继承烈士遗志的权利都被剥夺了！"老人叹息一声，突然拉起他的手，愤慨地大声说，"我们走！北大荒不要你，我带你到五七干校去！"

"等等！"那接待人员叫住了他们，走到他跟前，拍着他的肩说，"如果你决心到北大荒去，不批准你也可以去嘛！当年转战北大荒的十万官兵，都知道你的父母，都非常怀念他们……"

得到这种暗示，几天之后，他混在第一批奔赴北大荒的知识青年中间，乘上了开往最北边陲的列车……

虽然他是"混"到北大荒来的，但并没有因此被遣送回城市去。北大荒用沉默的诚意接收了他。只有他，才能体察到这种沉默胜过热情的诚意。一下火车，多少人在那一批知识青年中寻找他，握他的手，对他说"好好干"，或者"别给你爸爸妈妈丢脸"。他们，有的认识他的父母，有的并不认识他的父母。他们都是《英雄战胜北大荒》中的那一代创业者。他们从十几里甚至几百里地外赶来，只是要在火车站见到他，握一下他的手，对他说一两句话。他一个也不认识他们，连他们之中一个人的名字都没有记住。

他要求把自己分到雁窝岛，他的要求没费口舌便如愿以偿。可是，雁窝岛并不像他在《英雄战胜北大荒》中所见的那么荒凉了。那里已经建立起了农场。荒原已经被征服，吞没了父亲的那片沼泽，已经变成水库。来到雁窝岛的第一天傍晚，他独自伫立在水库闸坝上。赤红的晚霞燃烧着淡蓝色的水面，水面浮现出了父亲的容貌。父亲生前经常用口琴吹奏《水兵之歌》，他耳旁仿佛又听到了这支歌充满火热激情的欢快节拍。口琴是父亲任何时候都揣在衣兜里的爱物，肯定和父亲一起沉没在当年的沼泽底了。

123

父亲的碑就立在水库闸坝的一端,他沿着闸坝走到碑前,仰望着碑顶那台石雕的翘首的拖拉机,心中默默地说:"爸爸,我来了!"他心中突然产生一种悲哀的遗憾。他但愿眼前没有这水库,而仍是一片狰狞的沼泽!对于吞没了他父亲的那一片沼泽,他心中是有种强烈无比的挑战情绪,甚至可以说是复仇般的征服意志的啊!但它已经被征服了。不是被他,而是被别人!他扑倒在岩石碑座下,痛哭了一场。附近没有一座山。不必问什么人他也知道,母亲并非在这里遭到了那次不公正的批判。有人主动带他来到了机车库,告诉了他哪一台是他父母生前开过的拖拉机,它已经旧了,但被保养得很精心。在并列的十几台拖拉机中,它最洁净,黑"×"被用汽油认真擦掉了,还看得出被什么东西认真刮过的痕迹。

带他来到机车库的陌生人告诉他:"这台拖拉机仍保持着当年的作业效率。"

此话对他是多么大的宽慰啊!

第二天,他悄悄地告别了雁窝岛。

他要在北大荒做一个像父母那样的创业者,而不甘仅仅做一个继业者!

于是他被重新分配到了最边远的刚刚开始组建的三团……

他也像所有的知识青年一样想念过家吗?想念过的,不唯想念,更为惦念。虽然军事工程学院的老副院长并非他的父亲,虽然老院长的女儿并非他的妹妹,但他们与他有着父子一样的兄妹一样的感情。多少个不眠之夜,他担虑着那善良而正直的老人将会进一步遭到什么迫害,担虑着那脆弱的、因小儿麻痹而残疾了一条腿的异姓妹妹的处境。

和郑亚茹一块儿探家回到城市后,他才得知老人被确诊为肝硬化后期。他不忍离开他们了。归期一天天接近,他烦躁,他彷徨,他不知道自己应该做出怎样的决定才对。一天晚上,在省军区大院郑亚茹的家中,在她的房间里,在她关心而温柔的询问下,他向她讲起了自己的父亲、母亲,讲起了老院长父女,讲起了他对他们的感恩之情,倾吐了他内心的矛盾。他想要留在城市照料老院长父女,但又怕连队里的任何一个人都不会理解他,把他视为北大荒的"逃兵"。

他讲完才发现,她早已泪流满面。她忽然像个小孩子似的哭了。她深深地被他讲述给她听的这一切所打动了。他第一次向她讲述了这么多这么多,而且讲述的都是内心最真实的思想和感受。她不仅感动,同时感激。

同学三年，她那一天才知道，他有那样的父亲，那样的母亲！他能够把这一切都毫无隐瞒地告诉她，这足以证明，她在他心目中的位置，毕竟高于所有那些他所认识的姑娘们！

她擦干眼泪，盯着他，问："今天你对我讲的这些，从没有对任何人讲过吗？"

他发誓般地回答："没有。"

"如果不是我，换一个人，比如，另外一个你认识的姑娘，你也会把这一切统统告诉她吗？"

他沉默片刻，摇摇头："不，绝不会……"

她对他的回答非常满意，低下头微笑了。

当她送他走出家门时，说："你明天有时间的话，我希望能和你一块儿到江畔去走走。"见他犹豫，她又补充了一句，"我有重要的事和你商量。"

第二天，两人漫步在松花江畔。她默默地和他并肩来回走了许久，才靠着一根栏杆站住，告诉他，省里的几所大学已经开始试行招收工农兵学员，她要尽一切努力为他争取到一个名额。如果争取到了，他就可以有三年的时间，一边在城市学习，一边照料他的恩人父女了。他感激得紧紧握住她的手，不知说什么话才能表达自己的心情。

她听凭他握住自己的手，将脸侧转向松花江，瞭望着冰封的江面，说："你应该明白，我是因为爱你才这样做的。"

他没有回答她这句话，但他在自己心中暗暗立下了誓言：我今后要开始爱这个姑娘，我再也不能挫伤她对我的爱情！

全连只有他一个人知道，郑亚茹超假半个月，是为他在城市多方奔走。

不久，连里收到了由团部转来的一份哈尔滨医科大学的录取通知书。

曹铁强要离开北大荒，去上大学了！消息在全连传开，所有的知识青年都感到意外。他们从那一天开始用另外一种眼光审视他了。那种目光向他表明，他们怀疑他过去是否值得受到他们那么多的尊敬。

他是怀着一种悲凉的心情离开连队的。

只有一个人为他送行——郑亚茹。

当夜住在团部招待所里，已经十点多了，忽然有人敲门。

他打开门，见门外站着一个陌生的知青。

"你是曹铁强？"

他点点头。

对方走进房间，说："我想和你谈几句话，你接到了一份哈尔滨医科大学录取通知书吗？"

他迟疑了一下，点点头。他觉得并没有隐瞒的必要。

"你热爱医生这种职业吗？"

"……"

"你愿意毕业后还回到北大荒吗？"

"……"

"你能够成为一名北大荒所需要的出色的医生吗？"

他生气了，反问："你是谁？我根本不认识你，你有什么权力这样质问我？"

对方缓慢地从兜里掏出一盒烟，缓慢地抽出一支，叼在嘴上。缓慢地擦着火柴，缓慢地吸了几口，眯起眼镜后面一双沉静的眼睛瞧着他，用缓慢的语调说："我叫匡富春，团部的卫生员。谈到权力，我不但认为我有这种权力，而且认为，任何一个北大荒人都有这种权力。北大荒需要医生，需要出色的医生。争取到一个上医科大学的名额是很不易的，如果被一个对医生毫无职业感情的人，或者被一个仅仅想利用上大学的机会离开北大荒、回到城市去的人占有了这个名额，那未免太令人失望和遗憾了！"

对方的表情和语气，都流露出毫不掩饰的嘲讽，甚至侮辱。但对方所说的这番话，又是那么理直气壮，令人丝毫也不能怀疑这番话有任何不光明磊落的企图或动机。

他虽然感到受了难以容忍的嘲讽和侮辱，但他还是容忍了。他第一次觉得在别人面前心中有愧。

对方又开口说："这个名额本是我争取到的。我曾给医科大学写过一封信，向他们反映了北大荒缺少医生的实际情况，并向他们提出请求，允许我去自费学习。我的祖父和父亲都是医生，而且是很出色的医生。我从小热爱医生这一职业。我向他们提出请求，没有任何个人目的，我只是想成为北大荒所需要的一名出色的医生。我相信给我一次学习的机会，我可以成为一名好医生。他们回信答应了我的请求。可是最近他们给我的又一封信中解释，由于某种原因，答应了我的名额，被我们团里的另外一个人顶替了……"

他怔怔地望着对方，一句话都说不出来。

"我并不想责怪你，更不想和你吵架。我只是来对你说，不管你是否已决定将来当一名医生，我希望你能珍惜这一次学习机会，希望你三年后还能回到北大荒来。北大荒需要出色的医生……"对方看了他一眼，缓慢地抬起手，用食指朝鼻梁上推了一下眼镜，没有任何告别的表示，一转身走出了房间……

第二天，他又回到了连队。

可想而知，郑亚茹对他这样做恼怒到何种程度！无论他怎样向她解释，都不能求得她的谅解。

他几乎是把匡富春对他所说的话一字不差地复述给她听，一遍又一遍，却只能愈加激起她的恼怒。

"你多高尚啊！可我是为了谁？我在城市四处奔波，拉关系，挖路子，走后门，求爷爷告奶奶，就差没给别人下跪了！整整半个月，两条腿都跑细了，舌头都磨短了，为了谁？！团长心里记着你一笔账呢，根本就不同意让你上大学！也是我一次次跑到团部替你说情，装哭、耍赖，连一个姑娘的自尊心都不顾惜了。可你！你倒成了无比高尚的人，我倒成了顶顶卑劣的人了！高尚不过是一种自我表现欲，这一套我也会。我从明天起要每月给这个匡富春寄十元钱，写一封信，要写得情意缠绵，鼓励他为北大荒好好学习！他会比感激你更加感激我！……"

她果然说到做到，第二天就给匡富春寄出了一封信和十元钱。不过信中写了些什么，是否情意缠绵，他却不知道了。

他和她又一次闹僵了……

发枪了！

随着边境局势的恶化，全团几个重点连队，包括工程连，组建了"战备分队"。真枪实弹，代替了每天清晨出操训练时的木枪木手榴弹。枪，比镰刀，比锄头，比拖拉机和收割机更使生产建设兵团的知识青年感觉到，他们不同于一般下乡插队知识青年的特殊价值。

这种特殊价值是他们每个人自我意识的支撑点。

他们早已不满足于一年四季仅仅播种和收获了。他们渴望着浴血战场报效国家的机会！

因为他们是生产建设兵团——战士！

当初，他们中许许多多的人，正是为了这两个字，放弃了到离家较近、生活条件较好的农村插队的机会，而千里迢迢奔赴北大荒的。

他们不怕死，只要能做英雄。

他们就怕平凡的生活，艰苦他们已经习惯了。习惯了的就是平凡的，而"平凡"对他们来说是一种软性的挑战。他们没有足够的耐力应付这种挑战。渐渐冷却的政治兴奋在他们身上转化成追求那种惊天地、泣鬼神的英雄壮歌的激情。

但，并不是每一个人都有资格获得战斗武器。

枪，只能发给"红五类"。

这是内定的原则，但战备形势报告会上的动员令，却是向每一个知识青年发出的。

于是一份份申请书由班排长递交到连部。连部讨论通过的申请书，附上鉴定和意见，密封后报到团军务股审批。

裴晓芸也写了申请书，那不是一般的申请书，那是用指血写成的申请书。

别人，钢笔写的字，尽可表达对党对祖国对人民的忠诚和献身精神。但她不可以，她是入了"另册"的，她十分清楚这一点。

只有用血来表达。她想：一腔血都洒在战场上，乃是她心甘情愿的。在烈士队伍中，也许是没有"另册"的吧？她这样相信。

她没有按正常程序将申请书交给排长郑亚茹。

晚上，连部开会，讨论确定"战备分队"的战士名单。

老指导员一份接一份地翻阅申请书，忽然问郑亚茹："裴晓芸没写？"

女排排长点点头。

指导员又问："是不是写了没交？"

能不能被批准为"战备分队"的战士，和有没有这种要求，意义是并不相同的，每一份申请书，都要作为一种忠诚的证物入档案的。

"根本没写，或者写了没交，对她还不是一回事吗？"女排排长不以为然地回答指导员的问话。

"这不一样。"指导员很严肃。

"你有必要去问问她。"曹铁强看着郑亚茹说。

"我认为没有必要。"郑亚茹顶了他一句，坐着不动。

裴晓芸就在这时走进连部，将申请书交给指导员，立刻低着头转身走了出去。

指导员看着她的申请书，脸色肃穆起来。

申请书从指导员手中传到曹铁强手中，又从曹铁强手中传到郑亚茹手中。

"我们就最先来讨论这份血书吧！"指导员说完这句话，开始卷烟。这是他内心不平静时的习惯动作。

郑亚茹许久都没有放下那份申请书。虽然纸上仅写着五个字：我要一支枪。

曹铁强的目光盯着郑亚茹，举起了一只手。

指导员随即举起了手。

郑亚茹仿佛受到迫使，也缓缓地举起了自己的手。

第二天，曹铁强在食堂门口碰见裴晓芸时，对她低声说了一句话："连队通过了。"

裴晓芸的脸色霎时苍白，连薄薄的嘴唇也哆嗦起来。

她呆呆地望着他，半天才说："别骗我啊！"

"真的！"曹铁强对她微笑着，肯定地点点头。

然而发枪仪式那天，公布完了战备分队战士的名单——竟没有她的名字。

眼看着别人从指导员手中接过一支支枪，没等发枪仪式举行完结，她悄悄地转身离开了。

她一跑回大宿舍，就哇的一声哭了。

曹铁强也跟在她身后来到女宿舍，他想安慰她，却找不出能够安慰她的话。

一个在伤心地哭，一个呆呆地陪坐在炕沿上。

一会儿，女排的姑娘们都回到宿舍里了。被批准为战备分队队员的姑娘们，兴奋地哼唱着，说笑着，一个个将枪拉得哗哗响。

郑亚茹拿着两支枪走到曹铁强跟前，说："给你枪，我替你领了！"

他双手接枪时，她一字一句地说："我判断得果然不错，那里是庄严的发枪仪式，这里是默默的儿女情长。"

"就算你说得一点不错，那又怎么样？"他瞪着她。

"我能把你怎么样？你就是爱上她了，我也管不着！"

他站了起来,将枪朝肩上一挎,走到裴晓芸面前,说:"打起仗来,我要用这支枪,从敌人手里为你缴获一支枪!"

裴晓芸转身欲朝宿舍外跑,被曹铁强拦住了。他扳住她的双肩,盯着她的眼睛,说:"我爱你,听明白了?我爱你!"说罢,他在她唇上吻了一下,这才放开她,挑衅地扫了郑亚茹一眼,走出女宿舍。

他刚出门,裴晓芸晕倒了……

她接连在床上躺了三天,三天内没吃一口饭。卫生员来看过她几次,认为她没有生病,但心理受到了严重刺激。三天内,她憔悴得像一株枯黄的小草。

第四天,她起来了,吃饭了,和大家一起出工了。但不说一句话,像哑巴了。

曹铁强为此深感不安和懊悔。女宿舍只有她一个人在的时候,他来到女宿舍,内疚地对她说:"请你相信,我那天对你并无恶意,半点恶意也没有,我……"

"你当众侮辱了我!"她凌厉地打断他的话,"你并不爱我,你只不过是同情我、怜悯我,仅凭这一点,你就以为自己有权当众吻我了吗?就算你真爱我,你也没有这种权力!你曾问过我,我是否爱你吗?"

他像是在被审讯,狼狈极了。

她又说:"虽然你的同情曾使我感激,但从今以后,我不再需要你的同情了,更不需要你的怜悯。"

"我……我……"他情不自禁地握住她的一只手,要进行解释。

"别碰我!"她严厉地叫了一声,从他手中抽出了自己的手。

他默默地注视了她一会儿,退出了女宿舍,郑亚茹站在过道里,显然什么话都听到了,脸上浮现着幸灾乐祸的神情,对他冷笑……

夜里,他翻来覆去,难以入睡。

是啊,我爱她吗?爱这个瘦弱的,阴郁的,内心的自卑和高傲都那么强烈的上海姑娘吗?

同时他想到了郑亚茹。她是爱他的,这一点他毫不怀疑。和许多姑娘比,她身上自然有不少超群压众之处。他曾经以为自己是爱她的,他甚至无数次地迫使自己爱她。然而他却渐渐感觉到这样的爱竟成了一种沉重的负担。他总觉得她身上缺少些什么,也许还是最重要的什么。她并不缺少姑娘的温情，尽管别人如此认为，但那是不公正的。她曾给予过他多少温情啊！天理良心！她也绝不缺少美，缺少魅力。他不能不承认，她是个美丽的姑娘，即使和一百个姑娘站在一起，她也会吸引任何一个小伙子的目光。他也不能不承认，她身上具有某种特殊的魅力。更不能不承认，这种魅力常常令他心动。那么她身上究竟缺少的是什么呢？他还思考不清。她似乎像一幅大写意山水画，只可远瞻，不能近观，更不能细细审看。他与她几次和好，又几次疏远，却仍对她很茫然……

这一个夜晚，裴晓芸也同样多思少眠。

她为自己对他说的话而追悔莫及。

她是爱他的呀！

我的话对他是不是太过分了呢？如果我不对他说那些话，这爱情会不会变为可能的呢？如果仅仅因为我已说出口的话，伤了他的自尊心，可能而变为不可能，那我是一个多么愚蠢多么不幸的姑娘啊！他多么可恨！他为什么没有想到我也是有自尊心的呢？仅凭这一点就足以证明，他根本不爱我，绝不会爱我。啊，我太自作多情了，我和他之间根本没有什么可能……

回忆，这是一种特殊的精神享受，如果谁确有值得回忆的经历。内心的痛苦、感情的折磨、不公平的处境、破灭的希望、萌发的希望，种种希望变为种种失望后，心灵受到的极猛烈的冲击，这些经历，便是回忆对人具有的非凡魅力。尤其在谁认为自己获得了幸福之后。

今天，站在哨位上的裴晓芸，充满信心地认为自己是一个获得幸福的人。尽管此刻她正受到寒冷的威胁。

突然，她发现了出现在山林中、荒原上、公路上那几队火把。

"黑豹"竖起了耳朵……

四

最先进入团部区域的，是一辆马车。坐在马车上的人们举着数支火把，火焰被风朝后拉扯成不规则的三角形，仿佛一面面燃烧的小旗。团部会议室门前宽阔的大道与公路相连。马车从公路拐上大道，马铃哗哗，毫不减速，带股来势汹汹、横冲直撞的劲头，有如驰骋沙场的古战车。它直抵会议室门口,老板子才高喝一声"吁",猛刹住车,险些闯进了会议室。

二十几个青年跳下马车。火把的光在夜的胶卷上耀映出一张张若明若暗的脸,每一张脸上的表情都那么严峻而冷峭,分不清男女。他们与从会议室走出来的人们对峙着。

三匹马,马腹剧烈地起伏着,喘息声短促而厚重,鼻孔喷出团团热气。它们贪婪地舔着雪。

政委孙国泰,走到一匹马跟前,在马身上摸了一下,像洗了把手似的。马身上汗如雨淋。

"你们,是哪个连队的?"他问。

他们谁也不回答。

"把马累成这样,你们于心何忍?"

仍没有人回答。

沉默,既流露出含蓄的敌意,也分明对他显示出客气。

他回头对站在身后的几位连长和指导员说:"你们认认,是不是自己连队的马车?"

"是我们三连的马车。"三连的大胡子连长说着走上前来。

"你们会后悔的!你们要对今天的行为所造成的后果负责任!你们每一个人!"他对他的战士们大声吼。

"到了这种关头,我们还考虑什么后果?"

"连长,别吓唬我们,我们不怕。"

"我们什么都不怕,我们豁出去了!"

……

这些话,在另外几位连长和指导员听来,简直等于挑战!等于公开蔑视他们所有人在连队中的威望,而且是当着团政委的面,他们都气愤了。

无论在任何情况之下,当对一个人的放肆,代表对一种领导权力的挑战时,被领导者们就将领导者们的意志统一起来了。

"我提醒你们,你们现在还是兵团战士,我现在还是你们的连长,在你们的返城手续上,还要我签字的!"三连长暴跳如雷。虽然,他不是一个知识青年,可刚才在会议上,他是准备为知识青年,为本连战士的命运大声疾呼的。没想到,他的战士们此刻当众往他脸上抹黑!

"连长,你敢不签字,我们就剁掉你的手!"他的一个战士,慢言慢语地说出这话。说得那么从容镇定，说得那么轻松。但只有白痴才可能会把这样的话当成玩笑。

"住口！"三连指导员也从会议室走了出来，呵斥道，"兵团最高军事法庭还没有解散呢！"

"我把你捆起来！"三连长朝那个扬言剁掉他手的战士怒冲冲地走过去。

"对，把他捆起来！他既然能说出这种话，就能做出这样的事！"另外两个连干部上前欲助三连长一臂之力。

"太不像话！"政委孙国泰突然极其严厉地说。

三连长站住了，转过身看着政委，不明白政委是在说自己，还是在说自己那个混蛋战士。

"三连长，你把马卸了，牵到团部马号去喂料。"孙国泰低声对三连长吩咐。

三连长和指导员对视一眼，服从地去卸马。

孙国泰又对三连的战士们说："大家熄灭火把，都进会议室来吧！"

他们互相望着，犹豫着。

"政委，你们不是还在开会吗？"一个细小的声音问，听得出是个姑娘。

"会议室容得下我们二十几个，容得下全团八百余名知识青年吗？"又一个声音紧跟着说，语调中不无嘲讽。

"我们没有必要进会议室！"第三个声音很强硬，口吻中透露着威胁。

政委沉吟着。他意识到，作为一个团领导，他平定眼前这种严峻局面的个人能力，也许比自己估计的还要渺小得多。

又有几路人，坐着马车、拖拉机牵引的木爬犁、卡车和二八型轮胎式拖拉机拖曳的挂斗，顺着团部大道朝这里汇聚而来。人嚷声、马嘶声、各种发动机的轰响声，粉碎了夜的暂时的宁静，搅乱了整个团部。

曹铁强发现三连的战士中有一个自己认识，便走上前低声问："我们工程连也有人来吗？"

"全团知识青年统一行动，你们工程连的人会不来？"对方朝团部大道尽头小桥那里指了指，随后低声问他，"结果如何？"

"什么结果？"

"你们开的会……"

"无可奉告。"他应付了一句,匆匆朝小桥的方向走去。

是谁泄露了会议的内容呢?他边走边想,无论用多么充分的理由解释,这个人也要对今夜这场骚乱负责。可是,他自己却成了最被怀疑的人。开会期间,他接了一次电话。因为是长途,他才违反了会前宣布的纪律。电话是妹妹从哈尔滨打来的,先打到了连队,由连队转到团部电话总机,又由总机转到会议室隔壁的宣传股。是宣传股的小尤把他从会议室叫出去的。妹妹在电话里告诉他,父亲住院,病情险恶,很想念他,要他无论如何赶快回家一次,动身晚了,也许老人就见不到他了……虽然是长途,他也听得出,妹妹是一边哭着一边和他通话的。他很后悔,刚才在会上没有向大家做一番解释。在会上错过了解释的机会,便意味着永远错过了解释的机会。明天和后天,生产建设兵团将会在它的最后一页历史上记载些什么呢?小瓦匠是工程连第一个知道团部紧急会议内容的人。

他当时握着电话听筒呆住了。他立刻想到了家中无人照看的体弱多病的老母亲,半天说不出话来。

"哥哥,你倒是有什么办法没有啊!"

"消息……可靠吗?"

"绝对可靠!"

绝对可靠!他多年来连做梦都实现过无数次的返城希望,完全破灭了。

他……能有什么办法呢?

弟弟向他讨办法,莫如向自己的脚后跟讨办法。

从连部回到大宿舍,他失魂落魄地坐在炕沿上,如痴如呆。

"小瓦匠,你这又是怎么了?想老婆了吧?"

"老婆?他丈母娘还不知道在谁的腿肚子里转筋呢!"

"在我腿肚子里!"

"哈哈哈哈!……"

大家拿他逗乐开心。

"你们还笑。我这会儿想哭都哭不出来……"他的眼泪顿时刷刷地落……

生活是一个大舞台,每人都是这舞台上的角色。人与人之间的关系,按照生活的规定情景经常重新排列组合。

小瓦匠如今和刘迈克结下了亲如手足的友情。

当年的团警卫排排长，现在是工程连的事务长了。生活本欲捉弄他一次，却启迪了他对生活的悟性。团长马崇汉因为在工程连耍弄军阀作风受到兵团总部的党纪处分之后，警卫排长刘迈克也成了被奚落讥诮的对象，在团部抬不起头来。团党委会上，政委孙国泰直截了当地提出，刘迈克不适合担任警卫排排长职务，并且严肃批评马崇汉用人不当。马崇汉自己也觉得，刘迈克的确成事不足，败事有余。继续将他留在警卫排，或者安排在团部机关，说不定今后还会给自己招惹什么是非。于是找他谈了一次话，婉言暗示，希望他自己能主动提出到基层连队去"锻炼锻炼"，并且向他保证，"锻炼"一个时期之后，还会把他再调到团部来。刘迈克不是傻瓜，听了团长的话，明白自己受到团长信任和器重的日子结束了。他只说了一句话："团长，您随便安置我好了！"第二天，就同时交了两份报告，一份提出辞职，一份要求下连队。收下两份报告，马崇汉内心很歉疚，他毕竟还是挺赏识挺喜爱自己提拔起来的警卫排长的。他希望刘迈克参加全团排以上干部军事常识训练班之后，再考虑具体到哪一个连队去，以此表示安抚。这样做，他觉得心头的歉疚轻松一些，面子上也抹得过去。自己提拔起来的警卫排长这么一个重要角色，岂能悄无声息地就被从团部拨拉到随便哪一个连队去？那也太有损于自己的威望了。作为一个领导者，威望乃是树立自己形象的基础，全部领导艺术的内核。只能不断增强，绝对不能稍有逊减。尤其是在自己刚刚受到处分这一段"非常时期"内。刘迈克清楚团长的良苦用心，也很能体谅团长的处境。他违心地参加了军事常识训练班。训练班结束那一天，马团长做完总结报告后，似乎临时想到地说："有件与训练班无关的事，也在这里向诸位连长指导员们讲一下，警卫排排长刘迈克，主动提出要求下连队去锻炼锻炼。你们哪个连队缺少骨干，当场声明一下。晚了，小刘可就是待嫁的大姑娘，有主了！"他以为自己的话定会造成一种"争夺骨干"的气氛，朝坐在身旁的政委孙国泰瞟了一眼，心中暗想：你不是要把我提拔起来的人撸到连队去，借此机会在团机关拆我的台，不轻不重地整治我一下吗？那么就让你亲眼看到，我提拔起来的人，是很受各连队欢迎的哩！不料他的话说完良久，那些连长和指导员们，竟没有一位应声而起的，刘迈克这个知识青年鲁莽成性，桀骜不驯，他们早有所闻。何况他又无形中成了团长所推荐的人物，要了而不重用，等于扫了团长的面子；委以重任，又肯定会给自己添麻烦。权衡利弊，还是"礼让"了的好。

各连的连长和指导员，都沉默地"礼让"起来，团长马崇汉在台上如坐针毡，尴尬极了。

"李连长，小刘到你们连队去怎么样啊？"马崇汉点起九连连长，慢腾腾地问。

九连连长站起来打着哈哈说："团长，我们连……这个……这个……不是我们不欢迎，实在是这个……这个……"他并没有说出个什么来，就又坐了下去。

马崇汉皱起了眉头。

"许指导员，你们连哪？"马崇汉又点了十四连指导员。

"我们连？团长，我们连的骨干力量还比较强，是不是优先考虑一下其他连队。"十四连指导员姿态很高似的回答，连站都没站起来一下。如果团长"推销"的不是刘迈克这个知青，而是一台拖拉机，哪怕是台破的；或者一匹马，哪怕是匹瘸的，他也准不会有这么高的姿态。

这两个连队干部平时最听马团长的话，此刻却"拒人千里之外"，他坐在台上不能自持了。

"老马，这件事以后考虑吧！"政委孙国泰用商量的口吻对他说，分明在给他垫一块踏脚石，扶他下台阶。

他却不领这个情，他觉得自己不能当众领这个情。如果是别人从尴尬局面中解脱了他，他会很感激的。但对政委孙国泰，他非但不感激，而且产生了误解，认为政委不是在"拯救"他，而是在有意刺激他，当众"将"他的"军"。

"小刘，刘迈克，你站起来。你自己说，你想到哪个连队去吧？你说到哪个连队，你今天就是哪个连队的人了，这个主我还是做得了的！"他不理睬政委，却把刘迈克也点了起来。

刘迈克本已处在一种如同当众受辱的地步，这时又不得不站起来。他感到自己像一件卖不出去的什么东西，在被团长"压价拍卖"。明明是"压价"也卖不出去的了，又要拿他强加于人。他紧闭双唇，一句话也不说，脸上红一阵白一阵。自尊心，被当众煎烤着。他过去以为自己是知识青年中一个非凡人物的那种骄矜的自信，在这一刻彻底从心理上被切除了！

曹铁强忽然站起来说："刘迈克，我们工程连欢迎你！"

这句话从曹铁强口中说出，使马团长大出所料，使所有的人都大出所料。连在台上点燃了烟斗的政委,也拿着烟斗忘记了吸,显出愕异的表情。马团长的目光,一会儿落在刘迈克身上,一会儿又落在曹铁强身上,他感到这么一来自己反而难以做主了。

曹铁强站起来说出这句话,也顿时后悔了。第一,他不是连长,也不是指导员,从职位上讲,他无权说这句话。连长指导员就坐在他身后,他说出这句话,既对他们很不尊重,又会使他们很被动。第二,刘迈克会怎样理解呢?所有的人会怎样理解呢?虽然,他绝非出于半点不良动机。作为一个知识青年,他不忍看到另一个知识青年当众受辱。他觉得那也是对他自己的一种侮辱,是对所有知青的一种侮辱。他必须维护知识青年的共同的人格不受亵渎。他是经常用这把尺子度量自己,也度量每一个知识青年的品格高下的。

刘迈克终于开口说话了:"团长,我到工程连,其他任何一个连队也不去!"

说完,他离开了会场……

聚餐的饭桌上,刘迈克和工程连的连排干部们坐在了一起。他是心里憋着股劲,偏要和他们坐在一起的,而且偏要坐在曹铁强对面。但他并不看曹铁强一眼,像对面根本没有坐着曹铁强这个人。他的脸冷如冰霜,毫无表情。在聚餐气氛之下,这种毫无表情的表情,恰恰是一种与周围气氛形成反差的异常特殊的表情。这一桌,因为他在座,每个人都感到很不自在。而这正是他坐到这一桌要达到的意图,给你们制造一点小小的不愉快,他心中暗暗报复地想:我刘迈克到哪儿也是刘迈克,今后领教你们!

当天下午,工程连的马车赶到公路口,有人在路边拦住了车——是刘迈克,身旁放着一只旧木箱,箱子上是行李。他将箱子和行李放到马车上,自己坐在马车最后边,不跟他今后的连长指导员说一句话,更没有理睬曹铁强,呆滞地望着团部渐渐离远……

马车进入连队,首先停在大宿舍门口。指导员对曹铁强说:"小曹,你负责在大宿舍给他安排个铺位。"

"不必劳驾。"刘迈克扛着箱子,提着行李,一脚踹开宿舍门,猝然而入。

像从外面闯进来一个强盗,宿舍里的人看见他,立刻停止正做着的事,将目光投射到他身上。他们先是愕然,继而漠然,继而悻悻然、陶陶然。他分明是被"革职发配",落魄到此。他们看出来了。他们觉得生活的安排真好玩。这令他们满意极了。

刘迈克谁也不看，如入无人之境。他那双蛮性未泯的眼睛，从北炕炕头扫到炕尾，又缓慢地转向南炕，从南炕炕尾扫到炕头。身子，未动一动。

只有南炕，还空二尺宽的位置，在炕头。那是小瓦匠的铺位。小瓦匠挪到炕尾挤了个能铺下半条褥子的地方。

刘迈克先放下箱子，接着把行李放在箱子上。走到那个空铺位前，摸了一下炕面，热得像炭火上的平底锅。炕席，蛛网似的，只剩几条席筋残连。

他犹豫着。

曹铁强走进来，他们默默对视。

"那地方好，预先给你空出来的。"谁冷冷地说这么一句。

刘迈克下了决心，将行李提起，放在炕上，慢慢解行李绳。曹铁强看他一会儿，转身走出去了。

刘迈克刚铺下褥子，曹铁强又走进来，扛着三块木板。

"把木板垫上。"他低声说。

是小瓦匠单书文在褥子底下垫过的三块杨木板。

刘迈克有点茫然地凝视着曹铁强……

工程连的男知青们，并不像他们的排长那样宽厚地对待"公敌"。晚上，一盆洗脚水从门顶扣下来，扣在刘迈克头上。

"昨晚是谁干的那件事？"第二天出早操，曹铁强向全排战士追究。

大家列队在他面前，没人承认。

"鬼干的？！"他目光咄咄地扫视着他们。

一个个都像聋哑人。

刘迈克从队列中站了出来。

"我，没必要挨冻吧？"他不卑不亢地说。

"你可以回宿舍。"曹铁强平静地回答。

望着刘迈克不慌不忙地朝大宿舍走去，曹铁强皱起了眉头。

"没有人承认，我就不解散你们！"把脸转向他们时，他又说。谁都从他的语气听出来，排长的犟劲儿发作了。

半个小时过去，有人开始搓手、跺脚、捂耳朵。

"立正！"排长高喊一声口令。

大家顿时肃立不动。

"排长……"小瓦匠怯怯地从队列跨出一步。

"你?"

"我……"

"行啊!你也从被人欺负学会欺负人了?"

"我……"

"归队!"

小瓦匠忐忐忑忑地退回到队列中。

"全排听口令,向右转,目标——宿舍,齐步——走!"

人人疑惑,不知排长会怎样惩罚小瓦匠,暗暗替他担心。

全排进入宿舍,南北两列,站立炕前。

刘迈克坐在两列之间火炉前的一块劈柴上,烤破毡袜,毡袜散发出了一股难闻的怪味,他连眼皮都不撩一下。

炉盖上放只脸盆,哪个懒汉洗完脸没倒水,一截烟蒂绕着盆边作圆周运动。显然水在由凉渐热。

曹铁强将宿舍门敞开一半,从炉盖上端起那盆水,很悬乎地架在门框上。

刘迈克没抬头,目光从眼角瞥视着曹铁强,仍一动未动。

"你,去开门。"曹铁强盯着小瓦匠说。

小瓦匠朝架在门框顶上的脸盆瞅了一眼,怔怔地瞧着排长。

排长神色无情。

小瓦匠一步一步向门走去,走到门前,站住,缓缓地扭回头,眼中流露出哀求。

曹铁强表情凛然不变。

小瓦匠慢慢伸出一只手推门。

"住手!"曹铁强厉喝一声。

小瓦匠伸出的那只手没立刻收回,他像木偶似的僵立。

"把脸盆端下来!"排长又对他吼了一句。

小瓦匠一声不响地搬个木墩踏着,小心翼翼,双手把脸盆从门框顶上端下来。

"放回原处!"小瓦匠端着脸盆一步一步走到炉前,轻轻将脸盆放在炉盖上。

"入列!"

小瓦匠看了排长一眼，站到队列中去。

所有的人都舒了口气。

"大家听着，再发生类似的事，我就以其人之道，还治其人之身！"停顿片刻，排长接着说，"我们不是被流放到北大荒的乌合之众，我们是兵团战士！以后，绝不允许谁敌视谁，绝不允许谁欺负谁，绝不允许谁坑害谁！我们应该学会自己管理自己。我们谁的父母不为我们操心？让父母和亲人少为我们操点心吧！解散！"

"哎呀，什么东西烤着了！"几个人同时叫起来。刘迈克用木棍掀开炉盖，将烤着了的毡袜塞进炉膛……

挨饿……

兵团战士挨饿了。

一评小镰刀战胜机械化。

二评小镰刀战胜机械化。

三评小镰刀战胜机械化。

四评——小镰刀就是能战胜机械化。

第二年麦收时节，正值报纸发表社论《发扬延安精神》，团麦收指挥部提出响亮口号——靠小镰刀夺丰收！

"靠小镰刀，可以兼收并得，既获粮食丰收，也获思想丰收。南泥湾时期有机械化吗？没有。解放区军民靠什么丰衣足食？靠镰刀！南泥湾精神今天过时了吗？没过时！我们就是要发扬光大南泥湾精神，通过劳动，体力劳动，而非机械化，改造我们的世界观！小镰刀和机械化相比，我们每一个兵团战士要付出更多的汗水！流汗是大好事，种种非无产阶级思想，都会和汗水一起从我们体内排出。也许有人认为，这是自讨苦吃。但这种自讨苦吃的精神，是光荣的精神、革命的精神，应该千秋万代永远继承的精神！自讨苦吃的精神万岁！……"

在麦收誓师大会上，马团长的动员报告气吞山河。广播线将他充满革命激情革命信心的高昂而雄浑的声音，传送到各个连队。据说，又是政委孙国泰为首的几名党委委员，坚决反对。因此才产生了"四评"。又据说，文章是团长的秘书起草,团长亲自动笔修改才定稿的。每天天刚亮,《东方红》乐曲结束之后，团部女广播员甜美的声音便开始广播："全团指战员注意，

全团指战员注意，下面广播重要文章，一评……"

从"一评"至"四评"，每天一评。政委孙国泰为首的反对派，就这样被彻底评倒了。小米加步枪，不是战胜了飞机加大炮吗？小镰刀究竟能不能战胜机械化问题上存在的种种"糊涂思想"，就这样被评得人人明白了。机械收割，以手操纵拖拉机，成了很不体面的事。

团宣传队配合麦收下连演出，场场少不了这样一个赶排出来的节目——《小镰刀万岁》。五男五女，十个宣传队员，手握镰刀，左翻右舞，伴以歌唱：

小镰刀，就是好，就是好，
思想革命化，谁也离不了，
发扬好传统，它是一个宝，
一、个、宝。
……

麦收战役，在《小镰刀万岁》的歌舞中揭开了序幕。

"喜看稻菽千重浪，遍地英雄下夕烟。……"

汗，为播种洒下的汗水、为丰收洒下的汗水、兵团战士的汗水、廉价的汗水，渗透进北大荒的土地里。

这片土地，曾是荒凉的土地。

这片土地，也是肥沃的土地。

这片土地，吸收劳动者的汗如海绵吸水。

这片土地，报答劳动者的汗慷慨无限。

那是怎样的丰收在望的壮丽画卷啊！麦海泛金，一望无边，波翻浪涌，接天铺地。清晨，红日从麦海中跃出。傍晚，夕阳在麦海中沉落。

那是多么喜人的麦子啊！饱满的完全成熟的麦粒，整齐地排列在茁壮的麦秆上。连麦芒，也向收割者们显示出诱惑力。

那是怎样的收割啊！一人一把镰，一人一条"收割带"，用丈量尺划分。宽——一米，长——一百米？一千米？一里？一公里？两公里？……五公里，十里，最大的地块。一个连队的百十号人，分散在这样的麦地里，一到中午，赤日炎炎，前后左右，不见人影，但见麦海无边！谁也接应不了谁。手臂机械地挥运着镰刀，腰，弯酸了，疼了，麻木了。然而，谁也不敢直起腰或者躺下歇一会儿。

都怕"打浪"——成为落在最后的一个。

一旦落在最后，那你就会面对丰收，产生绝望，甚至产生恐惧。你会觉得被麦海所吞。尽管你不停地割、割、割，尽管一片又一片的麦子在你眼前倒下、倒下、倒下，但麦海仍然是无边无际的，你别指望有人接应你，谁也顾不了你，谁都在拼命地机械地割。即使有人只超你十米，你也休想赶上！劳动在每个人的心理上只造成一种体验——刑罚。劳动只剩下了单一的目的——摆脱这种劳动！你始终在割，你始终在追赶别人，你无论如何追赶不上，你永远是最后一个。你哭也罢，你喊也罢，你怒也罢，你骂娘也罢，你在地上打滚也罢，随你怎么样！分给你的那条"收割带"，你是必须收割完的。它那么长，那么长，你望不到头！仿佛你在不停地割，它在不断地延长！于是你会感到人的渺小、可悲、可叹、可怜，你会诅咒大丰收！你被这种惩罚式的劳动彻底异化了！

小镰刀，它像孩子抻牛皮筋一样，拽扯着人的意志，意志失去了弹性。

工程连也被拉到了麦收第一线，他们第一次参加麦收。他们握惯了锹、镐、钢钎和大锤的手，拿起小镰刀，眺望着无边无际的麦海，简直不知所措。他们割了半个月，连一块麦地的地头还没啃下来！这样的麦地划分给他们四块！

小瓦匠可悲地成为全连"打浪"的一个。第二十几天早晨，全连队都来到麦地边，一个个瘫软地坐在或者躺在麦捆子上，谁也不想第一个走入麦海。

不知哪连机务排的十几个人走过来，其中一个对他们说："小镰刀不是能打败我们的机械化吗？这会儿熊了吧？"

小瓦匠跳起来，破口大骂："放你的狗臭屁！是我们提出来小镰刀打败机械化的？"他是在发泄。

而他们，拖拉机手和收割机手们，何尝不更想找个时机发泄一下？他们也是和别人一样手握小镰刀战麦海的呀！他们认为他们更有理由发泄。

"这小子骂人，教训他！"他们围住小瓦匠，七手八脚将他抬起，抛向空中。小瓦匠落在几捆麦堆上，他们又将他抬起，又一次将他抛向空中。

小瓦匠爬起来，紧闭两眼，挥舞镰刀，朝他们乱砍乱劈！他们哄笑着逃走了。

小瓦匠继续发泄，从地上拖起一个个麦捆，东甩西扔，却没人制止他，大家都用呆滞的目光瞧着他。

曹铁强实在看不过眼，喝了一句："你疯了！"

小瓦匠一屁股坐在麦捆上，呼呼地喘粗气。

有几个姑娘哼唱起来：

> 昏暗的油灯下，
> 我们想念着爸和妈。
> 迎着太阳出，
> 顶着月儿归，
> 劳累得像牛马。
> 谁来可怜我们这些城市娃？
> 爸爸和妈妈呀，
> 后悔当初不听你们的阻留，
> 到如今只有沉重地修理地球，
> 命运像苦酒，
> 没有欢乐只有愁。
> 何日是个头？
> 何日是个头？
> ……

这支歌，当年曾在北大荒知识青年中怎样地流行过啊！它是知识青年自己谱写的。后来被批判为"反动歌曲"，便没人敢唱了。

所有的姑娘们都肆无忌惮地跟着哼唱起来。

只有裴晓芸没跟着唱，但她的嘴唇也分明在动。

一个男知青扯着嗓子仰天怪叫："啊！呀！呀！呀……"

"哈哈哈哈！哈哈哈哈！哈哈……"几个男知青搂抱在一起，狂笑着，在地上打滚，扑滚散了一捆捆麦子。

小瓦匠突然用镰刀往自己手上砍！边砍边发狠地嘟哝："叫你割！叫你割！叫你割！……"

曹铁强倏地跳起，一把夺下小瓦匠的镰刀。

鲜血从小瓦匠手上涌出……

"我受不了啦呀！……"小瓦匠嘶哑地喊出一句，号啕大哭，像孩子般跺着两脚。

"卫生员！卫生员！……"曹铁强寻找着卫生员。

卫生员没来，他"自己解放自己"了。

曹铁强立刻从衬衣上撕下一条布，包扎小瓦匠的手。

他鼻子一阵发酸，眼泪唰地淌下来！

这时，姑娘们慌乱起来。郑亚茹呕吐一阵之后，昏倒了。

她这几天正是"例假"期……

全团耕地面积上的小麦，刚有百分之几收获到各个连队的麦场上，连绵的雨季开始了。实践证明了一条荒谬的"真理"，小镰刀打败了机械化，彻底打败了机械化。几台企图发挥作用的拖拉机，一开进麦地，就陷住了，像被剁掉了四条腿的蛤蟆，寸步难移。手持镰刀的收割者们，在每一步都深陷到膝盖的麦地里，艰难地跋涉着，抢收着。麦地一片汪洋！割下的泡湿了的麦子，只好用毯子、褥单兜回连队，摊在各家各户和大宿舍的火炕上。

收割者们眼睁睁地看着小麦在麦秆上发芽！

金色的麦海违反季节地变成了绿色的麦海！

放弃小麦！抢收大豆！麦收指挥部不得不改变原定的麦收方案，采纳了政委孙国泰的措施。

就在当天夜里，下雪了。

第二天，全团几百垧大豆被盖在雪被下，白茫茫一片，大地好干净……

工程连，从麦收第一线撤下来了。知青们，一个个都折腾垮了，从精神到肉体。休息了两天，他们又接受了修筑战备公路的任务。繁重的体力劳动继续考验着他们的意志。抵御零下三十几度严寒的体内热量，靠的是每天三个馒头勉强供着。面粉，是发了芽的潮湿的麦子，在团部加工厂连壳磨的。蒸出的馒头，是黑绿色的。生时揉不成形，熟了拿不成个，而且像切糕一样粘手。掉在泥土中，是不太容易寻找到的。

慰问信从各个兄弟团寄到三团党委，需要援助吗？精白面粉会无偿地从各条公路上运到三团来的。

不。不需要援助。

"我们绝不吃亏心粮！我们不能够靠兄弟团养活！我们要勒紧皮带。"

三团党委，代表它的指战员们，用如此有志气而豪迈的词句回答兄弟团的慰问。

马团长带头勒紧了自己的皮带，他每天都节约一顿饭。他明显地消瘦了，但是，他那革命乐观主义的精神并没有稍减。

每天清晨，他都准时地来到团部广播室，亲口对着广播器朗读同一条语录："我们的同志，在困难的时候，要看到成绩，要看到光明，要提高我们的勇气。"接着，播放这首语录歌。怨言，每个人都发过的，骂娘的人也不少。但同甘共苦，这种精神上和心理上的特效稳定剂，抵消掉了人们的抱怨情绪，阻碍了人们大脑的正常思考。

一天，兵团副司令员来到工程连施工工地视察。视察之后，将全连战士集合在一起，做了一次简短讲话。

副司令员说："同志们，你们修筑的是一条很重要的公路。我亲眼看到，你们的劳动是很繁重很艰苦的。也亲眼看到了，你们吃的是什么。我，钦佩你们。我向你们致以军人的崇高敬意！"白发苍苍的副司令员，庄严地举起右手，向大家长久地敬军礼。

大家被深深地感动了。在那一刻，大家忽然觉得，他们所受的一切苦和累，都是不值一提的了。

副司令员问："哪位是刘迈克同志？"

刘迈克局促地站了起来。"谢谢你，谢谢你向兵团总部反映了情况。"副司令员又向刘迈克敬军礼……

第二天起，各个连队的大喇叭里就不再听得到马团长朗读"最高指示"了。生活中忽然缺少了这种声音，人们也似乎并不觉得怎样寂寞。

第三天，一辆兄弟团的卡车开上山，车上满载一袋袋面粉和蔬菜。

公路中段，半山腰，要开凿出一个山洞，作战备油库。炸药代替了镐头。两人一组，轮番爆炸。不知曹铁强是不是有意的，将刘迈克和小瓦匠分在一组。排长这样分了，小瓦匠只好服从，不过心里挺别扭。

下班前最后一次爆炸，点了七炮，响了六炮。两人在山洞外等了许久，第七炮还没响。

"我去看看。"刘迈克钻进了山洞。

山洞里，烟雾刚消散出去，但还弥漫着火药味。刘迈克找到第七个炮眼的位置，见炮眼被炸下的乱石埋住了。

小瓦匠也跟进了山洞，冒冒失失地搬起一块埋住炮眼的大石头。已经燃烧掉一截的导火索，被乱石之间锐利的棱角切压住了，但并没完全死灭。小瓦匠刚搬起那块石头，它又嗞地冒烟了。

　　"危险！"刘迈克大叫一声。

　　小瓦匠扔下石头，拔腿就朝洞外跑，被另一块石头绊倒。

　　他发蒙了，不立刻爬起，反而闭上眼睛，双手捂着耳朵，身子贴地不动。

　　小瓦匠不知自己在地上趴了多久，却没听到爆炸声。他睁开双目，见刘迈克扑在炮眼上，口中咬着导火索。

　　小瓦匠赶紧跳起来，小心地抠出雷管，拔下了导火索。

　　刘迈克额头上沁出一层冷汗，他浑身瘫软，再也没有一点力量站起来了。他脸色苍白，头，一下子抵在乱石堆。

　　小瓦匠也一屁股坐在地上，怔怔地看着刘迈克。过了许久，他才慢慢站起，去扶刘迈克。

　　刘迈克从口中吐掉导火索，看了小瓦匠一眼，说："这件事你告诉任何一个人，我就揍你！"

　　一出山洞，刘迈克的双唇和半边脸肿了起来。小瓦匠扶着他回到帐篷，大家见状围住了他们，七言八语地询问。刘迈克不理睬众人，一步步走到自己的铺位前，将身子沉重地仰面躺倒，扯下枕巾盖上了自己的脸。

　　小瓦匠呆立了一会儿，转身跑出帐篷去找卫生员。

　　卫生员跟在小瓦匠身后赶来，从刘迈克脸上掀开枕巾，倒吸了一口冷气。

　　"被火药烧的？……"卫生员的脸转向了小瓦匠，"怎么搞得？怎么……会烧到嘴？……"

　　"我……"小瓦匠不知如何回答是好。刘迈克瞪着小瓦匠，他脸上冷汗淋漓，眉头拧在一起。

　　曹铁强走进帐篷，走到刘迈克铺位前，俯下身看着刘迈克。

　　刘迈克在他的注视下，又用枕巾盖上了自己的脸。

　　曹铁强抓住小瓦匠的一只手，扯着小瓦匠走到帐篷外。

　　"说！"

　　小瓦匠哇的一声哭了。

　　他心中是多么羞惭啊！扑在炮眼上的应该是他，受伤的应该是他，掩护别人的应该是他，应该是他小瓦匠！他不是对自己那么自信过，在危险的时候，自己肯定会表现得像个英雄人物吗？他不是曾经希望过生活为自己创造一次这样的时刻，让自己有机会表现出英雄的行为吗？他不是曾经对自己说过许多不怕死的话吗？这类豪言壮语不是都工整地写在自己的日记上了吗？他不是曾经那么神往地想象过，假如某一天自己英勇壮烈地牺牲了，他小瓦匠的日记，也会像张勇、金训华等烈士的日记一样，被千百万知识青年满怀敬意地去读吗？这种想象曾给他带来过多少不被人知的安慰！

小瓦匠啊小瓦匠，这个常常受到别人揶揄和奚落的弱者，这个在现实中常常对自身的价值产生悲哀的心灵苦闷孤寂的人儿，仅仅是靠着这样一种对英雄人物和英雄行为的想象，才能够在心理上获得一点点和别人平等的自我意识啊！

可是今天，连这一点点稳定自己心理天平的虚幻而又真实的东西，他都丧失了。

他的整个心理天平倾斜了。

他对自己彻底绝望了。

在危险的时刻，他成了一个可耻的逃生者，做出英雄行为的时机被别人占有了。

他简直觉得无地自容！

他哭得那么悲哀！

那是一种对自己悔恨到极点的大的悲哀。

可是排长并不能理解他的心情。

"别哭！"排长吼了一句。

小瓦匠猛然跑进帐篷，跑到刘迈克跟前，扑在他身上，边哭边说："迈克，迈克，我一辈子也不会忘记，是你救了我的命！从今往后，你，就是我的亲哥哥。我，就是你的亲弟弟。我们俩这一辈子都是亲兄弟，我要是做一件对不起你的事，天打五雷轰！……"

刘迈克的双臂，一下子紧紧搂抱住了小瓦匠。

盖在刘迈克脸上的枕巾微动着，他也哭了……

半个月后，刘迈克嘴角带着永不消失的伤疤，从团部医院回到了筑路工地。

小瓦匠对他说的第一句话就是："我把咱俩的铺位连在一起了。"

他会心地笑了。

来到工程连之后，他第一次露出这样的笑容。

曹铁强走进来之后，大家仿佛意识到了什么，纷纷退出帐篷。

帐篷里只剩下曹铁强和刘迈克两个人，他们面对面站着，默默地、长久地注视着对方。

谁也不清楚，是自己脸上的表情首先发生微妙的变化，感染了对方，还是被对方所感染。

他们同时很难为情地笑了。

生活，有时像一位父亲，有时像一位母亲，有时严厉，有时慈祥，有时不免粗暴，有时感情细腻，但它总是不忘自己的责任，开导着它年轻的孩子们。

……

马团长并没有彻底遗忘掉刘迈克。两年前，团里曾调过刘迈克一次，要他当团部招待所所长。他没有离开工程连，他已经和一个老农场职工的女儿组成了工程连的第一个知青家庭……

今天晚上，他怀了孕的妻子秀梅，安闲地靠墙坐在火炕上，一针一线地缝做小衣小裤。他自己，在给未出世的孩子做木马，他的木工手艺很不错呢。

一阵很重的敲门声将这个小家庭的宁静气氛破坏了。刘迈克放下手中的工具，开了门。

在他的小院里，站着全连的男女知识青年。他从他们脸上的表情判断不出发生了什么事情，一时并没有开口问话，而是等待着他们说明情况。

"事务长，连长和指导员都在团里开会，你是唯一的一个知青连队干部，因此，我们来告诉你，我们现在就要到团里去，都去。我们觉得……不告诉你不对。"

瞅着说话的人，他仍闹不明白到底发生了什么事，问："为什么都要到团里去？"

小瓦匠回答他："迈克，我们大家都正在被蒙骗啊！"

"蒙骗？谁蒙骗我们？"

"团里。再过三天，就停止办理知识青年返城手续了。可是团里要封锁这个消息，不让全团的知识青年知道。连长和指导员在团里开的就是这个会。对我们大家，只有明后两天的时间了！"

刘迈克不禁"哦"了一声，他想了想，又问："团里不太可能这样做吧？"

"迈克……你，这都什么时候了，你还不信！……已经有好几个连队给咱们连的知识青年打了电话。今晚，每一个连队的知识青年都会到团部去的，这是一次统一行动。我，今天晚上要代表咱们连队每一个知识青年的意志……"

"你？……"刘迈克看着小瓦匠，一时不知自己对这样一件事该表示什么样的态度。

"是的。"小瓦匠点了一下头，"迈克，你知道，我是……非常懦弱的。但团里这样做，对我们知识青年太不公正了。你难道想象不到这意味着什么吗？会有多少像我这样的知青，他们家里正有像我的母亲一样的老母亲，或者老父亲，正在眼巴巴地盼望着他们回到父母身边，给予父母一些照顾啊！今天，我要代表大家的意志，并非是因为受了大家的怂恿。不，完全不是，我是自愿的。迈克，你能理解我此刻的心情吗？能吗？……"小瓦匠很有感情地说出了这番话，他显得有些激动。

"我……理解……"刘迈克的目光，从小瓦匠脸上移开，逐一地注视着站在小瓦匠身后的每一个知青的脸。他们脸上，也都流露出希望得到他理解的表情。

"你们……需要我怎样做呢？"他终于找到了一句适当的话。

"好迈克，大家预先就猜到了你会说这句话的，我们什么都不需要你做，我们只不过来告诉你，因为你是事务长。而我自己，是希望得到你的理解。你理解我，我……谢谢你！"小瓦匠说完，立刻低下头，转过身，对大家说，"现在咱们走吧！"

他第一个走出了刘迈克家的小院，走得很快，头也不回，好像他怕一回头，就会被刘迈克叫住，加以阻拦似的。

"事务长，我们走了。"

"事务长，天挺冷的，你快进屋去吧！"

"事务长，不管我们到团里去的结果如何，回连队后，我们一定再上山给你家砍一车柴。"

他们一齐走出了他家的小院。

刘迈克呆呆地站在小院里，望着他们走远。

他推开家门，见妻子只穿着袜子站在门旁。

"你下地干什么？你这样会着凉的！"

妻子退到炕沿前，缓缓地坐下了。目光，却胶着在他脸上，一刻也不离开。

他拿起刨子，又放下了，呆呆地看着没有做成的木马。

"他们，都要走吗？"妻子小声问。

他抬头看了一眼妻子，似乎不明白她的话，反问："什么走不走的？"

"我全听到了。"妻子的声音更细小了。

他没有回答，将木匠工具一件件归拢起来，塞到桌子底下去了。然后，他走到窗前，出神地朝外面望去。

"我刚才问你话呢，你聋了？"

他仍然一声不响。

妻子不再问什么，默默地拿起炕上的小衣小裤，接着做。但只缝了一针，便放下了，轻轻地叹了口气，不安地瞅着他。

他忽然转过身来，从炕上拿起棉衣，匆匆地穿上，衣扣也没扣好，帽子也没戴，就大步往外走。

"你……上哪儿去！"

"你都听到了还问什么？我要到团里去！"他的语气中流露出内心的烦乱。

妻子从墙钉上摘下他的帽子，递给他。

他走回到妻子身边，无言地接过帽子。妻子又默默地替他将衣扣扣好。

他想说什么，但张了张嘴，却什么话也没说出来。

他戴上帽子，走出了家门。

工程连的知识青年们，刚走出连队不远，刘迈克开着二八型拖拉机挂斗车从后面赶了上来。

"糟糕，事务长要来截我们回去了！"一个男青年对小瓦匠说。

"咱们等他一下，也许他还有什么话。"小瓦匠第一个站住了。

大家也都站住了，众人对他的话这样服从，很出乎他的意料。消息是他第一个知道的，也是他告诉大家的。因此他才无形中成了众人这次行动的组织者。十年来，他第一次体验到，能够代表许多人的意志，每一句话都能够被众人服从，这种感受是多么不一般！

然而，这是一次怎样的带头行动啊！内心充满自信的同时，又是那么空泛，甚至有点苍凉，有点苦涩。

迈克果真会是来阻拦我们的吗？倘若他很坚决地阻拦，我将如何对待他呢？

他这样想，自信动摇，内心开始矛盾着。

挂斗车开到他们身旁，停住了。坐在驾驶座上的刘迈克对他们说："都上车吧，我开车送你们！"

小瓦匠一挥手，大家都爬上了车。

刘迈克将车开出一段路，忽然在野地里兜了个圈子，调转车头，朝连里开。

"事务长，你开大家的玩笑吗？"车斗里有人嚷起来。

"迈克，你……"和刘迈克并坐在驾驶座上的小瓦匠，也不免吃惊。

刘迈克一边开车，一边大声说："我得回家一次，跟秀梅说句话。"

"什么话，那么要紧？"小瓦匠很难相信。

"非常要紧的话！"刘迈克将变速杆推到了快挡的位置上。

挂斗车开进连队，直开到刘迈克家的小院外。他跳下驾驶座，几大步就跨进了家门。

妻子仍像他临出家门时那样子坐在炕沿上，显然都不曾动过一动，低垂着头，黯然神伤，独自落泪。

"秀梅……"他轻轻叫了妻子一声。

妻子倏地抬起头，有些意外，赶紧侧转身，掩饰地拭去泪水。

"秀梅，我回来对你说句话。"他走到了妻子身边。

"你，你别说了……我知道你要说什么，求求你，别说了。我不怪你就是了，真的。我绝不埋怨你抛弃了我，更不会记恨你的。我不是那样的女人……知青都走了，你留下也会感到孤单的……只是，只是，只是你要……给咱们的孩子起个名……"喃喃的话语变成了伤心的呜咽，妻子向墙壁转过身去。

刘迈克用双手扳住了妻子的肩头，将妻子的身子扳正了过来，盯着妻子的眼睛，说："我不走。"

"别骗我。"泪水模糊了妻子的眼睛。

刘迈克大声说："我不骗你，我不走。我骗过你一次吗？我就是回来告诉你这句话的，即使所有的知青都走了，我也不走。"

泪水从妻子的眼中溢了出来，然而那对眸子，还凝聚着疑惑。

"我不能不和他们一块儿到团里去，我不放心。我是事务长，连长和指导员不在连队的情况之下，我对他们每一个人都负有责任啊！可是，我又无权阻拦他们……"

妻子终于相信了他的话，含着泪微笑了。

"去吧，快去吧，别让他们等急了。"妻子低声说，轻推着他。

他双手捧着妻子的脸，俯下头，在妻子挂着一滴泪珠的唇上狠狠地亲起来……

曹铁强来到桥头，见"二八"已经过了桥面，挂斗却脱了钩，栽在公路旁。他的战士们，或蹲或站，围聚一起。

他走上前，分开众人——刘迈克紧闭双眼坐在雪地上。小瓦匠和另一个战士，扳着刘迈克的一条腿，活动着刘迈克的膝关节。活动一下，刘迈克皱一次眉头，吸一口冷气。

"怎么回事？"他尽量用平静的语气问。

众人都不吭声。

小瓦匠抬头看连长一眼，嘟哝："事务长摔伤了。"

刘迈克睁开眼睛，低声骂了句什么话，被小瓦匠扶着站了起来。发现曹铁强，他顿时停止呻吟，默默地瞅着连长，仿佛有意等待对方首先开口。他已不再是多年前的刘迈克了，生活已经把他磨砺成熟了。他今天夜晚格外理智，心机格外慎细。他觉得连长此刻出现在大家前面，对连长是很不利的。倘若自己说出一句不适当的话，都可能无意之中将连长推到极被动的地位上。

不料曹铁强如此问道："是你开车把大家拉来的？"

他点了一下头。

曹铁强紧接着说了一句欠思索的话："你也来凑这份热闹！"语气中不无恼怒。

刘迈克默然良久，才低声回答："我能不来吗？"

从他的表情，从他的语调，曹铁强立刻领悟到，他在违心地扮演着一个多么不轻松的角色！

他惭愧了，于是又低声问："你……伤得重不重？"

刘迈克摇了摇头。

"连长，你……你们……果然开的是那样一个会吗？"

黑暗中，不知是谁大声问了一句。

曹铁强转过身，一一扫视着他的战士们，似乎想寻找出那个问话的人。但他实际上，是在心中暗暗点了一次名。全连三十二名知识青年，此刻站在周围的是三十一个人，只有一人没来。虽然，月色朦胧，辨不清这三十一人的脸面，但他知道，没来的那个人一定是她——裴晓芸。他抬起手腕，仔细看了一下表——她该下岗了。可是这沉默的一分钟，就等于他对刚才的问话做了回答。而这种形式的回答，当然不令大家满意。

有人愤怒地大声说："我们还在这儿浪费时间干什么？去砸了军务股，各人拿走各人的档案！"

"对！一不做，二不休！"

"走呀！"

"谁打退堂鼓，就是知青叛徒！"

在互相怂恿和互相鼓动下，大家一哄而走。

"站住！"曹铁强猛然喝了一声。

大家，都站住了。一个个，缓慢地回转过身。一双双眼睛，在月辉下闪烁着不驯的甚至是带有敌意的目光。这一道道咄咄地盯着自己的目光，使曹铁强意识到，今天夜晚，他和他们——自己朝夕相处的战士们之间的关系，是异乎寻常的。他们随时都可能将他——他们每一个人平时都很信任很敬重的连长，视为共同的敌人。正是由于清醒地意识到了这一点，他瞬忽间觉得，内心产生了一种奇异的自信力。他仿佛觉得，自己的身体倏然高大了许多，高大得完全有足够的力量担负今夜可能面临的无论多么严峻的事件。

"这里是生产建设兵团的团部，不是夹皮沟，你们，也不是土匪。我更不是土匪头子，而是你们的连长，我决不允许你们任何一个人胡作非为。"这番话他说得很镇定，镇定中显示出凛然的刚勇，语势中暗示出明显的潜台词——今夜我是怎样说就要怎样做！

"今夜不服从连长命令的人，绝没有好下场！"刘迈克冷冷地说出了这句话。

曹铁强向刘迈克投去感激的一瞥，接着改换一种缓和了的语气说："也许，今天夜晚，就是兵团历史上的最后一页。兵团的历史，就是我们兵团战士的历史。我们每一个人，都应该尊重这段历史。不论今后社会将要对生产建设兵团的历史作做出怎样的评价，我们兵团战士这个称号，是附加着功绩的，是不应受到侮辱的！……"

他不能准确地判断自己的话是否打动了他的战士们，但没有人反驳。这便使他对自己的话增强了自信。他受到这种自信心的鼓舞，大声说："听我的口令，整队集合！"

大家在犹豫状态之下迟缓地排成了并不整齐的队形。

他走到队形前，面对面地望着他们，问："你们每一个人，是不是都已经做出了决定，要离开北大荒？"

"连长，这还用问吗？"是小瓦匠说出了这句话。大家用沉默表示，这句话代表他们做了回答。

"既然如此，你们到团部来，就只有一个目的，办理返城手续。我相信，团里是会做出正确的决定的。现在，全体向右转，齐步走。"

工程连的战士们，在其他各个连队的混乱人群和车辆之间，列队向团部机关区走去。

曹铁强走在大家后面，刘迈克一拐一拐地紧随在他身旁。许久，两人之间没说一句话。只听无数双脚踩着积雪，发出沙沙的响声。

刘迈克首先打破沉默："团里怎么能够召开这样的会呢？"

曹铁强没有回答。

刘迈克又问："连长，你……也要走的吧？"

曹铁强这才回答："留下来就真的那么可怕？"

刘迈克理解了连长的话，他感到慰藉地说："连长，咱俩今后就是伴儿了。"

这句话，使曹铁强的心感到异常温暖。他情不自禁地伸出一只手，轻轻搀扶着刘迈克。

一辆马车从他们身旁飞奔过去……

全团八百余名知识青年，从各个连队来到了团部。远的，几十里；近的，十几里。他们围聚在团部会议室外面，数百支火把，将团部机关区映照得如同白昼。没有叫嚷声，没有示威声，他们默默地静立在凛冽的严寒中。

团长马崇汉披着军大衣出现在八百余名知识青年面前。

"知青同志们！……"他用做报告时那种洪亮的嗓音说，但却不知道接下去该说什么，于是又重复了一遍，"知青同志们，我保证……"却同样不知道自己应该保证什么。

"滚！"

一个声音从八百余名知青中突然地迸发出来。

"我们不听！我们不受你的骗了！"数百人几乎是异口同声地说。

马团长愣怔了一秒钟，仅仅一秒钟，便低下头，转身走进了会议室。在这一秒钟里，他意识到，自己被知识青年们视为团长的历史，过去了。永远。他心中产生了一种悲哀，一种大悲大哀。但仅仅是悲哀，绝不是悔悟。悔悟是反思的结果。任何虔诚的反思，都是在一秒钟内不会萌发的。

从会议室外走入会议室内，几步路，他却觉得脚下无根，步步艰难。他感到自己仿佛一棵大树，骤然被雷电击倒了。

他若有所失地走到政委孙国泰面前，第一次用真正恳切的语调说："孙国泰同志，我……请求你……以一个共产党员的……"他无法用语言明确地将自己的意思表达清楚。

政委孙国泰伸出一只手，像是要把对方轻轻推开去。他用这样的手势告诉对方，他完全理解了对方的话。请求他站出来扭转眼前的局面，对方要说的无非就是这句话。请求？他感到这个词对他带有一种侮辱性，尽管他相信对方是恳切的。难道不用这样的词，他会袖手旁观，幸灾乐祸吗？那他还算是一个老共产党员吗？不，连一个北大荒人都算不上了。至于能否扭转这种局面，怎样扭转，他并无把握，更缺少自信。不错，在知识青年当中，他深知自己有着比团长马崇汉牢固的根基。十年来，他的足迹遍布全团二十几个连队。他熟悉他们，爱护他们，关心他们，甚至，还很有些同情他们。他骂过他们，也挨过他们的骂。他的耳膜曾被他们的牢骚怪话几度磨起茧子，他也时时将自己胸中的郁闷烦愁借机朝他们发泄过。这种正常而又畸形的沟通，在他和他们之间架起了理解和谅解的桥梁。可是今天夜晚……

他犹豫片刻，稳步走出了会议室，目光深沉地望着知青们，良久，终于开口说出三个字："孩子们……"

他是情不自禁地说出这三个字的。

没有用"知识青年们"，没有用"同志们"或"兵团战士们"这样的称谓，而对他们说"孩子们……"，使他们被深深地感动了。

他们极安静地望着老政委。

"孩子们，"老政委说，"你们，在北大荒度过了整整十年，你们是当之无愧的一代北大荒人，我感谢你们！因为，你们将青春贡献给了北大荒！……"停了一刻，他接着说，"如果来得及，我要为你们开隆重的欢送会，欢送你们……离开北大荒……你们相信我的话吗？"

经久的鸦雀无声之后，有人大声说："政委，我们相信你，但我们不相信团党委！"

"对，我们不相信！"

"我们相信你又有什么用？"

……

老政委被震撼了！相信一个共产党员，但不相信党的一级组织！这是多么可悲的现实，这是怎样的错误啊！

他略加思索，转身走入会议室内，对团长马崇汉和各连的连长指导员们说："我要求给我代表团党委的权力！"

连长指导员们的目光，都集中在马崇汉身上。

马崇汉的腮帮子抽动了一下，用记录速度的缓慢语调说："一切都听政委的……"

老政委第二次走出会议室，对知青们大声说："现在，我代表团党委宣布，为了尽快办理每一个人的返城手续，各连队选派两名代表，组成一个临时小组，我任组长……"

这时，暴风雪开始从荒原上向团部区域猛烈袭击了……

五

像台风在海洋上掀起狂涛巨浪一般，荒原上的暴风雪的来势是惊心动魄的。人们最先只能听到它可怕的喘息，从荒原黑暗的遥远处传来。那不是吼声，是尖厉的呼啸，类似疯女人发出的嘶喊。在惨淡的月光下，潮头般的雪的高墙，从荒原上疾速地推移过来，碾压过来。狂风像一双无形的巨手，将厚厚的雪被粗暴地从荒原上掀了起来，搓成雪粉，扬撒到空中。仿佛有千万把扫帚，在天地间狂挥乱舞。大地上的树木，在暴风雪迫近之前，就都预先妥协地尽量弯下了腰。不甘妥协的,便被暴风雪的无形巨手折断。暴风雪无情地嘲弄着人们对大地母亲的崇拜,而大地,则在暴风雪的淫威之下,变得那么乖驯,那么怯懦……

八百余名知识青年被突如其来的暴风雪震慑住了。许多人从连队匆匆出发,穿戴得并不暖和。一路上,差不多已经冻透了。而现在,暴风雪的无形的触手只从他们身上一抚而过,就带走了他们身体内的最后一丁点热量。火把,顿时熄灭了半数。

人群骚乱起来。

"别让火把都灭了啊!"

"快将没灭的火把扔到一起!"

"点火堆!"

……

几条具有号召力的粗犷嗓门疾呼大喊。

火把,一支,两支,三支……纷纷投聚到一起。

篝火,一堆,两堆,三堆……熊熊燃烧起来了。

有人不知从哪儿拎来一桶柴油,浇在火堆上。光焰升腾着,蹿跃着,在暴风雪中"垂死"挣扎着。

人群分散开,围向十几堆篝火旁。

一阵折裂声,一棵大树"扑通"倒下。又一棵,又一棵……有人在锯团部大道两旁的杨树——也许就是他们当年亲手栽下的杨树。

劈砍声。砰……砰……砰……听声音,不像是用的利斧,而像是用的大锤。也许根本不是大锤,而是别的什么铁器。一节节树杈连带枝丫被拖向火堆。

篝火旺烈起来。

小瓦匠见大家围在火堆旁,一个个也还是寒冷得瑟瑟发抖,忽然说:"跳舞吧!"

"跳舞?哪有这份闲情逸致!"

"大家跳吧!跳什么舞都行,比如,'忠字舞'……"

小瓦匠在火堆旁跳起了"忠字舞",跳得极其认真,像是在台上"献忠心"。

也许是受到他的蛊惑,也许是由于抵抗不住寒冷了,大家先后跟着小瓦匠跳起舞来。起先跳的还算是"忠字舞",后来跳的便什么舞都谈不上了。

157

围在其他火堆旁的人们，也跳起来。

所有火堆旁的人们，都跳起来。

在这个暴风雪夜，在严寒和篝火的环形夹缝之间，动作古怪地跳动着八百余名被冻得半僵的躯体。生产建设兵团团部笼罩着一种中世纪非洲土人部落的野蛮、原始而神秘的气氛。

"这些代表们，怎么还没研究出个结果来？"有人开始不耐烦了。

"关系到八百余名知识青年命运的大事，总得给他们点时间啊！跳吧！不要停下来……"小瓦匠像一个消防队员，谁刚刚冒出点怒火，他就立刻说一句息事宁人的话。

哐……哗啦！

是玻璃破碎的脆响。

接着，是一阵门窗的木框被劈砍的声音。

"听！……"小瓦匠停止了"跳舞"。

大家都伫立住了。

又是一阵玻璃破碎的脆响。

"有人在砸机关食堂的门框和窗框。"一个男知青判断说。

"准是为了往火堆里烧！"一个女青年说，"这也太过分了！"

"我们去看看！"小瓦匠朝机关食堂跑去。

"这是什么时候，还管闲事！"一个小伙子嘟哝了一句，却第一个跟在小瓦匠身后，也朝机关食堂跑去。

"他俩别吃亏啊！"到底是一个连队的，有人担心了。

"男的都去，女的留下，继续跳你们的舞吧！"

于是工程连的男知青们，都离开火堆，朝机关食堂跑去。

机关食堂的门被撬开了。知青们在食堂里翻找吃的东西。有人掀开蒸笼，叫起来："包子！"大家同时围了上去。几十双手在黑暗中抢夺着。

"生的！"

"呸！呸！呸！……"

"点火！蒸熟它！"

"别费那事，连蒸笼一块儿抬到火堆去，吃烤包子！"

"好主意，抬！"

几个人将蒸笼抬出了食堂。

"咸菜要不要？"

"要！凡是能吃的，都要！"

于是有人捧起咸菜坛子往外走，被门槛绊倒，坛子掉在地上，碎了，咸菜疙瘩滚了一地。

后来的几个人，什么吃的都没翻找到，狠狠地骂："这伙自私的强盗，扫荡了个一干二净。"

"嘿！发面缸里还有发的面！"

"有发面也不错，火堆上烤酸面包吃！"

他们把发面团也用衣襟兜走了。

小瓦匠跑到食堂，果然看见有几个人在砸食堂的门窗。

小瓦匠跑到他们跟前，大喊一声："住手！"

他们中的一个，身材高大魁梧，半截黑塔似的，不屑地扫了小瓦匠一眼，高高举起手中的大斧，继续劈砍窗框。

"你们这是搞破坏！土匪！"小瓦匠扑了过去。

对方一拳，就将他打得倒退数步，一屁股坐在雪地上。

小瓦匠呼地跳起，急道："这机关食堂是我们工程连一砖一瓦盖起来的，老子今天就是不许你们破坏！"他被激怒了，又毫不畏惧地朝对方扑了过去。

他胸前又挨了狠狠一拳，又跌倒了。

"这小子找不自在，揍他！"他们团团围住了他。

工程连的男知青们赶到，一见小瓦匠果然吃亏了，纷纷动起手来。

正打得难解难分，老政委孙国泰走到了这里，喝止住了他们。

两伙知识青年虽然不再厮打，却虎视眈眈。老政委横身在他们之间，厉声问："怎么回事？"

小瓦匠一指机关食堂的窗子，狠狠地说："你问他们。"

老政委这才发现被砸毁的门窗，心中立刻明白了，问那几个破坏者："你们是哪个连队的？"

"我们，我们……"为首那个剽悍魁梧的，嘴里讷讷着，一转身想跑。

其余的几个也想跟着跑。

"都给我站住！"老政委猛喝一声。

都乖乖地站定了。

"说！哪个连队的？"

"木材加工厂的。"声音低得勉强能听见。

老政委从地上捡起一节被砸散的窗框木，盯着为首的那个破坏者，问："要投进火堆？"

对方畏怯地点了一下头。

"这不是你们木材加工厂做的吗？"

"是……"

"亲手破坏自己的劳动成果？要离开北大荒了，就一点值得北大荒人怀念的都不留下？"

"……"

"我本有权将你们一个个当作破坏分子逮起来……可是我不想这样做。拿去吧，烧吧，烧你们自己的劳动成果吧！当它燃烧的时候，你们好好想想你们的行为吧……"

"……"

"拿去，拿去烧吧！今天夜晚别让我再看见你们可耻的几个，滚！"

他们一个个默默地转过身，渐渐地走开。

"站住！"

他们站住了。

"把它拿走！"

他们犹犹豫豫地互相望着，终于有一个人扛起了那扇被砸毁的窗架子。

他们走远了，消失在黑夜之中了。老政委将注视着他们的目光收回，望着身旁的这一伙知识青年，问："你们是哪个连队的？"

小瓦匠回答："我们是工程连的。"

老政委"哦"了一声，又问："你叫什么名字？"

"我……单书文……"

"小瓦匠？……我知道你！想不到我们会在这样的一天认识……"他伸出一只手。

小瓦匠迟疑了一下，握住了老政委那只大手，他感到了那只手的劲力和厚厚的茧子。

"让我说一句俗话吧，后会有期！"

老政委苦笑了一下，放开了小瓦匠的手，对其他人点点头，说："多谢了！"大步走开。

暴风雪以更加猛烈的来势扫荡着团部区域,几堆篝火一下子就熄灭了。受到严寒威胁的人们立刻分散开,围聚到仍在燃烧的火堆旁。他们像羊群似的,互相紧紧靠拢着。与其说火堆的存在才不致使他们冻僵,莫如说他们是用身体组成围墙,守护着火堆不被暴风雪扑灭。而暴风雪是那么嚣张!它嘶叫着,想将八百余名知识青年们从大地上扫荡起来,扬到空中。

聚在篝火旁的人的围墙渐渐缩小着,缩小着。

最里层的人喊:"别挤了!要把我们挤倒在火堆上了!"

"我的衣服烧着了!让我挤出去!让我挤出去!"

最外层的人,却呻吟着,蜷缩着,蹲下去了,卧倒下去了。

又一堆篝火熄灭了,引起一片恐惧的骚乱。

"有人昏倒了!"

"快!快背到火堆旁来!"

昏倒的是个女知青。

"她都快被冻僵了!得把她背到谁家里去!"

于是有人背起她朝附近的一幢房子跑去。

砸门声,狗叫声,呼喊声……

团军务股长就是当年工程连的老指导员,他和老连长调到团部后,曹铁强和郑亚茹才被任命为工程连的连长和指导员。他家住在靠山坡的最后一排干部宿舍。

他没有睡,站在家中窗前,一支接一支地吸着卷烟。卷了一支,吸上几口,就扔在地上,踏灭,再卷一支。他出神地望着外面一堆堆篝火的光焰。

他老婆也没睡,坐在炕沿上,陪伴着他。

"你,睡吧!"他说,并没有对女人转过身。

女人被烟呛得咳了起来,边咳边说:"我看,你……今晚还是找个地方躲躲吧!……"

军务股长一动也不动。

"你不听我的,要是有个三长两短,叫我和孩子们……"女人抽泣起来。

"别来这个!"股长不耐烦地吼了一声,仍不转身。

女人止住了抽泣。她从墙上摘下股长的手枪,走到股长身边,轻轻推了股长一下:"要不你身上带着这个……"

股长这才看了女人一眼,见她递给他的是枪,顿时火了,一掌将女人推了开去:"你叫我拿枪对付知识青年?!"

"你……他们来找你的时候,你也好吓唬吓唬他们呀……"

"胡说!你给我把枪挂到墙上!"

"别的团里,知识青年不是割掉过一个军务股长的两只耳朵吗?"

"谣言!"

"你亲口对我讲过的!"女人也火了。

"我……我……我揍你!"股长凶狠地对女人挥起了拳头。

"你,你打吧!给你打!用枪打!打死我!……"女人委屈地哭起来,往股长跟前凑,将手枪塞在股长怀中。

股长不得不接住了枪。

"你开枪呀!你先打死我呀!别让我亲眼看见你叫知识青年们……"女人的声音越来越高。

啪!股长打了女人一记耳光。

女人哇地放声大哭。

炕上的孩子被惊醒了,也"爸爸""妈妈"地喊叫着哭起来。

就在这时,门开了。刘迈克首先一步跨进屋来,后面跟着两名知青,三人肩上都背着步枪。

他们出现得这么突然!而且连门也不敲一下。

女人马上不哭了,从炕上拖过孩子,紧紧搂抱在怀里,目瞪口呆,神色惊恐地瞅着三个不速之客。

股长也愣了一下,随即镇定,若无其事地将枪挂到墙上,之后,从容而端正地坐在一把椅子上。

"股长,对不起,我们没敲门就……"刘迈克开口道歉。

股长看着他,问:"什么事?"

"请你立刻就去打开档案柜,为知识青年办理返城手续。"

"是你们请我?"

"不,是政委。"

"政委?他为什么不亲自来?"

"这……我有政委亲笔写给你的命令。"刘迈克从兜里掏出折叠着的纸条,递给股长。

股长接过纸条,看了一眼,慢慢从椅子上站了起来。刚站起,又坐下去,问："你们是靠枪从政委那里得来的这张纸条吗？"

刘迈克赶紧解释："股长，枪，是政委同意发给我们十几个人的。今天夜晚情况特殊，我们十几个人组成了一支纠察小队。"

股长摇摇头："刘迈克，我不相信你。"

刘迈克急了："股长，你……你这是跟政委过不去呀！你不跟我们走，我们可要……"

"要怎么样？"股长瞪起了眼睛，"要用枪逼着我跟你们走？"

广播喇叭忽然响了。

"全团机关工作人员注意，我是政委孙国泰，我现在代表党委讲话，我命令你们，将知识青年接到你们各家各户去。机关食堂、礼堂、招待所，所有办公室，今夜都要容纳他们。我同时命令你们，立即担负起各自的职责，做好明晨七点开始办理知青返城手续的种种准备，不得有误。全团机关工作人员注意，我是政委孙国泰，我现在代表党委……"

股长注意聆听着政委的每一句话，从政委的声音里，没有听出违心或被胁迫的屈服语调，他暗暗吁了口气。

"我们走吧？"股长第二次从椅子上站起，披上大衣之后，想了想，从墙上摘下手枪，对刘迈克说，"我也算你们那十几个人中的一个。"

股长跟着刘迈克他们出了门，股长女人抱着孩子跟到门外，不安地目送他们。

四人从宿舍区往机关区大步匆匆地走。刘迈克走在最后，和股长三个人相隔十几步远。他的左腿开始疼痛了。从挂斗车上摔下来时受的伤并不轻，流了不少血，棉裤和伤处被血粘在一起，每迈一步，都撕扯着伤处，他都吸一口冷气。

他忽然想到了秀梅，她准是还没睡，在等待着他从团部回去。也想到了自己还未出世的孩子，别人都说她怀的是个男孩，他也希望是个男孩。男孩才似乎更对得起"北大荒人"这四个字。他，一个城市知识青年，将要在北大荒的土地上扎下自己生活的根，并且为北大荒增添了一个小北大荒人，这不是一件寻常的事情。他这么认为，不管别人对这件事如何看法。别人都离开了，他要留下来。他在城市里的所有亲友都会替他惋惜，甚至责骂他。随他们去吧！反正他不能将妻子和孩子抛弃在北大荒，只身回到城市去。他刘迈克生来就不是这样的人，做不出这样的事。

何况她对他那么好，婚后两人还没有红过一次脸呢！他不能想象，没有了她，生活还有幸福可言。他留恋北大荒，他崇拜北大荒，崇拜它的荒凉和广袤，崇拜它的严峻和粗犷，崇拜它春天的朴素，夏天的烂漫，秋天的实惠，冬天的气魄。而她，就像是整个北大荒的化身，当他拥抱她的时候，亲吻她的时候，心中也会肃然起敬，对她产生崇拜之情。她并不漂亮，但她健壮，充满了青春气息，充满了生命力，充满了对他和对生活的爱情。她又是那么温柔，那么善于体贴人，那么能吃苦，能劳动……

他，一个矿工的儿子，能够找到这样一位妻子，还有什么不称心如意的呢？

而更主要的是，在他最孤独的时候，在他被许多人视为"公敌"的时候，她是第一个同他接近的人。她，用北大荒姑娘淳朴而富有同情感的心，融化了他对工程连每个人都怀有的敌意。她重新设计了他。她像给小孩子洗脸一样，洗去了他个性上的种种劣质，使他懂得了如何尊重自己和尊重别人，使他获得了人们的信任……

不但是爱情，而且是恩情啊！

这样的妻子怎能遗弃？怎能舍得遗弃？

当！……当！……当！

物资仓库方向，突然响起急促的钟声。

刘迈克抬头望去，见库房升腾起一股浓烟和火焰。股长三人，已经迈开大步朝那里跑去了。他追在他们后边跑了几步，左腿的伤处一阵剧烈疼痛，使他不由得停住了。他跪下右腿，双手紧紧按住左腿膝盖，想借此减轻一点疼痛。被血痂粘住的棉裤里子和伤处扯开了，他感觉到血又涌了出来，顺着小腿往下淌。

他咬紧牙关，站了起来。

忽然，他发现一幢房子里有光亮在漆黑的窗上一掠，分明是手电筒的光亮。

那幢房子是团部银行，他警觉起来。他顿时忘记了疼痛，朝银行走去。走到门前，轻轻推了一下门，门虚掩着，被无声地推开了。

他一步跨进屋去，大声喝问："谁在这里？"

他头上猛然挨了重重的一击！但他并没立刻倒下去，他的身子摇晃了一下，靠在墙上。同时，他的一只手下意识地抓住了步枪枪带。他没来得及从肩上取下步枪，匕首的寒光在他眼前一晃，刺进了他的胸膛。接着，又刺进了他的腹部。

他缓缓地贴着墙滑倒下去了。

然而，意识并没有从他头脑中消失，他心中十分清楚，自己遇到了什么事情。他看见了一个人影从自己身上跨过，蹿出门去。他双手扶着墙壁，从地上跪了起来。又挎着枪，挣扎着站了起来。一步，两步，三步，他艰难地走到了门外。月光下，银白的雪地上，一个人影慌慌张张向后山跑，手里拎着一只大手提包。

"跑不掉你！"他靠着门框，举起了步枪。步枪变得很沉重，手臂颤抖着，瞄不准。他遗憾地放下步枪，托枪的那只手，在衣服上擦了一下，擦到了一种温热的黏糊糊的东西。他知道，那是自己的血。

血，自己的血，令他愤怒了。怒使他倏然产生了一种力量。他第二次举起步枪，手臂不再颤抖了。人影被步枪的准星牢牢地咬住了。

他很有把握地扣了一下扳机。

砰！枪声很脆。

那家伙一跟头栽倒了，手提包落在雪地上。

一丝冷冷的微笑，浮现在他嘴角上。

他瞄的是后脑勺。

"老子打发你……"他嘟哝着，挎着步枪，像老人挎着拐杖一样，每一步都很吃力地朝那个倒在雪地上的家伙走去。

走近被击毙者身边，他首先看到的，是一双眼睛，一双瞪大的眼睛，目光已经凝滞，但全部地摄录了一颗灵魂的最后欲念——贪婪。月光反射在这双眼睛里，使它们发出幽冷的光。接着，他看清了一张和自己差不多年龄的脸，咧着嘴，仿佛在临死前要喊叫出什么。

羊剪绒的棉帽子，拆洗过的黄棉袄，崭新的大头鞋……

他不禁倒退一步。

他打死了一名知识青年。

挎在手中的步枪，失落在雪地上。

他愣了片刻，转过身去寻找手提包。手提包离他仅有几步远，但他已走不过去了。他扑倒在雪地上，一寸寸地爬了过去，张开双臂，紧紧搂抱住了手提包。他曾听人说过，临死前抱住不放的东西，死后也不会放开。

"抱紧，抱紧，抱紧……我要抱得紧紧的……"对自己的生命下达了最后一次命令，他的头，蓦然地垂了下去，垂在手提包上……

六

暴风雪最初的淫威发作过了，天地间从混沌状态澄清下来，四野暂时恢复了寂静。严寒，则愈加肆虐地折磨着大地上的生命。

站在哨位上的裴晓芸被冻僵了。她感觉不出身体仍是属于自己的，只有大脑还能按照神经信号进行思想。

此刻，她想到了那著名的童话——《卖火柴的小女孩》。她真希望衣兜里装着一盒火柴，不，哪怕仅仅是一根火柴！她明知这是自己的幻觉，但意志受这种幻觉的诱惑，迫使她那戴手套的被冻得硬邦邦的手，在衣兜外面碰了一下。衣兜里什么也没有。她苦笑了。她以为自己苦笑了，其实并没有任何一丝表情呈现在她脸上。

严寒"凝结"了这张脸。

要进行思考，不论想什么都可以，但一定要进行思考。要保持住意识的清醒，千万千万不要让意志也被严寒所"催眠"！这是此刻她整个人的唯一生命火种了。她一遍遍地这样警告和命令着自己。

为什么还没有人来换岗呵！……

她想转过身朝团部的方向望一眼，但她的双脚像被焊在了大地上，无法转动。

火，团部那里有火。有熊熊的篝火。到团部去，到篝火旁去，或者，回到连队去，回到大宿舍去……有一个人的声音，像是她自己的声音，又像是别的什么人的声音，在她耳畔催促着，劝说着。

不，不能够。我是哨兵。我站在边境哨位上。今夜是我第一次站岗。

她冷酷无情地答复了自己生命的求存的呼叫。

"今夜是你第一次站岗，你会感到害怕吗？"

"不，不怕。我很兴奋。"

"等你下岗，我来接你，在白桦林旁……"

"不……你不是要到团里去开会吗？"

"我从团部来。我有话对你说……"

"什么话呢？现在不能对我说？"

"好多话，现在……来不及了……"

她回想着上岗之前曹铁强和她的对话。

她知道他要对自己说什么。他要说的话早该对她说了。可他非等到今夜来接她的时候才说。为什么当时不对她说呢？好多话？不，不，她只要听一句话就够了。

他要说的话，不是应该在两年前就对她说的吗？不是应该在驼峰山上那顶帐篷里就对她说的吗？

她真恨他！

哦，那是一个多么美好的夜晚啊！那烧得通红的大火炉！棉帐篷里，只有他和她。整个驼峰山上，只有他和她。整个世界……仿佛也只有他和她。

那条战备公路上，洒下了工程连队的多少劳动汗水啊！

为他掌钎，那是她最愉快的劳动。他抡着十八磅的大锤，一下接一下砸在钢钎上，声音那么有力，那么有节奏。在她听来，那简直是一种音乐。虎口都被震裂了，手都被震麻木了，手指从早到晚紧握钢钎，放下钢钎，都伸不直了。吃饭的时候，都端不住碗，拿不住筷子了。然而劳动中的心情是多么欢畅啊！她真希望那条公路无止境地向前伸延，他天天抡大锤，她天天为他掌钎。双手磨起了多少血泡？一点水也不敢沾。洗脸的时候，只能叫别人替拧一把湿毛巾，胡乱地擦擦脸了事。可是她和他一块儿采下了多少路石啊？十几吨？几十吨？上百吨？从秋季一直到第二年夏季，绝不会比女娲补天的石头少！虽然没有计算过。

那一次她是多么……神经过敏啊！

当他挂着锤柄，撩起肮脏的衣襟擦汗时，她放下了钢钎，抬头望着他。一块巨石就悬在他头顶上，瞬间就要塌落下来。她尖叫一声，朝他猛扑过去，一下子将他扑倒，搂抱住他，在刚刚铺好石头的路面上滚出十几米远。大家都被她这一迅猛的举动惊得目瞪口呆！当她和他从地上爬起，巨石并没有塌落下来。这时她才看清，巨石是不会塌落下来的，它连着半面山壁，除非用十公斤以上的炸药炸。险情不过是她的幻觉。人们哄然大笑。她尴尬极了，狼狈极了。

他哭笑不得地对她说了一句："神经过敏！"

"我……"在周围的哄然大笑中，她觉得自己像是一只耍了什么可笑把戏的猴子。她一扭身跑开了。一直盲目地跑到山背后，蹲下身，双手捂脸，哭了。

她觉得自己心底里对他的最隐秘的情感，滑稽地暴露给众人了。

而这正是她最最不愿被人所知的啊！

他竟也不能够理解她！

大家的哄笑对她是多么不公平啊！

姑娘的心受到了多么严重的羞辱啊！

虽然大家的笑声里并没有恶意，也没有嘲弄的成分，不过是劳动休息时一种驱除疲累的无谓的大笑而已……

公路一直修到第二年冬季才竣工。

最后一天，大家都从山上撤回连队去了。只剩下了一顶帐篷，没吃完的粮食、蔬菜，没用光的炸药、工具。

她没有和大家一块儿下山，主动要求留下来看守东西。她内心里有一个小小的个人打算，她要一个人留在山上，将帐篷烧得暖暖的，痛痛快快地洗一个澡。她预先就物色好了一个大油桶，用雪刷干净，在里面是可以洗得很舒服的。从第一年秋季到第二年冬季，全连哪一个人也没有洗过澡。山中有一口小泉眼，但那是炊事班做饭用水的"井"。洗脸水是按供给制限量的，每人每天一盆。在炎热的夏季也不放宽供给。冬季，大家都是用雪来擦脸的。

她，却已经整整七年都没有洗过一次澡了。知识青年返城探家，最大的享受是什么？——洗澡。谁也不会放过多在城市的澡堂里洗一次澡的机会。到家的第一天，往往最迫切要实现的愿望，便是洗澡。离开城市的那一天，最愿意再获得一次的享受，也是洗澡。

她七年内没有探过一次家……

可是，在她那一天晚上将帐篷里的温度烧暖了，并将那只大铁桶费尽气力从外面挪进帐篷，认真仔细地刷干净，和大铁炉并靠在一起后，他却回到山上来了。

那天，他清早就搭一辆顺路的汽车到团里去汇报筑路工程。她以为他会住在团里一天，或者直接赶回连队去的。所以当他走进帐篷，出现在她面前，她意外得有些沮丧。

"你……怎么又回到山上来了？"

"我以为大家不会都回连队的呢，怎么就你一个人留下来？"

"我……看守东西。"

"山上又不会有贼，真是多此一举。"

"排长……排长说……需要留下一个人。"

他在大铁炉旁坐下了，看她一眼，然后摘下棉手套，一边烘烤，一边问："于是她就指定你留下来？"

她从他的语调中分明听出对排长郑亚茹的某种积压已久的不满，赶紧解释："不，不是，是我自己主动要求留下的。"

他沉默了。一会儿，朝她的铺位瞅了一眼，用商量的口气问："可不可以……把你褥子底下的草分一半给我？"

"当然，当然可以……"她走到铺位前，掀起了褥子。

"我自己来吧。"他立刻站起，走到她身边，抱起一抱麦秸草，似乎觉得抱的过多了，又放下一些，说："足够了，这就足够了。"

他抱着草转过身，目光在整个帐篷里扫视一遍，走到帐篷口旁堆放劈柴的一个角落，将草铺在地上，满意地点点头，扭头对她问道："我就睡这儿，不……妨碍你吧？"

她没有立刻回答，也从自己的铺位上抱起一大抱草，铺在离火炉不远的地方，然后说："你该睡在这儿，帐篷口很冷。"

"不，我就睡这儿。"他在自己铺好的草上坐了下去，身子靠着柴堆，摆出一副舒适的样子。

"随你的便。"她一转身走到自己的铺位前，放下褥子，背朝着他坐在褥子上，从枕头下摸出笔记本和钢笔，开始写什么。

"你还写日记吗？"

听见他问，她抬起头来，侧转过身，发现他已将帐篷口那抱草抱到了火炉旁铺下，正坐在上面吸烟。

"我从来不写日记，没事儿在纸上随便画……你别乱扔烟头，烧了帐篷我可要负责任的。"她合上了笔记本，重又压在枕头下。

她和他差不多是面对面地坐着，之间距离不到三步远。她却一时找不到什么话对他说，连自己也感觉得出，自己的一举一动都极不自然。

"有什么吃的没有？"他终于又问了一句。

"有……"她从枕头旁拿起书包，从书包里掏出两个馒头，接着从兜里掏出小刀，将馒头细心地切成片，走到火炉前，放在炉盖上烤。

他显然是没吃晚饭，已经饿极了，几片馒头被他狼吞虎咽了下去。吃罢，脱了棉袄，往草上侧身一躺，将棉袄蒙头往身上一盖，似乎就要这么睡了。

忽然，他猛地掀掉棉袄，坐了起来对她问道："有毯子吗？"

她一声不响地从自己的褥子底下抽出毯子，递给他。

他站起来，将毯子展开，搭在毛巾绳上。

毯子成为一道"墙"，将他和她分隔开了。

她站在"墙"这边，问："有这种必要吗？"

他站在"墙"那边，回答："这样不是对你……方便些吗？"

她将毯子拉下来，抛给他："你盖在身上不是更好吗？"

他似乎想说什么，但只张了张嘴，并没有说出一个字。他又躺下了，将毯子盖在身上。

她，将马灯的光亮拧暗，退回自己的铺位，缓缓地坐下，从枕头底下再次摸出笔记本，可是并没有打开，拿在手中一会儿，又塞在枕头底下了。她深长地叹了口气，双手捧着腮，郁郁的目光呆滞地凝视着炉膛内闪烁的火光，脸上呈现出淡淡的忧情苦绪。

他朝她看了一眼，欠起身，盯着她的脸，低声问："你想什么呢？"

"我……真想洗次澡啊！"她回答，声音同样很低微。这句话是情不自禁地说出来的，话一脱口，她觉得自己的脸倏地火热起来。什么话呀！她追悔莫及。

他又缓缓地坐起来了。

她窘迫地避开他的目光，垂下了头。

他随即站起身，走到炉前，拨弄炉火，将炉火拨得又红又旺。他又走到柴堆前，抱了一抱劈柴，轻放在火炉旁，一块接一块地往炉膛里塞。塞满炉膛之后，他拿起脸盆，一声不响地走出了帐篷。一会儿，他从外面端进来一盆雪，倒进她刷干净了的那个大铁桶里。

"你……这是做什么？"她明知故问。

"雪很快就会化。"他这样回答，拿着脸盆又走出了帐篷。

他第二次从外面端进一盆雪倒进铁桶里时，她又问："为我？……"

他点点头。

"我不会……"她本想说，"我不会当着你的面跳进桶里去的。"但出口的话却是，"我不过随便说了那么一句，你别当真。"

"你不洗，我自己洗。"他大步走了出去。

他一次又一次出出进进终于将铁桶里倒满了雪。

雪在桶内渐渐融化着。

他们都保持着沉默，仿佛各自想着心事，谁也不愿主动开口似的，目光也都尽量不去注意对方。

不知过了多久，桶内发出了水热时的响声。终于，热雾弥漫，帐篷里的空气由干燥而潮湿了。

他走到大铁桶跟前，一只手伸进桶内，试了一下水温，弯腰从铺地草上拎起棉袄，转身向帐篷外走。

她倏地站起来，抢先几步走到帐篷口，回转身，面对面地拦住他，说："既然是你自己想洗，那么应该出去的是我。"

他不回答，默默地盯住她的脸，分明用目光对她说："你心里是知道的，我并不是为自己，而是为你。别这样对待我真诚的好意吧！"

在他这种目光的注视下，她不忍再与他僵持了，从帐篷口闪开了身子。

于是他脸上浮现出一种战胜者颇得意的表情，一步跨到帐篷外面去了。

她呆呆地站立着，心中忽然竟有些生他的气。他在强迫我。他！分明是的。我为什么要对他妥协呢？我这傻瓜！

然而要痛痛快快地洗一次热水澡的欲念竟那么强烈！她简直无法抗拒桶内冒着蒸气的热水的诱惑。她情不自禁地走到桶前去，一个手指伸进水里泡了一会儿。水，热度正好。她挽起衣袖，整只手都伸进热水里去了。泡了一会儿，她感到自己的那只手，似乎溶解在水中了似的。

她忽然从桶内收回手，走到铺位前，开始急迫地脱衣服。衣服一件一件地从身上脱下来，外衣、绒衣、内衣……胡乱地扔在褥子上。

当她光着双脚，全身赤裸地站在地上之后，她一时间对自己产生了一种莫名的惊惧。马灯的昏黄的光亮，将她的身体涂上了一层枯黄色。她那线条优美的裸体的身影，被清晰地投射在帐篷的帆布墙上。看到自己的身影，她仿佛看到了可怕的魔怪，几乎失声惊叫，下意识地从褥子上扯起一件衣服，围罩在身上。同时，她那恐惧的目光，迅速朝帐篷口一瞥。

只有清冷的月光从外面洒进帐篷。

仿佛只在这时她才发觉，周围的世界是多么宁静，一种神秘的宁静。帐篷里是多么暖和！炉火烘烤着她的身体，像夏日的阳光照耀着她。

围罩着身体的衣服无声地落在地上了，像跳舞似的，她用脚尖走到铁桶前……

啊！……

在这个夜晚，在这座山林中，在这顶棉帐篷里，在一只铁桶内，颗粒状的陈雪融化、加热的水，浸泡了她七年没有洗过一次澡的身体。

她瘫软在水中了。

水没过她的肩部，头枕在桶边上，下面垫着毛巾——一次真正的"盆浴"！

她娴静地闭着眼睛，微微张开着嘴唇，双手交替地，动作极轻缓地搓洗着身体。好像生怕将水搅浑，生怕将一滴水溅到桶外似的。她从容地，不断地朝肩上、脸上、头上撩泼着水。

她真实地体验到人的一种似乎是极端快乐的享受。

她快乐得想唱歌，想欢叫。

"啊！……"

但是从她口中只发出了一种类似叹息，类似轻微的呻吟般的声音。

她突然深吸了一口气，两臂抱着双膝，将头也沉没到水中了。她在水中潜了足有半分钟才冒出头来。身体贴着桶壁喘息了一阵，开始漂洗自己的黑发……

她洗了好久好久才恋恋不舍地出水。穿好衣服，在火炉边烤干头发，往褥子上仰面一躺，展放开四肢，她就一动也不想动了。她产生了一种奇特的感觉，好像自己的身体失去了重量，在空中飘浮着，比一根羽毛还轻……

她竟那样渐渐地睡着了。

她睡了将近一个小时，身体感到冷了，才猛然醒来。

哦！天啊！他……

她一下子跳了起来，跑到帐篷外。月光之下，她看见他站在离帐篷挺远的地方，没有戴帽子，双手捂着耳朵，不停地跺踏着两脚。

她呆住了。

两人一同走进帐篷后，他首先走到炉前，将落架了的炭火拨旺，塞进炉膛几块劈柴，这才站起身，瞧着她的脸，问："洗得还好吗？"

她很难为情地回答："好极了！"

他，微笑了。

那是非常亲近的微笑。

他第一次对她流露出这样的微笑。

她感激地望着他，说："如果今天夜里这件事，让连里其他任何一个人知道，不知会对我……和你，作何想法？"

他那双也在瞧着她的眼睛里，有某种奇特的亮光闪过。

他用平静的语调说："如果有第三个人知道，那么一定是你自己告诉这个人的。"停顿片刻，他又说，"生活中有些事情，还是永远只有两个人知道的好。"

他这句话使她的脸红了。

他走到马灯前，要拨亮灯芯。

"别……就这样，挺好。"她轻声制止他。说完这句话，她觉得脸上更加火热了。心，也无缘无故地急跳起来。她掩饰地拿起脸盆，走到铁桶边去了。

"还是我来吧！"他走到她身旁，从她手中轻轻夺下了脸盆，说，"你刚洗完澡，冷风一吹，会感冒的。"

"不，不，这……太过分了！"她要把脸盆从他手中夺回来。

他伸出一只胳膊挡住了她的手。

"难道都不给我一次报答你的机会吗？你曾救过我的命。"

她知道他提起的是哪件事，低下了头，讷讷地说："可是，那一次……并没有危险……"

"难道那块石头果然塌落下来，我才应该对你说感激的话吗？"

"……"

"有些事情，只有过后思考，才会理解究竟意味着什么。"

她慢慢抬起头，可一接触到他的目光，又立刻将头低下了，许久没有勇气再抬起头正视他一眼。

他的眼睛那一个夜晚好明亮！

他不再和她说什么，开始一盆接一盆地往外倒水。

当她坐在自己的铺位，他坐在草上，默默相对时，炉火旺起来了。

她毫无困意。他分明躺下也是睡不着。

外面起风了，帐篷帘被吹得啪啪响。

"我们谈点什么不好吗？"他终于主动开口说，语调中带着恳求，仿佛此时此刻的沉默对他是一种难以忍受的折磨。

她用勉强能令他听到的细小声音问："谈……什么呢？"

"你觉得，你们排长是个怎样的人？"

"这……你应该比我更了解她。"

"你为什么会这样认为呢？"

"大家……都是这样认为的。"

"大家？……"

"我们女排的姑娘们……"

他忽然生起气来，大声说："可是我并不了解她。我曾想努力去了解她，却很难做到。如果她是你，我相信自己早就了解她了……"

她抬起头，吃惊地瞪着他："你……"

他不容她打断自己的话，继续说："我是一个烈士的儿子，我父亲是在这块土地上牺牲的，我在生活中处处受到另眼相看，就是犯了错误也会得到庇护，即便做了蠢事也会得到原谅，但我厌烦这个！我是我自己，我要走我自己的生活道路。我不是烈士，我不过是烈士的儿子。可是她却经常对我说这样的话：'你太不会利用你的政治资本了。你是一个政治上的浪费者！'而且摆出一副苦口婆心、谆谆教诲的样子，我不能忍受这种教诲！……"

她突然叫起来："你不要再说下去了！"

他顿时哑然了。"求求你，不要说了，不要对我说这些话，不要对我说到她，我不想听，我今天什么也没有听到……"她忽然双手捂住脸，侧转身，低声哭了起来。

他不能理解自己说的这些话为什么伤害了她，他怔怔地注视了她一会儿，站起来，慢慢走到她身边，握住她的双手，将她的双手从脸上移开。

她不肯仰起脸来，满怀苦衷地摇着头。

他不放开她的双手，将她拉了起来。

"不，不……"她仍在摇着头，想从他手中抽出自己的双手，但他将她的双手握得那么紧，那么紧。

"我……我……我……"他的呼吸那么急促。她甚至清楚地听到了他的心在胸膛内怦怦地跳。

"放开……我……"她呻吟般喃喃地说。她全身都失去了力量，她几乎要昏倒了。

他终于放开了她的手，扶住她，使她慢慢坐下去。

"我……我……也许，我是不该对你说……这些话……"他的语调中带有几分歉疚。

她将头垂得很低很低，交换地轻轻地抚摸着自己的手背。双手被他握得很疼，手背上留下了他的浅浅的指印。一滴眼泪落在她的手上，接着，又是一滴……自己的泪。

她感到内心里委屈极了，虽然他并没有伤害她。她紧咬着嘴唇，控制住自己没有放声哭出来。

"我并没欺负你呀！"他的话显出急躁来。

"别理我。我也不知道自己这是怎么了，过一会儿就好了。"她轻声说，抬起头看了他一眼，凄婉地一笑。

他一动不动地在她面前站了片刻，猛然转身走开了，并随手拧灭了马灯。帐篷内黑暗了。黑暗中，她听到他在草上躺下去的声音。

一声粗重的叹息之后，黑暗邀请来了寂静。

她，也轻轻地躺下了。然而，她无法入睡。

一阵窸窣之声告诉她，他又爬了起来。炉中闪耀的火光，映照出了他的身影。他在拨火、加柴。他站起身，他呆立了一会儿。他向她走来，在她的铺位前站定了。他，小心翼翼地替她盖上了被子，大概以为她睡着了。他……双膝跪了下去。她立刻闭上了眼睛，一动不动。凭直觉，她判断他正在俯视着自己。她的脸上感到了他的呼吸，男性的缓重的呼吸。这呼吸扑到她脸上，使她心慌意乱。然而她屏息静气，仍然一动也不动。她的双唇，却微微张开了，本能地要求承受某种接触……

竟什么事情也没有发生。她感觉到他慢慢地站起来了，轻轻地离开了她。

又是一阵他重新躺在草上的窸窣声……

当她从沉睡中睁开眼睛，天已经亮了。炉火还在燃烧着，帐篷里依旧很暖和。她的毯子，盖在她的被子上面。

他已经不在帐篷内了。

她匆匆地穿好衣服，走出帐篷。昨夜下了一场大雪，松软的雪地上，留下了一行朝山下而去的脚印……

排长郑亚茹和另外两个女知青跟车到山上来拉载最后一批物品。

排长见了她的面，没跟她打招呼。她和她们共同往车上搬东西。她并非由于过分敏感才觉察到，排长异常的目光不止一次地在她身上扫来扫去。

"你昨天夜晚一个人留在山上怕不怕？"

"睡得踏实吗？"

另外两个姑娘在排长不注意她的时候，一人一句，几乎是同时问她。问过之后，似乎并不想得到她的回答，相互交换着含意玄妙的微笑。

她什么话都没有回答她们，只是默默地一件接一件地往卡车上搬装东西。

装完车，两个姑娘钻进了驾驶室，她爬上了卡车车厢。

"排长，你坐驾驶室吧？我坐车厢。"一个姑娘见郑亚茹还站在车下，打开驾驶室的门，对排长讨好，但又空卖人情，并未跳下来。

"不，我要坐在车厢上。"郑亚茹说着，爬上了车厢，坐在她对面的一捆麻绳上。

汽车开动了。她和排长虽然面对面地坐着，却谁也不瞧谁一眼。

当汽车在下坡的山路上减慢了速度，排长忽然开口问："他昨天夜晚，和你一块儿在山上？"犀利的目光冷冷地盯在她脸上。

不待她回答，排长又说："雪地上留下了他的脚印。"和这句话同时说出的潜台词是："你无法否认的。"

她以同样的目光迎视着排长，只简短地回答了两个字："是的。"也附带着一句潜台词："那又怎样？"

"他……和你……睡一顶帐篷里？"完全是逼问的口气，但吞吞吐吐。

"山上不就剩一顶帐篷了吗？"她故意用反问的语气回答，并为自己做出这样的回答感到满意。

"这一夜……你们是……怎么度过的？"

"审讯吗？"

"回答我，我有权力问你！你知道我和他是怎样的关系！虽然现在不像我们刚到北大荒的头几年那样……约束严格了，但对道德败坏的事连里还是要追查的！"排长羞恼了，语势中含着威胁。

"无耻！"她冷冷地吐出了两个字。

"你！……"排长那张好看的脸扭歪了。

她也被自己的胆量所震慑了，立刻将目光从排长脸上移开，茫然地瞭望着冬天的荒野和远山的银色轮廓。

她内心里却感到一种从来没有过的畅快。

汽车在公路上疾驰，她们时时被颠起来，碰撞在一起，彼此却再没说一句话……

回到连队，他几次迎面碰到她，都侧脸而过，不理睬她，严重地伤了她的心。

一天，全连都在大食堂看电影，只有他一个人坐在连部守着电话机，记录电话会议。

她突然闯进了连部。他手里拿着电话机，吃惊地瞪着她。

"我……我有话和你说。"

"我在记录。"他生硬地回答。

她扑到他跟前，一下子从他手中夺下电话听筒，使劲摔在桌上，大声嚷："你……我恨你！"

"岂有此理！"他霍地站了起来。

她呆呆地站在他面前，胸脯剧烈地起伏着，嘴唇抖动着，目光盯着他，两只眼睛里渐渐盈满了泪水。

那是从心底的感情之泉涌出的泪水。

他不知如何是好了，张了几次嘴，才低低叫出她的名字："晓芸……"

他第一次在称呼她的时候将她的姓省略了。

她猛地扑在他怀里，像一个受尽了委屈的孩子，放声大哭。

"别，别这样……"他拥抱着她，抚摸着她。

她却止不住自己的哭声。

他冲动地用双手捧住她的脸，疯狂般地吻她。吻她的嘴唇，吻她的眼睛，吻她的额头……

他的双唇封住了她心中的泪泉。

桌上的电话铃嘟嘟地响着。

他冷静下来了，朝电话机看一眼，替她拭干眼泪，轻轻将她推开。

她，也理智了，难为情地背转过身。

"喂，是我。我守着电话机呢！刚才……一个家属，和丈夫吵架了，对，两口子吵架。我已经把他们劝走了……"他已经坐在椅子上，又拿起了听筒。

她转过身来看了他一眼，扑哧笑了。

他对她眨了眨眼睛。

她凝视了他一刻，悄悄地退出了连部。

……

第三天，他带着一队人到师部参加水利大会战去了。她，则留在了连队。一次长久的分离——两年半。通信是保持的，但仅仅几封，几封很短的信，他告知她水利会战的工程情况，她在信上对他讲述连队发生的种种事情……

再后来呢？再后来，再后来，再后来……

站在哨位上的裴晓芸，什么也不能够再回忆起来了。

水……

多热的水啊！

炉火……

熊熊的炉火！

她觉得自己此刻身在两年前大山林中那顶帐篷里，泡在那只大铁桶里，又潜没到雪化的热水中去了……

突然，她的两只眼睛异常明亮起来，她清清楚楚地看见他站在面前。不是别人，正是他！她的他！

啊！他到哨位来接她了。

她向他扑过去，紧紧地搂抱住了他。

"啊！亲爱的，亲爱的，亲爱的……水太热了，真烫啊！不，冷……我真寒冷啊！我眼看就要冻僵了！抱紧我，抚摸我，吻我……我觉得我的双唇好像两块冰一样冻在一起了，用你的嘴唇融化了它吧！吻我，吻我，吻……"

其实，她一个单音也没有发出来。

然而她感觉到了他的拥抱，他的抚摸，他的亲吻……听到了他的声音，像就是在她的耳畔喃喃絮语，又像是从相当遥远处，从太空对她呼唤："晓芸，亲爱的姑娘！……"

她挺立在哨位上，像"六号坐标"一样。月光将她的黑色身影，投映在边疆大地银白色的底片上。

她面对黑龙江，大睁双眼，枪上的刺刀闪耀着寒光……

她脸上浮现着微笑……

"黑豹"像跑马场上进入亢奋状态的一匹赛马，以疯狂的速度跑回了连队，直奔知青大宿舍。它如猛兽般，撞开男宿舍的门，冲了进去。空无一人……它木立了一刻，腾跃起来，在空中返身，又蹿了出去，扑进女宿舍。女宿舍也空无一人……它在男女宿舍间窜来窜去，往返数次，发出呜呜的低吠。它彻底失望了，焦急地摇动着尾巴，站在大宿舍的过道走廊里，怒吼了两声。它发现了团部方向的火光，一动也不动了。突然，它箭一般向团部奔去……

在团部，在八百余名知识青年中，在十几堆篝火间，在物资库的救火现场，在每一处有人群的地方，这只狗横冲直撞，寻找着工程连的知识青年。

"嘿！这狗真肥，捉住它，捉住它！烤狗肉吃。"围聚在一堆篝火旁的几个男知青，四面围住了它。有的握着刀子，有的持着木棍，有的拿着石头。他们要结果它的性命，要剥下它的皮，要肢解它肌腱发达的身体，放在火上烤熟，吃掉。

他们是又冷又饿。

不知哪一个首先朝它扔出了石头，击在它头上。它嗷地叫了一声，向后退，而后胯上又挨了狠狠一棍。它摇摆了一下身子，栽倒了。他们立刻围上去，用一个绳套套住了它的脖子，勒紧了，把它拖拽到一棵树下，吊了起来。求生的本能和兽性在这只驯良的狗身上勃发了。它侧头一口咬住了绳子，用锐利的牙齿将绳子咬断，从半空掉在雪地上。

他们又朝它围上去。它像一头真正的豹子一般跃起，扑向离它最近的一个人，它扑倒了他，朝他的脖子咬下去。他用手一挡，咬住了他的手。一声惨叫，它觉得自己从那只手上咬下了什么。它口中含着咬下的东西，龇着白森森的利牙，呜呜低吠，竖起了脖颈上的长毛，伺机再扑。

在痛叫声中，他们惧怕了，退缩了。

两根手指从它嘴里被吐在雪地上。

它突破包围，向救火现场奔去。

在那里，它在纷乱的救火人群中，第一个发现的是它的主人。他扛着一箱手榴弹从火海中冲出来，刚刚放在安全的地方，它立刻蹿过去咬住了他的裤脚不肯松口。他低头看见是它，骂了一声："滚开！"用另一只脚将它踢得翻了个身。

"工程连，跟我来，赶快扛手榴弹箱！"他大喊着，又冲进了火海。十几条人影跟随在他身后，也冲进了火海。

"黑豹"又发现了小瓦匠，蹿上去咬住了小瓦匠的裤脚。

小瓦匠蹲下身，拍着它的头说："'黑豹'，你到这里来干什么？你帮不了一点忙，去吧，去吧，回连队去吧！"

它迷惑地松了一下口，小瓦匠挣脱裤脚，也冲进火海去了。

"工程连的，组成人墙！"

火海中，它辨听出了主人的大喊声。

一道人墙隔立在火海之中。他们手挽着手，靠得那样紧密，火舌舔着他们的后背。更多的人在他们的掩护下去扛手榴弹箱。

"黑豹"也想冲进火海去，但大火的烈焰令它害怕。它在大火外围来来回回地奔跑着，奔跑之中俯下头啃了几口雪。

它突然又朝驼峰山上的哨位奔去……

刘迈克怀孕的妻子在家中期待着他。她安静地坐在炕上，一针接一针给未出世的孩子缝做小衣服。

孩子不会见不着父亲了。这将在北大荒出生的小生命，在她腹中轻轻地动弹呢！她为孩子而庆幸，也为自己感到了幸福。她那颗将要做母亲的心，此刻踏实极了。她内心充满了对生活的信赖和深情，也充满了感激。

听到狗叫声和狗爪子的扒门声，她愣了一下，放下手中的小衣服，下地开了门。门刚打开一条缝，"黑豹"就挤了进来，口中叼着一只棉手套。

"'黑豹'？……"她从它口中取下手套，立刻认出，是裴晓芸的。在全连的女知青中，她和裴晓芸最要好。她是连队后勤班班长，裴晓芸曾是后勤班的唯一一个知识青年。缺少友谊的上海姑娘，把她当姐姐一样看待。

裴晓芸上岗之前，还背着枪来到她家里，笑盈盈地问她："秀梅姐，你看我像一个哨兵吗？"

这只手套破了个洞，是她当时给补好的。

"黑豹"围着她转，咬住她的衣服，将她向外面扯拽。

一种不祥的预感立刻遍布她的全身。

她慌忙地穿上大衣，扎上围巾，跟着"黑豹"走出家门。

她跑到马房，拉出一匹马，跨上马背，还没坐稳，就喝马朝驼峰山飞驰。

来到哨位上，她跳下马，见裴晓芸朝她伸着双手，似乎在迎接她。

她几步跨到裴晓芸身前，握住了她的双手，但立刻又缩回了自己的手。裴晓芸那只失去手套的手，像岩石一般硬！

她呆住了。

"晓芸，晓芸，晓芸……"她喃喃着。

微笑依然呈现在裴晓芸脸上。

"裴晓芸！……"她嘶声大喊。

泪水顿时蒙住了她的两只眼睛。

她又向裴晓芸扑过去。

可是……女哨兵颓然地、僵直地朝后倒了下去，倒在铺雪的大地上，恋恋地瞪视着夜空。

"裴晓芸……"她扑在女友身上，泣不成声地呼唤着。

"黑豹"发出一声悲怆的哀吠……

七

黎明的曙色从驼峰山顶显现出来了。隔夜间，驼峰山耀眼的银铠甲不知被暴风雪卷到这世界的哪一个角落去了，裸露出灰色的岩质的嶙峋峰体。北面半山坡，暴风雪推到一起的积雪，顺坡呈现着波浪般的层次明显的叠状，像一位巨人缠在腰间的衣裾。"六号坐标"仍然竖立得那么笔直，这大地的立体指南，被无数次的暴风雪和暴风雨挥发尽了体内代表生命的水分，由一棵树成为一根枯干。荒原上，鬼使神差地出现了一堆堆的雪堆，小则如坟，大则如丘。太阳也从驼峰山后面庄严而矜持地升起来了，在驼峰山巅停滞了片刻，仿佛有弹性似的，轻轻一跃，便悬在半空中了。灿烂的霞光普照大地，白雪闪耀着宝石一样的红色的柔和的光芒。

团部区域，一堆堆篝火已熄灭，但仍冒着袅袅的青烟。冬晨清新而充满冷意的空气中，飘漫着燃烧后松脂产生的特殊气味。十几辆马车、挂斗车、拖拉机，随心所欲地停在各处。昨夜没有卸套的马，身上披着霜，像古战场上的银甲马，舔着雪，猪一样地拱食着雪下的枯草。

在一片平坦的雪地上，苫布蒙盖着从火中抢搬出来的物资。桶、扁担、锨、镐，分类整齐地堆放着。

知识青年们，此刻都聚集在干部股、组织股、财物股……有纪律地办理返城手续。只有会议室空无一人，门敞开着，对流风横穿室内，将烟灰、烟头、烟盒、报纸刮落满地。小公务员在独自打扫着。他在履行自己最后的职务，他办理完了返城手续。

礼堂里，舞台上，并放着两张桌子，一摞摞的档案，将要在这里改变它们过去十年中的人格化的价值。今后它们记载些什么，那要由知识青年返城后的命运所决定了。

军务股长，郑重地坐在一张桌子后面。知识青年们在此办理最后一道返城手续——领取各自的档案。他要在他们的密封的档案袋上和准迁卡上盖章，这是他最后一次为他们履行职务。

他见人到得不少了，站起来，大声说："现在，我开始办公，首先，你们必须按照我的要求，分成两排。"说罢，他从侧梯上走下来，走到他们之中，指点着他们说，"你，站到左边。你，站到右边。你，左边。你，左边。你……也左边去。你，右边。左边，左边，右边……"

他们很快被他分成两排，一排人多，一排人少。

他环视着两排人，说："左排优先办理。"他把"优先"两字说得很重。说罢，一转身大步朝台上走去。

"你这是什么意思？有没有个先来后到了？我早就在这里等候你办公了。"右排中，有谁嚷叫起来。

"对！说清楚。"

"别以为公章在你手里握着，就可以独断专行！"

……

右排的人附和着，抗议着，甚至威胁着。

军务股长在舞台侧梯上站住了，缓缓地转过身，目光盯向右排，用冷峻的语气说："你们睁大眼睛，看看左排的每一个人，然后再互相看看你们自己！"

右排的人，将狐疑的愤愤不平的目光投向左排——他们的脸，一个个都是黑的、肮脏的，还有带着伤痕的。他们的裤筒、鞋上，挂着水湿后冻结的冰。他们的衣服上，这里那里尽是烧破的洞……他们的样子都是那么狼狈不堪。

右排的人，一个个显得比左排的人更加狼狈起来，他们互相一看就明白，他们昨夜没有救火。

这是一种对比明显的排列组合。弟兄、姐妹、好朋友、同班同排同连队的，彼此有着各种关系的知识青年，被这种排列组合分隔开了。右排的人不得站到左排去，左排的人绝不会愿意站到右排去，他们只能面对面地望着。

在这种默默的持续的对望中，股长站在台上又大声说："我要求你们保持肃静。如果有谁大叫大嚷，我提议你们，就将他轰出去！"

他在办公位置坐下了，拿起一张卡，一字一字地念道："一连……李庆丰……"

右排的人，谁都无法经受等待的寂寞和左排的注视，他们先后退出了礼堂。退出时，每个人都低垂着头，脸上不无惭愧。

左排的人，他们保持着一种持久的、近似庄严的肃静，连咳嗽声，都是控制着的，没人交谈。熟悉的也罢，陌生的也罢，他们用目光彼此表达着淡微的敬意和……庆幸。此时此刻，他们昨夜自发的救火行动，受到这种特殊形式的重视，他们怎能不感到莫大的欣慰？一有人走入礼堂，他们便纷纷将目光投射到那个人身上。如果他或她身上，和他们有相似之处，他们便点头致意，打手势叫他或她排到队列中来。如果他或她的脸不是黑的，衣服是完好无损的，他们的目光，便是他或她怯于正视，难以承受的。那种目光是极其复杂的，内含着质询、谴责、惋叹甚至包含着同情。

他或她如果不是反应迟滞的，就会意识到什么，愧然退出。

站在队列中的小瓦匠，瞧着那些领到准迁卡和档案的人欢天喜地的样子，心中产生了一种淡淡的忧郁和不满。他认为他们不应是这种样子离开，应是怎样呢？……他自己也不知道。

他觉得需要和别人交谈一下，随便交谈些什么，心情才会轻松点。于是，他问身旁的一个小伙子："你是哪个连的？"

"三连的。"对方好像也和他有同样的需要。

"你们连……也都走光了？"

对方肯定地点点头："文书、会计、卫生员、小学教员……三十几名知识青年，一锅端。"

"哪年来的？"

"我？一九六八年。六月十八日，正是'六一八'指示那一天到的北大荒。我们问带队的，毛主席对兵团的指示才传达下来，你们怎么会提前一个多月在对我们宣传动员时，就打出了兵团的旗号呢？带队的回答：'宣传是为了目的嘛！'他居然不怕落个编造主席指示的罪名！"

"那你是第一批到北大荒的了？"

"当然。我们那一批是北大荒的知青元老！我们都是自愿报名的。我报名后一直瞒着父母，到临走的前一天才告诉他们。母亲哭闹得天昏地暗，可我还是走了……我是独生子。后来想返城也回不去了。你呢？哪一年？"

"一九七一年。"

"'一片红'那一年？"

"是的，当时我母亲正瘫痪在床上，街道上山下乡动员组的人，有天敲锣打鼓将光荣花送到我们家。我和弟弟说：'我们没报名呀！'他们说：'没报名也批准了！'"

"'一片红'，'一片红'，从城市走得干净，也从北大荒走得干净……四十多万啊！不知道留下来的会有多少？"

"想不到，我们会是这么离开的。别的都不讲，就拿我们团来说，全团百分之九十的农机具手都是知识青年，都走了，怕是今年开春连小麦大豆都播种不下去……仔细想想也真有点觉得对不起北大荒！"

"是啊，政委还说要给我们开欢送会呢，我看还是不要开的好。"

小瓦匠忽然看见弟弟走进了礼堂，弟弟身穿一件军大衣，军大衣过肥过长，弟弟穿着太不合适。脸，弟弟的脸——是清洁的。为什么是清洁的？！为什么不是肮脏的？！

他自己，他们所有这些脸上肮脏的人的目光，都投射到弟弟身上。

小瓦匠心中替弟弟难受极了！他将身子转过去了。

可是弟弟已经发现了他。弟弟不理会投射到身上的那些目光。弟弟向他走过来，走到他身边站住，轻轻叫了声："哥……"

大家默默地注视着他们兄弟二人。

小瓦匠猛地转过身，吼道："别叫我哥！"

弟弟吃惊地不解地瞪着他。

"你……你不是我的弟弟，你给我滚出去！"

"我……"

"我揍你！"小瓦匠猛地抓住了穿在弟弟身上的军大衣的领口。刚才和他交谈的那个小伙子，用胳膊架住了他挥起的拳头。他使劲一推，弟弟跌倒在地上。

那小伙子上前扶起了弟弟，看了当哥哥的一眼，对弟弟说："现在办理手续的，都是昨天夜里救过火的。你……过会儿再来吧。"

弟弟的眼睛呆望着哥哥，一只手，一颗一颗地解开了军大衣的衣扣。肥大的军大衣，从弟弟瘦而窄的肩头落到地上。弟弟完全变成了另一副样子，棉袄面和棉花差不多烧光了，穿在身上的不过是破棉袄里子。裤子，膝盖以上烧得和棉袄一样，一条包皮电线穿着裤里，勉强将棉裤吊在皮带上……

小瓦匠怔住了。

所有的人都怔住了。

弟弟那双瞪着哥哥的眼睛，渐渐充满了委屈的泪水。

军务股长不知何时停止办公，从台上走下来，走到了弟弟身边。他捡起军大衣，拍去灰土，轻轻披在弟弟肩上，说："这是马团长的大衣吧？"

弟弟点了一下头，嘟哝："他命令我穿的。"

"快穿好，别冻着。"军务股长的手搭在弟弟肩上，目光却责备地看着当哥哥的。

小瓦匠走到弟弟跟前，像给小孩子穿衣服一样，将军大衣穿好在弟弟身上，替弟弟扣上了纽扣。

"跟我来，我现在就给你办理手续。"股长拉住弟弟的一只手，和弟弟一块走上了舞台……

党委办公室里，政委孙国泰背对着曹铁强和郑亚茹，用极低极沉重的语调说："你们可以走了……"

隔夜之间，他苍老了那么多！两眼布满了血丝，脸上的每一条皱纹都加深了。

悲痛像一双无形的大手，挤压着他那颗在战争年代、在艰苦的农垦创业时期，锻炼得非常刚强的退伍老战士的心。

有不少人为开发和建设北大荒献出了生命。这些人的名字有的他还铭记着，有的他已经忘却了。将身躯埋葬在北大荒土地上的知识青年，也绝不止两个。但昨夜两个知识青年的死，在他心灵中造成的是一种混合着负罪感的悲痛。

他们死了。一个上海姑娘和一个哈尔滨市的小伙子。一个三十一岁。一个二十五岁。一个，还没有结婚，没有来得及成为妻子，甚至也许——还没有来得及爱过。他这样猜想。另一个，撇下了年轻的妻子和妻子腹中还没出世的儿子，也许是女儿。一个，刚被连队团支部讨论通过为共青团员不久。但不知为什么，团里还没有正式批准下来。这些共青团团委的干部们！在他们看来，批准一个共青团员，似乎比批准一位中央委员还要严格！而另一个，迫切要求加入党组织而生前并没有成为一名中国共产党党员，却仅仅是由于他自己随口说出的一句话"对于像刘迈克这样的知识青年的入党问题，审查要严，考验要久"，使工程连党支部三次呈送到团里的发展党员的报告，都被团组织股长长久地压了下来……对于当年的团警卫排长，他的成见是那么深！在今天以前是那么难于改变……

对于他们的死，谁来承担责任呢？是暴风雪？还是昨夜的混乱？是团长马崇汉？还是他们的连长和指导员？或者是……他自己。作为政委，他觉得自己有推卸不掉的责任。责任……即使每一个活着的人都愿意承担什么责任，甚至处罚，他们……也还是丧失了生命。

一个死得……悲惨，一个死得……庄严。一个死得……英烈，一个死得……神圣。一个的死，换得了可见的代价。一个的死，升华了兵团战士的称号……

曹铁强和郑亚茹一齐走进党委办公室，他一言未发。刘迈克和裴晓芸的死，使他的心由悲痛而麻木了。是郑亚茹回答了政委提出的一切问题。政委问一句，她回答一句。

郑亚茹见政委不再问什么，缓慢地站起身，朝外面走。她走到门口，站住了，忽然扑在门框上，哇的一声大哭起来。

老政委走到她身边，低声说："坚强些。"

郑亚茹突然扑到曹铁强跟前，双膝跪地，痛哭着说："我有罪啊！会议的内容是我泄露的，混乱是我造成的。刘迈克的死，是我造成的。裴晓芸的死，也是我造成的！我……我没有指定人换她的岗……我……"

她突然跳起来，疯了一般冲出党委办公室。

曹铁强一下子伏在桌上，额头抵着桌面，双拳不停地狠狠地擂着桌子。不久，一声呻吟才伴随着他的哭声爆发出来。

"我……我为什么不早一天明明确确地告诉她……我……是爱她

的……"

这句话像是从他破裂了的心灵迸发出来的，带着心灵伤口的血。

老政委这才真正理解，知识青年连长的悲痛，远比自己预想的要巨大得多！

可是，他却找不出一句话来安慰这年轻人，让这年轻人痛痛快快地大哭一场吧！

他走出了党委办公室，站立在门外。泪水这时才从他眼中淌出来，溢满了脸上深深的皱纹。见两名团委的干部远远朝他走来，他掏出手绢擦了擦眼睛。

"政委，你派人找过我们？"他们走到他跟前，低声问，表示出他们以往对他的尊敬并未丧失的样子。

他问："你们的返城手续办理完了？"

"办完了！"他们仍然低声回答，就像他所问的是某件工作。

他眯起眼睛，注视了他们一会儿，极平静地说："既然你们的返城手续办完了，那么，我现在就有理由宣布，解除你们共青团组织者的一切职务。"

他们互相看了一眼，以为政委派人把他们找来，就是为了当面向他们宣布这一点。他们缓缓转过身，各自怀着复杂的心情要离去。

"等一下。"政委叫住他们。

老政委又说："我以团党委的名义命令你们，在正式移交共青团组织工作之前，批准工程连上海知识青年裴晓芸为中国共产主义青年团团员。"

两位共青团的干部又互相看了一眼，同时点点头。

"我的话还没完。"当他们第二次要离去时，老政委又把他们叫住了，接着说，"所有本连队团支部已经通过的知识青年的入团志愿书，我都要求你们在移交工作之前，全部批准，并代他们办理好组织关系，交给他们本人，不许有任何差错！"

……

办理完了最后一道返城手续的知青们，有些一拿到档案和准迁卡，就迫不及待地赶回连队去了。他们需要筹划种种返城的准备。更多的人没有回到连队去，仍留在团部，他们要等待开欢送会，因为这是老政委说过的。他们并不希望为他们召开多么隆重多么有场面的欢送会，他们只是希望在离开北大荒之前，有人能够代表北大荒对他们说些什么。他们每个人都很想通过一种仪式，哪怕是最简单的仪式，集体向北大荒告别。有没有这样的仪式，对他们来说，并不是无所谓的。

此时此刻，他们对北大荒是怀着一种由衷的留恋之情的。或者换一种说法，他们是对他们的青春，对他们当年的热情，对他们付出的汗水和劳动，对他们已经永远逝去的一段最可宝贵的生命，怀着由衷的留恋之情。

留恋，却要离开，多么矛盾啊！

但这是时代的矛盾在一代人身上、思想上和心理上的折射。

谁不能客观分析我们过去了的那个时代的矛盾，不能得出正确的结论，便无法理解他们将要离开北大荒时的复杂心情，无法理解他们对北大荒那种眷眷的留恋。

除了工程连的少数几个人之外，他们都还不知道，就在昨天夜里，有两个知识青年长眠了……

九点整，团部的广播喇叭传出了集合号声。各个连队，在礼堂外的广场上排好了队列。

礼堂的门，从里面缓缓打开了。

他们一进入礼堂，都惊诧得呆住了。首先映入他们眼中的，是一条横幅挽幛——

　　知识青年刘迈克、裴晓芸千古

老政委臂戴黑纱，肃穆地站立在舞台上。他望着大家，用流溢着感情的目光望着大家，许久才开口说道："兵团战士们，这是我最后一次这样称呼你们了！我相信，今后，在许多年内，在许多场合，这个称呼，将被你们自己，也被别人，多次提到。这是值得你们感到自豪的称呼，也是值得和你们没有共同经历的同代人、下几代人充满敬意的称呼。虽然，你们就要离开北大荒了，生产建设兵团的历史结束了，但开发和建设边疆的事业并没有结束，也是不会结束的！我代表北大荒，要大声对你们说，感谢你们——兵团战士们！因为你们，在北大荒的土地上，留下了垦荒者的足迹！因为你们，十年内打下过何止千百万吨的粮食！因为你们，今天是要回到城市去，而不是要跑到黑龙江的那一边去！我相信，今后在全国各个大城市，当社会评论到你们这一代人中最优秀的青年时，会说到这样一句话：

'他们曾在北大荒生活过！'"

无数双眼睛，一眨不眨地注视着老政委。

老政委那般激动！

他接着说："我昨天答应你们，要为你们开欢送会。我真心实意地想到，要像你们当年被欢迎来北大荒一样，敲锣打鼓地欢送你们离开北大荒。你们是有功绩的，虽然，这功绩不见得会被书写在历史上，但它是会被历史所公正地承认的！十年中，有不少知识青年，为北大荒献出了生命。就在昨天夜里，你们之中的两位知识青年，你们的两位兵团战友……你们要永远铭记他们的名字！他们叫……刘迈克……裴晓芸……北大荒将永远怀念他们……"

老政委垂下了白发苍苍的头。

所有的人，都垂下了头。

广播喇叭传出了哀乐声。

曹铁强、小瓦匠和工程连的两名战士，抬着用白布罩起的自己兵团战友的遗体，从外面缓缓地走入礼堂，走上舞台，将战友的遗体，轻轻地平放在桌子上。放得那么轻，像怕惊醒了他们的睡眠。

"大家，向烈士告别吧！"

老政委的话音刚落，立刻有人失声哭了起来。哭声响成一片！

这些知识青年们，在近几年中，为领袖，为敬爱的周总理，为朱委员长，为许许多多老一辈革命家的逝世，如此痛哭过。今天，为两个知识青年，为两位兵团战友，他们又一次痛哭了……

数百人组成的送葬队伍，没有戴黑纱，没有戴白花，连一只花圈也没有抬着，从礼堂出发，沿着团部大道，缓慢地走向驼峰山。

镐头刨开了冰冻得铁一般硬的土层，一把铁锹，在数百人手中传递着。北大荒的土，掩埋了两个知识青年。北大荒的土地上，又堆起了，也遗留下了，两个知识青年的新坟。

排枪响了三次。

这是工程连的战士们，遵照连长曹铁强的话做的安葬仪式。裴晓芸这个刚刚被批准为战备分队战士的上海姑娘，生前还没有机会放过一枪。排枪声震动了穹空，三次回音在驼峰山谷之间回鸣，绕着山峰，长久不断地延续。

像一支黑色的箭从半山腰的哨位上朝这里射来——是"黑豹"……

郑亚茹没参加安葬，她没有勇气。她独自一人来到石锦河边，坐在一棵树干扭曲的大柳树下。她的头脑很乱。准迁卡和档案袋放在书包里，书包背在身上。但回到城市去，还是留在北大荒，她内心充满了矛盾，犹豫不决。而容许她进行选择的时间，竟是那么短，那么紧迫。

这里静悄悄。每次到团里来开会或参加干部集训学习班，她一有空就喜欢独自到这里来，消磨一点余暇，无论冬夏春秋。老柳树昨夜之前缀满树挂，像一株巨大的银珊瑚。冰冻的河在暴风雪前如镜子一般光洁。这里曾令人流连忘返。然而暴风雪一夜间将这里的美好彻底破坏了。老柳树的枝条光秃得像丑怪的豪猪，河面被苍凉的厚雪所覆盖。望着驼峰山蜕了一层皮似的山峰，她对自己今后要走的人生道路那么茫然。

她明白，自己站在一个十字路口。

在昨夜之前，她对自己的生活之途充满信心。她是全团仅有的三个女知识青年提拔起来的正连职干部中的一个，是唯一的一个知识青年团党委委员。在全团培养团一级青年干部的名单中，她是名列第一的。虽然，她也同许多知识青年一样，对城市，对城市生活，时时产生情不自禁的眷恋。但更多的时候，她压制着这种眷恋，不像别人那样随时随地流露出来。她不，她从没如此过，她不允许自己那样。在对种种离开兵团的途径和去向都思考过、对比过，暗中尝试过之后，她曾放弃了返城的念头。只要默默耕种，总会有收获，她相信这一点。谁知再过十年之后，她不会成为生产建设兵团的女团政委甚至女师政委呢？那时，她也不过才人到中年。那么再过十年呢？她五十岁的时候呢？生产建设兵团总部的领导们，是部长级，是大军区级。一切都非梦想，一切都不是不可能。一切都只有留在兵团，留在北大荒才会实现。在任何一座城市里，都不会为一个二十九岁的女青年创造这样的条件、提供这样的机遇。可是突然她和所有知识青年一样，被推到了走与留的十字路口。她根本没有来得及思考，就做了后一种选择，甚至可以说，不能算是一种选择，而只是一种身不由己的盲目的附随。后悔了吗？也许是的，的确是的。返回城市之后，她和全团八百余名知识青年，和几千、几万、几十万、几百万、全国几千万知识青年的命运，还会有什么不同？城市会像久别的情人一样张开双臂拥抱她吗？待业、临时工……她能够心平气和地忍受这些吗？不错，父母会尽快为她安排一个较理想的职业，在这一点上，她可能会比别的知识青年幸运些。以后呢？结婚，生孩子，贤妻良母加先进生产者。在北大荒的种种荣誉和资本，都将是过了时的记录。一切都得从新的起跑线上再次开始。对于这种人生途程上的竞赛，她已经感到疲倦了。她已经竞赛了整整十年啊！……何况，她已经二十九岁了，一个老姑娘。城市对于一个二十九岁的返城的姑娘，绝不会是含情脉脉的。她不由得想到了曹铁强，想到了十年来她和他之间的关系。她是爱他的，现在仍爱，可以对天盟誓！可是，他究竟为什么不爱她呢？她至今不明白。他一度曾想把爱情双手奉献给她，在这一点上他并没有欺骗她。她自己也不是一个容易感情迷乱，容易被装虚作假的人所欺骗的姑娘。不，不，他不是一个玩弄姑娘感情的人！尽管她已永远不可能获得他的爱情了，她却不能够允许自己诋毁他，不能够允许自己诽谤她和他之间过去的，那种似爱情然而又被什么东西与爱情所分割的关系。

爱情曾经环绕在她身边，她却没有捕捉住。她那么希望和企图获得，但终于还是失去了。

他把爱情给予了别人，给予了一个在自己看来完全没有可能得到的姑娘，他却真实地甚至可以说慷慨地给予了！

是生活本身犯了错误？是他错了？还是她自己错了呢？错在哪里呢？

大前年探家的时候，她就开始意识到，她和他的关系中出现了最严重的一次"危机"。可是，他们并没有发生争吵啊！应该说，那一次探家还是很有收获的。她温柔地哄劝他，恳求他，甚至耍了一些小小的计谋，编造了种种借口，领着他一家又一家地登门拜访自己父亲的老战友、老领导、老下级，从省军区司令员到某某副市长，从某某局长到某某区长。不错，都是纯礼节性的拜访。但这种纯礼节性的拜访，难道不是可以积累成亲近的感情吗？难道与这些人物之间缔结下的感情韧带，可以被愚蠢地认为是没有必要、没有意义、没有价值的吗？白痴才会那么认为。不论任何一个人，要生活得比别人更充满自信，要实现比别人更大的作为，要在同代人中出类拔萃，都必须在生活中借助别人的力量。谁的生活能摆脱得了在社会上的傍依性？谁？即使非凡的人物。何况，她只是为了她自己吗？难道不也是为了他吗？不是为了她和他共同的将来吗？

如果是在这一点上他不理解她、轻蔑她、鄙视她，他是公正的吗？将来总有一天她要寻找机会质问他的，她要和他辩论明白的。他可以不爱她，但她有权要求回答。她不能既失去了，又糊涂着啊！

她又想到了团部卫生院的主治医生匡富春，收到他从哈尔滨医科大学寄给她的第一封回信，她当时多么惶然！从那封信的字里行间，她看得出来，他被她深深地感动了，他对她充满由衷的感激之情。感激一个不相识的姑娘对他的经济资助和真诚勉励。而她给他写信，寄给他十元钱，不过是出于和曹铁强赌气！而且，过后她就把这件事忘了。既然收到了回信，就不能不认真对待了。那太卑劣了！几经犹豫和思考，下个月她又给他寄出了一封信和十元钱。当然，她又收到了回信。复信，寄钱，复信，寄钱……感激之词和"希望你刻苦学习"一类话语在来往书信中渐渐被剔除了。她觉得寻找到了一个可能向对方倾吐自己内心许多忧烦苦闷的人。她也体验到了被别人信任，由信任而得到一种友情，同时给予别人信任，给予别人友情是生活中一件多么美好的事！他在信中表示，盼望和她早日相见一面了。

在又一次探家期间，他们相见了。

假期结束，他送她上火车时，郑重地交给她一封信，他向她求爱了。

那正是她和曹铁强之间的关系令她最苦恼最绝望的一段时期。

她站在列车两节车厢的过道，背着陌生的人们哭了一场。

一返回连队，她就给匡富春写信。在信中告诉他，他上医科大学的机会，当初差点是被她所断送。告诉他，她曾热烈地爱过另一个小伙子……

她是怎样地盼望着他的回信啊！不久便收到了回信。信纸上只写了一行字：因为你是一个如此坦率的姑娘，所以你便值得我爱。

……

今天，她不禁向自己发问：我爱他吗？究竟爱他到什么程度呢？他是卫生院受人普遍尊敬的医生，长得也不错。和曹铁强比较，一个英俊，一个文秀。他爱自己的职业不亚于爱她。他比曹铁强能够理解她，虽然不见得事事赞同她。

只有他，才能医治曹铁强在她心灵上造成的爱情伤痕。只有他，才能在她心目中和曹铁强并列。也只有能够和曹铁强并列的人，才能在她心目中取代曹铁强，才能最后占据她的整个心！她心目中是有一种被别人整个占据的愿望的啊！

我为什么要想到爱情？在这里，在这个时候？

她又抬起头向驼峰山看去。那里，在进行安葬，而我坐在这里……多么可鄙啊！

"留下，还是离开？我必须在半个小时内做出最后的决定。"

她看了一眼手表，从雪地上抓起一把雪。雪的冰冷的刺激，使她打了个寒战，也使她的心绪稳定了些。

"在半小时内，如果我手中的雪还没有融化，我将离开……如果融化了，我将留下……"

一滴雪水顺着她的指缝慢慢淌着，终于滴落在雪地上，在雪壳表面冻结成一颗小珍珠。

不到十分钟，她手中的雪便融化尽了。

手，太热了。

留下？……八百余名都走了，四十几万都走了，自己留下来？选择和大多数人背道而驰的生活之路，别人的经验告诉她，那是太冒险了！一个孤独的女知识青年，难道还要在北大荒经历无数次像昨夜那么猛烈的暴风雪？！不，不，不！那太可怕了。何况，此后她的双脚踏在这块土地上，心灵会感到时时不安宁的。因为，这里埋下了刘迈克和裴晓芸，在今天。

一想到这一点，她的心像是被放在炭火上烧烤着。

她同时想到了不久前的一件事：

连里有天突然收到了兵团总部的公函，上面用打字机打着十几行字——所谓裴晓芸的母亲是外国特务的疑案，纯属"四人帮"对爱国归侨的政治迫害。她父亲的政治问题，也获得彻底的平反昭雪。她在国外的姨父母，要求批准她到国外去继承遗产。如本人同意出国，连队要举行欢送会。欢送会作为一项政治任务，必须举行……

当把公函给裴晓芸看时，裴晓芸哭了。

"我在国内一个亲近的人都没有了，我需要亲人！"

凭裴晓芸的这句话，郑亚茹主持召开了欢送会。

她是这样说开场白的："今天，我们为裴晓芸女士，召开出国欢送会。我们希望，裴晓芸女士到了国外，能够做一个出色的商人。这就算我代表全连对裴女士的临别赠言……"

这开场白是用笔起草过，背过的。为什么要用"女士"这样的称呼？话中有没有讥笑和嘲讽？她无法否认这一点。

她讲完话之后，裴晓芸站起来说："我需要亲人，需要关心我爱我的人，但我不愿离开祖国，不愿离开北大荒！我相信在北大荒我会寻找到关心我爱我的人……"说完，便离开了会场。

欢送会没开成，人们纷纷散去，最后只剩下了她和曹铁强。曹铁强瞧着她，想说什么，却什么话都没说，只是摇了摇头，也撇下她走了。就是从那一天，她意识到，不但失去了爱情，同时，也失去了友情。他对她责备的话都不愿说了。

想到这件事，郑亚茹站了起来，匆匆朝团部走去。她要去找匡富春。

她下了走的决心。

"没有十字路口，"她在心里对自己说，"对于我，只剩一种选择，离开北大荒。"她明白，曹铁强是不会离开北大荒的了。在昨夜以前，她和他既是领导着一个连队的两个合作者，又是生活道路上的两个竞争者。就像运动场上的两个竞走运动员，比的是在北大荒坚持下去的耐力和毅力。只有爱情才能改变他们之间这种关系，而爱情早已在他们之间死亡了。剩下的，只是怨恨，也许更甚，是仇恨。难道有谁可以原谅导致他所爱的姑娘死亡的人吗？即使他亲口对她说出原谅的话，她也不能相信。即使她相信了他，她也不能饶恕自己。

离开，离开……绝不留下……要和匡富春一同离开，和匡富春一同。

走在半路，她忽然放慢了脚步。她终于……站住了。她终于……转变了方向，她朝驼峰山走去。

她来到了埋葬刘迈克和裴晓芸的地方。她久久地站立在两堆新坟前。她在雪地上跪了下去。她用双手扒开积雪的硬壳，扒得露出了地面，十指在地面上使劲抠着。扒开的雪接受到阳光，化了。坚硬的地面潮湿了一点儿。她终于抠起了极小的一捧土。指甲裂了，十指鲜血淋淋，她却并不觉得疼。她双手捧起这一小捧土，缓缓地站了起来，虔诚地将土分撒在两座坟头上。

她在心中乞求："刘迈克，裴晓芸，你们饶恕我……"

团部紧急会议的内容，是她透露的。会前，马团长找她单独谈了一次话，指示她开会时要首先发言，表明态度，并答应她，如果想离开北大荒，全部手续包在他身上。趁团长出去了一会儿，她急忙抓起电话，将关系到知青命运的这一重要情况，告诉了在水利连当文书的表姐，敦促对方赶紧采取对策……

当她转过身准备离开时，发现曹铁强站在几步远处，正望着她。

两人默默地对峙了片刻，她迎视着他的目光，向他一步步走去，走到他面前，说："你惩罚我吧，我请求你……"

他摇摇头："不，我的拳头从来也没有落在悔过的人身上……"

"打我吧，打吧，打呀！我求你……"泪水从她眼中流了出来。

"不，我不能够……我知道，你是要离开的了。希望你，今后在回想起，在同任何人谈起我们兵团战士在北大荒的十年历史时，不要抱怨，不要诅咒，不要自嘲和嘲笑，更不要……诋毁……我们付出和丧失了许多许多，可我们得到的，还是要比失去的多，比失去的有分量。这也是我对你的……请求……"他说完这番话，注视了她良久，一转身大步走了。

她望着他的背影，又回头望着两堆新坟，双手缓慢地抬起来，捂住了脸……

老北大荒人的女儿躺在团部卫生院的病床上，面如白纸。昨夜，她骑马驮着裴晓芸狂奔到团部，半途便在鞍上流产了。马到卫生院门前，她便昏了过去，滚落地上……

她在流泪，为失去了没出生的孩子和女友而流泪。在情感和心理方面，她都已具有了细微悱恻的母性的特征。而此种从未承受过的悲痛，像轰击宇宙的大雷电，猛烈地横扫着她的内心世界。

工程连的知青们来到了卫生院里。他们在走廊里被医生匡富春拦住，不许他们进入病房。

"我只能允许两个人进入病房。"他双手插在白大褂的衣兜里，用没有商量余地的口吻说，"其他的人，都请自觉到外面去。"仿佛他是一位国王，而这里是他的宫殿。

"连站在病房门外看看也不行吗？"有谁嘟哝了一句。

他没有回答，朝贴在墙上的"病房秩序"翘翘下巴。

小瓦匠大声说："这是什么时候，还来这一套？"

他看了小瓦匠一眼，回答："现在正是我值班的时候，我是医生，我在尽着我的责任，履行我的职权。"

大家都无可奈何地望着曹铁强。

曹铁强说："那么请允许我进入病房。"

匡富春上下打量着曹铁强，认出了他。

小瓦匠赶紧从旁说:"他是我们连长。"又对曹铁强说,"连长我和你一块儿进去吧?"

曹铁强点了一下头。

匡富春闪开了,对两人说:"十分钟。我看着表。提醒你们,不要谈到那个对她很不幸的事件。"

"大家,就都……这么走了吗?"当曹铁强和小瓦匠走入病房,走到秀梅的病床前,她这样问,含泪的两眼望着他们。

"不,不是都走。我留下,我不走。"曹铁强说,"大家都要来看你,被医生拦住了。"

"连长,我谢谢你。迈克有个知青做伴了。"秀梅说,又问,"他为什么不来看我?他在哪里?我多么需要他来看看我……"

曹铁强情不自禁地握住她的一只手:"他在做着很重要的事情……他要我对你说,别因此生他的气。"

秀梅微微地笑了一下,将脸转向小瓦匠,友好地说:"小瓦匠,回到城市里,别忘了给我和事务长写信,要经常写信,不然他一定会对我骂你的。他对你像对亲弟弟一样……"

小瓦匠紧紧地咬住嘴唇,点了点头。

……

卫生院的值班室里,郑亚茹和匡富春之间,也在进行着一场谈话。

他问:"你的返城手续全办好了?"

她点了一下头,反问:"你呢?"

他摇摇头。

"为什么?为什么还不去办理?"

"我……当初的决定,在今天,也没有改变。"

"你?……别跟我开这样的玩笑,我怕,我怕从你口中听到这样的话!"她望着他的那双眼睛瞪大了,眸子里闪现出恐惧。

他摇着头:"不,不是玩笑。"

"你……你怎么仍不改变你当初的决定?你不能这样,这太轻率了,你将后悔一辈子的!"她扑到他跟前,双手死死地揪住了他白大褂的衣襟。

他理智地分开她的手,退后一步,抚平白大褂,说:"也许会的,但那肯定是将来的事。可现在我还没有后悔,所以我还不能动摇我的决定。

是兵团送我上了医科大学，是兵团为我创造了从事医生这一职业的条件。毕业的时候，我本来有可能留在大学。只因为我想到了这一点，我才回到北大荒。回来之后，我多么希望在我所生活的北大荒的这一片土地上，会盖起一所很像样子的医院。现在，这样一所医院盖起来了，我对这里的条件感到满意。我时常因为意识到自己是这所医院里很重要的一名医生而感到自豪。更重要的是，我对这所医院里的一切都产生了感情……"

"不，不，我不听！我不听这些！……"她绝望地叫起来，双手捂上了耳朵。

看了她一眼，他接着说："你不要捂上耳朵，你应该听，否则，你无法理解我……昨天夜里到今天上午，我一直在值班。当我巡视病房的时候，我从病人们的眼中看出，他们都希望用那种默默的目光挽留住我，我被他们感动了。我忽然问自己，我究竟为什么要离开这里，离开我的病人们回到城市去？一个医生不是应该在最需要医生的地方起作用吗？难道北大荒不是全中国最需要医生的地方之一吗？在我向自己提出这样的问题之后，我决心永远留在北大荒了。你刚到北大荒的时候，难道没有听说过女人因为一般性难产，男人因为患阑尾炎就发生死亡的事吗？……我不能承认我的决定是轻率的……"

她慢慢地放下了捂住耳朵的双手。她怔怔地望着他，一动不动，完全呆住了，像雕塑一般。她的双眸顿时变得异常灰暗了。

"我知道，我这样决定，会令你非常难过的。我……很内疚，觉得对不起你。我希望，能够得到你的原谅……"她那副样子，使他心里很难受。他向她跨近一步，握住她的双手，直视着她的眼睛，低声但充满感情地说："原谅我吧！"

她忽然紧紧抱住了他，仰起脸，怀着最后一线希望哀求道："别让我伤心，别叫我绝望！我需要你和我一起离开北大荒！我不能失去你，我爱你！我不能什么都遗失在北大荒啊！我在北大荒付出了那么多，失去了那么多，我一定要带着什么离开这里！我要带着你，我要带着爱情回到城市！……"她的声音颤抖不已，她的话说得那么急切，她眼睛里那种哀求的目光令他不忍迎视。

但他还是轻轻推开了她，摇摇头，说："你们连队的人都在外面……"他忽然想起了什么，看了一眼手表，又说，"你等我一会儿，我就回来。"

说罢便撇下她走了出去。

他从秀梅的病房有礼貌地"请"走了曹铁强和小瓦匠，立即匆匆回到值班室。

她，却已经不在了。

他在门口呆立了一刻，慢慢地走到桌子前，慢慢地坐了下去，慢慢地用一只手撑住了额头……

他极轻微而又极痛苦地说出了两个字："亚茹！"

中午，一辆小吉普车从团部开出，开向公路。车内坐的是团长马崇汉、他的爱人和两个女儿。车开到公路口，司机首先看见政委孙国泰站在公路边上，减慢了速度，扭回头问："团长，要跟政委告别一声吗？"

马团长像没有听见司机的话，阴郁的脸上毫无反应。

司机也不再说什么，加快车速，吉普车从政委身旁驰过。

马团长忽然在司机肩上拍了一下："停……"

吉普车偏向路边，停住了。马团长打开车门，跳下车，朝政委大步走去。

老政委刚刚送走一批团部直属连队的知识青年，他们是乘长途公共汽车走的，有的连铺盖和箱子都丢弃不要了。行程长达九个小时，当今夜的定更星出现之后，他们便会从此脱离北大荒的土地。

他心中涌起了一种对他们无限依恋的眷情，和一种……失落感。

北大荒毕竟是多么需要他们啊！

马团长走到他身旁，叫了一声："老孙……"

他转过身，见是团长，有些意外。团长那身崭新的草绿色军装上，也留下了昨夜救火时被烧的处处破绽。

马团长向他伸出一只手："我也决定要走了。已经向师部发出了转业申请报告，要求回地方老家……今天先送家属走。"

老政委没有说什么，默默地握住了他的手。

马团长苦笑了一下，又说："我的错误，我不会推卸给别人的。我接受组织给我的任何处分……我的检查已经写好了，放在我的办公桌上……"

老政委还是没有说话。

"老孙，十年来，我们之间在工作上配合得很不好……反思许多往事，我很惭愧。我……有些事情，积十年的教训，往往还不能一下子使人认识到自己的错误。但一次严峻的事件发生之后，便会使人猛省。昨夜的混乱没有到不堪设想的地步，我……感谢你！"他将政委的手使劲握了一下，放开后，转身就走。

老政委完全相信，对方的这番话，是由衷的，是诚恳的。可是他不知道自己在此时此刻应该向对方说些什么。当团长走回到吉普车前，他才叫了一声"老马"，大步赶过去。

"老马，我有句话对你说，并且希望你能够记住。"他走到团长身边，用深沉的目光注视着对方，"无论在总结经验方面，还是在总结教训方面，我们都不能把个人的作用估计得太重，结合时代的错误来认识我们个人的错误，这也许才更客观一些。"

马团长沉重地叹了口气。

老政委又说："知识青年的返城浪潮，绝不是我们个人的意愿所能遏止的。无论我们的意愿是良好的……还是……你，我，每一个兵团干部的最后义务和责任，不应该是想方设法阻拦知识青年返城，而应该是，认真总结各方面各种因素的经验和教训，把它记载到边疆的农垦发展史上。"他沉默了一会儿，似乎觉得还应该说几句道别的话，但又觉得最重要的话已经说了，道别的话在此刻反而会显得很不相宜，便缄口不语了。

马团长掏出烟盒，取出一支烟，递到老政委面前。

老政委本不想接，他口中仿佛刚嚼过苦艾，苦涩得很，但见对方脸上是一种"临别敬赠"的庄重表情，意识到了这支烟在此刻有非同寻常的价值，便接在手中。

马团长自己也叼上了一支，随后掏出打火机，首先给老政委点燃了烟。不知为什么，团长自己却不想吸了，取下叼在嘴上的烟，放进了烟盒。他那沉思着的缓慢的动作，使老政委觉得，似乎他这一次合上烟盒，便永远不再打开了。

口唇不但苦涩，而且干燥。老政委只吸了两口烟，便将烟掐灭了。

老政委替团长打开车门，马团长的目光在老政委脸上最后凝视了一秒钟，高大魁梧的身材很不灵便地钻进了小吉普车。

老政委发现，坐在车内的女人和两个女孩的脸上，流露着微微的不安。他对女人笑了笑，在小女孩的头上抚摸了一下。见小女孩没戴头巾，摘下自己的围巾，围在了小女孩颈上。

老政委轻轻地替这一家人关上了车门。他久久地站在公路边上望着小吉普车疾驰而去，拐弯后消失在驼峰山脚下……

他转过身，面对团部的方向，从这里直通往团部区域的大道上，留下了混乱后的残迹：雪地上纷杂的脚印和交叉的各种车辙、道旁被砍倒并劈烂的杨树，显然是从车上甩下或丢弃不要的知识青年们的种种用物……

他顿觉心中那么惆怅，那么空荡！

老政委回到团部，刚走进办公室，军务股长也走了进来，双手捧着一摞档案。

军务股长说："政委，这是三十九份档案，他们从我手中领走，又交回到我手中……"见政委一时没有明白他的话，又说，"三十九名知青表示要留在北大荒。"

老政委双手接过这三十九份档案袋，像双手接过一锭世界上最大的金块，觉得此刻无论有一杆什么样的秤，都无法称出这三十九份档案袋的宝贵的重量。

他，落泪了。

他说："不是三十九名，是四十一名，是四十一名知识青年，留在了北大荒的这一片土地上。我要重新盖起我们农场的场史馆，那两份知识青年的档案，要放在场史馆，和为了开发北大荒而献身的烈士们的遗物摆放在一起。"沉默了一刻，他继续说，"我还要建议，为两名知识青年修建一座碑，碑上要饰有石雕的象征，交叉的麦穗和枪，托举着一台拖拉机。这是四十余万知识青年希望实现而始终没能实现的兵团战士服的帽徽设计，也是当初兵团曾向四十余万知青许下的诺言。过去的十年中，曾有许多向知识青年们许下的诺言成为空话，我要为两名知识青年，实现其中的一个诺言。"

军务股长说："政委，我第一个赞同你的建议。"

"你，替我深深地感谢这三十九名知识青年。"

"他们，也要我转告你，他们感谢你，感谢你给予他们的评价……"

这时，电话铃响了。

"是我，我是政委孙国泰。我？……是，我服从组织决定……"老政委缓慢地放下电话听筒，转过身，注视着军务股长。

"哪儿打来的电话？"

"兵团总部。"

"什么事？"

"调我到三师去任师长职务，他们的师长……回部队了。"

"那……那么我们团……"

"现在不同平常，我任命你为代理团长兼政委。"

"我？……"

"现在不是推辞的时候。从今天起，你就接替我和马团长的工作吧！不久，兵团就要恢复到农场的体制了。你，大概和我一样，是要把骨头埋在北大荒的吧？"

股长默默地点了一下头。

两位北大荒的第一代创业者，彼此用目光说出了要向对方说的许多话……

工程连的"二八"型拖拉机挂斗车，最后才离开团部。离开之前，他们将团部区域的混乱残迹清除得干干净净。

小瓦匠的弟弟找到了他，问他何时动身返城。

他回答："为什么要跟我一起走？你不能自己先走吗？你又不是三岁的小孩子，路上需要我照顾你。"

当弟弟的，无法理解哥哥为什么发火。

曹铁强将小瓦匠的弟弟拉到一旁，说："我请求你一件事，我的养父现在病情很严重，正住在市立第一医院，我妹妹看护着他老人家。他们虽然不是我的亲父亲、亲妹妹，但他们非常爱我，我也非常爱他们。你一下火车，先不要回自己家，先要赶到医院去，告诉他老人家，就说我请求他老人家，千万要坚持住，几天内我就会回到他老人家身边。可是我现在不能离开连队，我是连长……"

"需要我告诉他们，你决定留在北大荒吗？"

他摇了摇头："不，只有我自己告诉他们，他们才会理解。"

……

"二八"型拖拉机挂斗车行驶在荒原上，像一艘驳船行驶在夜的海面上。

每一个人，都无语地沉思着。

不知是谁问了一句："咦，咱们指导员呢？"

没有人回答。

郑亚茹，这时坐在长途汽车上。她不要铺在连队大宿舍里的被褥和那只伴随她十年的木箱子了。

她登上长途汽车，从北大荒的土地上装了一牙具缸雪。雪，已经化成了水，可她双手仍捧着牙具缸。

哦，北大荒的雪呀，这表现在北大荒版画上是那么美那么迷人的雪，但一离开北大荒的土地，竟是这么迅速地融化了！汽车里的温度不是和外面一样寒冷吗？她不明白，是她的手温将雪融化了。

难道我连一捧雪都带不走吗？既然带不走，就归还给北大荒的土地吧！让这雪水再冻结成冰，让这冰在春天再融化，渗进北大荒的土地吧！

她轻轻摇下一半车窗，将那半牙具缸雪水洒到了窗外，连同她落进雪水中的几滴泪水……

"驳船"仍在夜的荒原上行驶。北大荒的荒原啊！如果你也有思想，也有语言，你将对十年和两个不平静的夜晚，做怎样的评说呢？

荒原的夜"海"是那么沉寂！

坐在车上的小瓦匠，从兜里掏出什么，背着人悄悄撕碎了。几片白色的纸片从他手中飘落在雪地上。

驼峰上，又传来一声苍凉的狗吠——那是"黑豹"的声音。荒原是那么沉寂，那么沉寂，那么沉寂……

（选自 1983 年第 1 期《青春》文学丛刊）

冰　坝

"爹，你看！"

"我的天……"

翟老松呆住了——在黎明湿漉漉的雾障中，在左盔山和右盔山之间的峡谷里，巍巍然呈现一道银色大堤，宛若飞来绝壁，落地城垛，将世界向翟村人朝朝挂出太阳的那一条垂空给挡严了。

"爹，是啥呀？"

"冰……坝……"

"爹，冰坝又是啥呀？"

"……"

"昨儿晚上咱们入山还没有啊！"

"……"

翟老松被惊慑在那儿，想扯儿子转身跑，却两腿发软。四周是出奇地静。冰坝闪耀着幽蓝的神秘的光。最初的奇诧猛抽搐一下，瞬间变为巨大的恐怖，从来不知害怕什么的翟老松心悸地打了个哆嗦。他下意识地从肩上取下了猎枪，好像迎面碰到一头熊。吊在枪筒的两只野兔，落在松软的雪地上。

"爹，你……"

"快去找你姐夫来！"说时，他那双被狐皮帽子齐眉压住的老眼，异常警觉地凝视着仿佛坚不可摧的岩峣陡耸的冰坝。他那怵栗的语调向儿子传递了他内心巨大的恐惧。忠实的猎狗的黑鼻尖，在空气中唏唏嗅着，似乎也嗅到了某种威慑之物近在咫尺，竖起耳朵，呜呜低吠。

"爹……它，了得吗？……"

"快去！"

儿子撒腿便跑。恐惧如同遮天巨手，以泰山压顶之势彻底将老猎人压垮了。他一屁股坐在雪地上。

林子里濡出更浓的雾，悠悠荡来，冰坝幻象般渐渐逸去。他揉揉眼睛，侧耳聆听，四周并非那么静。从奶汁似的浓雾中隐隐传来断续的声音——咔……咔……咔嚓……咔……好像一座百丈大厦缓缓坍塌时壁倾基裂的闷响。那种声音使翟老松感到惊心动魄。

猎狗突然发出暴躁的吼叫，携着股桀骜不驯的狂怒之飙冲向凶险的雾障。"赛虎回来！……"它不回来。翟老松迅速往枪膛里压了一颗子弹，连瞄也没瞄，砰的一枪就将心爱的猎狗撂倒了。他眼见它在疾奔之中向上一蹿，紧接着头颈耷拉下来，身体在半空一卷，两条后腿不可思议地甩到前面去，黑皮领子似的掉在地上，随即伸展开来，一动不动了。

"赛虎……"他难过得想死。他不能任由猎狗向那冰坝挑战——一只蛤蟆的撞击，也兴许会使那巍峨的冰坝崩溃于一瞬。他这么认为。这亦正是冰坝一旦形成的可怕之处。恐怖在他内心里无边无际地扩散。浓雾飘去，冰坝又现。他将它看得更清楚了——一层压一层的冰排，重重叠叠，龇出一列列獠牙般的望去锋利无比的锐角，白森森上下参错。初看那么壮观，细看那么狰狞。翟老松感到，枪响后整个冰坝震了一下，颤巍巍的。其实它岿然不动。

朝暾的深晕如橘红色美酒，徐徐从冰坝乃至两山后漫染上来，将冰坝映得金碧辉煌，折射出彩虹般的光芒。死亡之虹巍峨而险恶，壮观而虚伪。两山峡口上游，大河浮载万千冰舸，无时无刻不在聚集着一股股报复性的摧毁性的力量，势在冲垮它。冰河一泻十几里碾过的地方，还会留存下点什么呢？……

十几里远的事翟老松操不了那份儿心啦！但翟村就在他背后啊！

男女老少一千多口子人啊！冰坝它还能撑持多久？也许不等儿子跑回村里，转眼之间便会崩溃了吧？老天爷保佑啊！地藏菩萨显灵啊！一辈子没信过神没信过鬼的翟老松，虔虔诚诚地为每一个翟村人，也为他自己和他的儿子祈祷。

他想站起来，不仅两腿不听使唤，全身都瘫了。他曾听上辈人讲过冰坝的厉害。那还是光绪年间，冰坝在峡谷间形成，河床被堵断，上游的冰块越积越多，太阳一出，冰坝崩融，将大小四五个村子从这片土地上铲掉了，好比拾粪人冬天从雪壳上铲起一摊摊牛屎那么彻底。互相冲撞的冰排切割人的身体如同用铡刀铡一样！铡断再碾，磨盘碾豆似的。

过后连截得有形有状的胳膊大腿也找不见。一群群乌鸦只得费事地从泥浆中东一爪子西一爪子拨拉出人肉块叼食……

可怜的赛虎，你死得好冤枉好糊涂，你千万别恨我翟老松啊！……赛虎，赛虎，翟老松也许比你死得更惨，一千多口子人也许都比你这条狗死得更惨啊！……

咔……咔……咔嚓……咔……令人毛骨悚然的声音，现在是听得更为真切了，仿佛有万千张嘴在冰坝后面一时比一时更加紧张地啃……咔嚓……咔……咔……冰坝最上层，一块突出着锐角的巨大冰排，受到一种力量的撞击，猝然滑动，结果一半悬空，一半担在冰坝的边缘，跷跷板似的扇悠着。又被撞击了一下，终于翻转着骤落。轰的一声，摔成四块八瓣，碎琼乱玉飞溅。空中一片美丽的闪闪烁烁的珠玑。

翟老松那颗心跳到了嗓子眼儿。哗……哗……被阻的料峭早春的河水，一阵阵倔强地涌出坝上。顺着陡耸的冰坝流淌，洗刷着冰坝的一排排尖牙利齿，好像洗刷干净是为了饕餮人肉。

那壮观而狰狞的冰坝这时看去如同庞然鲨腭。哗……哗……翟老松眼见齐坝之水，又轻而易举地将几块巨大冰排垒到坝上。他呆似泥俑。我的娘……他的灵魂亦开始打哆嗦了。他回头望一眼，十四岁的儿子也正呆呆伫立在村前那座小木桥上望他——显然由于他开枪打死赛虎。儿子的兴奋大大多于恐惧。儿子没听说过冰坝的残忍和厉害，它大概是儿子连在梦中都不曾见过的奇观。

而翟村仍静温地安睡在一片洼地之内，尚没有一户人家的烟囱冒起炊烟。一个月后才是农忙季节，眼下是男子汉们在被窝里早早晚晚恋女人的大好日子。他们正搂着女人在黎明时分的慵懒中睡回笼觉。

翟老松朝儿子挥手。儿子反而往回走。他被激怒了。

"快去找你姐夫来！要不老子也一枪撂倒你！……"

他恫吓地朝儿子举起了枪。儿子不怕，往回跑。

"你个孽种！"

205

他嘟哝着,又往枪膛里压了一颗子弹。砰!……

儿子站住了,害怕了,一转身跟头把式地蹚着深雪奔向村里。其实他是朝半空开枪。

他从自己内心驱除一些恐惧,挣扎了起来。

他望着冰坝犹豫一阵,提着猎枪,缓缓地一步步地走向壮观而狰狞的银色大堤,好像那支猎枪,是一根能够使他在冰坝骤然崩溃之际得以自救的魔杖。

他想要知道那银色大堤是否果真如他所猜测的那么脆弱,抑或坚固得很——翟村的千把口子人可就来得及逃命了!老天爷保佑啊,但愿如此……

走到猎狗跟前,他不由得站住了。昨夜入山他本是为结果一匹老狼,那狡猾的畜生却未出现。两只野兔是猎狗逮住的。一条好猎狗哇!有人曾想出四百元高价买去,他没卖,还骂了那人。

他蹲下去。猎狗那双死后的眼睛,困惑而悲戚地瞪着他。子弹从猎狗左前肋射入,从脖子右边穿出。一颗填足了黑色炸药的"炸子",本是为屡次犯村的老狼预备的。它几乎将猎狗脖子炸断,仅剩破碎的皮将头和身子连在一起。白皑皑的雪地上一摊殷红的血,业已凝固。他罪过地抚摸着猎狗尸体,还温乎乎的。

我的好赛虎,也许我不该打死你……

他那一枪是在被巨大的恐怖压垮了理智的情况下开的。在他看来,那巍峨岩峭的冰坝,的的确确是一根手指都会触塌的,危若累卵。

他匆匆扒个雪窝,将心爱的猎狗埋了,还掉一滴老泪。

他又提着枪,小心翼翼地继续朝那银色大堤走去。每一步都踩得格外轻。雪在他脚下吱吱作响。他情知自己是一步步接近一种被壮观所虚饰的凶险,一种极可能突如其来粉身碎骨的死亡。他并没止步不前。因他内心里同时又涌升起一种庄严,一种神圣,一种义不容辞责无旁贷的使命感,一种对于同类的大慈大悲,一种对于生命的怜悯。还未曾有过某一时刻,他翟老松深切地体验过这样一种情操。那乃是一种超人意志的力量,一种使他身不由己的力量。它一旦在他胸膛内萌发,他便只有听由它摆布。

尽管他鄙夷翟村的很多人,厌恶他们像厌恶耗子。是的,他不但鄙夷他们,而且厌恶他们。甚至认为,在这个世界上,在一切高等的包括较高等的活物之中,比如鸡狗鹅牛马羊之类——再也没有比愚劣的人更能引起人厌恶的东西了!

　　他是翟村的老村主任、老村党支部书记。他的一多半岁数,是在为翟村人做名副其实的公仆中度过的。即或在"文化大革命"那样的年月,他也竭尽全力保护他们不受"政治"的伤害。如果说翟村中的某些人依然受了伤害,完全不是他翟老松的罪过,而是因为他尽管多么想保护他们,却终归没能保护得了他们。可他们非但不知飨恩报德,去年秋上反而哄抢了他承包的一片果林。当时那情形就像胡子打家劫舍,使他三年来育林的辛勤劳作付诸东流,一无所获,欠下两千多元贷款。幸亏女儿秀梅已靠养兔发家致富,替他还上了那笔债。否则他翟老松只有上吊或抹脖子的份儿……

　　那场事件惊动县法院和县公安局。公安局开来吉普车,逮捕了为首的几个人。县法院认为他应该起诉。他没起诉。他和其他所有翟村人的血管里,据说流的都是同一位祖宗的血液。这一点原本是有辈辈传下来的族谱以供查证的。可惜那厚厚的发黄的册子"失传"了,至今没谁知道是他在"文革"期间烧的。他烧了发黄的族谱,依然相信全村人无一不是他的族人。事实上许多人确实是他无须查证族谱也毫无疑问的本家。可他们参与哄抢他的果林时,如同新中国成立前受压迫被剥削的穷汉们对付地主老财一样,丝毫不留情面。那片果林现在荒着,继他之后没人再承包。大部分果树因无人侍弄而病死枯死。他们的目的仿佛并不在于哄抢果子,而更在于毁树。倘说是出于报复吧,他不曾得罪过他们,更不曾坑害过他们。倘说是出于嫉妒吧,似乎也不尽然。这几年翟村人一半以上盖起了新房,正开始过好日子的并不止他翟老松啊!

　　法院的人讯问一些哄抢者,他们坦然地说:"别人抢,我在一旁眼睁睁看着,我是傻蛋吗?不抢白不抢!"

　　都这么说,说时都坦然的样子,并不觉得羞耻。

　　法院审那几个为首的人,他们反问:"是翟老松告我们吗?这六亲不认的老家伙!"法院如实讲,他还没告他们呢。他们便一个个笑将起来,甚至对法院的人有几分嗤之以鼻了。

　　他们说:"翟老松并未告我们,那你们凭什么逮捕我们?凭什么审问我们?"

　　他们说:"那片果林原本是村里公有的。公有的时候,不结果,他翟老松承包去,只侍弄了两三年,就结果了,还不该抢吗?"

他们说:"谁占了大便宜,就算是占了老天爷的大便宜,我们抢谁!要不这世上没道理啦!何况我们抢的是本家人!"他们振振有词。他们说时也都坦然的样子,也都并不觉得羞耻。法院认为他们是一群法盲。他们却一个个感到受了奇耻大辱,愤愤地自辩他们根本不是什么法盲。抢犯法,他们说这起码的法律常识他们懂得的。"懂得你们还抢?"法院的人十分光火。"懂得就不抢了吗?我们不是已经讲得明明白白了吗?我们也为那片果林流过汗、出过力,可我们却什么回报也没得着过!果林的好处当然不能尽让他翟老松得了去!没那个理!"他们也十分光火。法院不认为他们是一些法盲了,而认为他们是一些刁民了。

法院的人督促翟老松写"状子"。有了"状子",法院就重判刁民。"放他们,放他们了事。"翟老松翻来覆去只这一句淡淡的话。法院的人以为他胆小,不敢写,劝他拿出点胆子,什么也别怕。

法院给他做主,还有什么可怕的呢?他却瞪起了眼:"你们咋知道我胆小?你们咋知道我不敢写?我怕谁?这村里我翟老松怕过谁?!"法院的人大惑不解。他不起诉,法院也就只好放了那些逮去的人,事情不了了之。

在这件事上,翟老松自有他的一套思想逻辑。他若起诉,法院必重判他那些本家弟兄和族人。他们的老婆孩子脸面上必蒙耻辱。他们的家庭失去了主要劳力,将怎么过日子呢?放了他们,他则可以从此具有鄙夷他们、蔑视他们、厌恶他们的"特权"了。这也许对他们更是一种惩罚,更是一次教训,对他自己亦更是一种补偿。被他翟老松,啊哈,为翟村人鞠躬尽瘁、呕心沥血的人物所鄙夷、所蔑视、所厌恶,更主要是被他所宽恕的人,倘不引咎思过,还算个人吗?……

然而他大错特错。被逮去了又放回来的那些本家弟兄和族人,当天又在那片遭劫遭难的果林里肆无忌惮地发泄了一番,毁了几十株果树。末了还将他们的猪撵到果林中去,让猪尽情享用地上的没被抢尽的果子,并结伙找到他,当面对他说:"老松,你别生气。我们不冲你,我们冲一个理!"

"老松,我们一天天富了,你也可以一天天富,但得一天天的!像你这么富起来不行!我们不抢你,万把元眼瞅你到手了!你自己想想,你比我们也富得太顺当了吧?照你这么富,几年后你成财主了,我们倒成富起来的穷人了!如今不是讲共同富裕的吗?何年何月,抢要成为财主的人也总归没错吧?再者说了,我们不过就是抢你的果林,没到你家去抢呀!我们心里是念着族分和辈分的！"他们说得率真，说得虔诚，说得推心置腹，说得理直气壮。

他一把从墙上摘下猎枪，恨不得一枪枪崩了他们。

"老松，你干什么你？！……"

"老松，你可是党员！你！当过村主任的人！这么一次便宜都不肯顺心顺气地让大家伙占吗？！……"

他怔怔地望着他们，完全气糊涂了，一时反倒不甚明白，究竟他翟老松有理，还是他们有理。

他们却趁他糊涂的当儿，扬长而去。

以后更加反了过来——被鄙夷、被蔑视、被厌恶的，不是他们，竟是他自己。他至今也不能明白他们凭什么。而他们认为他心里当然应该明白。事情是秃子头上的虱子——明摆着的。他那糊涂不过是装糊涂。

于是从那以后他渐渐从情感上抛弃了这个村子。或者反过来说这个村子抛弃了他也可以。他再也不愿为这个村子效什么劳了！他原本是抱着极大的乐观，期待翟村人日子一天天好起来之后，变得更仁义、更友善、更有人情味儿的。而翟村的现实给了他一个大的失望。翟村的人们之间已经没有了过去那种亲近关系。一些人并不仅仅满足于自己富起来，还时时诅咒别人仍在穷着。因别人的倒运或公开或暗地里幸灾乐祸。

他在山林中搭了一个小木屋。更多的日子他远远躲避开翟村，和他的狗孤独地生活在那山林中的小木屋里。渐渐地他觉得自己成了一个与翟村不相干的人，并且渐渐地习惯了这一点。翟村的人也似乎渐渐地将他遗忘掉了。只有偶尔听到他的枪声，才想到翟村还曾有过翟老松这么个人。

翟村人人都在富。富了的许多翟村人，以狼那种歹毒的目光觊觎着本家人和血脉相连的族人们，算计他们是不是比自己更富了。如果是，他们就很痛苦，心里就很不是滋味儿，甚至恨得牙根疼。翟老松常常独自回忆起十几年前、二十几年前，或者更其久远的三十几年前的许多往事。他认为那些年的翟村人差不多都是好人，又穷又好的人，善良，富有同情心，肯于互助。而如今是差不多不同程度地都变坏了，变得使他感到陌生、使他憎恨了。

他那女婿，翟村的现任村支部书记兼村主任茂生，断然不能接受他这种观点。照茂生看来，翟村人过去也好不到哪去。仇视文化因而仇视文化人，自以为能在众人眼里树立起个老实巴交的农民形象，就算是天底下最优秀、最完美的一个人了。并且呢，极端驯服，奴性十足。这要归根于一种与族传统关联紧密的深远影响。倘一个五十多岁的人见了一个二十多岁的人，后者在辈分上长于他，他那并不由衷然而低眉顺眼的毕恭毕敬，是做得很恶心人的。用茂生的话说，翟村人目前正在钻一截由穷到富的竹筒，因而就不能责怪他们在某些方面变得太像蛇。翁婿俩观点如此相左，翟老松跟女婿也就没什么共同语言。他极少踏入女儿家门槛……

冰坝自上而下向内倾斜，仿佛倒置的礼帽。翟老松仰起脸，竟看不到它的顶端。獠牙似的冰排的利棱锐角，如一层层嶙峋的峣岩镇压在他头上。冷水从一层层冰排的缝隙之间渗出。那种令他惊心动魄的咔咔的声响，在冰坝后混成隐约的轰鸣，如同万千巨石在一口大锅内煮开了，翻滚着，互相碰撞着。冰坝绝顶一阵阵涌出的河水，似滂沱大雨，转瞬淋透了他的棉袄。置身冰坝之下，他却对它不那么感到恐惧了。他甚至敢于用枪托捣它。

它虽势如险壁，却纹丝不动。

一块两间屋子那么大的冰排，又被冰坝后汹涌的河水推了下来。在半空砸断无数觑出的冰排，轰然坠落，底部粉碎，上部倒向冰坝，如一扇门，将他掩在了凹处。碎琼乱玉堆成一座小山，仿佛要将他埋葬。他像一只被堵住了洞口的獾似的爬出来，腿伤了，猎枪却没丢掉。冷水从他领口浇入衣内，他冻得浑身瑟瑟发抖。他没法儿估计冰坝会在十分钟或者二十分钟，半个小时或者一个小时后崩溃。看来那是听天由命的事儿了！

"爹……爹，你干啥？……"儿子站在河床边的一块大青石上喊着问他。

"你姐夫呢？你姐夫呢？"他急迫地、一瘸一拐地朝儿子走来。

"不在家里！"儿子答着，从那块大青石上蹦下，咄咄地质问，"你为啥打死赛虎？你说！""他怎么不在家？！""不在家就是不在家呗！门虚掩着，炕上连被褥都没铺，鬼知道他上哪儿去了！你说你说，你为什么打死赛虎？！"翟老松不再多问，鬼知道的事他也早就知道。他恨恨地骂了一句："这混账东西！""你无缘无故打死赛虎，我再也不跟你入山打猎啦！"儿子愤怨地说，永远不屑于理睬他了似的，气咻咻地跑向冰坝。"你要干什么？""爬上去玩玩！""作死呀！给老子滚过来！""不听你的话！"儿子回头顶撞了他一句，猿猴似的，灵活地蹬着一层层寒森森的冰的尖牙利齿往上攀爬。翟老松奔将过去，拽住儿子一只脚，将儿子从一人多高处扯了下来，爷儿俩一起摔倒。他爬起来就扇了儿子一耳光。"死到临头，你还玩！"他拖着儿子，一瘸一拐地向村里猛跑……

"你得走了……"

"别动……"他将她丰腴的身子更紧地搂在怀里，用嘴衔弄着她的耳垂儿，喁喁地说，"想撵我走？我要搂着你睡到天白大亮呢！"

"你没听到枪声？"

"听到了。"

"那是他回村了呀！"

"他回村了又怎样？他有他的家，我有我的家，井水不犯河水！"

"你就不怕他晓得了？"

"不怕。"

她便将身子往下一缩，头拱在他怀里，哧哧地笑一阵，随后娇嗔地说："我才舍不得放你走哇，怕你走时被人瞅见……"

"被人瞅见又怎样？"

"我倒不在乎。"

"那谁在乎？"

"你。"

"我？哼！"

"你嘛，大村主任，村支部书记，县妇女代表的男人，就这些还不够你怕的吗？你怕你那厉害出了名的老婆，你怕村人们戳你的脊梁，你怕党处分你，你还怕丢了你自己的名誉……"女人一边说，一边用小手指点他心窝。他本欲跟她再火热地温存一番，她的话使他大扫其兴。

"行啦行啦，就算我怕！我走！"他将她从怀里推出去，一掀被子坐了起来，抓过衣服闷声不响地就穿。

"你生气了？"女人惴惴地问，一双俊俏的凤眼情意缱绻地瞅着他的脸。

"没……我凭什么生你气！"

"你是生气了！我不让你带着气走……"女人几乎哀求地说。

他苦笑一下，脱去刚穿上的内衣，又钻入被窝，将她那柔软的热乎乎的身子复搂在怀中，恣意抚爱。女人猫似的偎在他怀里，秀眸惺忪，双眸迷醉，脉脉含情，芳心舒泰地享受着他的抚爱，娓娓地拣些使他轻飘的话尽说尽说……于是两个人又忘乎所以地百般风流万种温存起来。翟茂生这一辈子最大的惋惜，恐怕莫过于怀抱中这个叫芊子的女人没成为他的妻子。他对她说过，这于他翟茂生是千年垂恨、万载垂伤的事。而她当时听了泪潸潸如雨，又感动又绝望，哭得喘不过气儿来。

他很情愿为这个女人"冒翟"村之大不韪。在翟村的历史上，还没有男女间苟苟且且的丑闻发生过，起码不曾被发现过。而他轻蔑它这一纯洁的历史。他对此怀着一种埋藏在内心深处的憎恨。尽管他还没有勇气公开宣布或流露出他的憎恨，但能趁个机会暗地里偷偷摸摸地对它进行亵渎，也使他多多少少获得某种类似报复了的满足。

他爱怀抱中这个女人是他自己没法了断的事。这位翟村年轻的村支部书记对自己的不道德行为既谴责又放纵，却并不内疚。因为芊子作为一个小寡妇是那么需要他。而他受用这个女人有如一头骆驼受用一片葳蕤的绿草。他被她那饥渴的旺盛的情欲所包裹所融化所燃烧着的时候，才真实地感到自己是一个男人，并且不枉是一个男人。别的时候不是。别的时候他是村主任，是村支部书记，是县妇女代表的丈夫，是被翟村人们普遍的敬意所冷淡所抛弃了的翟老松的女婿。如此而已，仅此而已。

二十九岁的茂生和二十七岁的芊子曾是县一中的高中同学。那是县境内唯一的"高等学府"。毕业生统统被公认是知识分子。不是小知识分子，不是什么所谓"知识青年"，而是神圣含义上的大知识分子。前些年，也就是金钱还没将文凭彻底打翻在地的那几年，尤其被这么公认。而现任县长和县委书记，除了年富力强等，更为主要和重要的，都正是因为有一中的高中文凭，才被作为知识型的干部推上领导岗位的。而据说他们当学生的时候，不过都是学业平平的中等生。县里如今又办起了两所开设高中班的中学，一中却仍是梦寐以求想考上大学的男女儒家弟子的跳板。如今一中的毕业证书是加压塑料薄膜的了，但若不能进而以它博取大学入学通知书，比起前两个十年它那种简朴的厚纸皮儿的毕业证书，就一钱不值了。希望得到它的人，可以花六百元进它办的各届"高中速成班"，不需要考试。

当年茂生和芊子放寒暑假的日子双双从县一中回村的时候，村人们无不以看待才子和才女的眼光看待他们。连长辈们也无不向他们表现出几分对未来的学究的讨好和敬意。

"茂生哇，预备考大学吗？"

"那是当然！"

"考哪家大学哇？"

"清华！或者北大！"

"那又是什么地方的大学呀？"

"北京呗！"

"北京……嚯嚯！好，好，有志向！那是天子脚下的地盘儿啊！"于是村人们对踌躇满志的翟茂生愈加刮目相看。

"芉子，你呢？"逢被问，芉子总是充满自信但又有几分不好意思地回答："和茂生一样呗！"

"也考清华、北大呀？"

"茂生他考清华、北大，我还能考别处吗？"

她凤眼天真眨动的样子，似觉人们问得奇怪。"往一块儿考好，往一块儿考好，往一块儿考多好哇！"村人们对他们共同的志向慷慨地给予大大的赞成和鼓励。

他们的父母更是殷切地盼望那样一天早日成为现实，倍加体贴和关怀他们。农忙季节也不让他们出力，唯恐劳累坏了他们的龙凤之躯。他们自己哪？他们自己都没考虑过万一考不上怎么打算，好像对于他们"万一"的后顾之忧是根本不存在的。当年他们的心怀简直盛不下他们那份儿天大的自负和自信。他们是高中班里数一数二的学习尖子，是他们的老师的骄傲。就算全县只有两名学生考上大学吧，除了他们还会有谁呢？

当年他们吃着村里打下的新粮时，端着饭碗满心涌动着一股股眷眷的乡情，都已然认为他们实际上不再是翟村的人了，只怕今后想再吃一口家乡的新粮也没机会吃上了。他们在翟村虽说不上浪漫却不乏野趣的花前月下，共同编织着他们美妙的前程。那前程是真正的鹏程万里，远大得不可限量，绝对超出最富有想象力的翟村人的想象。

"芉子……"

"嗯？……"

"为什么我报考哪儿，你也报考哪儿啊？"

"你坏，明知故问！"

"你说嘛！"

"偏不说，问你自己去！"

在河水绕过翟村的地方，在一个静悄悄的晚上，在那像一幢河上阁楼的小木桥下,他第一次抛弃了高中生的矜持和彬彬有礼,大胆地对她进行亲狎的挑逗。

翟村人的道德是不允许小伙子和大姑娘如此这般在一块儿的。亲兄妹之间也是有所忌讳的。然而对于他们,顽固的严厉的翟村道德睁一只眼闭一只眼,网开一面,甚至可以说已经宽容到了所谓"姑息养奸"没原则的地步。

月光洒满河面,河面映出芊子的倩影。他心猿意马地从明晃晃的水平如镜的河面上欣赏她那张俊秀的脸。她不吭声,羞赧地勾下头。他便放肆地将她轻轻放倒在河边茵茵的草地上。

若非她首先从乍惊还喜的迷乱中好歹挣扎出了狼狈不堪的理性,那一次两相情浓真不知将如何收场。她推开他,一边掩着襟怀,一边嗔道:"你怎么就急成这样啊?早晚芊子还不是你的人吗?馋猫!……"

然而那一年他名落孙山。她也是。第一堂数学考下来,一对答案,各错了两道大题,他们的心自然是都惶遽得乱了方寸。接下来的几门,更是考得一败涂地。分数莫说远远挨不上清华、北大的边儿,离本省分数线最低的师范还都差着十几分哪!……

普遍的翟村人们的心态很古怪,很难琢磨,变化无常。他们的名落孙山使很多村人觉得是件喜庆之事。他们的可悲可叹的下场使某些村人连续高兴了不少日子。他们为他们的自负和自信所付出的代价使某些村人乐不可支。尤其那些曾以为他们将来必是在天子脚下做高深学问的学究无疑,对他们讨好过流露过敬意的人,更是恨不得用挖苦、讥笑和嘲讽逼他们去死,仿佛他们是一对儿无耻的骗子,仿佛往昔对他们的讨好和敬意是无端的损失。老天有眼,大大地报应了他们,活该得很!

"茂生,还不去吗?"

"往哪儿去啊,叔?"

"进北京哇!上大学哇!咋,不想去啰?"

翟茂生只有掉头便走。

"你们家祖坟的那股青烟,刚要冒,可惜又被土地爷一把黄土闷住啦!哈哈……"背后掷来这么一句话和解气的朗声大笑。那个与他姓同一个"翟"字的叔,似乎忘了他们原本极可能是埋在一个坟冢的祖宗。

"芊子!""嗯?""过来,让我瞅你手!""婶,我手有啥瞅的?""瞅瞅，瞅瞅嘛！哟，瞧这双手，细皮嫩肉的，真胜似小葱白！十指尖尖如笋呢！你这可不天生是那捏笔杆子的手吗？往后却得做庄稼活了，多让人心疼劲的！""婶，瞧你说的……"芋子想缩回双手，无奈婶牢牢握住她手腕不放。

"芋子，你呀，你天生是小姐的心，丫鬟的命，你说你那么想考上大学，咋就偏给你来个考不上呢？不服命行吗？"

听来似是同情。婶脸上也大写意地浮现着同情。同情的后面却分明暴露着刻薄尖酸的马脚。鼻翼旁的那一条脸纹勾勒出的一丝极含蓄的冷笑，没逃过敏感的芋子的眼睛。

"婶，松了我手吧！……"芋子窘得面红如血，要哭，使劲挣脱双手，一扭身赶紧往家走……

"哭啥？哭啥咧！考不上怨谁？是谁咒你才没考上的吗？"又遭了娘一顿数落。

……

翟村人有种普遍的心照不宣的担忧，都生怕从他们这些祖祖辈辈和土地打交道的庄稼人中，大爆冷门儿蹦出个什么人物。仿佛这种事对他们来说绝对是桩祸事，是种危害，是种危险。他们顶容忍不得这样的事发生。而谁一旦真被公认是个人物了，他们是预备并且可以将谁视为神圣恭恭敬敬地虔虔诚诚地供起来的。若谁差点儿成个什么人物，终归没能成个什么人物，在他们心目中，便连个通常的人都不是了。他们践踏这样的人的自尊，是不觉得良心不安的。谁叫你差点成了个什么人物却终归没能成了个什么人物呢？这你的自尊还不该被大伙儿践踏践踏吗？他们并不坏。庄稼人难得有多少机会羞辱别人。一旦有了这样的机会他们便舍不得错过，并且感谢老天爷没忘了也给予自己一次这样的机会，因而认为天经地义。

他们原本是更希望彼此彼此的。同在一个村住着，同姓一个"翟"，俗话说"低头不见抬头见"的，若彼此竟不太一样了，则他们觉得他们自己的自尊倒是受到伤害、受到侵犯了。

他们真的并不坏。撇开这些而公平论之，差不多也都还算是好人。

随着时代的进展，他们倒很能容那些发家致富了的人，但前提是别太顺当了。太顺当了他们仍是容不得的。比如翟老松。发得很担风险、富得艰难坎坷之人，他们还是服气的，不怎么嫉妒。他们也学得很能容那些挂了各种荣誉头衔的人了，比如当了县妇女代表的茂生媳妇。但前提是挂的空头衔。倘同时获得实实惠惠的好处，诸如居然拿上了什么国家干部的工资、坐上了小汽车等，那是他们心里所不许可的。

　　但他们几乎是出于本能地仍对墨水喝得太多的人怀有敌意。他们表面上有时可以佯装出敬重这样的人，其实隐藏在他们内心里的是真真实实的憎恨。"文化大革命"那些年，实行所谓"工农兵"上大学，县里连续几年给村里名额，推荐来推荐去，都被翟村的贫下中农搅黄了。翟村的贫下中农占百分之九十九点九，推荐出一个有资格上大学的就难于上青天，而搅黄是何其容易的事！你家的后生或者闺女去上大学，让我家也觉得光荣吗？胡扯！尽管都是贫下中农，可贫下中农也各长各的脸啊！尽管都姓一个"翟"，据说都是一个祖宗，若不都姓同一个"翟"，并不都相信是同一个祖宗，这种事情还好商量点哪！因而偌大一个翟村，一千多口子人，却连个所谓的"工农兵大学生"也没出过。翟村的某些人，甚至认为还是"文革"时期的教育制度好，如今的教育制度不好。那年月他们完全可以做到不让翟村出有知识有文化的人。如今他们似乎杌陧地感到未必还能做得到了。如今凭分数，没谁征求他们的意见了。说不定哪天又会蹦出两个当年的茂生和芊子吧？他们精神上的平等意识正受到严峻的威胁。一个远离县城的千把人的翟村，将不但要分出穷人和富人来，进而还要分出受过高等教育的人和没受过高等教育的人，有文化知识的人和没有文化知识的人，再进而连他们的子孙后代也可能区别为尊者或卑者，这种情形光想一想就够令他们忧心忡忡、令他们愤愤不平的了！这乃是翟村人当年的心态，也未必不是现今的心态……

　　两家父母开始密切监视茂生和芊子，不允许他们再寻找机会接近。翟村的道德，也不再对他们睁一只眼闭一只眼网开一面了。

　　压抑的青年有天在村口碰见了挎着小篮到自家菜地去的芊子。

　　他说："芊子，咱们明年还考！"

　　芊子侧转身不瞧他，灰颓地说："明年我不考了，要考你自己考吧。"

　　"那不行，那咱俩在村里没法做人了！"

　　"再考不上，那咱俩还能活吗？"

　　"再考，准能考上！"

　　"不，我不考了。我怕了……"

　　芊子说完，不管他还有话没话，低垂着头慌慌地就走……

次年正月，芊子嫁人了，嫁的是她远房表兄翟广玉。广玉那年刚买了辆手扶拖拉机，在县城里跑私人运输，钱来得又多又便当。芊子不情愿，寻死觅活哭闹了十几天，最终还是拗不过父母，成了广玉的老婆……

茂生恨了她一阵子，后来不恨了。后来恨的是芊子的父母和村里的人。再后来谁也不恨了。再后来他就成了翟老松的女婿。翟老松曾很为自己的女婿是翟村唯一的高中生而感到荣耀。翟茂生对他的女儿秀梅没什么情爱。

茂生刚完婚三个月，翟广玉死了。撞车撞死的。翟茂生也后悔得多次想死——晚成亲三个月就好了啊！芊子由大姑娘而成小寡妇，兴许她的父母便同意他娶她了。全村的女子挨个儿比，唯有芊子是他的心上人！

芊子更恨自己的命，嫁了茂生她才能如愿以偿，和广玉她没法儿过到一块儿去。广玉是个烟鬼和酒鬼，认识的字不够写便条，只知大把大把地挣钱，大把大把地花钱，还结交了些不三不四的朋友，动辄请到家里山吃海喝一顿……

他怎么不早死三个月呢？

如今茂生的儿子已经五岁了。

如今芊子已经守寡六年了。

翟村的男人，除了茂生，再没一个她看上眼的……

他亲她一阵，又将头在她富有弹性的胸脯上静静地枕了一会儿，之后放开她，低声说："我真得走了，还是别叫人发现的好……"她却将他紧紧搂住："你媳妇到县里开几天会？""六七天吧。""今夜里你还来不来？""你愿意我还来？""嗯。"她眸子亮晶晶地说，"这六七天我要你天天夜里都来！""那我就来。""有次我见了你媳妇，上赶着跟她说话，她对我一副带搭不理的样子，她是不是知道什么了？""她什么都知道了！""什么都知道了？""对。除了咱俩这会儿的事她不知道，其余什么都知道了！""这可怎么好呢？""要想人不知，除非己莫为啊！有天夜里我梦见了你，叫你名，自己把自己叫醒了，她在我身旁哭……我就将咱俩一次次的事都向她坦白了……""她呢？""她光哭，这次她临走，我问她几天回，她反问我：'你盼我早回还是晚回啊？'我说：'当然盼你早回了！'她撇撇嘴：'骗小鬼儿去吧，我一走，又给你创造了好机会！这次我带儿子去，免得儿子妨碍你们的美事！'出门前，她又对我说：'你想芊子，芊子想你，人想人，想死人。我不愿你死。你一死，我不也成年轻寡妇了吗？'……"

"她说的是真话？"

"谁知她！"

"我觉得自个儿怪对不起她的。"

"我觉得怪对不起你的。我不能跟她离婚……我怕上法院。我怕法院的人当面问我——'你媳妇哪方面不好？'我答不上来，还怕儿子将来恨我……"

她用手捂他的嘴："我不怪你。我跟你提过要你离婚吗？我不是从来没提过吗？……"

他将她的手从嘴上拿下，握着："可你……我……总不能长久这样下去啊……"

她叹了口气，沉默一会，低声说："只要你明里是你媳妇的人，暗里是我的人，一半儿，不，一小半儿是我的人，我就不抱怨什么……"

听她说出这样的话，他也叹了口气。他从被窝里伸出条胳膊，抓过上衣，掏烟吸。烟的质量太差，简直难以吸透。他不得不使足了劲儿嘬。她将两条白皙的赤臂平放在枕上，垫着下颌，睨视着他那模样哧哧笑。

他一边使劲吸烟，一边内疚地想到他媳妇秀梅。秀梅一点儿不秀，也不像梅花那么瘦俏。而芊子的身体却如同美人鱼般诱他爱欲。秀梅五大三粗，腿比他的腿还粗一匝，不愧是翟老松播下的人种。除了模样，他真是说不出秀梅半个不字。而模样，在如今男人闹离婚的时候，又是最最说不出口的理由。那不成当代陈世美了吗？翟村以外的大千世界，越来越能容得了万把个陈世美了，翟村却是至今仍难容的。秀梅很能。几年前开始养兔，如今已养了有七百多只。家里全靠那些兔子富起来，盖了新瓦房。他不能忘恩负义啊！……

他又想他自己，居然入了党。如今村里已没什么人想往党内钻了！入党前，翟老松找他谈话，极严肃地对他说："茂生，你入党吧！你是全村唯一的知识分子，你一定得入党。党眼下需要知识分子入党！"当时他还没成为翟老松的女婿。翟老松的态度那么严肃，又是他的长辈，又代表着党主动找到他头上，话又说得恳切之至，使他除了写一份入党申请书没别的选择。翟村有十几名党员的党支部，很久很久没讨论过谁的入党问题了，因为已经很久很久没有谁申请入党了。他们对翟茂生感到非常奇怪。继而觉得他这份儿愿望在如今来说是那么难能可贵，于是高兴又有一次小小的机会证明着他们现今那渐渐被人们遗忘净尽的党性的存在。于是完全同意。于是他入了党。其后不久，翟老松退位，表现开明和让贤，并且提名他当支书。十几名党员还是完全同意。现今支书已不再是有权的官，党员们并不挖空心思想当支书了。现今支书只管党内事。偌大个村，党外的事也不少，也总得有个人管管。比如谁家汉子打老婆，谁家媳妇虐待公婆，谁借了谁的钱不还，得有个人出头评评理，主持公道。于是翟村人又大方地将实际上早已名存实亡的村主任的高帽扣在了他翟茂生头上。但现今不过是个"地保"的角色而已。翟村的人认为，他身兼二职，是很吃亏的事儿，于是公议决定，每年补贴给他一百元"操心费"。这一点上，又足见翟村人的厚道。他自己亦觉得他扮演的确是很吃亏的角色，并不认为一百元的"操心费"多，受之无愧。

芊子欠身从他衣兜掏出那盒烟，弹出一支，双手轻轻搓着。他以为她也要吸，递给她火柴。她摇头，将那支搓松了的烟塞入烟盒，弹出另一支，继续搓。瞧着她那么认真地替他做这件事，他心里又涌起一阵柔情蜜意。

她问："你猜我已经存下多少钱了？"

"你还能存下多少钱！"

"别小瞧我，你猜嘛！"

"猜不着。多少？"

"六千！"她十分骄傲地说，"三千在存折上，三千在家里，还没工夫去存。"

"不多。"

"也不少哇！"

"比起翟大麻子，少多啦！"

"谁跟他比？他和县里的一伙人勾结一块堆，倒卖假烟假酒！他那是麻子不叫麻子，叫坑人……"

翟村人这几年富得不慢。农民一旦摆脱土地束缚，猪往前拱，鸡往后刨，赚钱发财，各有一套。村中十字交叉的两条路，小酒馆、理发铺、修鞋的、烤烧饼的、磨豆汁的……形形色色的小铺面应有尽有，俨然小镇似的。翟村人，在瞅准行情、绞尽脑汁赚外人钱的同时，也不放过本村人身上的毛。不过有人拔得手狠一点，有人拔得手轻一点。芊子卖了丈夫留下的那台手扶拖拉机，在村里开了个门脸挺体面的杂货铺，供应全村的日常杂品。她买卖方面讲仁义，村人全是她的主顾。她，大富是富不起来的，所以倒也没谁暗中存着坏心眼，想要像对付翟老松那般调教她、整治她。何况，她给予了人们诸多方便。

芊子又说："我想扩大门脸，设几张桌子，从县城请个大师傅来，你看怎么样？""想干啥，就干啥！""我可是说干就干啊。""那你早下决心就是，到时候需要我帮什么忙，只管告诉我！"两人正说着，猛听得有人咚咚擂门。"茂生！茂生！……"分明是翟老松那洪钟般的嗓音。两人互相瞪着，屏息敛气，一时都呆了。"茂生你赶快给老子滚出来！"翟茂生手忙脚乱，两条腿硬往衣袖里伸。"别慌！"芊子夺下他的衣服，将他裤子塞给他，镇定了一下，慢声问，"谁呀？""我！老松！耳朵聋了听不出来？快快开门！"翟老松在外面吼。"我还没起哪，什么事儿呀？"芊子异常镇定地穿着衣服。她看了慌作一团的茂生一眼，悄说，"他翟老松是鬼？你别那么怕，有我呢！""快快让茂生出来！"咚！咚！咚！翟老松又在外面用枪托捣门。

芊子在屋里提高了嗓门儿："你怎么一大清早上我这儿找女婿？我看你八成喝醉了酒，想寡妇门前耍酒疯吧。告诉你，我这寡妇可不是好惹的！"

"少废话，再不开门，我砸窗啦！"翟老松从门外转移到窗外。

这时，外面响起钟声。当！当！当！……

敲得那个急！翟茂生脸都吓白了。他以为翟老松要召集全村来捉奸。

"芊子，我从后窗跳出去吧？好汉不吃眼前亏呀！"

"后窗让我钉死啦！"

"嘿！……"

茂生连连跺脚。

"你我都穿好了衣服，还慌什么？你给我端端正正坐在桌子旁！"芊子说着，找出算盘和一本账簿，把一些单据往桌上一放，呼着茂生又道，"你就讲我找你帮我算了一夜的账！"随即迅速叠被，同时没忘了应答窗外的翟老松，"你有胆量，你就砸我的窗！"

芊子也以为翟老松要召集全村人来捉奸。到了这时刻，她反倒更镇定。爹娘前年都死了，上无老，下无小，她什么事情都不惧怕了。"你到底开不开门？""不开！"她豁出去，硬碰硬。"既然我帮你算了一夜账，还是开门好……"茂生也较刚才镇定许多。他暗暗打定主意，谁敢触芊子一指头，他就跟谁拼命，包括他老丈人。他也打算豁出去。

芊子听茂生的话不无道理，正欲去开门，窗外翟老松已等不及，火冒三丈了，只听哗啦一声，一块玻璃被捣碎了。接着窗扇被枪托砸开，翟老松像头被激怒的猛狮，从外面跃入屋中，站立在炕上，一双又脏又湿的大号乌拉踩着红绸被子。

"我……我帮芊子算账……"茂生倏地站起，将芊子护在身后，嘴上说着话，一手防范地将铁框子算盘操起，准备当武器使。翟老松虎着脸跳下地，跨到茂生面前，恶狠狠地给他一耳光，扇得他晃了一下身子才站稳。

芊子将翟村的村支部书记轻推向一旁，上前一步，站定在往昔威严的老村主任对面，双手往腰中一叉，冷笑道："别打你女婿，打我，是我勾引他的。"

翟老松气得腮帮子直抖，说不出话。

"怎么？不敢碰我？你手里不是有枪吗？"她解开了衣襟，暴露出贴身的绣着花的紫红色兜胸，"开枪吧！怎么？也不敢开枪？怕偿命！没那胆量你趁早给我滚！告诉你，我恨你！当初是你替翟广玉保的媒！收翟广玉的烟酒钱了吧？是你对我父母说的，从辈分上算，我该是茂生他的姑，所以我无论如何不能嫁给他！你凭什么说我是茂生他的姑？你拿出那族谱来给我们看！兴许那上面还排着我该是你姑奶奶哪！……"

守了好几年寡又当了好几年杂货铺女主人的芊子，做姑娘时的文气早已大大减少，生活使她增添了许多泼辣。

"你这女人！……"

翟老松扬起大巴掌想扇她，芊子没躲闪，连眼皮儿也没眨一下，那双乌眸中凝聚着无畏的目光，直射在他脸上，使他倏忽间感到，这女人大概是轻易扇不得的。他扯着她胳膊将她抡开了，指着自己女婿厉声吼道："听着！山口那儿垒起了冰坝，你快给我召集全村人，往山上逃命要紧！"

听他说的完全是另外一件事，翟茂生略略定了心，不明白地问："冰坝？什么冰坝？"

钟声还在响：当！当当！当当当当！……

"冰排在山口那儿把河道堵了，六七层楼高的一道坝！河水已经拦得齐坝高了！那坝一塌，全村就完了！我只怕人们听见钟声也不理会，你和我，分头挨家挨户去告诉人们上山逃命！迟了就惨啦！……"

翟老松急急地说着，见女婿似信非信的样子，不再说下去，干脆将女婿拖出屋外。

院墙那边，一张女人的茄子脸"隔岸观火"，是翟大麻子老婆。

"你！"翟老松一指她，"看什么？快回屋去喊醒你一家人，上山逃命！"

那婆娘无动于衷。

翟老松顾不上多理睬她，扯着女婿，踏着芊子家的鸡窝，登上了芊子家的房顶。

翟茂生终于亲眼看到了那矗立在山口的巍峨的银色大堤。火红的一轮大太阳，刚从冰坝后露出一半脸。晨雾已经完全散尽。冰坝在阳光的映照之下，仿佛涂了一层鲜血。

芊子也跟随到了院里，仰头望着房顶上的翟老松和翟茂生。"芊子！"翟大麻子老婆皮笑肉不笑地搭讪着问，"是不是茂生媳妇又到县里去了呀？"芊子不回答，捉住一只惊出窝的母鸡，往院墙头使足劲一抛，骂道："讨厌的东西，回窝去待着！"

母鸡差点落那女人头上。那女人尖叫一声，茄子脸立刻从墙头消失。翟老松和翟茂生同时跳下了屋顶。茂生说："我去村部广播！"说罢拔腿便跑。只剩下翟老松和芊子，两人不禁眈眈相视。

翟老松压住心中对芊子的憎恨，命令道："东边的人家你负责，西边的人家我负责！"芊子不动，抱着手臂道："你倒是叫我负什么责呀？""芊子，人命关天！那是会鸡犬不留的呀！今天你和茂生，我只当不知道还不行吗？……"翟老松的语调放缓和了些。芊子终于开口说出两个字："好吧……"

翟大麻子老婆肋下夹一抱柴火回到屋里，生起灶火之后，轻移两只肥厚的大脚走入东房，一屁股坐在炕沿上，盘起一条腿，垂着另一条腿，捅醒丈夫，诡秘地说："哎，刚才我可亲眼看到场好戏！"翟大麻子受了她带近身边的凉气，打了两个大喷嚏，也不睁眼，只用被子裹严肩膀，懒洋洋地问："什么好戏啊？""老松从芊子屋里把茂生给拖出来了，咱那大村长连裤子都没穿好！"那女人绘声绘色，并且因为目睹的事实是翟茂生不但裤子穿得好好的，连棉袄扣子也没少扣一颗而感到深深的遗憾。"唔？……"她男人分明精神为之一振，立即睁大了双眼。"翟老松那张脸，铁青铁青的，真怕死个人，一手还提着枪呢！"翟大麻子一翻身趴在被窝里，连连追问："后来怎样？后来怎样？""后来嘛，后来没怎样。""没怎样？你不是说他手里还提着枪吗！老松没想对他们开枪？""没……"那男人失望又扫兴地复将头落在枕上，又闭了眼睛。"村里敲钟啥事？""不知道……""哼，你！一问三不知！那你还进屋来瞎叨叨啥？"

他原以为村里谁家失火了。前些年，不去救火，起码是要在全村大会上挨批评的。如今，救火得情愿，是人缘。如今谁家着火了他也不情愿去救。他才不白施那份人缘给谁呢！再说现今因为不去救火又轮得到谁批评谁呢？所以虽然一阵阵急促的钟声搅扰了他的晨梦，却未将他惊起。

"怪了，"他闭着眼睛嘟哝，"女婿跟芊子那小骚妇勾搭成奸，老松干吗不教训教训他俩呢……"

他女人忽嗅到一股焦味儿，急忙离开，扑入灶间，是忘了往锅中倒水，烧着干锅，险些儿连锅盖也烤着。赶紧地泼水入锅，造成一片异响一阵蒸气，又回到男人身边，继续说道："后来他们上了芊子家房顶……"

翟大麻子精神又为之一振，又立刻睁大双眼，又一翻身趴在被窝里，怀着强烈的兴趣追问："唔？他们竟打到芊子家房顶上去了吗？"

前年他家盖新房时，侵占了芊子一块院地，芊子不依，吵闹起来，结果是茂生出面，替芊子主持了一回公道，责令他家出了三百元钱，并当众向芊子赔礼。他仍耿耿于怀。

"没到房顶上去打……"

老婆的话又扫了他一大兴。

"他们站在房顶上看。翟老松说山口那儿堵了一道什么冰坝，还说分头告诉大伙儿快往山上逃……"

那女人正喋喋不休地说着，翟老松闯了进来，一把将那被子从那男人身上扯下地，怒吼："你们等死啊？还不带领儿孙们往山上奔命！"吼罢，踏着那条被子冲了出去。

冰坝？……

翟大麻子心中一悸。他毕竟是个听说过一些世事的男人，对翟老松的话不像他那长舌妇那般麻木。

他匆匆穿了衣服，趿着双鞋，半信半疑地走出屋，攀着梯子也上了自家房顶，登高一望，可就一眼望见了那巍峨狰狞的冰筑大堤。他明白了那意味着什么。

"我的娘……"他霎时变了脸色,两腿一软,险些儿从房顶一头栽下来。

他惶恐万状地溜下梯子,一扑入家门便大声叫嚷:"不得了!快往山上逃!……"接着是一连串麻利的动作——从裤腰带上取下钥匙,爬到炕上打开一口箱子,再从箱子里捧出一个小漆匣,紧抱在怀里蹦下炕,往外便跑。那小漆匣里锁着他的全部存折和现钱三万余元,是他的命。

"你哪去啊?……"老婆吃惊地嚷着问。

他因自己在危难临头之际,竟由于惶恐忘记了他这位一家之主对家庭成员们的责任和义务而羞红了麻脸。

"逃命!"他已一脚家门里,一脚门外,倏忽间想到了什么,缩回迈出家门的那只脚,又返身冲入儿子屋去,顾不得犯忌,一下子掀开儿媳妇的被子,将酣睡的孙子拖离儿媳妇怀,用被子一卷,说:"你们抱上彩电什么的!……"将卷在被中的孙子往肩上一扛,一手捧着小漆匣,一股龙卷风似的卷出了家门。

钱是命,孙子则是命根子。

他女人追至院中嚷:"老东西,不管他们小两口啦!……"

"你看我这样,还能顾上啥!咱们先逃!他俩年轻,逃得快!……"

他不得不站住等待老婆几秒钟。那女人犹豫了一下,从缸里舀水,一下下泼灶中熊熊的火。弄得一大团一大团的青烟白气从敞开的家门涌到院里。

"我说你那是干啥!……"

"不泼灭,失了火咋办?"

"嗨!你!……"

翟大麻子急得原地直转圈儿,气恼之下,决定不等上他那大祸临头还死不开窍的老婆一块逃命了!

"千万带着我那件狐皮大衣!"那是他花一千多元高价买的。一色的银狐皮毛。他大声叮嘱一句,惶惶如丧家之犬,奔出院子……

他一口气跑到小木桥上,听身后并无人跟着逃将过来,气喘吁吁站住了,也是实在跑累了,跑不动了,打出娘胎,没这么扛着抱着地跑过。

钟声已经不响了。他觉得似乎也减少了许多奔逃的紧迫感。他转过身朝村里望去,见一些人蹲着的、站着的、袖着双手的,懵头懵脑地聚在一起。

他又朝山口那边望去。变换了一个角度，并且不是站在高处，则望不到冰坝的全貌了，只能望到基部的一角，其余部分被山势挡住了。于是乎那冰坝的存在，也就仿佛不那么险恶不那么狰狞了。

他呆望了一会儿冰坝，再次向村里望去，向家院望去——前年盖起的四间半砖瓦房，沐浴在美好的早春的明澈晨光中。看家狗卧在院门口。刚下完蛋的鸡在院子里劳苦功高地咯嗒。四间半砖瓦房是不可能驮到山上去的。还有花了许多钱置下的一切家具……

尽管那冰坝明明是一种存在，他也有些开始怀疑，它的威胁性究竟是不是像他听说过的那么惊然，究竟是不是像翟老松预言的那么可怕了。光绪年间的事儿翟老松也是没有经历过的啊！还不也是听别人讲的！再说全村的人，除了他自己，并没有第二个谁撇家舍业地逃出村来呀！翟老松是想趁机蛊惑人心，充当全村人的救命菩萨吧？很有点说不定的呢！他继而认为老婆灭了灶火是绝对正确的了。否则，果真失火，没淹入汪洋，倒被火烧了个一干二净，翟老松是不会赔的！谅他也赔不起！……

当他的头脑中进行过以上可以称之为思想的活动之后，连接他的颈骨和锁骨的那一根神经提醒他——该查看查看命根子是否还是活的！

于是他缓缓地以太极般的动作蹲下了身，先将装有存折和现钱的小漆匣子轻轻放在桥板上，后将煎饼卷葱一样卷着命根子的被卷轻轻放在桥板上。那小木桥已年久失修，桥桩已摇晃，桥板已残缺。幸而河水被冰坝挡住，河里几乎无水，使他不必担心命和命根子都有不慎掉下桥被河水冲走的不堪设想之后果。

被子打开，三岁的孙子满脸鼻涕满脸泪，窒息得脸色发青，唇已发紫。神灵保佑，吉星高照，没死。

"噢，噢，乖孙，爷爷委屈你啦，没法子的事儿，咱爷们儿是在预备逃命哇……"

他自言自语说着，将赤身裸体的命根子用被重新包裹了一番。这一次的方式方法文明了些也科学了些，不连头卷起来了。既把头露在被外使其能够正常呼吸，又以一个被角护头防止伤风感冒得急性肺炎。

乖孙，莫哭！爷是绝不会抛弃你的！任啥情况下爷也是绝不会抛弃你的！你是爷的命根子，没有了你，爷千方百计挣下的这一份儿家业将来靠谁继承着？……

他心里这么想，鼻子竟相应地有点儿发酸。一种唇亡齿寒的骨血之怜，一种近乎悲壮苍凉的人类的情愫，在他那自以为家业博大的农民的胸膛里翻涌。他觉得在这么一个大祸即将临头又似乎不见得果真临头的扑朔迷离的时刻，自己仿佛很英雄起来，值得赞美和称颂起来。

　　而在他那种骨血之怜和那种本能的情愫下面，蠕蠕活动着的是他那农民式的永远冷静永远直面现实的潜意识——他就这么一个孙子！不错，儿子倒是年轻力壮，儿媳妇倒是生育的热情极高，但谁又能保证这一个孙子若没了，儿媳妇还会再替他生下一个孙子呢！倘一连串生下几个孙女来岂不是又白搭又沮丧的事吗？没了孙子，到了儿子那一辈以后，家业再兴旺不是也白落给了别姓人家吗？当然，那时也极可能还是会落在某个姓翟的人名下，但姓翟的可并不都是他翟大麻子的子孙啊！……

　　他解下两根鞋带接在一起，系于腰间，替换下腰带，将孙子万无一失地紧紧地扎负在背上，这才又双手捧着小漆匣站起来。

　　村里，聚集在一起的人更多了，却仅仅是聚集在一起而已。

　　他想回村去听听人们对冰坝是怎么个看法，对究竟需不需要撇家舍业往山上逃是怎么个主张、怎么个观点。于是他走下了小木桥。刚走几步，又站住了。寻思了一阵，复到小木桥上。

　　他想，在这种关头，自己可不能冒险，不能犯错误。万一走着走着，冰坝突然塌了呢？那村里的人就会立刻都朝小桥这儿夺路而逃。被夹裹在人群中的话，自己又背着又抱着，绝不会再首先逃上这桥了……

　　他两脚稳稳踏在桥上，晃了一下身子，小桥也随之微微晃起来。毫无疑问，众人奔跑而过，它是承受不住的……

　　他决定不回村。他在桥头坐了下去。摸摸衣兜，嘿，还装着半盒烟，还装着火柴。于是他望着村中聚在一起的人，吸起烟来。

　　家人竟未紧紧相随。他吸着烟又扭头朝冰坝那儿望了一眼，既替家人们着急，亦觉似乎更可心安理得地坐在这儿了——也好，反正顶顶重要的东西是都在自己一人身上了，家人们"留守"村中，倘一场虚惊，家庭也不至于落得村人耻笑……

　　芋子急急地挨家挨户敲窗摇门，聚集在村中的许多男人是被她从炕上喊叫起来的。他们揉着眼睛，打着哈欠，嘟哝着，甚至骂着娘，相当不情愿地、懒懒洋洋地踱出家门。

冰坝？……

逃命？……

在这个静谧、感觉不到任何凶兆的黎明，让他们相信确确实实大祸临头了，并不是件很容易的事。

又没失火，敲什么钟呢？

"文革"岁月，钟是一种权威，一种神圣。"天天读""早请示""晚汇报"、各种内容的"大批判"、分派农活……钟声一响，人们顷刻集合到钟下，谁也不敢迟到。迟到了是思想感情问题，是政治立场问题，是劳动态度问题。扣工分。那年月工分才是养家糊口的命根子。现今翟村没有工分这一说了。翟村的土地本就少，承包给十几户人家了。现今翟村大多数人学会并且善于挣现钱了。靠跑县城卖鲜菜，靠做小买卖，靠搞家庭副业什么的。现今往昔那种种严峻的"问题"早已不存在了，已从人们的生活字典中消失。好几年内没听到钟声响过了！那口残破的古钟早已成了撒谎的孩子"狼来了"那句话的翻版之证！早已失去了它的权威性和神圣性。没谁仍将钟声当成回事儿……

太阳不还是从老地方正升起来吗？多晴朗的一天！男人们集合到一块儿去，完完全全是出于一种早已大大退化了的责任感的淡薄意识。好比需要全村人商议一件什么鸟事，户主代表全家。现今他们觉得，大凡与自家利益无关之事，都是些不值得商议的事……

芊子没惊动翟老根一家人。她虽然并不太记仇，却怎么也忘不了翟老根的女人当年如何攥住她的双手尖酸刻薄地嘲讽她。那女人至今没对她有过什么忏悔的表示。那女人现今还居然自称起"仙姑"来，成了替村人们"求神问卦"的个体户，倚老卖老，装神弄鬼骗人钱财。她曾希望茂生加以制止，身为村主任和党支部书记的茂生却说："不信的，强迫也是个不信。信的，强迫不信也不行，不就是骗点钱财吗？周瑜打黄盖，愿打愿挨的事儿，管那么多，我这地保也当得太累了！"

广玉死后，那女人满村散布芊子是九尾狐狸精转世，专克好色之徒。芊子气得又去找茂生，在他面前哭。他却笑，说："甭理她，让她红嘴白牙瞎咧咧去。你若真是九尾狐狸精转世就好了！别人信了她的话，离你远远的，光剩下我这好色之徒不怕你克我，有什么不好？《聊斋》里的狐狸精，不都是又美丽又痴情的女性？我早年读《聊斋》入迷，夜夜巴望忽然有个

227

姿色绰约的狐姐狸妹与我幽会，欣喜纳之。你我这不是被'仙姑'言中了吗？……"说得她破涕为笑……

但她内心里却没法儿消除对那女人的憎恨。

她但愿那女人今朝罹祸才好！

她将村西头人家的门挨户都擂过一遍之后，觉得翟老松交给自己的任务，业已问心无愧地完成了，便往家跑。旁人不相信大祸临头，她这会儿却是相信了的。无须亲眼看到冰坝，听了翟老松对茂生那么一说，她就已然明白，一种险恶在山口真是形成了。再说，如果情况不是万分危急，翟老松何至于破窗而入到她家里呢？茂生会慌慌地从她房顶上跳下，只说了一句话拔脚就往村部奔吗？……

她在擂人们的家门时，差不多是将翟老松的原话重复一遍，而且传达出更为紧急的色彩。她十分惊异于人们为什么都那么懒于出家门，而她却又不能只顾一家舍了百家。

跑着跑着，她放慢了脚步，终于不跑了，站住了。后来她返身往回跑，跑了挺长一段路，跑入翟老根家院子。他家的大黄狗，对她陌生，见她慌慌张张跑入院子，汪汪狂吠，就扑咬她，逼得她退出了院子。腿上已经被咬一口，幸亏还没换季，穿的仍是棉裤，倒没咬疼她，狗牙只将她棉裤撕破了。那狗欺人太甚，堵在院门口，张牙舞爪的，继续对她狂吠不止。

芊子急了，一时性起，从院墙根搬起一块大石头，举得高高的，朝它砸去，准准地砸在狗头上。那狗哀嚎着，夹紧尾巴，窜到窝旁趴下了。她抽下顶门杠操在手中，盯着那狗，走向窗前，不曾想那恶狗第二次扑上来，又欲撕咬她。芊子怒不可遏，狠狠一杠子横劈过去。那狗在地上打了个滚，嚎得更惨，拖着一条腿怯缩进了窝里，不敢再出来。显然，她一杠子打断了它那一条腿。

"哪个杂种打我家狗？！"屋里传出翟老根怒冲冲的喝问。

"我！芊子！老根伯，快起来！快让你们全家都起来！冰排在山口那儿垒起了一道大坝，说不定一时半会儿就会塌！……""就这事儿？""就这事儿，你没听见钟声啊？""知道了！那你也犯不着打我家狗！""我不打它，它咬我！"芊子这才撇下手中的顶门杠，转身快步往院外走。

翟老根并不老，还不到五十岁呢。耳朵也不聋。刚才钟声一阵阵敲得那么急，他哪能没听见？他是本想要出门看个究竟的，可"仙姑"纠缠着跟他犯腻，不肯让他起身。靠着"仙姑"装神弄鬼骗钱，翟老根家也从县城里搬回了一台二十寸的大彩电。"仙姑"托时代的福，日子是开始过得舒心过得红火了，只一件事儿她觉得是个女人老大的委屈——自从为老根生了第三个闺女之后，老根就不亲热她了。有时她主动俯就他，他倒显出厌烦的样子，还说："弄你也是白弄，再弄出个闺女来，四个闺女加一块儿，得赔多少钱才能嫁出去？"并且经常瞧着三个待嫁的女儿愁眉不展，唉声叹气。天长日久，行房本事很不行了。把个四十三岁如狼似虎的"仙姑"心里苦透了。电视里大做一种补药广告，灵验之词说得神乎其神，天花乱坠。她托翟大麻子求县城里的朋友，从外地为老根买回了整整十盒。翟大麻子还好意思地开口向她索要了二十元人情钱。翟老根已经服了两盒，却还是那个坐怀不乱的翟老根。问他那药到底觉得怎样，他说怪甜的，像糖水。"仙姑"昨夜又逼老根加了量。老根服下之后，终于说药劲体验到了。问他体验到了什么？他只回答一个字是"困"，任她百般旖旎也不顶用，鼾声震耳地说睡便睡了……

"别起！别听那小狐狸精的！要真像她说的那么凶险，村里还这么静？还不早鸡飞狗跳乱成一锅粥啦？她还不早光顾自己个儿逃命要紧，会来菩萨心肠叫咱们？不定就是找人到山口那儿义务劳动，疏河什么的！……"

那女人赖在他怀里。"我起来去看看咱狗给打成什么样了！……""狗不是不叫了嘛！""那也该起了啊！居家过日子，咱做父母的不能领头睡懒觉哇！让女儿们学的啥榜样吗！……""我就不让你起！你不再想要儿子啦……""……""你死心了，我还没死心呐！你甭绝了念头，说不定我真怀上了，就是个儿子！我掐算过，今天这个日子，这个时候最好……"翟老根被纠缠不过，只有依她……芊子离开他家院儿，回头望了一眼，见他家门还没开，就又走到了他家窗前。"老根伯！老根伯！……"屋里毫无动静，翟老根连应一声也不应了。"老根伯！你可千万别不起呀！我说的是真话！我没来由一大清早骗你呀！再不起我砸窗了啊！……"屋里还是毫无动静。芊子重新操起顶门杠，学翟老松的榜样，哗啦啦啦，一阵砸，砸得翟老根家一扇大窗破碎不堪。在那一阵砸中，她觉得自己的义务是彻底尽到了，同时感到终于对那女人进行了公开的报复，心怀里很是畅快。住手后，将顶门杠也从窗口顺进了屋……

"芊子你个不得好死的骚狐狸精！你偷汉子的丑事儿当老娘不知道

哇？老娘饶不了你，非给你张扬个全村人都当面啐你不可……"芈子复往院外跑时，听翟老根那女人在屋里破口大骂。她奔跑在半路，碰到了茂生。

"你怎么还在村里啊！"他一见她，火了，"你以为这都是在闹着玩吗？连我也不信吗？""信，信！"芈子不得不解释，"你老丈人命令我把村西头的人家都叫醒，他那凶神恶煞似的样子，我敢不从吗？""都叫过了？""都叫过了。""那村里怎么不见多少人？""都不信！最可恨的是翟老根家，我一急砸了他家窗子，惹得他女人破口大骂……""那你快往山上跑吧，你的任务算完成啦！""怎么没听见你广播？""嗨！那一套东西多年派不上用场，谁知早坏了！我鼓捣半天没修好！你快往山上跑吧！""你呢？你不跑还干什么？跟那些人一样等死哇？""别管我！我是村主任，是党支部书记，每年一百元操心费白拿的啊！这关头，我死了是应该活该的！"

茂生不再多说，奔向村中央悬挂着那口破古钟的地方……敲钟的是翟老松的儿子金锁。"我说你们，我一阵阵敲钟，也不是要把你们召集起来，一块儿在这等死的呀！你们蹲在这儿站在这儿干什么呀……"

那少年大声嚷嚷着，虔诚地尽着自己对同姓人最无私的义务。一个人说："我们等你爹！""等我爹干吗？不用等我爹！你们先逃吧！我的爹我知道，这时刻他还会逃在你们前面？""不等你爹来问明白，光听了你一个小孩子的话，我们就带着全家老少没头羊群似的往山上跑？笑话，翟村从没发生过这等事儿！""哎呀！哎呀！还有啥不明白的？你们不信我可先逃了啊！……"

"小子，你逃吧！你逃吧！……"男人们哄笑起来。那少年干瞪着众人不知再说什么好。他内心里其实是早已开始恐惧，然而他不逃，他不愿抛下他爹。又一个人说："金锁，你见着那冰坝了？多高？""我当然亲眼见着了！是我指给我爹看的，不骗你们！老高老高的！你们谁不信爬上这棵树自己看！"真有人爬上树。"看到了，看到了，像一堵城墙！""你下来，我上去看看！"于是这一个下了树，那一个又上了树。"嘿，好景观！银光耀眼的，可不真像一堵城墙啥的呢！""哎呀！谁家失火啦！"树下忽然有人叫起来。树上的人便不看冰坝了，在树上向村中瞭望道："是翟老松家！老松家失火了！"

金锁一听，撒腿便往家中跑。没跑多远，被翟老松拦住。"站住，哪去！""爹，咱家失火了！""我放的火。""……"锁子不认识爹了似的望着爹。"不烧，也明摆着是保不住的。"翟老松望着冲天大火异常平静地说。他摸了摸儿子的头，又说："听爹的话，现在爹就看着你往山上跑！别停，你要一口气儿跑到山上去！""爹，我跟你在一块儿，寸步不离！要活，我和爹一块儿活！要死，我和爹一块儿死……""混账！快跑！不跑老子揍你！""……"儿子倔强地站着不动。"给我跑！……"翟老松用枪托狠狠捣了儿子屁股一下。儿子扑倒了。爬起来，无声地哭了。眼泪汪汪地望了望爹，跑了。"不许停下！不许回头！你敢停下，老子开枪打死你！……"翟老松粗暴地吼。儿子头也不回地，飞快地向村外跑。在这一个黎明，在这一个丧失了权威，甚至也丧失了威望和信任，丧失了互相之间的仁义，丧失了普遍的群体意识和责任感的村庄，翟老松终于明白，他这个现今已不被尊敬的人，要将一千多口子人在短短的时间内召集到一起，谈何容易！

他要用大火来警示人们。村中又有一处着起大火来。那是村主任或曰"地保"茂生的家。翟老松明白了的事，也是他明白了的事。所以他也只能采取同样的方式来警示人们，放火之前，他没忘了将养兔栅所有的笼子一一打开……

瞧着那许多喂得极肥的肉兔不跑，他心中不免有些苍凉——妻子回来时，家将不存在。如果自己也不存在了，妻今后的日子可怎么过呢？七百多只兔子会使她背上一万多元的债呀！……

这一时刻，他才觉得，共同生活这么多年来，他没真心实意地爱过她，简直是种罪过……

翟老松急急走到聚集在一起的男人们那去，对他们说："你们看到了吧？我已经把家烧了！为啥烧？不烧也是一干二净，也是个没！冰坝一塌，这村什么也剩不下！……"

有人望着大火，有人望着山口那边儿，有人怔怔地听着他的话，有人面面相觑……

茂生走来，对人们说："我也把家烧了。你们选我当村主任，我现在以村主任名义要求你们，往山上逃！逃得快算命大，逃得晚谁也别怨！就这话！……"他的话音刚落，但听山口那边儿一阵轰响！人们一齐朝山口那边儿望去。

只见一股汹涌的河水载浮着冰排泻下，一眨眼河床就满了。小木桥被冰排撞塌，桥骸顺流而去……

不必翟老松和翟茂生再多说一个字，众人顿时四散而去。

"共产党员给老子站下！老根你是党员！"翟老松大吼一声，并砰地朝天开了一枪。

"谁还是党员？老子现刻退党了！"翟老根哪听他的！

人们顷刻间跑光散光，除了他的女婿还站在原地没动，再不见一个共产党员。

却没有往村外跑，全都往家里跑。一跑回家，便喝三吆六，插院门，顶屋门，堵窗口，爬树，上房顶……想要他们撇下富起了的家业，两手空空逃到山上去，那看来将是更难的了！

富了的家里都有电视机、录音机、值钱的家具、一件件置下的好衣服啊！几年当中增添的代表一个富字的一切的一切啊！人们仿佛要与他们的家业共存亡，仿佛自信他们采取的种种措施，是可以避免灾难临头的。

冰坝只不过从绝顶坍塌了一小角。载负着冰排的河水不多时又浅了，以湍急的流速奔泻向远方，渐渐地河床内又干了，只将无数巨大的冰排遗弃，如同无数涧滩的银筏子，它除了摧垮那座小木桥，并未造成什么毁灭。

翟村发出了一片片庆幸的欢呼。人们以为灾难已经过去，欢呼他们自己和他们富裕了的家业安然无恙。翟老松和翟茂生翁婿二人的家却已烧成了一片废墟，仍冒着弥空的青烟。满村飘散着呛人肺腑的烟味。"老天爷慈悲，老天爷慈悲啊！"翟老松扑通跪在村当中，朝山口那边连连叩头，虔诚地为翟村人祈祷，"山神、河神、土地，诸位神爷，救救翟村的人们吧！在这关头，你们若肯帮我翟老松一把，我死后变犬马为你们效劳！……""爹，起来吧！这不是求神的事！"从不轻易叫他一声"爹"的女婿，给了他一次与之亲近的机会。"不求神求谁？你说！求谁？！"翟老松极度愤怒了，似乎受到了女婿的侮辱。他起身后，将双筒猎枪从肩头取下，压入膛两颗子弹，咬牙切齿地说："烧！放火烧！你烧，我给你助威！就是用鞭子抽，用棍子打，也要把人们撵出村子，撵上山！……"

"我也这么想。"女婿坚定地表示赞同。火！火！火……村中各处燃起了冲天大火。大火将不情愿离开家院的人们从各自的家院中驱赶出来了。女人哭，孩子叫，男人骂，老人发抖，鸡飞狗跳……翟村一片混乱。天空不那么晴朗了。黎明不那么静谧了。"翟茂生，你个千刀万剐的，不得好死！

你个偷寡妇的淫棍，老子们非到法院告你不可！……""翟老松！我和你拼了！……"

然而翟老松手中有枪，看他那恶鬼附体般可怕的样子，是绝不怕开枪打死人要偿命的，就没有哪一个真敢跟他拼。

翁婿两个任凭人们一蹦八丈高地骂，都像聋子，都不吭声。一个双手握着猎枪护驾，一个双手各持火把，在村中来来回回奔跑，东一家西一户放火。对谁家也不"恩典"，哪一户也不放过……

芊子跑到河边时，正欲踏着冰排过河，猛地发现翟大麻子仰面朝天躺在一块冰排上，一双死鱼般的眼睛瞪着太阳，吓得她尖叫一声。他仍将小漆匣子紧紧抱在胸前，背底下压着他的孙子。双腿钳在两块冰排之间。她壮起胆量接近他，蹲下身，将一只手放在他口鼻上，已是毫无生息，死死的个人了。在离他两米远的另一块冰排上，是他的被冰排切掉的一截带袖子的手臂。他孙子的头发，露出在他的右肩后。

芊子赶快将他身上的皮带解开，费了很大的力气，才拥起他的身体，松手一推，他的脸朝下砸在一块卵石上。她觉得什么东西溅了她自己满脸。她顾不得擦，急忙连被抱起那孩子，却感到被中是空的。打开一看，毛骨悚然，又尖叫一声，捂着脸跌坐在冰排上，浑身瑟瑟发抖地哭了。

被中一团肉酱……那孩子只一颗头是完整的……翟村已成火海。

第一批人被翟老松挥舞着猎枪大吼大叫像赶牲口似的驱赶过来了。

芊子一见，立刻就不哭了，掰开翟大麻子双手，捧着他那小漆匣子，跃起身，迎着人们奔去。她一心要接迎那些抱孩子的女人。她连连被阻路的冰排绊倒滑倒……

人们一伙一伙，一群一群，一批一批被翟老松和翟茂生驱赶而来。男人们牵着牛马驴骡，女人们携带着形形色色的东西，要让人们什么东西都撇下舍下，是根本不可能的。孩子们被老人们扯得跟头把式的。狗们寻找着主人在人群中乱窜……

火海般的村子里终于是再也见不到个人影了。鸡鸭鹅被火烤得扑着翅膀乱飞，不知该往哪儿躲哪儿钻。十几只猫爬上了一棵大树，喵喵恐叫。

翟老松双手仍紧握着猎枪，叉开两腿站立在两条村路十字交叉的中心点。他的獾皮帽子早已不知失落何处了。满脸唾沫的痕迹，是些个女人们啐在他脸上的。

冰坝

"还有人没逃命去吗？"他高喊了一嗓子。

一头猪不知从哪儿冒出，哼哼着跑到他跟前，站住后，眨着猪眼研究似的瞅了他一会儿，又哼哼着跑开了。

做事要做到底。他想。一种仿佛受谁控制受谁操纵的使他感到非常之高贵的使命感，在他心里继续对他发号施令，督促他再在村里转一圈儿，帮助可能仍没有逃命去的人逃走。

结果在翟老根家作为粮仓的一间小偏房里，他发现翟老根八十九岁的老娘盘腿坐在铺着条脏毯子的炕上，闭着两眼，双手合十，口中念念有词地诵经。

她的儿子儿媳和孙女们，在仓皇的逃奔之中顾不上她，将她撇下了。幸亏那小偏房紧把院门，与主宅并不毗连，之间有二十几米的距离，没被主宅的火势引着。否则，她已化灰了。

许多猫，许多鸡鸭鹅和她家那条被芊子一顶门杠打断了腿的狗，炕上地上，也挤在那间小偏房里。"三奶！"论辈数，翟老松该屈尊叫她三奶。老妪缓缓睁开眼，只漠然地看了他一眼，就又闭上了，口中却仍念念有词。

"三奶，全村老少都走光了，我背你走！"他跃上炕，俯身欲背那老妪。她不念念有词了，说："别碰我。"声音很小，但翟老松听得出来，那口气是相当严厉的。

"三奶，我是您小辈人，我应该背您走哇！三奶，来，来，让我好好背起您……"他一边劝说，一边要强背起她。那老妪枯槁的双手攥成小小的拳头，鼓槌似的擂他背，接着拧他脸，拧他脖子，咬他耳朵。"三奶，别咬我耳朵！……"他没法儿背起她来。"儿子不孝，媳妇打骂，孙女们不把我当人看，我这么大岁数了，早该死了，还逃命干什么？今天不是阎王爷给我个机会吗？……"翟老松愀然了。他低问："三奶，还……要我替您老人家做什么事不？"老妪又睁开眼看了他一次，说："帮我打开地下那口箱子，里面有我早年为自己做下的妆老衣，你就帮三奶穿在身上吧……"翟老松闻此言毫不犹豫，迅速跳下地，打开一口破箱子，从箱底儿翻出一套压得像纸板一样的，浆过染过的旧蓝布裤褂，复跃到炕上，急不得快不得地将那套二十几年前的衣服穿到了老妪身上。

"你……再替三奶把窗帘拉上……我怕见着什么情形……"翟老松拉上了窗帘。

他一时不禁回忆起小时候的事——惯常偷三奶鸡窝里的生鸡蛋喝，有一次被三奶抓住，却没骂他，也没扯着他找他爹娘告状，却是说，吃生鸡蛋闹肚子，若以后再口馋了，就来对她讲，她一定给他煮熟的吃……

"三奶，您老人家还有什么事儿要我做吗？"老妪微微摇头，不再睁眼。"三奶，您放心，逢您的祭日，我一定给您老人家烧纸……"老妪微微点头，表示听到了并且信任他的话。"三奶，那……我这小辈人，给您磕送终头了！……"他说罢跪下，给翟老根的老娘连磕了三个响头。鸡、鸭、鹅、猫、狗以类人的眼神儿安安静静地瞧着他。他缓缓站起，抹了一下眼角，低着头一步跨了出去……

村长倒是没有放火烧村部。因为村部没有任何个人财物，所以也就没谁冒死守着它不肯离去。

此时它的门四敞大开，播音器摔散在门口。翟老松经过时，听到电话响个不停。他略略犹豫了一下，大步走过去了。这种生死都在不可料测的关头，他不愿接。可那一阵比一阵急促的电话声追着他响，仿佛一个人在乞乞地召唤他。鬼使神差地，他站住了，终于不再犹豫，跑入村部一把从桌上抓起了听筒。

"喂，喂！翟村吗？"

"是翟村。你哪儿？"

"我县委！你们村人发现冰坝没有？"

"早就发现了，人都撤到山上去了！"

"好！我命令，立即将冰坝炸开！河水在上游泛洪了，三个村子都淹了，一百多口人在房顶上待着呢。听明白没有？"

"……"

"听明白没有？！"

"听明白了！"

"你是谁？"

"翟老松！"

"翟老松，我这里记下了你的名字！误了救人，我定拿你是问！"那边挂了电话。他也缓缓放下了电话。

这会儿，只有这会儿，当他明白了自己仍不能离开村子时，他才感到一种死难关头对孤独的恐惧，那是甚于对冰坝的恐惧的。

打电话的是谁？县长？还是县委书记？抑或一般的工作人员？不管是谁，代表县委，是命令。似乎执行也得执行，不执行也得执行。似乎那命令就是对他翟老松下达的。老县长老县委书记，他认得。他们也认得他。不会对他的名字感到那么陌生，不会用那么一种严厉的口气跟他说话。如今县官已换了三届。他认得的官极少了，知道他翟老松是何许人的官也极少了。

但他分明已等于接受了命令。

翟老松跨出村部便往村北面废弃了的碾房跑——在那儿，在被半人多高的蒿草掩蔽了的石磨底下，藏有足够炸塌冰坝的黑炸药，一米多长一截导火索和几个雷管。那本是他当村长时村里采石所剩的公物。后来实行承包，分配公产时被他藏在那里，占为己有。他打猎的子弹，就是用那种烈性的黑炸药自己填装的。雷管他曾带到河上游很远的地方炸鱼用掉了几个，还剩下一些。

这是他为翟村人效劳三十多年中唯一的一次贪污行径。除他自己，没第二个人知道。毕竟是上了年岁的人了，在冰坝那儿一条腿还受了伤，刚才混乱时他并不觉疼，现在很疼起来，就有些跑不动了。

你跑什么？他放慢脚步，心里对自己说，你向县里的人接受了炸冰坝的任务，你就等于是向县里的人表示你心甘情愿去死！你以为你能既炸了冰坝又活下条命吗？翟老松、翟老松，你个倒霉到家的老东西，你干吗非接那电话不成啊！你还慌慌地跑什么？嫌自己死得迟吗？……

于是他不跑了，掮着枪，一步步，慢慢腾腾地走。他居然仍舍不得丢掉猎枪，以为在自己死前，它兴许还能对他有点什么用。

忽然他又咬着牙，忍着疼痛跑起来了。他想到了河上游那些被水淹的村子，那些栖在汪洋之中的房顶上盼条生路的人们。

他想，他们的命是全通过县里的人托付给我翟老松了，还是跑几步吧！

四周一片火。有的宅屋火势已颓，烧落了架子。有的宅屋火势正熊。一个活物的影子也见不着了。烟却很浓，呛得他咳嗽不止，眼泪鼻涕并流。

村里的人们该是都上到山坡安全的地方了吧？

他感到委屈，感到孤独，感到憋气，感到天大的不公平！然而却继续咬着牙，忍着腿疼，督促着自己快些再快些地向碾房奔跑。被什么东西绊了一下，迅速爬起又跑……

上了山的人们，从山顶望到了冰坝狰狞凶险的全貌，不再咒骂翟老松和翟茂生了。只是望着村中的大火，惋惜他们的巨大损失，忧虑他们今后的一无所有。

白天扯破了黎明锡箔色胎衣，雾气散尽之前，揩去了大自然最后一抹玫瑰色的宫血。旭日从冰坝后两山峡谷之间的"湖"中轻盈一跃，庄重而辉煌地整个升起来了。那"湖"面浮满了冰排，在灿烂的日照下银光熠熠，且在仍然上涨的河水的作用下互相压迫着，重叠着，垒砌着，形成一座座小冰山，景象壮观无比，乃翟村人见所未见。

巍峨陡耸的冰坝愈加显得宏伟。凶险在它那脆弱的荒诞的虚伪的结构之中继续以十倍百倍的速度和力量暗增着。

"那是谁？那是谁还往村里跑？！"

"呀，那不是芊子吗？"

"她疯啦！快喊住她！"

于是一些男人和女人呼喊：

"芊子！……"

"芊子快跑回来！"

"芊子！冰坝就要塌了！……"

芊子耳闻人们的呼喊跑过河去，拼命往村里跑。她边跑边呼喊："茂生！茂生！……"

翟茂生却在村里到处寻找翟老松。"爹！爹！爹你在哪儿？……"

芊子循声找见茂生，上气儿不接下气儿地说："茂生，我回来找你来了！人都上了山了！你还在村里转悠什么啊，快跟我跑吧！……"

"你混蛋！谁叫你回来找我的？"他恨不得揍她一顿。见她要落泪，他朝山上一指，又喝道："别哭！你休要扮演生死冤家，走！立刻走！……"

她却说："哪个想回来跟你一块儿死？我不过是担心你……"

"你呀，别说了！"他打断她的话，"那快跟我一块儿找我爹，找到他一块儿逃！" "爹！爹！……" "老松叔！老松叔！……"于是他们合力喊。"别喊了！我没死呐！"翟老松却猛地从他们身后出现，只穿着内裤和坎肩，用棉袄兜着什么拎在手里，仍枪不离肩。"爹，咱们快走！人都安全了！……" "你俩走吧，我不上山了！" "爹你……"翟老松将县里的命令说一遍，茂生和芊子怔住。翟老松望着两只手握在一起的女婿和

冰坝

237

芋子，眉头皱了起来。茂生却什么也没意识到，自告奋勇地说："那你和芋子快走，我去炸冰坝！""我接的命令，用得着你逞能吗？！"翟老松怒道，"你走！芋子留下和我一块炸冰坝！"芋子和茂生互相看一眼，而后都定定地望着翟老松那张毫无表情的脸，仿佛一时没能完全明白他的话。"你还不松开她手走！"翟老松冷峻的目光盯着女婿，似乎同样站在他面前的芋子是根本不存在的，是他所看不见的，语气粗暴。茂生立刻放开芋子的手，讷讷地说："爹，这不妥！这怎么行！让芋子走，我和你完成县里交给的任务！……""少啰唆！你走！你赶快给老子走！"一个念头在翟老松心里已经固定了，好比铁水在沙漠中成形了。

他并不认为他自私，更不认为自己狠毒。谁是一个当了老丈人的人，不替自己女儿排难解忧？他理直气壮地思想着，一把牢牢抓住芋子的手腕，拖她走。

"爹！爹你不能这样！"茂生伸开双臂拦他去路。

他放开了芋子。芋子刚要扑到茂生身边去，他已从肩上顺下了双筒猎枪，将枪柄夹在腋下，一手平端枪身，食指扣扳机，枪筒逼在芋子胸口。

"你不听我的，坐地打死你！"他那森冷的语调，如同一个毫无心肝的人。芋子一双好看的眼睛注视着枪筒，惧怕地被翟老松逼迫着一步步倒退而行。"爹！"茂生步步跟随他们身后，苦苦哀求，"爹你如果想让我们两个今天非死一人不可的话，我愿陪你死！别这么逼芋子啊！""你是村主任！全村人今后还有依赖你的地方，芋子死，是她的光荣！"翟老松恨恨地说，看也不看女婿一眼。"爹！……""你再敢跟一步，我就开枪！"翟老松怒吼起来。他那仿佛说一不二的跋扈，将他的女婿定在原地了。"大叔！老松叔！你接的任务，不关我芋子的事儿呀！我不干！我不和你去炸冰坝呀！……"芋子哭了，簌簌落泪。然而乌黑的枪口紧逼在她胸口，使她不得不继续倒退向山口，向冰坝……"爹！……"翟老松倏然转过身——砰！一颗子弹擦着女婿身体飞过。"听着，这一枪是警告你！第二颗子弹就是她的！我喊三个数，你小子仍不往山上跑，她就不用想走到山口那儿！……""芋子，快逃！……"芋子猛省地刚要逃，翟老松的枪口已掉转，又对着她胸口了，几乎触到她胸上。翟老松侧着身子，一边用枪逼着芋子继续走，一边扭头望向女婿，高喊："一、二……"翟茂生跑了起来。"芋子，芋子啊！芋子你真不该回来找我啊！翟老松你不是人！我做了你女婿后悔一百辈子！……"他边跑，边望着他们，喊着，骂着。

芊子终于明白了翟老松此刻心里是怎么个想法。一旦明白，不哭了，不落泪了，不怕死了，不对翟老松说可怜话了。一种高贵的自尊使她强硬。

她两眼咄咄地瞪着翟老松冷笑道："你把枪放下，不用逼我，我陪你死。不就是个死吗？你翟老松不怕，我也不怕！我该死。我死了，不正好除了你女儿一块心病吗！……"

芊子的自尊和强硬，他的真正动机之被识破，使翟老松因自己的行为而内心感到羞愧。逼在芊子胸口的枪筒垂落了。芊子并未趁机而逃。

她说："我来拎炸药吧。你也歇歇手！"就伸出只手来接炸药。翟老松竟不由得将兜在棉袄中的沉甸甸的一大捆炸药递给了她。

他的双手也确实都累了。一接一递之际，有什么东西从芊子衣襟里掉在雪地上——三捆钱。芊子对茂生说的还没工夫存的那三千元钱。两人都瞅着钱发了一会儿呆。芊子先说："快走吧！"不捡钱，领先大步走。

翟老松却没动。他望着芊子，又低头瞧地上的钱，一时间，他刚才那被一个狠毒的念头所侵蚀的心肠，变得极度仁慈极度软化了。他仿佛看到芊子心里去了。他理解那年轻寡妇本是多么爱生命、多么爱生活的了。唉唉，她才二十七岁个女人！她怎么能比得自己没了青春也没了什么生活的强烈愿望的老头子啊！翟老松翟老松，你不对啊！……你缺德啊！……

"站下！"芊子站下了，回过头来，似乎有些奇怪。"炸那冰坝，我一人也行。你……快追上茂生跑吧！我等你们跑上山再点炸药……"芊子愣愣地站在那儿，有几分不相信他的话。"把炸药放下！"芊子乖乖把炸药放下。"还不跑！愣在那儿干什么？！"芊子眼望着他，脚下在移动，提防着他背后开枪。"我不暗算你，快跑！"芊子一转身撒腿就朝茂生跑去。"站住！"芊子又站住了。"接着！"翟老松弯腰捡起那三捆钱，一捆捆抛给她。芊子三捆钱都接住后，翟老松说："你告诉茂生，不许他不要我秀梅！也不许他欺负我秀梅！你俩！今后不许再有那种事！……"说罢，他拎起炸药，扔掉猎枪，迈着大步向前走……山上的人们能望到仍处在凶险之中的三个人的情形，却无法知道他们三人之间发生了什么事。当然更听不到他们互相喊些什么，说些什么。见翟老松走向山口走向冰坝，他们大感，猜测不已。

"爹！爹！爹呀！……"翟老松也听不见儿子焦急的呼唤。他依恋地

冰坝

朝山上的人们望了一眼。这一时刻他觉得,他并不像自己认为的那么憎恶翟村的人,包括那些他往昔认为不是人的人,他们的大安大危却仍怀在他心里。他望到了儿子。儿子立在一块显眼的山石上。儿子不停地向他招手。他站住了一会儿,也向儿子招了招手。他眼湿了。他心里对儿子说:唉,金锁,你爹不是甘愿去找死啊!这是你爹命该如此,谁叫你爹贱手贱脚走入村部接了那么一个电话呢!……

翟大麻子的女人捧着芊子交给她的小漆匣子,号啕着丈夫死得惨。

而她的儿子和媳妇在为失去了他们自己的儿子而痛哭。哭声中夹杂着对父亲对公公的诅咒。

当儿子的哭一阵,不哭了,走到娘跟前说:"娘,这匣子还是给我吧!你捧着我不放心,万一……"

坐在山坡上的那女人叱骂道:"你爹死了,你就想从我手里夺钱匣子吗?一准又是你那小妖妇教唆的你!我还没死哩!你休想休想休想!……"

她儿媳妇像只猞猁似的扑将过来抓挠她。那女人见儿媳妇来势甚汹,跃起身就在人群中东钻西窜,边嚷叫:"儿媳妇想要婆婆的命啰!好人们呀,主持个公道呀!……"

于是几个男人逮住了那当儿媳妇的。她拼力挣扎,还咬人手。一个男人劈面给了她一耳光,她才老实了,又哭她那死于非命的儿子……

翟老根的女人则在给二十多个女人看手相。她们团团包围她。她神乎其神地说:"这场灾,是咱翟村的劫数!咱们翟村人姓的这个姓不好,村名起得也不吉祥!翟——说溜嘴就说成个灾字!天天挂在嘴边上,能不降灾吗?这场灾我八天前就知道了!……"

"闭住你的臭嘴!八天前就知道了你不早说!"翟老根横眉竖目朝她一指。望着烟火腾腾的村子,他忽然可怜起被自己撇下不顾的老娘来。他暗怕自己因这一罪过遭天谴,或到了阴间遭报应。他几欲奔下山救老娘,又不敢冒死。想对谁忏悔自己的罪过,亦恐人唾弃。心里便如同有一百条毛毛虫在啮咬着一般。

"我想说,不是神灵不许吗!你懂个屁,滚一边待着去!我能算出你们谁谁家的财物这场灾过后还能找回多少!粗算五毛,细算一块!没现钱?没现钱的先等会儿!等会儿我让我闺女记账。有现钱的优先!哎呀大妹子,你的手相可不咋样呀!……"

她很想得开——天塌下来众人的头顶着。一无所有了家家都一样。反正能带在身上的值钱物,逃出家门前都让三个女儿携着了,眼下抓几个零花钱也是有必要的。

翟老根顶不信他女人那一套,哼了一声,走一旁去躲耳根清净……

冰坝,冰坝,怕你塌时,你让人望着心惊胆战地好像一眨眼就要塌;要你塌时,你怎么就不塌了?偏偏等着我走到你跟前来炸你!莫非翟村一千多口子人,今天你单单非要我翟老松一个人的命不可?……

翟老松这样想着,已走到了冰坝基下。现在从山上望不到他了。他也望不到山上的人们了。冰坝礼帽檐儿似的突出的顶部,遮住了他头上方的天空。坝基下寒气袭人,他不由得打了个冷战。他想再看一眼太阳,可是看不到。在冰坝的巨大的阴影以外,阳光却很明媚。

他心里对自己说:老松,你别磨蹭了,磨蹭也没用。生死有命,你逃不过命……

翟老松刚刚放下炸药,坝顶骤然坠落一块冰排,在他毫无察觉的情况下,将他严严实实地埋葬在一堆碎冰中,那堆碎冰如同为他而变成一座水晶的大坟。

刚跑到山脚的翟茂生和芊子将这一切清清楚楚地望在眼中。

两人同时站住了。翟茂生说:"他交待啦。"芊子说:"真惨。"他又低声说:"芊子,轮到我了。如果他没对我讲电话的事儿,我不知道,我不去情有可原。但他对我讲了,我知道了。谁叫我是村主任呢?谁叫我入了党呢?……你今后凡事多珍重吧,我去了!"

不待她回答,他已朝冰坝飞跑而去。他一跑到埋葬着翟老松那堆冰前,连气儿也不喘匀,就凭着一双手搬大大小小的冰块。远望冰堆不过像坟堆,近了才知比十座坟堆还大。他越想更直接更快地扒出炸药来,越觉得浑身劲儿使不到双手上。

半天,他才十指鲜血满头大汗地扒出了炸药。幸亏炸药和导火索、雷管包在棉袄中,一点儿没受湿。他采过石,当过点炮手,一切做来迅速而正确。

他从翟老松袄兜里翻出了火柴。双手搬过冰,水淋淋的,不慎将火柴盒的磷纸弄湿。划断好几根火柴都划不着火。刚划着一根,却被风吹灭了。这山口地带,风太大,尽是冰,看着刮不动什么,耳边却风声呼啸。"我来了……"他吃惊地一抬头，又是芊子，蹲在他对面。"你！芊子……你不能这样爱一个男人啊！你犯不着陪我死……"

"我不是为了陪你死。老松叔的话，不只是对你一人说的，是对咱俩说的。望着你点不着炸药，我能不跑来帮你吗？……你划吧，我双手替你拢着……"

翟茂生痴痴呆呆地瞧着这跟自己没缘分而又与自己真心相爱的女子，犹豫不决。芊子却在一声不响地脱棉袄。脱了棉袄，又脱线衣……脱得上身只剩一件小花布衫和里面的紫红兜胸。"你干什么？……""我急跑向你，忘了该把钱放在山上水淹不着的地方……"她将三捆钱紧紧裹在线衣内，又学翟老松兜炸药的方式，将线衣卷在棉袄中，两只袄袖打成个死结，之后瞧着他问："这样……过后兴许能让谁捡到吧！……"

"能……"他低声回答，完全是为了安慰她的煞费苦心。

"能就好。"她淡淡一笑，"谁捡去了也比被大水冲得无影无踪强，都是我舍不得吃舍不得穿积攒的。现在你划火柴吧！划呀！我替你拢着……"她更凑近他。他手抖得厉害，又划断了几根火柴。

"我来划？"

"不，还是我来……"

嚓……终于划着一根。她立即用双手拢住。他点燃了导火索。

导火索才一米多长，刺刺地冒着火星儿。他们定定地瞧着它越缩越短。

他自言自语："跑也白跑……"

她说："我知道……这么死会是个啥感觉呢？"

"啥感觉也没有……"

"我冷……"

他就将她紧紧搂在怀里。"闭上眼，不看，就不怕……"

她早已闭上了双眼。他也想闭上双眼，但没来得及。他们什么也没听到。紧紧搂抱一起的人的身体，瞬间崩为无数躯块，放射般飞上天，与满空碎琼乱玉混杂，随即纷落在咆天哮地的仿佛世纪末日的硬性狂澜中……感知那省略了死痛之恐怖的，也许唯他们恋生的灵魂——它们悸翱在冰涛浪谷的上苍，顷刻泯灭。

翟村消失了……

县长到曾有过翟村的这个地方来了。没灾情可视察。因为什么都没有，什么都不见。大地也被严重改变了容貌，如同沤烂的皮子。县长掉泪，说了一大番抚慰翟村人的话，鼓励他们重建家园，接着问："你们村有个翟老松吧？"他们都回答有的。"快找他来见我。""他死了！""死了？……""为炸冰坝死的！"县长默然。心想：我只命令他炸冰坝，可没命令他死啊！当时也真顾不上考虑他死活……县长心情沉重地又说："翟老松死得其所，你们要为他立碑，给翟村的后人树个光荣榜样！"翟老根说："我们一穷二白了，要立碑教育后人，得县里出钱啊！"县长说："县里不会不管大家的！要拨款救济大家。立碑的钱，县里当然更舍得出。"翟老根连忙又说："另外还死了两个呐，一个是村主任，也立碑吗？"县长沉吟地说："那要看怎么死的了。""当然也是为炸冰坝死的……"翟村人异口同声证明这一点。"立碑！我们要和怀念翟老松一样永远怀念他们！"翟老根紧叮一句："那除了救济款，县里要再多拨立三座碑的钱！砖坟，青石碑，加上棺木，人工，搞得体体面面的，没三四千元下不来！""要这么多钱！"县长考虑了一会儿，坚定地说，"给！鸟无头不飞，人无头不走，你们再选个村主任吧！"

翟村人见翟老根会讲话，会办事儿，一致推选翟老根。

他们说："选他！选他！他是党员！……"

在下游四十多里的地方，某村人捡到了芋子的棉袄包儿，打开一瞧，惊喜得没法儿形容。三千元湿透了。为烘干，铺满了他家两张炕面。他女人笑得合不拢嘴。他警告他的俩孩子："不许说出去！"俩孩子严严肃肃地点头。非常懂事的孩子。

"金锁，你望到爹死时的情形了？"

"嗯……"

"你讲。"

"没啥讲的……"

"你撒谎，你什么都没望见！"

"我望见了！"那少年固执地对他的姐姐大声嚷。

"我什么都望见了！……"

"那你讲！讲你姐夫怎么死的？讲……你芋子姨又是怎么死的？……"

那少年一句话也不再说，就跑到山口那儿，对着空旷的山谷喊："爹！……要给你们立碑！立三座体体面面的碑！……爹你听到我的话了吗?……"

　　县里的救济款不久就拨给了翟村人。翟老根对大家说:"这地方不吉祥,保不定哪一年又来一遭。莫如把款分了,都别处找安身之地去吧!"翟村人认为他说得有理,遂将救济款分了,包括为三个死者立碑的四千元钱。从此翟村存在过的那个地方没有姓翟的人家了。翟村人各奔东西南北。他们心里怀着点儿感激的,不是翟老松,也不是翟茂生和芊子,而是翟老根。他们什么地方偶尔碰到,便互相问:"老根在哪儿?那人,行!平时看不出,关键时候敢出头!县长面前也不打怵!行!……""是啊,是啊,不亏他,哪能户户多分几十元钱啊……"翟老根不知去向,反正在我们的大千世界无疑。秀梅不要应分给她的那份钱。她带着弟弟也远走高飞了。翟老根没对任何人说过她不要那份钱的话……

　　冬天里,一只乌鸦啄一只挂在树梢上的尖尖翘翘十分窄小的鞋。那是翟老根老娘的。鞋里仍有点儿冻了的东西,使那只无聊的乌鸦颇感兴趣,不厌其烦地啄,啄……忽然它被什么所吸引,俯视过去,见山口那儿,不知是谁草草垒起三个土坟,有一个女人和一个少年行祭。雪地上,两行脚印,来自遥远而又遥远的方向……

(选自 1988 年第 5 期《花城》)

婉的大学

　　婉经常独自发呆，回忆她接到大学录取通知书那一天的种种情形。仿佛一个人打算为史料馆留下什么历史见证，仿佛自己有一种回忆的责任，仿佛那一天每一个钟点里发生的事都是极其重要的，仿佛一切细节都包含着凝重的史料价值，真切得绝不容忽略。

　　婉是北京某名牌大学中文系文秘专业的二年级生。其实，那所大学也算不上是什么名牌大学，是一所虽属于二类但又确实很有些名气的大学。而对于婉的家乡人来说，北京的一切大学，当然也和首都北京一样都是有名的。这一点你跟外省的，尤其经济发展落后的省份的农民很难讲得清楚。倘你是婉的父母，你告知别人包括亲戚，自己的女儿考上大学了，他们的反应也无非就是向你表示祝贺而已。毕竟，近十年农民的儿女考上大学的多起来了。但你若告知他们自己的女儿考上了北京的大学，他们则不免顿时对你肃然起敬、刮目相看起来，仿佛你作为父母的身份，在他们面前立刻变得高大了。他们道贺的话语中，肯定会流露难以掩饰的羡慕，甚至不无嫉妒的成分。似乎你和他们已是不同的父母，似乎你和他们之间的父母身份、父母地位将会产生越来越大的，以后根本不可缩小的差别。在他们那儿，意识是这样的——全中国的大学只分为两类：北京的一切大学概属一类，其他省市的大学皆二类……

　　确切地说，婉刚刚摆脱大学校园里那一种无形的、似乎多少有点儿卑微的新生身份，刚刚填写了二年级生的统计登记表。婉不清楚北京其他大学里的学生是否每年也必填写那类表格，反正她的学校有此要求。那是一所理科大学，过去没中文系，五年前才新开设了中文系。而且全中文系只有一个专业——文秘专业。这文秘专业原本又叫电脑文秘专业。后来学生和教师都提意见——就快二十一世纪了！不会电脑还当什么文秘？不是完全没必要的标榜吗？校方一想，可也是的。当初叫电脑文秘专业，是为了强调专业教学的现代化水准。而时代的发展太迅速了，专业的第一届学生还没毕业，不会电脑也要当文秘的时代竟结束了，一去不复返了。真的连电脑都不能应用，那就根本没资格当文秘，只配当"小蜜"了！于是去掉了多余的"电脑"二字，干脆叫文秘专业了。

文秘专业在一所理科大学里，给本校其他系其他专业学生的感觉是怪怪的。他们看文秘专业学生的眼光总难免有点儿异样。如同北京鸭看火鸡。谈论起文秘专业学生们的话语，也难免有点儿不屑——秃子头上的虱子明摆着，其他专业的学生，几乎都有硕士和博士学位在学子们求学路途的前方频频招手，唯文秘专业无此机会前提。文秘硕士、文秘博士究竟该是什么水准的专业人才呢？系里不清楚，校方不清楚，中国尚未出现，世界也无先例。根本没较一致的标准，便没法儿设更高的学位。

而外校的学生，尤其那些名牌文科大学的学生，又尤其那些大学里中文系的学生，看该校文秘专业学生们的眼光同样怪怪的。

"你们中文系只有一个文秘专业吗？"

"中文的学科内容包罗一切与文学乃至国学有关的专业，培养的是学者和教授，最起码也是文化从业者，可你们文秘专业……"

"你们学中国文学史吗？"

"你们学外国文学史吗？"

"你们上比较文学课吗？"

"那你们……"

言下之意是——那你们的专业，还配属于中文系吗？即使硬挤进了中文系，不是很不伦不类的吗？

这些问题，是在文秘专业的全体同学与几所文科大学的一些同学举行的联谊会上由外校同学们连珠炮似的提出来的。而那些外校同学们，无一不是文科大学的正宗中文系的才子或准才子。既然对方在身份上是正宗的，那么本校文秘专业的同学们，似乎也就只有默认自己的确是不伦不类的亚种了。男生望女生，女生看男生，一个个面面相觑，哑口无言，仿佛自己低对方何止一等。窒闷的气氛中，同学们都将求援的目光望向了本专业主持联谊会的老师。那老师姓张，五十余岁，斯文儒雅。

张老师就从座位上站起，操着一口浓重的南方口音，语速不紧不慢地说起话来。他首先自我介绍，开诚布公地承认自己是"工农兵学员"出身。于是外校的学生中发出一阵笑声。那一阵笑声带有毫不掩饰的嘲笑的意味儿，张老师并不在乎。他接着说，与在座的外校的中文系的才子们比起来，自己当年实在是太幸运了。在"文革"中居然有机会跨入大学的校门，此幸运之一；毕业时有四个单位供他选择，而且都是好单位，都是国家级单位，还不包括留校任教的选择，此为二。

会场顿时鸦雀无声，一片肃静。

无论本校文秘专业的学生，还是外校那些正宗中文系的才子准才子们，都于肃静之中细细体会那一种肃静的不同寻常的成分。其实那成分也没什么特别的，主要是一种通常被人们叫作嫉妒的东西而已。各自明白了自己心里有那东西的同时，望望别人，也从别人脸上的表情看出了别人心里也有那东西。按说学生是不应该嫉妒老师的，但不应该的事居然不道德地发生了，自己也就都拿自己没办法。笑着的脸上的笑容极不自然，不笑的脸上就皆呈现着要像当年的红卫兵呼喊"造反有理"的愤愤不平之色。那一时刻，本专业的学生也罢，外校的学生也罢，意识上似乎都"同仇敌忾"了。

婉当时听到坐在她后排的一名外校中文系的学生用四川话悄悄骂了一句："龟儿子毕业时命运才那么好！"

坐在婉前排的一位老教授回头看了一眼。婉从老教授脸上读出了一行字是：唉，唉，学生嫉妒老师，人心不古若此，夫复何言？！

张老师显然也品咂出了那一种肃静的成分。他笑了笑。婉觉得，那也许正是他希望他的话起到的效果。

他又说："同学们，嫉妒是没用的。时代不同了嘛！你们现如今的大学生在学校里多自由哇！想看什么书就看什么书，想唱什么歌就唱什么歌，想说什么话就说什么话，想练什么功就练什么功，想穿什么衣服就穿什么衣服，想留什么发式就留什么发式，想爱什么人就爱什么人——好时代的便宜不能让你们都占了是不？"

他此一番话后，气氛不但肃静，简直可以说是凝重至极了。

他说他虽然是"工农兵学员"，但是一所名牌文科大学正宗中文系的毕业生，当年也被视为才子来着……

一阵笑声。

那一阵笑声爆发得非常突然。先是由外校的学生们口中爆发出来的，随即本专业的许多学生也以笑声援助。

那又是一阵嘲笑。

对于当代的大学生们，除了嘲笑的权力，其他权力都是用得不好的。故他们每将嘲笑的权力当成唯自己才配拥有的特权，而且一有机会就滥用一下。在嫉妒之后，公然嘲笑使自己心里产生嫉妒的人，不仅对大学生们，对任何别的人也都是大大的快感呀！

嘻，当年的"工农兵学员"，也配称才子吗？

学生们笑得很放肆。

婉没笑，非但没笑，那一阵笑声还使她颇觉不安。

她是一名敏感又中规中矩的学生，对任何公然的放肆的形式，都本能地想躲得远远的才好。而且，她也是一名非常尊敬老师的学生。身为学生而嘲笑老师，最不符合她的道德观念。

所幸张老师并不生气，依然那么不在乎，语调依然那么不紧不慢。

他也自嘲地笑了。

他说留校任教以后，中文系安排自己专门讲"三突出"文艺理论课。

又是一阵笑声。

不但笑得放肆，而且笑得幸灾乐祸。

张老师举手止住了笑声……

他说尽管自己太没出息，但当年自己教过的学生们，毕业时也和自己当年毕业时一样幸运。尤其八十年代初的几届中文系毕业生，成为各文化和新闻单位急需若渴的紧俏人才。他们中许多人，如今都是资深的主任编辑、主任记者、副主编甚至主编了。总之，几乎都是有高级或次高级职称的文化和新闻出版界的人士了……

他话锋陡然一转，提高了声音说："但你们，你们这些现在的中文系的大学生，你们毕业后将面临怎样的择业局面呢？让我告诉你们实话吧——连北京大学中文系的学生毕业了，想到《北京青年报》去当记者，那都是一厢情愿的万难之事。当不成《北京青年报》的记者，当《生活时报》的记者就容易了吗？如果谁以为肯定容易，毕业后就请自己去碰碰运气吧！……"

气氛不但肃静，不但凝重，而且，简直开始凝固了！

张老师的手，向前伸出着，指向那些外校的正宗中文系的学子们。他们都集中坐在会场的另一边。那时刻他们的脸上，一丝一毫矜傲的文科才子或准才子的表情也没有了，被张老师的话扫荡得一干二净。

"亲爱的同学们，这一点你们知道吗？"

张老师的声音放低了，语调很是推心置腹，仿佛并非在面对许多陌生的外校的学生说话，而只是在与一个人做朋友式的促膝交谈。尽管如此，尽管他是微笑着说的，他的话还是带有异常沉重的忧患意味。

婉不禁向那些外校的正宗中文系的学生们望去，但见他们一个个脸上的表情都那么阴郁。她想，倘他们将来的命运果如张老师说的那么堪忧，难道此前就没有谁告诉过他们吗？她不信。不信真的没人告诉过他们，不信他们此前一直盲目地乐观着，一直错误地矜傲着，一直蒙在鼓里似的糊涂着。他们的表情既阴郁又迷惘。仿佛在他们看来，张老师是巫师，对他们的命运做出了他们虽然确信但却难以接受的预言。

突然有一名女生声音低低地说："这我们知道。"

"知道？"——张老师又微笑了一下，接着慢条斯理地说，"亲爱的外校正宗中文系的才子们，准才子们，你们即使知道，那也是只知其一，不知其二。让我告诉你们现实的其二吧！在去年，北京的某火葬场公开招聘员工二十名。知道有多少人前往报名应聘吗？三百多人。知道有多少人是大学生吗？几乎三分之一。知道他们中有多少人是中文系的应届毕业生吗？几乎全是。而那火葬场又并非八宝山火葬场。八宝山那么著名的单位早已人满为患了。活人人满为患，死人也拥挤在那儿。抄抄挽联，写写悼词——这和中文系正对口，今后，恐怕这么对口的工作也难找了。因为人家那儿去年已招满了。定员定岗，一个萝卜一个坑。估计二三十年内没人腾出名额来！时代认为对口就是对口！现实认为对口就是对口！时代和现实，总是有理！没理的是你们，你们有理也没处说。等于没理！……"

耳听着张老师的话，婉觉得那一种仿佛凝固了的气氛，早已变成了一大坨黄油。而且，正在炽热的钣上。仿佛每一名同学，无论作为客人的外校的学生，还是作为主人的本专业的学生，也都变成了黄油的一部分。不是在外表上看起来似乎都凝固了，而是在化学分子式上不再是人，变成了黄油的一部分了。又仿佛转瞬之间，那一大坨黄油会倏然熔化，继而变成一摊油液——那么自己也随之熔化了，在分子式上变成油液了，与所有同学融为一体了，在钣上嗞嗞作响，冒着青烟，最后全都彻底烟散了，无影无踪……

张老师却始终微笑着。他继续说，自己正是由于在这个一切从实用主义出发的商业时代看不到中文学科的前景，正是由于常替自己教过的学生们毕业后求职时的四处碰壁而烦愁，才下决心从一所文科大学的中文系调到这所理科大学来教文秘专业的。他承认这对于自己等于从头开始，但不后悔。因为在这所理科大学里，恰恰是设立的历史最短暂的文秘专业的学生们，毕业后的择业去向是令他这位教师感到欣慰的。接着如数家珍地"报告"每届毕业生有多少到了大公司；有多少到了合资企业；有多少到了老牌企业；有多少如今已由文秘升为部门主任甚至副经理，在三个月内，百分之多少的学生都谋到了自己比较满意的职业……

他讲这些时，有十几名外校的男女学生离开了座位，弄得椅子当当响，矜傲地从他面前经过，鱼贯而去。

这引起了一阵不小的骚动和一片听不清具体内容的叽叽喳喳。

但张老师不管不顾，只一味地讲下去。

终于，坐在婉前排的那位花白头发的老教授也离开了座位，走到张老师跟前，当众打断他的话，说他的话题未免太沉重了，也游离了联谊的宗旨。张老师这才有点儿不好意思而又有点儿兴犹未尽地收住，归座。

老教授说，其实张老师调来本校之前，并不只善于讲"三突出"文艺理论。那不过是在"文革"中分配给他的教学任务，他必须完成，不情愿也得完成。说张老师在原校时就已经是副教授了。因为他是最早在大学里开课讲中西方比较文学的人之一，出版过多本比较文学专著，是中国比较文学学会的理事。说张老师现在已经是教授了，因为他对本校文秘专业的开设功不可没——教授说到这儿，向张老师的座位望去。那座位却已经空着了。婉当时只顾听教授的话，没注意到张老师何时走的。她问身旁的女同学，那女同学告诉她，教授刚一开始介绍张老师，张老师就悄悄起身退场了。

教授怔了怔，改换一种风趣的口吻说，他要"强烈推出"一位幕后嘉宾。因为若没有那位幕后嘉宾的热忱支持和赞助，联谊会场布置得绝不会如此令大家满意。而且，幕后嘉宾还为每一名同学准备了一份五十元的小礼物。教授说罢，顺着座椅间的过道向最后一排走去。于是坐在前几排的学生，目光便都追随着教授起身望去——于是从最后一排最边的座椅上，站起了一位年轻的女士。不，也许用女郎来称她更恰当些。因为我们几乎对任何一个女人都是可以称女士的，而只对又年轻又靓丽的女人才称女郎。那女人正属于又年轻又漂亮的一类。她穿的是一件紫色丝绸旗袍，且是那种无袖的旗袍。旗袍的高领，不松不紧地环扣着她的颈子，微微卡托着她的下颏。这就使她的头自然而然地昂着。这就使她的样子看去显得挺高贵似的。事实上她的表情也的确有点儿高人一等的意味儿。尽管她在非常迷人非常美妙地笑着，但那笑却根本无法使人相信她是愿意主动接近别人的，甚至也根本无法使人相信她是别人容易接近的。起码，婉当时是这样感觉的。婉的目光左右观察周围的同学，从同学们脸上也看出了和自己一样的感觉。一年多的大学生活，使婉这个从穷困乡村考入北京的女大学生，总结了一条做人的经验。那就是——看别人怎样看待一个人或一件事。她发现生活中的绝大多数人，其实都不能彻底掩饰起自己对某人或某事的真实心理。因而在各种人的各种心理纷纷呈现的场合，她的第一个本能是立刻避开。她明白别人掩饰不了的，其实自己也掩饰不了。她十分害怕自己的心理暴露在了自己的脸上，像一份张贴了的考卷一样公布给别人看。那女郎使婉的内心里顿时产生了一种大的自卑。因为她自己一点儿都不漂亮，非但谈不上漂亮，简直可以说是一只丑小鸭。身材瘦小，头发稀疏，面色黑黄，胸脯扁平。婉的容貌是婉胸口"永远的痛"。那女郎使婉眼里的漂亮女生们一个个黯然失色，也使婉胸口的痛倏然间剧烈了。她本不想参加联谊会的，是被同宿舍的女生们硬拽来的。

　　婉起身欲退。但女郎正挽着教授的胳膊婀娜而来。婉如果非挤出那一排座位，双方会在过道迎面互相堵住去路。而且，会场的两扇门那儿，不知何时已站满了外系外专业的没有座位的学生。显然，此际离去，不但惹人眼目，分明也不是件轻松的事。她只得又坐了下去……

　　女郎的手臂修长，白皙得耀人眼。

　　坐在婉身旁的女生自言自语地小声说："肯定当过模特！"

　　"刚才，我听到有同学说我肯定当过模特。这太赞美我了。这所学校是我的大学母校。五年前，我是文秘专业的第二批毕业生……"

　　女郎搀扶教授坐下后，开始以悦耳动听的语调自我介绍。那种语调非常性感，使望着她那张靓丽面容的人不禁想永远听她说下去……

她说她很普通，普通得不能再普通。只不过毕业时比较幸运，到一家国外公司去应聘，三分钟后就被录用了。现在呢，也只不过是那家国外公司的一位高级雇员，年薪才六七万美元……

她还说刚才教授对她过奖了。她并没为此次联谊会做什么值得感激的事。只不过赞助了五万元，还是人民币，还是公司的钱。她说公司每年提供给她个人的公关费才二十几万元。怎么花是她的自由，她当然乐于花在自己的大学母校一点点。她说她虽然是公司的高级雇员，职权却很小很小，也不过每年就有二三千万元的支配权……

之后她又说了些什么，婉就记不得了。因为她早已低下了头，不敢再望她。仿佛她通身放射着光芒，谁久望她那光芒会耀伤谁的眼睛。婉的耳朵所听到的，似乎已不再是一句句的话语，而是抑扬顿挫的音乐了……

联谊节目一开始，婉就独自跑回宿舍去了。宿舍里自然除了她自己再没第二个人。她爬上二层铺，躲进自己的蚊帐，拿起枕旁一本英语的《安徒生童话集》仰躺着看起来。但又哪儿能看得进心里去？那靓丽女郎的话语仍娓娓地回响在她耳畔：

　　……很普通，普通得不能再普通……
　　……只不过是……
　　……才六七万美元……
　　……一点点……
　　……很小很小……

那一天，作为一名北京的大学新兴专业的女大学生，她第一次意识到——上了大学也许并不像她是高中生时所想的那样，是什么人生的历史性的重大的转折。张老师的话，不是向那些外校的、正宗的中文系的才子和准才子们描绘出了这一点吗？

婉不禁深深地同情他们。

那女郎故作谦虚的扬扬自得，似乎为本校文秘专业的学生们注射了一针强心剂，也似乎以现身说法验证了张老师的话——其实与中文学科没什么实际关系的文秘专业的毕业生，远比瞧不起文秘专业的中文系的毕业生更受商业时代的欢迎。前者的个人命运,也似乎要比后者灿烂得多。难道不是吗?自改革开放以来,不,再往前说,自新中国成立以来,可有哪一位中文系毕业的人,在不到三十岁的时候,年薪居然拿到过六七万美元之多?并每年有二十余万的个人公关费?成了学者又怎样?当了教授又怎样?做梦也休想啊!活到八十余岁也休想啊!如此说来,当今文秘专业的大学生,不是很有理由反过来傲视正宗中文系的大学生们吗?

但,婉虽然同情那些外校的中文系的大学生们,却丝毫也没有产生反过来傲视他们,觉得自己比他们幸运比他们高一等的心理。她想,那些外校的中文系的大学生们,自尊心和自信心,今天肯定是受到了极严重的挫伤吧?她想,那女郎的现身说法,对于本校本届文秘专业的同学们,其实是没有任何可比性的呀!不知是由于哪些具体情况凑在一起所决定的——本校本届文秘专业的男女同学,大部分都来自农村,大部分都是本考区的佼佼者,但也大部分都相貌平平。而婉觉得自己的"硬件"质量比同学们都差。"硬件"指的是外表条件。婉曾偷听到过另一位老师私下里对张老师如此议论她这一届文秘专业的学生:"上一届还有些英俊男生漂亮女生呢,怎么一届不如一届啊?硬件先天不足,他们将来怕是要在社会上到处流浪了啊!"

婉当时就听明白了"硬件"指的什么。

从那一天起,她怕镜子。

张老师对专业的同学们是无比关爱的。无论哪一届学生毕业了长久找不到工作,他都觉得是自己的罪过似的。张老师难以容忍任何人发表对文秘专业不敬的言论。他听了就来气,来气就要反讽对方。今天,张老师对外校的那些正宗中文系学生们兜头大泼冷水,显然也是由于一时的情绪冲动。

张老师是个情绪容易冲动的人,有时甚至和本专业的学生们急赤白脸。但没有一个同学因此和他闹别扭。同学们都知道他是多么关爱大家,便也都非常敬爱他。

婉正思想着,同宿舍的同学们回来了。她们一个个都显得很亢奋,进了门就高谈阔论。有的说那些外校的中文系的男生们气质就是好,中文系确是熏陶人性格的国粹学科;有的说那些外校的中文系的女生一个个太傲。有什么可傲的呀!不过就是多读了点儿文学作品嘛!读得再多,那也只不过仍是读者，而非作者！毕业后还不知干什么呢，可究竟傲个什么劲呀！有的批评张老师言辞过分，有失师长风度。联谊会嘛，搞得人家男生女生一个个心灰意冷打不起精神来，多不好哇！有的替张老师不平，说张老师一点儿都不过分，是那些外校的中文系的学生们首先表现得太放肆了。不管内心里多么瞧不起我们文秘专业也不应该连珠炮似的往外说呀！难道让他们把我们搞得一个个心灰意冷的自尊破损自信全无就对了吗？毕竟我们是主人，他们是客人，连点儿起码的身为客人的规矩都不懂，就不失当代大学生的体统吗？

最后，话题集中在那位女郎身上了，且都近近乎乎地称其为"学姐"了。这个说自己最羡慕的是"学姐"的好身材；那个说要是自己也有"学姐"那般的花容月貌，当初肯定报考电影学院或戏剧学院。你觉得"学姐"最佳的既非身材亦非容貌，而是那第一流的白领丽人的气质；她认为"学姐"气质一流，恰恰首先是因为身材好容貌好，所以作为年轻的女人自信十足。人一自信，本无气质也有气质了……

最后的最后，话题集中在"学姐"的年薪上。这个说六七万美金，每年都可以买一辆"奔驰"或一辆"宝马"了；那个说等自己毕业后到了外国公司，先不急于买车，攒上两年，买一幢别墅再说。

她们似乎谁也没注意到，同宿舍还少一个人，那就是婉，仿佛婉根本就不是这个宿舍里的人。

婉一动也不动继续在上铺的蚊帐里仰躺着，屏息敛气听她们一番番高谈阔论。在婉听来，分明地，她们是将那"学姐"当成明天的自己评说着了，她们仿佛都变成了房地产商所雇的、口吐莲花专门推销商品房的售楼小姐了，仿佛那"学姐"就是一套"样板房"，仿佛文秘专业就是一张别墅区域规划图，仿佛自己就是图上的高雅住宅。三年后，也必是后几届文秘专业生的"样板"无疑……

正都谈得兴致勃勃，一个声音突然高叫："别做白日梦了！"

婉听得真切，那是自己的下铺徐小芬的声音。徐小芬是从湖南的一个小县城考来的。据她讲，那小县城十几年内就没一名高中生考入北京的大学里来。她被本校录取的消息，去年曾使那小县城大为轰动。名字见了报，人也上了电视，很是耀祖光宗过几天。她和婉差不多高。婉一米五七，她一米五七点五。故她平素总打趣婉说："婉，你就干脆死心了吧！咱俩之间那零点五厘米的差距,八成将是历史性的了。谁见过十八九的姑娘又猛蹿个子的呢?"婉也每每打趣地反唇相讥:"小芬,提醒你,你再不进行减肥将来就难嫁人了!"与自己的身高相比,小芬的体重实在让别人看都替她着急上火。除了脸瘦,哪哪都胖。所以她得了个绰号是"獾"。

小芬的高叫,使宿舍里安静了片刻。

在那片刻的安静中,小芬又说:"咱们老谈论她干什么?咱们和她一样吗?……"

她的声音很低很低,就像对谁说悄悄话儿似的。

"怎么不一样?她是文秘专业毕业的,咱们三年后也是。她只不过比咱们早毕业了几年……"

婉听出,诘问的是姚红。姚红是从东北哈尔滨市考来的。同宿舍中,顶属她算是大城市里考来的了。可她家却是大城市中最底层的人家,父母全下岗了。没有一个同学知道她父母究竟靠哪方面的收入供她上大学。她和婉一样,是全专业助学金最高的学生。

"可我们有她那样迷人的身材吗?我们有她那么靓丽的一张脸吗?!你们看这张报——招聘文秘——条件——容貌姣好!再看这儿——也是招聘文秘,先决条件也是容貌姣好!你们还记得上一届咱们的学生会主席吗?她毕业时哪门儿成绩不优?她不是咱们专业电脑打字竞赛的第一名吗?可是我前几天碰见她了!她只不过在北太平庄那儿成了一家个体打字社的电脑打字员!每个月才挣五百元!去了房租,去了饭钱,几乎就没什么剩余了!她一认出我就眼泪汪汪地要哭!她拉住我的手……说小芬啊,这社会太残酷了!只有学历,没有模样,企图找到一份好工作真比登天还难啊!这社会倒是不太歧视女性了,但是开始变本加厉地歧视我们这样其貌不扬的女性了!学历其实并不能改变我们的命运啊!……"

婉仍一动不动地仰躺着,但她仿佛看到小芬自己也快哭了。

"我恨她!……"

这声音变了调。婉竟没能听出究竟是同宿舍的五个女生中谁的声音。但她一听就明白,那三个字中所包含着的怨恨不平之气,是由大家刚刚还羡慕过,还似乎引以为荣引以为傲引以为尊引以为自信的"学姐"而产生的。

啪!……

有什么东西被摔碎了。

婉猜想，那一定是一面小镜子。

一阵死寂之后，赵薇开口说话了："拿自己的小镜子撒气有什么用呢？如果你们自己是老板，是董事长或总经理什么的，而且是男的，你们就不挑形象好的文秘吗？那至少看着也愉快吧？形象好的业务上就一定糟吗？如果统计统计，在文秘这一行中，可能结论还恰恰相反呢！……"

赵薇是上海郊区某县考来的学生。但她一向喜欢对别人说"阿拉上海"如何如何，"阿拉上海人"怎样怎样。她父亲是县土地局局长，母亲是县委办公室主任。故她一向又喜欢对别人说："阿拉爸妈可是廉洁的公仆……"

她是同宿舍六个同学中唯一入学后不久便递交了入党申请书的人。她一点儿也不隐讳这件事。在各类思想学习交流活动中，她一开口往往首先强调地表白："阿拉积极要求入党的同学……"她那一种口吻，总使人听出"阿拉廉洁的公仆的女儿不入党谁入党"的意味儿。仿佛她在思想上早就已经入党了似的。女同学们对她这样的自我表现都挺反感。她自己也明白这一点，却显然并不打算因此而放弃任何一次一如既往的自我表现的机会。依普遍的女生们想来，男生们似乎理应比女生们更反感她的"廉洁公仆女儿"的优越感。事实却恰恰相反，普遍的男生们非但不反感她，竟都争相在她面前大献殷勤，为了讨她的欢心而唯恐落后于人。起初这使普遍的女生们大感不解，后来也就渐渐地都悟明白了——因为她是全专业模样最标致的女生啊！倘用"漂亮"二字说她，那则未免夸张。但用"标致"二字形容，还是较客观的。她也没有什么骄人的身材，亦属于小个子女生，却哪哪儿都长得长短匀称，肥瘦相宜，所以整个人儿倒也俏姿娇小，玲珑可爱。再加天生的那一种江南人的白皙，细皮嫩肉的，说起话来吴侬软语，嗲声嗲气的——普遍的男生们对她感兴趣，也的确是由不得他们自己的一种维特们的心思。何况，她家里经济条件好，兜里的零花钱总是显得很充足。常买些咀嚼小吃和时令瓜果分给男生们吃，他们又有什么理由非不喜欢她呢？据女生们相互之间传，已至少有四五名男生向她塞过情书了……

赵薇的话刚一说完，徐小芬立刻斥了她一句："赵薇，闭上你的乌鸦嘴！"

"你说谁是乌鸦嘴？说谁？说谁？你才乌鸦嘴哩！……"

赵薇不是好惹的，婉想象得出她那种气势汹汹的样子。

而湘妹子徐小芬的"辣"，更是全专业出了名的。

于是婉听到一阵混乱的响声，她猜是徐小芬要动手打赵薇。

姚红将她们劝开了。

姚红说："得啦得啦，这都是怎么了？都高高兴兴地回来，都高高兴兴地聊着，咋一转眼就翻脸了呢？怨我行不行？怨我不该问那几句蠢话好了吧？……"

不知是谁将灯拉灭了。

黑暗中，一阵窸窸窣窣的脱衣声和一阵带着气的甩鞋落地声后，宿舍里恢复了她们归来之前那一种令人感到心里寂寞的平静。

但是平静并没维持住多一会儿。先是有谁翻身，弄得床板吱嘎吱嘎响。于是几乎都翻起身来，于是床板吱嘎吱嘎响个不停。继而又有谁长长地叹了口气，于是几乎人人都释放压抑地叹长气，此起彼伏。

再接着，徐小芬轻轻唱了起来：

明明白白我的心，
渴望一份真感情。
……

于是姚红随着唱了起来。

于是另外两名女生"声援"之。

她们越唱声调越高，简直就是在无所顾忌地宣泄着了。

婉听出赵薇可并没加入这种"夜半歌声"。尽管有不少女生反感赵薇，孤立她，疏离她，但婉暗自承认——如果说从无什么压抑之感即是良好的心态，那么在普遍的女生中，大约顶数赵薇的心态一向是非常良好的了。婉特别羡慕她这一点。有时，甚至特别嫉妒她这一点。真的，一个人，从无什么压抑之感，也从没有什么值得宣泄的烦愁之事，那多幸福呵！可惜这一种幸福和自己不沾边儿。仿佛夏季黄昏西天的落霞，望得到，却永远也无法揽入自己心怀里，使之成为自己心怀里的一道风景。她又想，做一名无忧无虑的大学生，更是多么幸福哇！赵薇就属于这一类大学生，就将大学当成一所乐园。因为不管时代怎么变，不管轮到她们这一届文秘专业的大学生毕业时求职难也罢、易也罢，赵薇都是不必考虑的。因为她将肯定留在北京，肯定将有一个好去处。因为她的父亲早已为她铺垫好了这一切。尽管她父亲只不过是一个县的土地局局长……

"三一二室的女生，你们号什么？！"

"睡不着就到校园里跑步去！"

"再不路灯底下看书去！"

"再不集体到门口等着，我教你们到操场上去练气功！"

从楼上楼下各宿舍传来了抗议之声。

宿舍里霎时又一阵死寂。

在那一阵死寂中，婉猝然地听到了开怀大笑。是赵薇在笑。不，不是赵薇在笑——笑声是赵薇买的笑偶发出的。那笑偶是一位袒胸露腹的大肚子弥勒佛，装两节五号电池，碰"他"一下，"他"就哈哈大笑。当然也等于赵薇在笑。因为她如果不成心碰"他"，"他"又怎么偏偏会在那时候笑起来呢？

婉很希望有哪一个同宿舍的同学问起她：

"咦，陈婉呢？陈婉怎么还没回来？"

"大家回来前，谁看到陈婉了吗？"

"她这么晚还没回来，别出什么意外呀！"

却并没有一个同学问起她。

在大肚子弥勒佛开怀大笑声中，婉默默地流泪了。

连和她最要好的姚红也没问起她。姚红只不过又翻了一个身，嘟哝了一句："讨厌！"

婉真想放声大哭一场……

她将枕巾角塞入口，紧紧咬着……

第二天早上，同学们看着她从上层铺位下来，也没有一个人觉得奇怪，更没人问——"你昨晚哪去了？"

婉也暗自感激同学们的漠不关心。倘真有谁问，她反而会因不知如何回答才好而陷入窘境。

去上课时，她偷偷将自己的小镜子揣在身上了。与同学们一起离开宿舍后，她故意放慢步子。走到校园内的小河旁，她前后望望，见没人注意自己，迅速从书包里掏出了小镜子，与之诀别似的最后一次照了照自己的脸，一撇，薄薄的小镜子在水面溜起一串水漂儿，沉了下去。河水很浅，小镜子虽然沉到了河底，却依稀可见。并且在河底亮晶晶地向水面反射着阳光。就如同是什么有生命的东西，在用那种执拗不变的方式向她发问：为什么要把我抛弃了呢？为什么为什么？

婉不禁有些发怔。

"陈婉，你愣在这儿干什么？"

婉一转身，见是张老师——腋下挟着讲义。那一堂课正是由张老师来给同学们上。

"我……没干什么……"

婉惶恓起来，本能地斜了斜身子，企图挡住张老师的视线，不使他发现河底那面小镜子。仿佛自己是个贼，而那面小镜子是赃物。但她又明白，她是挡不住张老师的视线的。

"往河里扔东西了吧？"

"没……没有呀！……"

"还说谎！我远远看见你把什么亮晶晶的东西往河里扔了……那小镜子就是你扔的吧？"

婉低下了头。

"无论什么东西，无论自己多么不喜欢了，都不要往河里扔。往河里扔东西多不好，都像你这样，这条河还能这么清澈吗？"

张老师的口吻虽然是亲切和蔼的，却也是诲人不倦的。

婉只有诺诺连声。

"也别这么不好意思，知道错了就行了嘛。走吧，随我上课去吧！"

与张老师一起往教学楼走时，张老师问婉，同学们对他的课有什么意见没有。婉说没有，说同学们都高兴上他的课，都认为他的课讲得生动活泼，联系实际。张老师又关心地问她家乡的灾后情况，还具体问到她家究竟受了多大损失，她经济上有什么困难没有。婉说家乡父老乡亲灾后重建家园的心劲很高，说她自己的家一无所有了，但在地方政府的安排下，吃住已不成问题，说她自己也不缺钱，说她非常感激校党委，感激系里，感激张老师本人对她无微不至的关怀……

张老师站住了一次，眯起眼注视她，目光挺复杂，似乎在用目光说——陈婉呀，同学啊，你怎么像回答电视记者的采访似的？

快走到教学楼时，张老师又问昨天晚上的联谊会后来开得怎样。

婉说她头痛，没开始演节目之前也走了。

"唔？现在又不至于感冒，怎么会头痛了呢？"

"偏头痛。我从小得过一场大病后，落下了这一病根。"

婉只得说谎搪塞。

不料张老师认真了，又站住了，说那就得到医院去检查检查，最好拍次头部的片子，说不要太考虑钱的问题，说该花多少，他都会替她先垫上，说他也会替她打证明，以便在校财会室顺利报销……

婉心中一热，眼中顿湿，几乎感动得哭了。她赶紧低下头，加快了脚步。

"同学们对我在联谊会上的表现议论纷纷吧？"

"没有……没有呀……"

"我不信。怎么可能什么议论都没有呢？向老师透露透露嘛！老师也需要经常了解同学们对自己的种种看法嘛！"

"真的……我真的什么议论也没听到……"

"那……你自己是怎么看的呢？"

"我？……"

"对，你自己！"

"我觉得……觉得老师您其实又何必呢？……"

张老师正一脚踏上教学楼的台阶。他第三次驻足，转身俯视着台阶下的婉。婉一时被望得有几分不安，以为张老师生气，会训斥她一顿。

张老师却笑了，像对婉也像对他自己说："是啊是啊，何必呢！你批评得对。昨晚回到家里我也几乎一夜没睡。仔细想来，那些外校中文系的同学们，虽然一个个表面狂妄，但自信是非常脆弱，非常需要勉励的呀！中文系，中文系，中文系学生以后的出路在何方呢？唉，我当时真有失风度，有失风度啊！……"

张老师的每一句话都充满了惭愧，也充满了忏悔。这使婉内心里好生替他难受，觉得还不如被他训斥一顿。

以后，婉就几乎每天都会回忆起她接到大学录取通知书那一天的种种情形。有时回忆起一次，有时竟不由自主地回忆起两次、三次……

一九九八年，中国南北两地水灾险峻——婉的家乡未能幸免。大水淹没了村庄以后的事情，婉都能历历在目地回忆起来。唯独自己当时是如何爬上自家房顶这一点，婉的头脑中一片空白，过后和现在怎么使劲儿回忆，也回忆不起什么具体的内容。

她只记得母亲用一条胳膊搂着十一岁的弟弟的脖子，与弟弟紧挨着趴在陡斜的房顶上，眼望着滔滔上涨的洪水，双手死扒着房脊。婉站在房脊的这一边，父亲站在房脊的那一边，父女之间隔着两尺的距离。

而父亲当时视而不见地瞪着她问："婉呢？婉呢？婉在哪儿？！婉怎么没上房？！……"

婉觉得，父亲的眼角当时都快瞪裂了似的。父亲当时的样子非常可怕。仿佛婉既是一个完全陌生的人，也是一个要对他的女儿的安危负完全责任的人。又仿佛他的女儿稍有不测，他将杀了对面的"陌生"人。

婉当时已吓得浑身发抖，不知所措。

她颤颤地说："爸，我在这儿……我就是婉呀，你不认识我了吗？……"

父亲"哦"了一声，瞪着她的目光有些活络了。父亲隔房脊伸过只手，摸了她的头一下，表示已经认出了她是他的女儿。

父亲紧接着向她发问："牛呢？咱们的大黄牛呢？！……"

婉被问呆了。

"说话呀，牛在哪儿？！……"

父亲冲她吼起来。

"我……我带牛去吃草，以后……以后就把牛拴在一棵树上了……"

"我问你现在牛在哪儿？！……"

"可能……可能还在那棵树那儿……"

婉的脸上立刻挨了狠狠的一巴掌！父亲那一巴掌，将婉扇倒在房顶上。婉本能地伸出双手去抓房脊，却没抓牢，结果朝房下滚去。幸而自家的房子着实太老了，瓦都酥了，被她的身子一滚，纷纷破碎，从房顶滑落了一片。又幸而这样，因为这样就露出了瓦下的檩子，使婉在身体滚下房子去那一瞬间，双手得以抓住一根檩子……

婉的身子悬在房檐，双腿浸在滔滔的洪水里。她吃力地仰脸瞪着父亲。她的目光告诉父亲，倘父亲还无宽恕她的表示，她就会松开自己的双手。其实这并非她当时自己内心里的活动。其实她当时内心里只有一种求生怕死的想法，那就是千万千万要牢牢抓住那一根性命攸关的檩子，除非天意使它断了。是父亲觉得她当时的目光是那样的，是父亲在后来送她上大学的路上告诉她这一点的……

当时父亲根本来不及向她做出什么宽恕不宽恕的表示。她的身子一倒下去父亲就开始慌了。她向下滚时，父亲已扑过房脊这边儿来了。

她双手刚一抓住檩子,父亲的双手已紧紧抓住了她的一条胳膊……

父亲坐在那一片暴露出来的檩子上,双脚企图蹬住什么,蹬得破碎的瓦一片片往下落,几片瓦还落在婉的头上。父亲的双脚最后蹬断了几根檩子,蹬住了檩子下的一根椽子……

父亲孩子似的咧嘴流泪,用哭腔对婉大声说:"婉!婉!爸的好女儿呀!你可千万别松劲儿呀!爸求你了!……"

而母亲和弟弟不停地喊救命。

在"救命"之声中,父亲终于将婉拽上了房顶。

婉刚一爬上房顶,父亲就紧紧把她搂抱在怀里,放声大哭。一边哭一边说:"婉,婉,别生爸的气,行吗?……"

婉当时对父亲那些话已经丧失领悟力了。她也缩在父亲怀里哭。她哭完全是由于吓得。

母亲和弟弟声嘶力竭的喊声并没喊来救命之人。几乎家家房顶上都出现了人影。几乎家家房顶上都有人在喊救命。喊声此起彼伏,而四周洪水滔滔。后来,几乎是同时的,不知怎么就都不喊了。于是天寂水静。水流尽管很湍急,但并没有浪。事实上洪水泻到这个村子时,已从决口处泻了十来里地了,摧毁力明显减弱了。否则村里的房屋早已全部被冲塌了,村里的大人和孩子也早已被冲得无影无踪了……

婉向自己拴牛的地方望去,但见那一根大树已被洪水没了两米来高了。婉当时为了让大黄牛能方便自由地吃到周围的草,拴牛绳余留得很长。怕牛挣脱了绳子走得太远,她拴的是死扣。而这一点就害死了大黄牛。夕阳如血的余晖映红了水波,仿佛漂着一层胭脂。而大黄牛早已被淹死了,肚子鼓鼓的,像是吹糖人儿的师傅用糖浆吹出来的,一会儿被水冲得四蹄朝下了,一会儿又被水冲得四蹄朝上了。就如同纺车的纺锤儿,在洪水的冲击之下,躯体既不停翻转,也绕着树打转……

大黄牛对于婉的一家,不仅是一宗重大的财产,还意味着一名家庭成员。全家致富的种种憧憬,一半儿要依赖它的效力去实现。而且,它也确实为婉的一家吃苦耐劳。

全家人的目光都尽量不朝那一方向望。只婉一个人忍不住要望,眼泪默默地刷刷地流。

父亲就不让她老望着那个方向了。父亲说人有人命,牛也有牛命。也许它命里该在这一天这么个死法。再心疼它，再觉得对不起它，它不也活不过来了吗？

但是婉止不住自己的眼泪。她不禁心疼大黄牛，不禁觉得自己对不起它，内心里还产生了一种极大的负罪感，感到自己仿佛就是害死它的罪魁祸首。

父亲和母亲担心洪水继续上涨，终究会淹过房顶；也担心自家的老房子随时会被洪水泡倒。于是他们一商议，就解下了各自的腰带，并且脱下了各自的上衣，撕成条，搓成绳，与各自的腰带结在一起。他们打算将婉和弟弟拴在房椽上。他们那样打算，分明是只顾儿女不顾自己的。分明是准备了牺牲自己也要保全儿女性命的。父母都在默默流着眼泪按他们的打算做。母亲流着泪对婉说："婉呀，女儿啊，如果爸妈一旦不幸了，无论在什么情况下，你可不能不管你的弟弟啊！那弟弟就是你在这世上唯一的亲人了……"

婉和弟弟就搂抱在一起哭出了声……

但是父母由于意见不一又吵起来了。母亲认为，应将婉和弟弟拴在一起，而且要拴得很紧，紧到不会被洪水冲开的程度。父亲就骂母亲是猪脑子，说那不等于一条绳拴俩蚂蚱，这个一旦不测，那个也肯定没好了吗？依父亲，是要分开拴的。

婉在父母的争吵中倒渐渐冷静了。

婉说，爸妈要拴牢我和弟弟，不就是怕房子万一塌了，我和弟弟落水淹死吗？可如果房子真的塌了，能保证我和弟弟就一定不会被砸死吗？就算侥幸不被砸死，能保证此一根椽子不会被倒墙压在水底下吗？那，我和弟弟拴在上面，下场不是将比大黄牛还悲惨吗？……

听婉这么一说，父亲瞪着母亲，母亲瞪着父亲，不仅不再争吵了，也都呆愣住了。

在那一个难忘的黄昏，在那一种危机四伏的时刻，一家人谈论生死，竟变得像谈论一顿饭该怎么做似的。

婉觉得从那一个黄昏开始，自己的心似乎比自己多活了起码十年似的，好像一切关于人的命运的神秘性，在自己心里都变得一览无余地平淡索然了，因而也变得非常实际了……

半夜，解放军坐着几艘小艇来了，从一幢幢房子上将村人们救下来。有三名战士救他们一家。父亲首先拎着弟弟的两条胳膊，将弟弟交给了一名战士。父亲会游几下狗刨儿，扑通从房顶蹦下水，游到艇边去了。另一名战士趁小艇兜近房子，也将母亲拽到艇上去了。第三名战士爬上房顶，对婉说："别怕，有我们在，就有你们一家在！"——说罢，脱下救生衣，替婉穿在身上。黑夜中，婉看不清他的脸。从他那自信的声音听来，觉得他还只不过是一个半大男孩儿。

婉问："参军几年了？"

他说："还不到四个月。"

他催促婉往水里跳。婉一点儿都不会水，不敢。

他说："没事儿的呀小妹子，你已经穿着救生衣了，水再深也淹不死你的！"

那时她家的房子就晃了一下。

艇上的另外两名战士齐声大喊："危险！快离开房顶！……"

他们的话音刚落，婉被一双有力的臂膀横抱起来了，转眼被扔到水里去了。紧接着，小艇驶到她身边，她父亲她母亲和两名战士，四双手将她拖上了艇……

等她和父母和两名战士扭回头望房子时，房子已经不见了，几乎无声无息地塌没于水中了。自然，那名战士的身影也不见了……

水面竟相当平静。如同什么令他们震惊的事也没发生过。

都呆了，傻了。两名战士，婉的父母，婉和弟弟……

"北川！北川！北川！……"

两名战士高喊他们的战友，喊声在黑夜中拖出很长的哭腔……

小艇绕着房子塌没的地方兜了一圈，又兜一圈……

婉和父母和弟弟也跟着两名战士喊……

房子塌没之处的水面，那时才咕嘟嘟地不停止地大冒气泡。

"三号艇，怎么还不撤离？大呼小叫地干什么哪？！……"

别的艇上传来了通过话筒的喝问，语气特别严厉。

"房子塌了，王北川不见了！可能被压在房子底下了……"

"不许哭！给群众什么心理影响？！命令你们立刻撤离！他有我们哪！……"

于是小艇掉头开走了。

嗖嗖的疾风夹着凉凉的水珠儿，一阵阵吹在婉身上。她双手抱头，缩蹲在艇上。不是冷成那样,是哭成那样。

为了救自己,别人同样年轻的生命转眼间交待了!死得闹着玩儿似的!凭什么为救自己别人就得死啊?自己的命哪点儿比人家的命值钱呢?就因为人家是兵而自己是老百姓的女儿吗?婉,婉,人家已经把人家的救生衣给你穿在身上了,你还怕个什么劲儿?你若早往水里跳一分钟,兴许人家也不至于死!陈婉,陈婉,你简直罪大恶极呀你!……

婉悔恨得真想一头扎下艇去,自己也死了算了!

艇虽小,马达声却那么响,压住了婉的哭声。父母和弟弟和两名战士,显然都是听不到她在哭的……

天亮时分,婉一家被安置在一座小山包的一顶帐篷里。解放军救了的农民人家和县城里的部分居民人家,都被临时安置在那一座小山包上了。总计能有一千多口。而四周全是水。每天都有解放军的大船开来,往山上搬饮料、衣物、粮食、药品,挨家挨户分发给人们。婉常扯住某一名战士问,他们的一个叫王北川救了她一家的战友,究竟是生还是死。他们都不回答她,都装哑巴。婉猜想,也许他们有严格的纪律,不许回答她问的那类问题……

六七天以后,有一位县教委的干部随解放军的船来到了小山包上,在一千多人里寻找婉。找到她以后,祝贺地告诉她——她已被北京的一所大学录取了。而且告诉她,全县只有她一名高中毕业生考上了北京的大学……

而婉已经根本忘记,不久前自己参加了一九九八年的全国高考。不但她忘了,连父母和弟弟也都忘了。因为六七天里,家人从没对她提过这件事儿,一个字都没提过。也许,父母其实并没忘,其实心里一直在惦记着结果,但没心情在她面前说起罢了。

婉接过录取通知书时,不少人围拢在她家帐篷前了。有稔熟的本村人,也有陌生的外村人。虽然,人人都明白那录取通知书对于她的家是一桩大喜讯,但并没有谁脸上流露出贺喜的笑容。彻底丧失了家园的人们,被四周的洪水围困在小山包上的人们,六七天来,担惊受怕,是都有点儿反应麻木了。他们最关心的是,救援物资能不能经常地源源不断地运来。他们最担心的是,洪水又涨了,将会连小山包也淹没。事实上洪水的确在悄悄地涨着,小山包的确在渐渐缩小着。而最大的、共同的喜讯,除了有根据证明洪水会一下子退了,还会是另外的什么呢?至于大学录取通知书,它送来的也太不是时候了呀!不但别人的脸上是这种表情,父母脸上也是这种值得高兴却高兴不起来的表情。

所以婉自己也没笑。她甚至忘了谢谢那位专为送通知书而来的县教委的干部。她怔了一会儿，低下头，缓缓转身走入了自家的帐篷。坐在自己晚上睡觉垫着的几片纸板上，双手抱膝接着发怔。

"俺姐考上北京的大学啦！俺姐考上北京的大学啦！……"

她扭头向帐篷口望去，见弟弟像撒欢的小马驹子似的，像鸟那样伸展开双臂，在外边高叫着跑圈儿。

一会儿，父亲进来了。婉没动，只仰起脸怔愣地望父亲。

父亲低声说："婉，不愧是爸的好女儿，真替爸争气！"

婉仍没笑一下，反而又低下了头。

"女儿，大学咱不能去上了，也没法儿去上了。但这也不算你白考，因为我女儿证明了自己了不起！通知书好好保留着，将来是个纪念。到什么时候，它都是你一份儿骄傲！……"

父亲短短的几句话，似乎就对这件可改变婉一生命运的事做出了再无需争论的结论。

婉说："爸，我听你的。"

婉说得那么平静，心里没有丝毫的沮丧和失落，更没有任何委屈。六七天以来，婉白天晚上不禁总想的就是命运二字。不过不是自己的，而是那名叫王北川的新兵的。命运对他是多么不公正哦！是的，她心里总这么想。一这么想就落泪，就憎恨自己。

"女儿，你肯听我的就好。"

父亲撇下这句话，大步走出了帐篷。

婉听到父亲在帐篷外对人们说："大伙散了吧，散了吧！围得我家帐篷里一点儿风都不透了！……"

母亲随即进了帐篷。母亲蹲在她对面，双手捧住她脸，端详着她说："婉，不是爸妈非要误你人生，是爸妈真没法儿供你上大学呀，你明白吗？"

婉说："妈，我明白。我不怨爸妈。"

母亲又说："可我女儿为了考上大学，三年来起早贪黑地刻苦学习，都耗苦得瘦成这样儿了……"

母亲哭了。

婉就替母亲拭泪，反劝母亲想开点儿，说父母能一直供自己读到高三，已经不容易了，自己一辈子都会记着父母的大恩……

傍晚，她家帐篷口两旁出现了不少东西，而且都摆放得挺规矩。

虽然不少，但也无非就几样——矿泉水、方便面、米、半新半旧的衣服。方便面和米都用塑料袋装着。以矿泉水为多，甚至有整箱的。而正适合夏季穿的衣服，都叠着，在矿泉水箱上。

父亲以为是送救援物资的战士们暂时放那儿的，嘱咐婉和她母亲和她弟弟千万别乱动，更不许往自家帐篷里拿。后来终于搞清楚了，是别人家打发孩子悄悄给自己家送来的。那些人家觉得，对于婉这个异常争气地考上了北京的大学的农家姑娘以及她的一家，还是不能一点儿祝贺的意思都不表示。而在当时的情况之下，也只有送那些既普通又宝贵的东西表示表示。那种表示中，亦包含着安慰的成分。小山包上的大人孩子几乎都知道了，婉这个农家姑娘，虽然考上了北京的大学，是断没有可能真的去北京上大学了，都对此特别同情。人心在当时，相互影响着纷纷证明其良好的一面。

婉一家大受感动。父亲以身作则，发动了全家又往回送那些东西。有些猜到了是谁家送的，有些都根本不知道是谁家送的。即使明知是谁家送的，给送回去了，人家也装糊涂，不承认。搞的婉一家真是又感动又为难。只得在夜间悄悄搬到别人家的帐篷口去放着。

母亲说："这要是全放错了，可算怎么回事儿呢？"

父亲说："什么错不错的，反正不是吃的就是穿的，谁家人口多，只管送去就是。错了也不算错。"

于是全家照办。但弟弟却始终噘着嘴干得不高兴，不是不情愿将那些东西"转移"了，是由于姐姐不能去北京上大学了而感到懊丧。因为他一直以自己的姐姐学习好为荣耀。而这一荣耀是那少年唯一的荣耀。

第二天早上那位县教委的干部又出现了。原来他根本就没离开小山包，在小山包上露天住了一宿。他当着婉父母的面，将一个盛矿泉水的空纸箱捧送于婉。

婉问他里边是什么。

他只笑，不回答。

婉觉得纸箱那么轻，肯定是空的，不明白他开的什么玩笑。待打开一看，愣住了。满满的，全是钱。有一百元的整钞，也有几角几分的硬币。

他说是他替婉募捐来的，也有解放军战士们得知婉的难处后主动找到他捐的，估计差不多三千元。

"陈婉，你一定要去上大学！这你要是还不去，将辜负多少人的心啊！三千元可能连入学费都不够，但你先去了再说，啊？我相信北京的大学对咱们灾区的考生是会给予种种照顾的！……"

他一说完就走了。

婉望望父母，再低头瞧着那一纸箱钱，顿时泪流满面。

而弟弟，却已眉开眼笑地蹲下为她点数那些钱了……

三天后，在洪水围困的小山包上，在又一次特意赶来的那位县教委干部的主持之下，灾民们和救灾抢险的解放军战士们，共同为婉开了一场欢送会。双方中能弹会唱的，还都表演了节目。那一天，可以说是已被洪水围困了十来日的灾民们的一次庆典。人们还都说，是婉给了大家这样的机会，应该感谢婉，再不唱唱、舞舞、笑笑，会把些孩子也愁老了的……

当日婉乘解放军的船离开了小山包。

抗洪部队派了两名战士一直将婉陪送到省城。不送怕被坏人发现婉身上带着钱，使婉路上遭意外。两名战士很负责任，将婉送上车后，还向列车长做了郑重的嘱咐……

列车开走时，望着两名战士在站台上向自己肃立敬礼，婉真是百感交集，泪如泉涌，紧咬下唇一句感激的话也说不出来……

途经数省都遭到了不同程度的水灾。列车几番被断路塌桥所阻，虽有惊无险，婉到北京的时日却延误了两日。又加上录取通知书因水灾也延误了几天才送到婉的手里，使婉错过了入学登记的最后一天。火车站自然也就没有什么迎接新生的空调大客车了。婉出了北京站，茫然不知所向。买了一份交通图，"按图索骥"，却还是坐反了两站公共汽车，到学校门口时，天已快黑了。

传达师傅要求婉出示录取通知书才肯让她迈入校门。婉找遍了所有的衣兜，最终也没找着录取通知书。婉一急，坐在自己的包袱上，就在校门口呜呜哭开了。她这一哭，就被进进出出的学生围住了。传达师傅也被她哭得不知如何是好了，赶紧往系里挂电话。系里自然已经没有人接电话了。于是有名女生急他人所急，安慰婉用不着哭。说只要你真是新生，已千里迢迢来到了学校门口，能因为你丢了录取通知书就不承认你的入学资格吗？她劝婉耐心等着，说自己认识系里一位老师的家，保证替婉去将那位老师请来。

那女生一说完就转身跑开了。

她便是婉后来的同宿舍同学徐小芬。

她请来的便是张老师。

徐小芬在前,张老师在后,一路小跑着来到了婉跟前。婉望着他们跑来时,已经抹去了满脸泪,站了起来。

张老师说:"没错,你正是陈婉!这几天我总在看你的档案,着急你怎么还不来报到。陈婉你跟照片上一模一样!……"

听张老师这么说,婉心里真有点儿像走失了的孩子见了娘,不由得往张老师身上一扑,搂抱着张老师的腰呜呜哭了……

徐小芬替婉拎起包袱网兜什么的,热忱地说:"张老师,正好我们宿舍还空着一张床位,就让陈婉同学住我们宿舍吧!"

张老师欣然同意。

徐小芬领着婉来到宿舍里,宿舍里当时只有姚红和赵薇两名同学。赵薇刚洗完澡回来,长发湿漉漉的,散发着一股香波的芬芳。而姚红正端着脸盆想去洗澡却还没来得及出门。

徐小芬将婉的东西放下后,向赵薇和姚红郑重其事地介绍:"这是陈婉同学,以后就住在我们宿舍。"

于是赵薇和姚红上下打量起婉来。区别是姚红面对面地打量,而赵薇是从拿在手中的一面小镜子里打量。

姚红直言快语地说:"哎呀,你怎么会把自己弄得像个垃圾女似的?"

赵薇则吸了吸鼻子,紧皱两条细眉说:"带来股什么怪味儿?"

徐小芬立刻顶了赵薇一句:"你说什么哪?显你是狗鼻子呀?"

赵薇自觉失言,没再吭声儿,一抬双腿上了床,并放下了蚊帐。

其实姚红和赵薇的话都不算太夸张。三天多的路程,列车上又缺水,婉不曾刷过牙,不曾洗过脸。何况又刚刚哭过一通,就花脸猫似的了。头发蓬乱,衣服裤子也都皱巴巴的。身上呢,也果然散发着一股不好闻的体味儿。暑夏之季,坐了三天多的列车,没法洗澡,没法换衣服,一身身的通体大汗出了干,干了出,那体味儿能好闻吗?

婉当时倒没生赵薇的气。相反,她顿时自惭形秽,羞愧难当。

她嗫嗫嚅嚅地对姚红说:"求你把盆借我用一下行不?我……我到洗

脸间去洗洗再进屋吧！……"

姚红朝赵薇的铺位瞥了一眼，一手将盆卡在腰际，一手挽起婉的胳膊，亲昵地说："正巧今天学校里可以洗澡，你干脆跟我去洗个澡吧！"

两人在洗澡的过程中，互道家庭情况。既然同属底层人家的女儿，不由得不彼此亲和。一块儿往回走时，已都觉得是朋友了。

二人走到宿舍门口，却听徐小芬和赵薇在针尖儿对麦芒儿地吵嘴。

赵薇说："宿舍里多一张空铺位有什么不好？作为公共的，都可以往上放点儿东西嘛！我这种想法非但不算自私自利，我自己还觉得恰恰是替咱们大家着想的集体主义呢！"

徐小芬说："呸！强词夺理！实话告诉你，你刚才当着陈婉同学的面说她带来一股怪味儿的时候，我就在忍着了！"

"你不忍着又能把我怎么样？"

赵薇的话，听来分明有点儿像是在故意撮火。

婉在门外听得一清二楚，转脸看了姚红一眼，不由得面露窘色，又低下了头。

姚红干咳一声，室内立刻安静。

她一脚将门踢开，进屋后，没好气地说："阳光底下，人人都是平等的！谁要是摆什么贵族小姐的臭架子，可要当心惹起众怒！"

赵薇猛地将蚊帐撩开，与姚红互瞪片刻，哼了一声，又唰地将蚊帐放下。

徐小芬见婉仍低头站在门外，撑腰地说："陈婉，你站在门外干什么？怕谁？进来呀！姚红上铺就是你的，今后你也是这宿舍的主人之一，你要有点儿主人的意识！谁敢轻蔑你，那你就对谁别客气！"

婉低着头进了屋。

她心情非常不安。她万万也没料到，自己刚成为这女大学生宿舍的一员，便在同学之间引起了冲突，便使这显得特别拥挤的空间里充满了一种火药味儿。对徐小芬，她当然是心怀感激的。并且确信，徐小芬肯定是一个像侠肝义胆仗义执言的男子汉一样值得深交的姑娘。对赵薇，婉也希望在将来的几年大学生活中能与之友好相处。尽管她不知究竟为什么，赵薇特别瞧不起她似的。不，也不是似的，而根本就是那么回事。作为全县的高考状元，婉的智商并不比任何一名大学新生低些。她真的不知为什么。因为从小学到初中到高中，她一向是班干部，一向是品学兼优的好学生，一向受到老师和村人们的夸奖，一向受到同学们的尊敬，甚至可以说一向被当成楷模。真的，在她迈入这一所大学的这一学生宿舍前，她从未被瞧不起过。即使在来北京的列车上，那些列车员们，也无不对她敬爱有加。都说自己要有她这么争气的女儿多好！要有她这么争气的妹妹多好！……

　　从小受到过的，来自方方面面的夸奖和表扬，并未使婉变成一个矜傲的姑娘。那种种的夸奖种种的表扬，毕竟只不过来自穷僻乡村的小学、初中和高中啊！只不过来自没见过什么大世面的淳朴的村人们，和同样没见过什么大世面，以教出好学生为最高荣耀的老师们心里啊！它是由衷的，但也是有限的，甚至是很节制的。它除了勉励的成分，再没有另外的成分。它实在是并不能影响一个勤奋好学的农家女儿的。恰恰相反，婉内心里隐藏着一种几乎可以说是与生俱来的，因而也是非常深刻的自卑。这自卑使她本能地总结出了隐忍的经验。那经验渐变为她主要的性格特点。那经验又时刻告诫她——婉，只要你善于忍，那么最终，没有人不可能成为你的朋友。她心里甚至有点儿暗暗埋怨徐小芬——不就是一句两句伤人自尊的话吗？干吗因此就非跟赵薇过不去呢？这不是会在我俩之间播下矛盾的种子吗？你的仗义执言还莫如我的忍。我忍一忍不快不是转眼就过去了吗？……

　　婉当然已从姚红口中知道了赵薇的名字。于是她走到赵薇床前，隔着帐子细声细语地说："赵薇，别生气了。我身上刚才是有味儿。我自己也闻得到。大夏天的，三天里没冲过身子，能没味儿吗？……为了使咱们大家都高兴起来，我唱家乡的土调歌儿给你们听吧！……"

　　于是她爬上姚红的上铺，蜷腿一坐，身子前仰后合地唱了起来。

　　如果婉的容貌像她的嗓子一样好，那么婉就真是一个非常幸运的农家女子。遗憾的是，在好容貌和好嗓子之间，命运只给了她后者。

　　婉唱了一曲，三名同学都没反应，各自干着各自的琐事。

　　婉并不觉得没趣儿，独自笑了笑，又唱起来。

　　唱罢第二曲，徐小芬和姚红鼓起掌来。连赵薇也在帐子里赏识地说："唱得不错！"并从帐子里伸出一只白皙的手臂，将一包杨梅抛给了她……

　　接着另外两名女生韩芸芸和赵萌也回来了。徐小芬向她们介绍了婉以后，也上了床。

　　韩芸芸和赵萌一会儿结伴洗澡去了。

于是宿舍里安静了下来。婉不知韩芸芸和赵萌什么时候回来的。因为她和衣躺在光板床上，枕着自己的包袱，就那么倦乏地睡过去了……

第二天上午，张老师早早地就来到了婉们的宿舍，徐小芬和姚红带着婉，在校内各处跑了整整一个上午，指点婉办完了一系列正式入学手续。而且，替婉争取到了一千元的穷困学生入学补助金。

在这件事上，婉活到十八岁，第一次面临了诚实与欺骗的矛盾和选择。

婉不清楚还有补助金这一政策，所以她自己并没提。

是徐小芬替她提出来的。徐小芬对张老师说："婉来自灾区，家被洪水淹得什么都不剩了，按困难情况应该享受一等补助金。"

张老师问婉："是这样吗？"

婉点头说："是的。"

张老师又问："你带了多少钱来上学？"

数秒钟的犹豫之后，婉撒谎了。她说她已经仅剩下几元钱了。而事实上，她还有整整一千元没动呢！县教委的那位干部亲自替她募捐的钱，其实并没有三千元之多。点数清楚之后，是两千四百多元。她将一千元留给了父母。她实在不忍自己将两千四百多元全都带走啊！水灾过后，父母和弟弟怎样生活，从她离开家乡那一天起便一直是她心里的大忧虑……

张老师一听她说自己仅剩下几元钱了，便替她着急得跺起脚来，说："陈婉，你怎么自己不主动开口讲呀？你要买被子买褥子啊，还要买一些生活必需的东西吧？还要买课本吧？还要按照教学要求买一些课外书吧？还要再买两套衣服一双鞋吧？你不可能大学时期无论夏冬总穿你身上这一套衣服这一双鞋吧？……"

姚红从旁替她申辩地说："张老师，您就别数落她啦！您没看出她是一名多么怕给老师添麻烦的学生吗？这样的学生应该受到理解受到表扬才对嘛！咱们还是赶快带她办理补助金去吧！……"

可负责补助金事项的财会人员说："这学生虽然够享受补助金的条件，可是报到晚了，补助金已经发放完了，爱莫能助了！"

张老师竟跟人家吵了起来，说："什么叫爱莫能助呢？只要是贫困生，只要够条件，那就应该发！不发，让我的学生怎么上学？报到晚了不是我学生的过错，是由于水灾！而我这名学生正是从灾区考来的！补助金发放完了你们也得替我学生想办法！……"

婉内心里当时忐忑极了。因自己的欺骗行为后悔莫及。她讷讷地说："张老师，要不算了吧，别替我申请了，让我自己想办法吧！"

张老师又对婉发起脾气来，说："陈婉同学你这是什么话？你在北京举目无亲，你自己能想出什么办法？我所做的，是一位老师的责任你明白吗？"

人家说："这样吧，张老师，您也别在这儿犯急别在这儿嚷了。您对您的学生们多么负责任那也是有口皆碑的事儿，我们都很敬重您这一点的。您干脆去找校长吧！不就一千元钱吗？只要校长批了，从哪儿我们也能挪出一千元钱先发给您这名学生！反正钱补助给了来自灾区的学生，怎么追究起来也不至于是罪状的……"

于是张老师让三名学生等着他，而他转身就去找校长。

半小时后，张老师满面流汗兴冲冲地回来了，真拿回来了校长的批条。

婉填表签字的时候，财会人员在她对面唰唰地点钱。婉尽量要求自己的目光不向那双手和那些钱瞟，但她的目光还是自由主义地瞟了几次。多新的一千元钱啊！婉的手还从来没接触过那么新的钱。一想到自己填完表签罢名，对方点数那些钱以后，那些崭新的钱钞便属于自己了，婉的心不禁跳起来。耳听着那些崭新的钱钞被手飞快地点数时发出的脆性的摩擦之声，婉的字甚至也写歪斜了。

婉明白自己带来的一千元是绝对不够支撑自己读完大学的，明白父亲以后是很难做到按时寄钱给她的。

她真的特别需要那一千元补助金啊！

当那些钱递到了她手里，一个声音也同时在她心中对她的品行发起了强烈的谴责——陈婉，可耻！可耻！你这是在骗钱！而骗钱是和偷钱一样可耻的！……像是张老师的声音，像是徐小芬和姚红的声音，像是那和张老师年龄差不多的女财会人员的声音，也像是她自己的声音。

婉觉得不仅张老师，不仅徐小芬和姚红，不仅那女财会人员——财会室里当时在场的一切人的目光，似乎全都盯在她身上了。

她简直没了勇气抬起自己的头。

她的手拿着钱欲揣又欲还地僵着。

姚红说："麻烦您，再给我同学个信封嘛！"

于是女财会人员将一个信封递向婉。婉内心里是矛盾到了极点了。她

婉的大学

觉得自己简直是世界上最最可耻的一个人了。她暗自追悔得几乎要哭起来了……

"不……"

婉没接那信封，连手里的钱也放在桌上了，却并未意识到自己说出了一个"不"字。但张老师和徐小芬和姚红，以及那位女财会人员，以及周围等着报销的忙着给报销的人，是都的的确确听到了从她口中吐出的那个"不"字。它听来低微又清楚，犹犹豫豫又惴惴不安……

"陈婉你作什么秀哇？不什么呀？"徐小芬替她接过了信封，替她从桌上抓起钱，替她将钱装入信封，而且，替她拿着，另一只手扯着她的袖子往外便走……

下午，徐小芬和姚红陪着婉买齐了东西。

吃过晚饭后，婉将姚红引到校园里的僻静之处，将自己的欺骗行为彻底坦白了。她觉得自己如果不向一个人坦白，自己那种欺骗行为必将变成自己永难治愈的心病，而自己终会被折磨得精神失常的。她不敢首先向徐小芬坦白，怕徐小芬一翻脸，顿时嚷嚷得全系同学都知道了，进而形成丑闻散布全校。那自己还能抬得起头来吗？她也不敢同时对徐小芬和姚红两个人坦白，怕她们两个人的看法不同，当着自己的面，因自己而争吵起来。

姚红听了她的交代，沉吟半晌，试探地反问："已经既成事实了，那你……"

婉明白姚红的意思是问她打算怎么办。退钱？写检查？还是继续隐瞒下去？

她也试探地问姚红："你看，我有必要也向小芬坦白吗？……"

"我这就去把她找来！"不料姚红转身就跑。

望着姚红的背影，婉张了张嘴，没发出一点儿声音。

她又是一阵追悔莫及。本是天知，地知，唯自己心里知道的事，倘自己不向人坦白，鬼都不知道！可已经坦白了，追悔也来不及了！哪儿承想姚红会根本不发表任何看法就跑去找徐小芬呢？徐小芬来了结果会怎么样呢？婉不敢往下想了，不停地在原地走来走去，就像电影里一个内心七上八下的人一样……

没多一会儿徐小芬来了。

徐小芬不待婉主动开口就对婉说："你省点话吧，姚红都告诉我了！"

她看来也并没有多么生气似的。也许因为她口中正嚼着一块口香糖，脸腮不停地动，生着气婉也看不出来。

她让婉"省点儿话"，婉就真的一时无话可说了，紧闭着嘴，无地自容地望着她，一副打不还手骂不还口的样子。

徐小芬一把抓住她手腕，又说："走！"

于是婉乖乖地跟她走。

于是姚红也默默跟在后面。

徐小芬将婉带到了张老师家。张老师错过了调到本校之前的一次公房分配的机会，一家三口仍住在筒子楼里。两间房，在走廊做饭。张老师没有儿女，爱人是某印刷厂的工人。厂里效益不好，"内退"了。张老师家的第三口人是他爱人七十多岁的老母亲。婉她们进门时，张老师一家三口正吃晚饭。

张老师将她们请到另一房间，问有什么事儿。

徐小芬仍舍不得吐掉那块口香糖，继续嚼着，朝婉翘了翘下巴。

在张老师的注视之下，婉又如实将自己的行为坦白了一次。为能说清楚自己当时的心理，也讲了她能来上大学是多么不容易……

张老师听罢就用一根手指揉起太阳穴来。

姚红低声说："张老师，我认为……我认为对于新生，应该实行坦白从宽……"

张老师摇头道："也别这么说。这么一说，好像问题的性质在我们几个人这儿就已经变了似的。"

张老师说完，将目光望向了徐小芬。婉也随之将目光从张老师脸上转移到了徐小芬脸上。婉看出在自己的问题上张老师挺重视徐小芬的态度。她心里不免紧张，仿佛徐小芬一言既出，便足以决定她的命运。

徐小芬慢条斯理地从兜里掏出一片餐巾纸，撕下一角，将口香糖吐在纸上，左包右包，包成一个小纸团，准确地弹进了张老师家纸篓里。

她以跟谁辩论似的口吻说："仅仅因为陈婉同学带了一千元钱来上学，她是全系家庭最困难的困难生的事实就不成立了吗？"

张老师立刻说："对！这么看问题我完全同意。"

徐小芬又说："不过陈婉在您和我和姚红面前撒谎太不应该。她必须有一种检讨的表示。"

姚红说:"刚一入学,就因为撒谎在全系做检讨,那也太损害一名新生的自尊心了吧?何况她是咱们女生。我不赞同这样处罚她!"

张老师频频点头道:"是啊是啊,方式要慎重,以不至于伤害同学的自尊心为好。"

徐小芬说:"检讨的表示就只能以检讨的方式来达到呀?我的意思是,让陈婉对全系同学讲讲她家乡受灾的情况,讲讲她亲眼所见的解放军战士救灾抢险的英勇事迹,讲讲围在一座小山包上的人们,怎么样为她能来上大学而捐钱……她刚才讲时,我心里特不是滋味儿。我觉得同学们听听这些是有益的……"

姚红说:"我不只心里特不是滋味儿,眼里还几次充满泪水呢!"

徐小芬瞥视了她一眼说:"别夸张。"

其实婉讲得很平静,也很简略,几乎可以说是不带感情色彩的。因为她的心理空间完完全全被坦白意识所占据所主导了。坦白内容以外的话语,只不过成了坦白的一部分。

张老师又频频点头道:"这个建议好,好,很好。陈婉,你自己同意吗?"

婉有几分懵懂地回答:"同意。"

"那就这么定了吧。至于陈婉撒谎没撒谎,我看咱们就不要求陈婉讲了吧!"张老师眼望着徐小芬和姚红,将一只手亲切地拍在陈婉肩上又说,"陈婉,你自己也别太当成回事儿。你应该获得补助金。所以,你没有必要撒谎。所以,你也根本没撒谎。再而论之,让你讲讲你接到录取通知书以后那些事儿,是一次活动。单纯地就是一次活动,与补助金的事儿无关。我的话你听明白了吗?"

婉说听明白了,却只明白了一点——那就是她的问题,在张老师那儿,似乎没自己想的那么严重,也似乎获得了原谅。除了这一点,她并未明白别的什么。

张老师又问徐小芬和姚红听明白没有。

她俩也都说听明白了。

离开张老师家回宿舍的路上,徐小芬对姚红说:"来,咱俩拉钩!"

姚红眨眨眼,不解地问:"拉钩干什么?"

徐小芬说:"你要是真听明白张老师的话了,就给陈婉个放心!"

姚红又眨眨眼,拖长音调"噢"了一声,郑重地向徐小芬伸出了小指。

"还信不过我呀？"

"不是信不过你，是信不过你那张没有保险装置的嘴！"

听着她俩相互这么说，看着她俩表情庄严地拉钩，婉双手一捂脸，背转过身去——十八岁的婉，此前在品行方面，还从未有过任何需要别人替自己掩盖的污点。两名多好的同学呢！多么温暖人心的一种友情呢！从踏入大学的校门到这会儿，还没超过二十四小时，获得如此友情又是多么值得欣慰呢！可这友情又毕竟包含着护短的成分呀……

泪水从婉的指缝渗出来……

在向全系新生讲述自己来到大学前的难忘的经历时，婉几次泣不成声。不少同学也热泪盈眶。接着就连续出了几期墙报——向解放军学习的专栏、同学之间发扬团结友爱精神的专栏、珍惜大学学习机会的专栏，等等。

大学一年级，对于普遍的新生，似乎意味着是经历了高考"黑七月"之后的一次长期的休假。每一个同学的状态，都是自升入中学以后最放松的。好比非洲草原上的角马们，经过千辛万苦的长途奔迁以后，来到了水草肥美的地方。在"它们"身后的迁途上，留下了一具具同类的"尸体"。所以"它们"在身心得以彻底放松的同时，又无不感到极大的幸运——如果角马们也有类人的意识的话。区别是，对于角马们，一年一度的奔迁，随群到达目的地者是绝大多数，牺牲者只不过是少数。而对于从"黑七月"中突围出来的大学一年级新生们，恰恰相反。他们和她们人人都明白，自己是极少数，"牺牲"在"黑七月"中的同龄人才是大多数。"牺牲"者们虽然不是死了，但几乎个个都是遍体鳞伤。高考落第虽然并不意味着人生的毁灭，但毕竟是人生的重大挫折，是"心口永远的痛"。这"痛"将伴随一生，最后成为无药可根治的神经性的"痛"。

大学一年级新生们都明白这一点，那庆幸之感也就当然起码十倍于到达目的地之角马们。他们和她们，吮咂那一份庆幸，如同婴儿本能地吮咂自己的手指。从前看电影少的，几乎每个星期都去市内看电影；从前看书少的，一有时间就去逛书店。虽然学校的图书馆藏书多多，每天看十本大学期间也看不完。但那不是自己的，是学校的。他们不仅要看书，而且要开始拥有自己喜欢看的书；一入学就急迫地想要证明自己组织能力的，便经常凑在一起策划举办活动，四处打探北京形形色色的名人们的电话号码或家庭住址，一旦打听到了就"宜将剩勇追穷寇"，使某些名人饱受滋扰之苦——对大学新生犯急自己不忍，不犯急大学新生们纠缠不休……

而不爱看电影不爱看书不爱自我表现不爱参加活动的，则每个星期早出晚归游览北京——从市区游览到郊区；从故宫、北海、圆明园到北京那些又古老又很出名的胡同。赵薇便是这样的新生之一，而且从不结伴儿，回校也挺晚。带回各种各样的门票，仔细地夹起来留作纪念。她从不向别人讲她去了什么地方，更不谈她的感受，仿佛游览也是她的一种隐私。

以上都是家庭生活条件优越，起码较好的新生们的特点。家庭生活条件很困难的新生，比如婉和姚红，连星期日也是较少迈出大学校门的。他们和她们，清楚北京市里有种种诱惑自己的事物。他们和她们，心理上具有一种本能，害怕被诱惑的自卑。因为他们和她们也十分清楚，那每一种诱惑都是需要钱去满足的。而自己最缺少的东西从前是钱，成了大学生后仍是钱。与其受诱惑，莫如远避诱惑，不接近它们，不去想它们的存在。婉与姚红在此点上交流过看法。她们并没有相互问很多，答很多，仅仅几句话而已。姚红就是那么想的。婉当然也是。所以她们更愿在星期日享受宿舍里、图书馆、校园里的处处安静。她们有一个共同的爱好，那就是看书。校图书馆有那么多书可供她们白看，尤其增加了她们是大学生的幸运感。她们相互坦率地承认，各自上大学前，几乎没看过什么文学方面的书。有的星期天她们也结伴离开校园。却并不进市区去，仅在学校附近的集市上逛逛，花上三元钱你请我，我请你，在小吃摊上喝碗豆腐脑儿，或吃碗馄饨什么的。也舍得钱在地摊上买一元钱挑一件的小东西，比如梳子、指甲钳、小剪刀之类。婉最没实际意义的一次"高消费"，便是当时一咬牙一狠心，花五元钱总共买了十二个钥匙坠儿。它们是由十二生肖组成的。因为婉一次就买了五元钱的，因为婉掏出学生证给人家看，证明自己是没有收入的大学生，还因为姚红从旁苦苦地坚持不懈地帮着婉砍价——地摊小贩最后也一咬牙一狠心，赔本儿赚吆喝了。婉买它们，纯粹是出于喜欢。因为她长到十八岁以来，只不过拥有了一把属于自己的钥匙。那就是开宿舍门的钥匙。婉是属虎的，她仅将生肖牌儿上有虎的那个钥匙坠儿，套在自己唯一的一把钥匙上了。其余十一个钥匙坠儿都收藏起来了，留待日后大学毕业了，带回家去给爸爸给妈妈给弟弟各一个。其余的呢，她想，将来自己会拥有许多把钥匙的，开办公室门的、开家门的、开办公桌的、开家里放存折的小柜的，甚至还会有开汽车门的……

婉也拥有了属于自己的书——一套安徒生童话集，几本三毛的散文集，一套文字很少的、供儿童看的连环画册《毛虫凯蒂》。她喜欢安徒生的童话是因为它们实在是太优美了。上小学时，语文老师操着家乡语调为她们读过《海的女儿》、格林的《石头王子》。她喜欢三毛是因为三毛其实一点儿也不漂亮，从照片上看就那么不漂亮。而小报上说，三毛本人的容貌比照片更逊一筹。她买下《毛虫凯蒂》是因为它们实在卖得太便宜了，才三角钱一册。买下所有那些书她花了十三元。安徒生童话集和三毛的散文集非常旧了，纸页泛黄了，封面破损了，是十年前的版本，但并不脏。婉一带回宿舍，立刻就用光滑的挂历页的反面包上了书皮。在洁白的书皮上，婉用秀丽的字体写上了书名。这使两套书看起来像是新生了一样。那套《毛虫凯蒂》就是另一番面貌了。因为是画册，纸页厚，倒没怎么破损。但是有些内页却脏兮兮的，粘着饭粒、油渍、鼻涕疙疤，显然是不懂得应该爱护书的孩子的"再创作"。婉就用一条毛巾浸了清水，逐页地揩干净。姚红说十年前电视里播放过同名动画片。十年前婉八岁，正是看动画片的年龄。但十年前婉家里买不起电视机。她家的电视机是前年才买的。前年婉已读高中了，一心考大学，根本舍不得时间看电视。除了刻苦学习，婉每天起早贪黑地帮家里干活儿。她一心想在自己还生活在这个家里的时候，多帮父母干活。她对自己能考上大学从未失去过自信，也从未动摇过一定要考的念头。她明白，考上了，她也就几乎不再是家里的成员了，尽管仍是父母的女儿、小弟的姐姐。大学期间，她将不再能帮父母分担辛劳。大学毕业，有了工作，接着有了自己的家庭，显然也不能了。还能做到的恐怕也只不过是经常往家里寄点儿钱。她觉得这对父母太不公平。所以尽管帮父母分担过很多辛劳，却仍嫌自己干得太少了。都说穷人的孩子早当家，或许也就是说，穷人的孩子心里装的家愁多，想要减轻父母辛劳的思虑多吧？……

　　婉认为，她买那些书所花的十三元钱，是花得最值的钱。虽然认为花得最值，她还是决定那一个月不吃荤菜。而且，她做到了。一直坚持到下月的三号，才买了一盘青椒炒肉丝。

　　助学金是根本不够每月饭钱的。每月再少也得补五六十元。婉将从家里带来的和学校发给她的一千元补助金都存上了。她希望能靠这两笔钱细水长流地往每月的饭钱里补。每取出五六十元，她心里就产生一种无名的惶恐。存上的钱都花光了该怎么办呢？婉常想这个问题，又不敢深想。车

279

到山前必有路，反正绝不能向家里写信要钱——这就是她每次想后的结论。

徐小芬和婉和姚红一样，星期天也是不怎么到校外去的。不留在宿舍里，也不去图书馆。徐小芬常夹着厚厚的笔记本单独躲到某一个教室去。后来她向婉和姚红承认——她在写小说，而且是在写长篇。她的人生理想是当一位女作家。她要求婉和姚红替她严格保密。她俩当然守口如瓶。全系师生至今没有另外的人知道。表面上似乎对"文学"二字反应淡漠的徐小芬，做作家梦久矣了！……

韩芸芸和赵萌都是北京同学。韩芸芸并不经常住校，或者反过来说，经常回家去住。回家去住对她是很方便的事，只要打个电话，小汽车就开进学校，在她指定的地方等着她了。她打电话也很方便。因为她有手机。她是北京某一所深宅大院里的革命前辈的外孙女。她的妈妈爸爸据说也已经是高干了。据说她不姓韩，也不叫芸芸。韩芸芸是她的化名。正如她妈妈的爸爸当年是地下党需要化名一样。都是据说而已。她穿得挺朴素，也不像赵薇似的身上有小姐的骄娇二气。她对老师礼貌，对所有的同学都一视同仁地友好，积极参加系里和学校组织的各项活动，但从不过分积极地表现在前头。她在同学中没有朋友。男生女生都对她既客气又敬而远之。她并不在乎在同学中有没有朋友，也似乎从小就习惯了被敬而远之地对待。

大约是婉成为新生的第四天或第五天，韩芸芸整理自己的铺位时，不小心将枕下的手机拂到地上了。她捡起来试拨了一个号码，见没坏，又见同学们都对她刮目相看，便笑了笑说："我忘告诉你们我有手机了。以后你们谁打电话，随便用好了。往家里打长途也行！只要别用我的手机聊长天就行！……"

婉们便也都无声地笑。一个个笑得傻傻的、怪怪的，似乎都很感谢她的好意，也似乎都没见识过手机，不知道那是什么玩意儿，因而不明白韩芸芸的话……

她们仿佛互相发誓了似的，以后谁都没用过韩芸芸的手机。

赵萌的父亲是一位中年画家，母亲是小学教师。但是她显然并没从父亲身上袭承什么浪漫的艺术气质。她对文学、戏剧、影视、音乐，包括她父亲所从事的绘画艺术都不太感兴趣。她基本上属于沉默寡言的人，是女生中除了婉以外话最少的。婉的沉默寡言是由天性所决定的。赵萌却不是。赵萌的沉默寡言分明是后天自我修行的成果。据说她高考的第一志向是北大哲学系。她父母曾竭力反对。她母亲甚至还为此哭过几次。父母都非常困惑——自己女儿的头脑中，为什么会产生出对哲学的爱好？在二十世纪的最末一页，在中国，在许多中国人对许多事情都懒得思考的今天，一个女孩儿几乎是义无反顾地决定了自己将来要当哲学家，多么令父母迷惘，多么奇怪呀！在父母的逼迫之下，赵萌按照父母的意愿提前参加了中央戏剧学院戏剧文学系的专业考试，而且取得了第三名的好成绩。她虽然从高一开始便对哲学情有独钟，作文却从初一开始便是佼佼者了。她的作文以思想性的灵敏见长。中学老师和高中老师都一致认为，在她的同龄人中，像她那么肯深入地思考问题的女生实在是凤毛麟角。中央戏剧学院负责去年招考的老师曾约她的父母面谈了一次，说只要她不改志愿，说只要她在其后的全国文化课统考中分数过线，中戏一定录取她。说低几分也没什么，中戏依然会录取她。说她具有太好的理念分析能力了。说中戏太缺戏剧理论和戏剧批评教员了，后继乏人，打算在这方面对她进行重点培养，保证毕业留校，甚至许诺送她出国留学。说中央戏剧学院将来怎么可以没有戏剧理论权威呢？而就目前看，倘不及时发现人才，倘不重点培养，将来还也许真的就没有了……

不难想象她的父母是多么高兴。这几乎等于吃了一颗定心丸呀！这几乎和保送没什么区别呀！

可是等父母满心喜悦地回到家里，笑逐颜开地向她报告好消息时，她的反应却相当冷漠。

"戏剧理论？我看已经有太多的中国人善于做戏了，他们都会有自己的一套戏剧理论，而且他们的那一套戏剧理论比戏剧理论家们还要高明，哼……"

她一说完就走入自己的房间不理睬父母了。父亲久久地站在原地发呆，母亲则追入她的房间，质问她："你爸爸是画家，你将来是戏剧理论家，对于我们这个家，究竟有什么不好？"

她反问："我爸爸是画家，我将来是哲学家，对于我们这个家，又究竟有什么不好？"

结果母亲也像父亲一样被反问得久久呆住了。

父亲闯入她的房间接着问："那……那你还参加中戏的考试！"

她说："你们逼我去考，我是你们的女儿，我能连那么一点儿面子都不给你们吗？那不太让你们伤心了吗？"

父亲说："你现在这种态度就不叫我们伤心了吗？"

她说："我已经给你们面子了。你们为什么就不肯也多少给我一点点面子？"

……

赵萌高考那几天正是例假期，不知怎么了，身体反应强烈，所以考场发挥不好，结果总分低于北大录取线……

她既失去了跨入北大校门的机会，也失去了跨入中戏校门的机会。

对于失去后一机会，母亲替她懊丧得病了一场，她自己却一点儿也不觉得遗憾。她是身在曹营心在汉，立志文秘专业毕业后，考北大哲学系研究生。她枕旁的书几乎全是关于哲学的。从中国哲学史到西方哲学史，从孔孟老庄到尼采、叔本华，到当代美国的韦伯。韦伯这个乍听起来仿佛中国农村称谓的美国人的名字，全系的新生是闻所未闻的。是在一次关于社会伦理问题的讨论会上听赵萌说了才知道的。别的同学都在发言中引用中国从前的和现在的国家领导人的话，偏偏赵萌引用的是一位当代美国哲学家兼社会学家的话。

那句话是——"事实上，我们可以从根本不同的基本观点并在完全不同的方向上使生活理性化——这一简单的论点常常被人们所遗忘，现在我们应该把它放在每一篇试图探讨理性主义的论文的开头。理性主义是一个历史的概念，它包含着由各种各样的东西构成的一个完整的世界……"

可以想见，同学们当时对赵萌是多么刮目相看。这不仅由于大家从未听说过韦伯，从未接触过韦伯的书，更由于大家根本不明白韦伯那些话的意思。大家都默默地自愧弗如地望着赵萌，使原本热烈的讨论在她发言后中断了十来分钟，不能续之踊跃起来……

赵萌发言后，在长时间的沉默中，环视着同学们，脸上浮现出一种惊诧的表情。那一种表情的意思是——怎么？你们真的从未听说过韦伯？你们真的不明白我刚才引用的他的那段话的思想？……

随即她低下头去，看拿在自己手中的一本哲学书。并且，再也没将头抬起来过……

有的同学曾认为她当时脸上那一种惊诧的表情是佯装的，甚至认为具有羞辱大家的意味儿。

尽管如此，大家还是不能不从此对她心生油然的敬意。她在系里引起了一股悄悄形成的"韦伯热"——不少同学都以不知韦伯为耻，开始四处打听从哪儿能买到韦伯的书……

至于赵萌究竟是从哪一天开始，受什么现象或什么人的影响便痴迷于哲学了，以及她当时脸上那一种惊诧的表情究竟是不是佯装的，除了她自己，没有第二个人清楚。

总之她给同学们的印象是见解深刻、理性并且崇尚理性定力，崇尚理性思考，有点儿不合群但是又不愿使大家感到她拒人于千里之外。她和韩芸芸虽同是北京同学，关系却淡淡的。往最好了说，也只不过是正常的同学关系而已。

有个星期六的晚上，韩芸芸主动问她："赵萌，你要是也回家，搭来接我的车吧。我会让司机先把你送回家。"

韩芸芸的主动分明使她很出乎意外。她略一愣，立刻微笑着感激韩芸芸，说她不回家。

可韩芸芸离开宿舍还没五分钟，她也离开宿舍回家去了……

现在，墙报出到十几期了，差不多每月一期。关于向灾区人民献爱心和向抗洪救灾的解放军学习的内容，早已被时间从婉们那一届新生的普遍记忆之中抹去了。自从听了婉的亲历"报告"以后，同学们一年多里已经没被什么事感动过了，更没因什么事集体地落过泪。本期墙报的内容是关于当代大学生如何转变择业观念的。是徐小芬想出来的。负责墙报的徐小芬，为能确定某一话题供同学们在墙报上讨论，真是愁死了。徐小芬常在同学中说这样的话："哎，谁能帮我预想出下一期墙报的话题，我给谁磕三个头！"同学们听了只是笑笑而已。大家都对她深表同情，也都暗自感到庆幸——幸亏当初"承包"了出墙报这件事儿的是徐小芬，而非自己。也有同学很残忍地打趣她，说如今这个时代，在中国，最难想出，因而也最有宝贵价值的，莫过于一个能吸引人参与共同讨论的话题了！说重赏之下必有勇夫。说她应该明码标价，想出一个那样的话题给多少多少钱。商业时代嘛，一切都要按经济规律办嘛！至于钱，她应该理直气壮地去向校方讨要。还有同学见她愁得怪可怜的，主张她干脆辞职再不当什么墙报主编。或趁哪一期实在想不出话题，就将墙报从此干脆停了算啦。要强又自尊的徐小芬，却既没辞职，也没停办过一期，精神可嘉地悲壮地坚持着往下办……

按说当代大学生如何转变择业观念这一话题，应是大学应届毕业生们的话题才对。但应届毕业的学兄学姐们，除了个别去向确定且感到满意外，大多数如热锅上的蚂蚁，皆惶惶然不可终日，心里无着无落的，哪里还有半点儿好情绪参与任何话题的讨论呢？

按说刚刚升入大学二年级的婉们，似乎离择业问题还远，却深受学兄学姐们尴尬命运的影响，大多数也都心里惶惶的，瞻望前程，不寒而栗，学习热情消极，人生目标迷惘。于是墙报上就出现了一首集体创作的打油诗式的"卖身契"，标题是《强力推销——谁预购我？》……

张老师看到了很生气。不久校党委也知道了，召集全系老师开会，在会上狠狠进行了一通批评。说刚刚升入大二，精神面貌就如此灰颓，能顺利读完大学吗？读完了又怎么样，能成为国家的有用人才吗？责问中文系的老师们，平日里是如何从思想上从人生观上教导学生的？

张老师按照系领导的指示，与同学们座谈，希望参与"集体创作"的同学们主动承认。说主动承认了也没什么嘛，师生共同讨论嘛，择业观端正了就行嘛……

没一名同学主动承认。

系领导受到校领导的压力，说没同学主动承认还行？没主动承认的那就展开调查鼓励揭发……

没谁配合调查，更没谁揭发检举。

后来由学校的前任老校长出面替同学们说话了。他拄着手杖闯入校党委，替同学们提出抗议——说大学生毕业工作问题本来就是一个一年比一年严峻的社会问题嘛！连国家都承认这一点，几名同学只不过超前表达了对自己前途的忧虑，你们当学校领导的搞什么呀？！……

前任老校长是上海人，又是某民主党派的副主席，德高望重的社会著名人士，批评中夹带了数次"搞什么搞？！"。

这就将现任的校领导们批评得诺诺连声，连他们自己也搞不清自己"搞什么搞"了……

于是"卖身契事件"才不了了之。

终于同学们都知道了——前任老校长是被张老师请出来替同学们说几句公道话的。张老师自己一向是很敢替同学们说公道话的。这一次却胆小了，不敢了。因为学校正在盖教员宿舍大楼，张老师有望分配到一套新居。他虽对校方的小题大做颇为反感，虽并不情愿充当系里安排给他的角色，自己却是没勇气公然替同学们说公道话的。同学们知道了这一点，便都自觉地相互提醒，为了张老师分到房子，千万别再做使校领导不高兴的事了……

"张老师，如果您是什么私营公司什么私营企业的老板，您招聘咱们同学中哪几个当您的文秘呢？"

张老师讲完课，离下课还有十几分钟的自由提问时间里，有同学突然大声发言。

张老师低头沉吟片刻，望着那同学反问："为什么你要特别强调是私营企业老板呢？"

那同学说："这不秃子头上的虱子明摆着的事嘛！国有公司国有企业都那么不景气，都在裁员增效，哪位老板还敢冒工人阶级之大不韪公开招什么文秘啊？"

那同学话音方落，又一名同学紧接着大声说："文秘又不是技术工人技术人才，一位老板一个就够了，据我所知他们该有的都有了，不该有的，想有也不敢非有不可哇！"

"再说文秘也不是小蜜，国有公司国有企业的老板不敢三天两头地勤换，更不敢一人有几个，所以我们不将国营单位当成我们的市场！"

"对，咱们的市场在私企那儿！私企老板们换不换秘书，用几名秘书，是他们自己的自由！我们的机会在他们的自由里！"

"我们的机会和市场也在合资企业那儿！"

"还在外企那儿！"

"这一点我们早就看清楚了！"

"都别乱嚷嚷了，听张老师怎么说吧！"

"对，让张老师想象他是私企老板，而且是大老板，让他从我们中选！……"

于是教室里肃静了，一双双眼睛盯在张老师脸上。

张老师竟脸红了，一直红到耳根。而且，分明不好意思起来了。

他窘笑着说："我要真是私企的大老板，我一定将你们全都招聘了！"

"这等于没回答我们的问题！"

"再有实力的私企老板也不需要五十几名文秘！"

"张老师，对同学要讲真诚！实话实说！"

"对！实话实说！"

"只许你最多选五人，你究竟从我们之中选谁？"

在同学们乱嚷嚷成一片造成的逼问气氛中，张老师的脸更红了，表情更不自在了。

他更窘地笑着说："我选……"

他的目光望向同学们，从婉的脸上移过，从姚红的脸上，在徐小芬脸上停了几秒，也无形的水似的流淌过去了……

他的目光从赵萌脸上一瞥而过。显然，赵萌根本不在他的考虑之中。

赵萌耸耸双肩，表现出一种理性的无所谓。

他的目光望向韩芸芸时，韩芸芸也正目不转睛地望着他，他的目光便立刻转向了别处。韩芸芸的脸永远是不露声色的、大智若愚的。仅就这一点而言，像猫的脸。在班里，在系里，乃至在全校，似乎没有什么事是与韩芸芸有关的。这倒不是说她不参与。许多活动她都是参与的，但在许多活动中她又似乎永远是看客。仿佛这个世界上虽然经常发生各种各样的事件，却任何事件都与她毫不相干似的。既然各种各样的事件都与她毫不相干，那么她似乎就没什么前提激动，那么她似乎虽参与了，也只能以看客的角色参与。又仿佛，她一直在期待着能有一件与她相干，足以使她激动起来的事发生，而迄今为止并没有这样的事发生。张老师对韩芸芸的态度也常显出某种别扭来。似乎他承认她是自己的学生；又似乎他十分清楚，自己在这种师生关系上不必也不可太认真。她对他很礼貌。他对她很客气。而别扭就别扭在，一位身份是教授的老师，居然对一名学生客气到像他那么一种程度，客气得如同外交官对外交官。

张老师的目光望向韩芸芸时，嘴张开了一下，那样子仿佛想说——"若我是大老板，我希望的文秘当然首先是韩芸芸！"——而他的目光立刻转向了别处，又似乎暴露了这么一种内心活动——"可我即使是什么大老板，又哪儿配有韩芸芸这样的文秘呢？她反过来雇我当文秘还差不多！"

他的目光转移开去时，他的嘴还没来得及闭上。

当他的目光注视在赵薇脸上，他那张开了还没来得及闭上的嘴，很自然地变成了一种微笑的样子……

终于他说："那么第一个就选赵薇吧！……"

赵薇也微笑了。她正期待着这样的结果，也正期待着这样的荣幸。

而就在这一时刻，下课铃响了。

张老师如释重负地转过身去擦黑板。

当他重新面向同学们时，急骤的下课铃声已响过了，同学们却并没像往日那样纷纷起身。同学们仍坐着。教室里异乎寻常地安静。

"你们都怎么了？没听到下课铃啊？"

张老师不禁奇怪了。

第一个起身离开教室的是赵萌。她就像老师刚给她一个人上过一堂课似的走了。不，简直就像讲台上没有老师存在似的走了。既不看任何同学一眼，也不看张老师一眼，走得旁若无人。

接着起身的是韩芸芸，她左右瞧瞧，见再无同学起身，又坐了下去。在许多场合，许多时候，许多情况之下，要尽量和全体同学行动一致，行为一致，不表现个性，尤其不表现丝毫的特殊性，是她的原则。此原则起初是父母灌输于她的。从幼儿园到小学到初中到高中，经过长期的意识培养，已变成她自己的原则了。

她才一坐下，犹犹豫豫地又站起来了，望着张老师小声问："可以走了吗？"

张老师一只手在规整讲义，另一只手朝教室的门挥了挥……

于是韩芸芸放慢脚步走了出去，如同在音乐厅里正听着音乐，由于什么重要的事不得不悄悄地提前退场似的。她离开座位时环视着同学们抱歉地笑了笑，那意思仿佛是在无言地说——大家提的问题真有趣儿，我真愿一直听下去……可是我必须走了……我绝不是要成心和大家不一致……

张老师规整好讲义抬起头，见同学们仍坐着不动，一个个仍目不转睛地望他，仍有许多问题要向他提出，要听到他的解答似的。他困惑地问："怎么了？谁向你们施了定身法吗？都聋啦？都没听到下课铃响呀？……"

"这是一个错误。"

说此话的是徐小芬。她脸上的表情显得那么严肃。

张老师将目光望向了她，分明更困惑了。

徐小芬又说："是文秘专业的错误，也是校方的错误。"

"你什么意思？从何谈起？"

张老师的表情也很是严肃起来了。

"老师您自己最应该明白！希望您能向校方建议，修改我们文秘专业下一届的招生简章！"

徐小芬一说完，霍然起身，快步走了出去。

同学们也紧接着纷纷起身，顷刻走光。教室里转眼间空空荡荡，只剩张老师一人如木如石，一动不动地呆在讲台上……

徐小芬的话，等于公开捅破了一层窗纸。在张老师听来，她似乎并没说明白什么。而在同学们听来，她是将一切都说得一清二楚了。

一个不争的事实是——文秘专业，这一个在中国许多高校新兴的，开科历史才十来年的，在社会上曾很时髦的专业，对高中女生们曾相当具有吸引力的专业，它虽然不像文艺院校一样对考生有明确的身材和容貌的要求，但社会则是按这一先决条件来招聘文秘的。在电视和报刊的广告中，在人才市场上，此一点虽然讳莫如深，却是心照不宣的事。想想吧，连某些大宾馆大饭店招聘侍应小姐都对身材和容貌有所要求，何况一位老板对自己的文秘了！也不仅私企老板们这样，国企老板们亦如此。而几乎一切中国大学里的文秘专业，却都有意无意地忽略了这一点。几年前，文秘专业毕业的大学生们，是离开了学校，分散到了社会上，企图按自己所学专业求职时，才如梦初醒，才恍然大悟，才受挫，才失落，才沮丧，才领教了社会的另一条法则的厉害。那是一条冷冰冰的法则……

而如今，新生入学不久，就开始如梦初醒了，就开始恍然大悟了。他们和她们的受挫感、失落感、沮丧感，也根本无需分散到社会上就开始弥漫在内心里了。上几届的毕业生们的命运，间接地向他们和她们验证着社会法则的厉害。也不仅那些在身材和容貌方面毫无骄人之处的女生心灰意冷，大多数男生也不例外。他们都无法相信，自己毕业了会真的学有所用。只不过他们都本能地对这一点避而不谈，私下里也不谈。因为那差不多是在互相伤害自尊心啊！

而婉们这一届新生，普遍的体形条件和容貌条件，是都挺遗憾的……

怔呆在讲台上的张老师，毕竟是老师，静静地一想，对同学们的反常，也就彻底想明白了——他是等于当着全体同学的面公布了一个事实呀！而那事实是——即使自己是大老板，在专业水平相当的前提之下，择优招聘的，起码也是赵薇那类外表挺招男人喜欢的女生。文秘专业的学生，即使互有水平上的差异，又能差异到什么程度呢？那么，择优的标准，岂非不言而喻吗？

作为老师，他大意地当着全体同学的面公布了这一点；而社会，其实早就在按此原则择"优"了……

张老师一明白同学们反常的原因，两腿更像生了根似的，想要迈动也迈动不了啦。

他原本以为，一切只不过如同中央电视台的《实话实说》节目。他讲课形成了一种个人传统，每节课尽可能留出十分钟或十几分钟的时间，让同学们得以在极其轻松的、完全不拘师生身份的气氛中，自由地，甚至思想放纵地提些问题，而自己也诚恳地、实话实说地回答些问题。他认为这是增进师生间相互了解的好方式，不承想竟犯了实话实说的错误！

他有一种中了计谋的感觉。

他狠狠拍了一下自己的头，暗骂自己愚蠢，后悔极了。

有些话，是不能实说的。

有些现实，有些事实，经由学生们提出，身为老师的人，那是必须巧妙地绕过去，必须机智地含糊过去，必须顾左右而言其他的呀！

唉，唉，亏自己还是教授，怎么连这一起码的常识都忘了呢？

自己犯的是最不应该犯的错误啊！那么当然也是最不可原谅的错误了！

他怀疑同学们是预先集体地策划了，存心诱他跌进实话实说的"陷阱"的。但一点儿也不责怪同学们的狡狯，只觉得是自己伤害了同学们，伤害了同学们的专业信念和情结……

他由后悔而深感内疚。

……

事情似乎并不像张老师想得那么严重。以后的几天里，普遍的同学们的思想，也并未发生多么明显的波动。仿佛，同学们的学习态度，反而更认真了似的。这使他好生困惑。为了解开谜团，他找徐小芬谈话。

徐小芬说："老师您太多心了，没您想得那么复杂。我们这一届同学将来毕业后如果四处碰壁，也不会认为是您的罪过哇！"

听了徐小芬的回答，他反而觉得事情无疑很复杂了。

于是他又找姚红谈话。

姚红装傻，一问三不知。

最后他找婉谈话，要求婉也实话实说。

徐小芬和姚红早已叮嘱过婉了，所以婉也说："老师您太多心了，没您想的那么复杂。"

"那……那为什么明明响过下课铃了，同学们都不起身，还都一动不动地坐着？为什么？"

"……"

"说呀，为什么？"

"……"

"陈婉，我可就指望由你来告诉我个明白了！"

"张老师，您别逼我了！"

"陈婉，老师这怎么是在逼你呀？我……我是在请求你告诉我呀！"

张老师急得跺了下脚，婉则快急哭了。婉不忍心看张老师急成那样，终究还是实话实说了。

婉告诉张老师——那一天同学们回到宿舍后，一个个情绪反应很强烈。有些男生嚷嚷，早知如此，何必当初？说自己当初报文秘专业是天大的误会；有些女生默默流泪了，担忧自己既然先天条件不适合当什么文秘，又无法改学别的专业，将来到了社会上，身无长技，找不到工作可怎么办？可怎么给父母个说法？接着大家就聚在一起相互安慰，渐渐地统一了一个认识，那就是——不管将来命运如何，总之目前不能对不起张老师这样的好老师，装也要装出热爱专业、孜孜而学的样子……

婉眼中盈满了泪。

婉说："老师，您逼我实话实说，我就实话实说了！您……您装也要装出什么都不知道的样子啊！这一层窗纸，何必非从两边捅破呢？……"

"原来如此……"

张老师说出这四个字，再就不知说什么好了。

张老师眼中也不禁盈满了泪……

……

不久，韩芸芸退学了。

确切地说，从张老师在课堂上实话实说那一天晚上她回家以后，再没来过学校。她的一切退学手续，是她母亲公司里的一个人来代办的。再确切地说，是她母亲的秘书来代办的。她母亲当然是女人，那么她母亲的秘书当然是男性。有几名同学说自己见过他——在系办公室，或校办公室。

说他非常年轻，看去绝不会超过三十岁。说他英俊、潇洒，是典型的帅哥。仿佛十年前来到中国时的费翔，气质别提有多么佳了。说人家可并非文秘专业毕业的。说人家学的是考古，而且是位博士。这一点使全体同学的心理皆受巨大的严重的摧毁。连学考古的都捷足先登抢占领地般地甘当秘书不当什么考古学家了，待自己毕业后，还去哪儿捧文秘之饭碗啊？外表是一看便能得出结论的，人家一表人才非不承认也无济于事的嘛！而他是学考古的，是博士，那几名同学又是从何知晓的，却没谁认真想了……

总之那一天夜晚，韩芸芸她妈的男秘书，自然而然地，不约而同地，成了同学们的又一番话题。不分男生女生，几乎每个宿舍都在谈。

在婉们的宿舍里，赵萌的话，具有总结性的意味儿。

她说："从哲学上讲，这就叫物质的外因内化现象。"

赵萌本未参与卧谈。她坐在蚊帐里看哲学书来着。大家沉默了，似乎再没什么可谈的时候，才慢条斯理地说那句话的。

如果没人接话，卧谈也就结束了，总结性发言也就真的是总结性发言了。

偏偏姚红接了一句："哎，大哲学家，跟哲学有什么关系呀？再说听你也不像是在谈哲学，倒像是在谈化学。不懂，不懂！"

她是真不懂。

她这一接话，赵萌来了启蒙教育的情绪。一撩蚊帐，钻出颗头说："哲学也包括化学现象。哲学无所不包。韩芸芸她妈妈也罢，韩芸芸她妈的帅哥秘书也罢，首先是什么呢？是人。人又是什么呢？百分之九十以上是水嘛，再加点儿骨质的东西。如此而已，仅此而已，是物质。韩芸芸她妈这一物质，由于有钱了这一外因，就起了内部的变化了。她的秘书呢，由于帅这一外因，也起了内部的变化了。可也是的，考古这一行用不着那么帅，那么帅而考古是自身条件的浪费。俩物质的内因都因外因起了变化，所以就吸引到一块儿去了。化学上叫分子式的改变，物理学上叫物态的改变……"

"酸！我听你们的话，都酸溜溜的！都是望着葡萄吃不着的狐狸相！"

赵薇替韩芸芸以及韩芸芸她妈抱打不平了。

她关了她床头的灯说："人家韩芸芸她妈的公司是私营公司。人家有一亿多元个人资产！有一亿多元个人资产的女人，就配有那样英俊潇洒的男秘书！这叫资格！有个人资产就有特殊资格！我要是韩芸芸她妈，我也非高薪招聘那样一位男秘书不可！看着眼睛舒服，心里边愉快，起码这样！……"

赵薇一番话，对大家全部的卧谈水平进行了颠覆性的扫荡，等于是总结的总结。讥讽的矛头，连赵萌也未放过。

赵萌的头缩回蚊帐里去了。

她一向不屑于与赵薇争论，常以沉默表明，赵薇和她不在一个思想档次上。

但徐小芬恰与赵萌相反。越是在赵薇占上风的时候，徐小芬越是要单出头，偏跟赵薇针尖对麦芒不可！

徐小芬说："赵薇，你听着——第一，伊索的寓言也可以换一种讲法，狐狸终于吃到了那串表面看起来非常诱人的葡萄，但一吃到嘴里就立刻连连往地上吐，还说：'果然酸！果然酸！看来表面诱人的葡萄确实不见得一定是甜的！'第二，你不是韩芸芸她妈。今后也不会是，永远也不会是。哪怕你有机会是，韩芸芸也不会答应。第三，你别做梦你将来也会有一亿元资产。你并没有韩芸芸她妈那样的老爸。女人光凭点儿小姿小色聚敛一百万元还行，一千万元也有可能，一亿元可能性极小。第四，即使你以后有了一亿元的个人资产，劝你也千万别找一位考古博士当秘书，小心哪天像解剖古尸一样把你给活活解剖了！……"

"你才是古尸呢！泡过的古尸，哪哪儿都没点儿曲线！你……"

赵薇近乎气急败坏地尖叫反击。

"赵薇！"

她正欲将她的反击推向凌厉难以招架的程度，猛听到婉喊她的名字，顿时收话——因为婉的嗓门，比她的嗓门还高，夹带着伤心到了极点的愤怒。婉一向低声细气儿地说话，从没嗓门那么高地喊过。不仅赵薇，徐小芬她们几个也都惊愕了。

几分钟的惊愕之后，婉又开始说话了。

婉说："咱们这样，对吗？好吗？韩芸芸做了什么对不起咱们的事吗？没有吧？那为什么我们要在背后伤害她呢？一口一个韩芸芸她妈如何如何，用刻薄的话说咱们同宿舍同学的母亲，这……这算什么呢？……"

婉的话，又低声细气儿起来。

宿舍里又是一阵肃寂。

啪嗒——徐小芬从蚊帐里伸出一只手，将宿舍的灯拉灭了。

黑暗中，那一种肃寂是那么压抑人心。

唯独婉，并没参与卧谈。

只有婉，以自己的高声一喝和自己低声细气儿的批评，彻底将似乎无休无止而且引起了激烈冲突的卧谈结束了。

黑暗中，仿佛能听到每个人的心跳。

黑暗中，婉的眼角，缓缓淌下了一滴泪。

婉又回忆起自己上大学前的种种经历了。

婉的眼前，又出现了滔滔洪水，出现了自己家那头老黄牛惨遭淹死的可怖情形；出现了解放军救自己的情形；出现了那个叫王北川，为救自己而死的战士年轻得尚未褪尽稚气的脸庞；出现了许许多多认识的和不认识的家乡人，在被洪水四面围困的小山岗上为自己开欢送会的情形……

婉又开始思念家乡，思念自己不存在了的家，思念爸爸妈妈和弟弟，思念同村的小姐妹们了……

她们是多么羡慕自己啊！

她们又是多么以自己为荣啊！

婉的眼泪一滴又一滴默默往下淌，濡湿着她的枕头……

后来张老师向询问他的同学们证实，韩芸芸是出国了。到美国的某大学学企业管理去了。她母亲对她抱以厚望，期待她获得博士学位，之后协助自己管理家族拥有一亿多元资产的公司。婉们能和她同学一年，实在是缘外之缘。因为她实际上长婉们一岁，是婉们上一届的高考生。落榜了，她母亲才安排她自费来学一段文秘。怕她在家里闲出病，不过是应急的暂时之举罢了……

总之韩芸芸就这样气球似的从婉们的大学生活中飘飞而去。她的真性情是怎样的？她的真爱好是什么？她对学校里和专业里发生的一些事的真态度如何？她对同宿舍的哪一个同学真好？对哪一个同学的印象不太好？……

这一切，也都被她带走了，半点儿供谈论的根据也没留下。

婉们都觉得，根本没与一个叫韩芸芸的女生同过学似的……

张老师说韩芸芸的一切东西她都弃而不要了。她的铺位可以清理出来了。因为她想带走的东西她已都带走了。同学们望着她的铺位，觉得她什么也没带走，什么也没缺少。

293

韩芸芸的东西都是好东西，起码可以说都是新东西，对任何一名大学生都极有用的东西。她的被褥上都有高级的品牌商标，她的几套衣服，几双鞋都是北京正流行的，一看就知道都是价格挺贵的。她的书在同宿舍的同学中最多，但十之八九她连翻都没翻过。她抽屉里还有精美的电子表、小巧的手电筒、袖珍计算器、掌上游戏机……

大家不知拿那些东西怎么办才好。

姚红主张分送给几名困难生。徐小芬各个宿舍问了一遍，没同学肯接受。有的同学还受辱般地说——我又不是乞丐！……

最后徐小芬决定，全卖了。于是某一个星期日，大家就你负责几样，我负责几样，带到校外去卖给收旧物的农民了。总共才卖了一百二十多元。姚红心痛得连说卖亏了卖亏了！婉也觉得卖得实在是太便宜了，但没像姚红那么表现出来。徐小芬将钱收齐在自己手里，说留着办一份学刊用。办一份文学性的学刊，亲任主编，一直是徐小芬的大心思。只有赵薇负责卖的一块表没卖出去。也不知她是真没卖出去，还是能卖出去而不愿卖出去。

她欣赏着那块表说："虽然是电子表，但毕竟也是名牌啊！反正没卖出去，不如留给我作个纪念吧！"

徐小芬一把从她手中夺过去，转手就当着大家的面塞给了婉，还瞪着赵薇说："留纪念也轮不到留给你！"

婉哪里肯接呢？在那一种情况之下，又怎么能接呢？

她一边推拒，一边红了脸着急地说："不，不，我不能……"

不料徐小芬也急了，反瞪着婉说："不什么？有什么不能的？大学生没块手表多不方便？你不要我可摔了它啦！……"说罢，高举欲摔。

赵萌和姚红赶紧阻止，都好言劝婉接受。连赵薇也及时地说："婉，那你就留作个纪念吧！谁留作纪念不一样呢？……"

婉只得接受了那块表。

从此她再也不问同学们几点了……

随着韩芸芸的东西被清理，韩芸芸退学这件事对婉们的心理影响也一天比一天削弱了。宿舍里少了一名同学，腾出了一张可放置东西的床位，空间显得大了许多。每个同宿舍的同学，都暗自感到，其实自己是韩芸芸退学这件事的直接受益者。别的宿舍的同学们，都羡慕婉们宿舍的宽敞。卫生评比时，婉们的宿舍成了合格的样板。但有的宿舍的同学颇不服气，说：

"要是我们宿舍也只有五名同学的话……"

婉们的日子很程式化地一天天度过——上课、吃饭、自习、睡觉、睡前卧谈……只不过大家都达到了一种默契似的，相互避开将来的择业问题不谈。偶尔有谁说了，也没人接话。在没人接话的沉默中，谁就会意识到自己的话是不合时宜的，明智又识趣地不再说第二句……

……

婉有一个秘密。

那秘密在她入学不久便成为她的秘密了。婉像蚌用自己的壳包含住一颗珠子似的，对那秘密严加保守，没向一名同学透露过。这倒不是由于她开始变得有城府了，而是因为她觉得，构成她秘密的那一件事，目前还是一件连自己都说不清楚、更难以向别人解释清楚的事……

五月里，北京到处飘飞着柳絮的一天中午，一名别的宿舍的女生将正要睡午觉的婉叫了出去。那同学说她刚从外边回来，说学校后门那儿，有一个乡下人求她给婉带个口信，让婉到学校后门去一趟……

婉问那乡下人是男的女的，回答说是男的。

"那一定是我父亲了！"婉的话脱口而出。除了父亲，难道还会有另外的什么乡下人，来到北京，来到校门外找自己吗？

重建一个家是多么不容易啊！

这份重担当然主要得由父亲来挑起了！父亲那瘦小的身体，还能挑得起吗？

婉实在是太惦家了！也实在是太体恤父亲的难处了！

她激动得要命，穿反了鞋自己还不知道，拔腿就欲跑。

同学告诉她鞋穿反了。

同学说："陈婉，你先别太激动啊！你先把自己左右脚的鞋换过来呀！我敢肯定那个乡下人绝不会是你父亲，因为他看去比你的年龄大不了几岁……"

婉满腹狐疑来到学校后门，见那乡下后生并不是自己认识的人。

婉问他找自己有什么事。

他却先让婉掏出学生证，证明自己确实是陈婉。

他一开口说话，婉便相信他是自己的家乡人了。

久违的乡音，使婉心里感到一阵热乎乎的亲切。

婉的学生证一向是带在兜里的。

老乡看过她的学生证以后，交给她一个封了口的信封，让婉等他走了再看，说她一看就明白了。

老乡说完转身便走。婉连声叫他站住一下他也不站住。恰巧开来一辆小公共汽车，他在婉的注视下头也不回地上了车……

婉对那封拿在手里的信起初有点儿不安，甚至可以说有几分害怕。那信封太轻太扁了，仿佛里边只有半页信纸，仿佛那半页纸上，肯定写着某种对婉最不吉祥的咒语……

婉一边往回走，一边小心翼翼地扯开了封口。内中连半页信纸还不到，只不过四指宽的一条纸。另外，还有一张百元钞，很新的一张百元钞。

纸条上写着这样几行字：

陈婉，每月的这一天、这个时候，请你一定要到你学校的后门来。那么就会有人同样交给你一个信封。别问为什么，只要记住我们都是你在北京打工的老乡就行。我们什么也不图，所以你千万不要有顾虑。如果你到了日子不来，你的某个老乡就会一直傻兮兮地等下去。我们不寄给你，是怕你同学知道了你上大学还有这点儿资助，会减少你的助学金……

歪歪扭扭的字，将纸条的正反两面都写满了。

婉没回宿舍。

她坐在小河旁的一块石头上，反反复复地默读纸条上歪歪扭扭的字，反反复复地看那很新的百元钞不忍对折……

她内心里感动极了。又感动又混乱，不知自己究竟应该怎样对待这一件事。

婉是个对别人的善意帮助特别敏感的人，又是个不肯轻易接受别人的帮助的姑娘。按说，在阴险世相层出不穷的今天，此事足以令人产生警惕。

但婉却一点儿也没起疑心。

她相信纸条上那几行歪歪扭扭的字所表达的家乡打工仔们的善意。正如她相信那很新的百元钞绝非假钞。

如果下一月的这一天这一个时候当面退还，那不是太伤别人的心了吗？

如果以后的这一天这一时候干脆不到校门口去呢?

纸条上不是写得明明白白,来的某个老乡会一直傻兮兮地等下去吗?

他们不从邮局寄给她,而是以后每月的这一天这一个时候亲自送来——他们考虑得多细啊!

如果纸条上写的不是"一些"来京打工的家乡人,写的是"一个",那么婉也没什么可沉思可考虑的了。谁知此人的善意的后边,是否包藏着难料的歹念呢?但"一些"家乡人就不同了啊,他们合谋了算计她这样一名其貌不扬的穷女大学生能有什么目的,又能达到什么目的呢?婉从他们的角度推想来推想去,却推想不出个所以然……

至今,五个月过去了,婉已接受了"一些"家乡人送给她的五百元钱。接受?那也是接受吗?实际上她每次都是拒绝的。而且每次都企图连同已经"接受"了的钱一并还给他们。但每一次的结果都事与愿违。他们见了她的面,将信封塞给她,对她说几句珍重之类的话,转身便走。五次来过四人,其中一人来了两次,都那样,有人甚至连话也不说,仿佛双方是在"接头"。他们的年龄,比婉大不了几岁。有一个据婉看来,似乎还比她小,脸上还没褪尽少年的稚气。总之,婉又多了一个整整五百元的存折,不是接受,也等于是接受了,没法儿不接受。学校后门也并非清静之地,几乎每时每刻都有一拨拨的人进进出出。婉实在不愿被人看到自己和他们拉拉扯扯、给给拒拒。那多让别人犯猜疑呢?

婉将他们的钱另立存折存起来,决定了不在万不得已的情况之下一分也不花他们的钱,等到适当的时机一总还给他们。倘在万不得已的情况之下花了,毕业后找到了工作,也是要加倍还的,也要虔诚深谢的。婉知道,他们挣一百元钱不容易啊!那是要受许多累、许多屈辱的啊!那是要付出许多汗水的呀!……

在六月下旬的一天,婉的这一个秘密,终于向一个人公开了。

对方是姚红。

姚红六月初住院了。

住院前姚红常觉左脚踝部有些疼。她左脚在高一时的一节体育课上崴过。当时没在意。谁没崴过脚呢?贴了一贴膏药,好了,也就再不去想。后来又崴了两次,仍是左脚,仍没去医院检查过,仍靠贴膏药贴好的。她爸妈说,哪只脚崴了以后又崴了,是常事儿。好比桌腿儿椅腿儿脱楔的地

297

方以后又脱楔了是常事儿。姚红认为爸妈的话不无道理。工人家的女儿能太娇气吗？崴了脚也值得小题大做地上医院吗？何况学业那么吃紧，她自己也舍不得耽误了课时去医院检查呀！……

六月初的日子里，她左脚踝部疼痛得渐渐难忍。后来去上课都需婉或徐小芬搀着了。再后来从宿舍到厕所那么一小段室内的距离自己都走不了，没人搀着只得扶墙一小步一小步前移……

一天夜里姚红脚腕子疼得无法成眠，嘤嘤哭泣。

婉和徐小芬都觉得情况严重，不可小视。半夜三更敲开了张老师家的门，向张老师如实汇报了。

张老师听了很生气，责问她俩，既然姚红的脚腕已疼了好几天了，为什么才告诉他？

她俩吭吭哧哧地说，姚红不许她俩告诉他，想忍过考试以后……

"糊涂！究竟考试重要，还是看病重要？！……"

张老师一边训她俩一边跨出了家门。

而徐小芬一边和婉紧随张老师身后，一边悄悄对婉说："咱俩反倒挨训，真没地方讲理去！"

虽然，婉和徐小芬都替姚红颇感不安，但谁都没往太坏处想——

也许是长了骨刺啊？她们都这么认为。

当夜张老师从学校要了车，和婉和徐小芬一道，将姚红送往医院。

照过片子后，医院将姚红留下住院了。

那一天夜里，婉和徐小芬都觉得，张老师像一位父亲，姚红像是他女儿，一会儿楼上一会儿楼下的，姚红全由他背着抱着。

见张老师和婉和徐小芬要走了，姚红又哭了，泪眼汪汪地说："你们可千万常来看我呀！可别不管我了啊！……"

张老师保证地说："那当然！那当然！……"

婉和徐小芬也不禁眼泪汪汪起来……

几天后，一个惊人的消息从系办公室传出，姚红患了成骨肉瘤——也就是骨癌。如果还没扩散，那么将被齐膝锯掉左腿；如果扩散了，生命也就不长了……

这消息使同学们，尤其使和姚红同宿舍的婉们，一个个都变得沉默寡言了。连似乎一向不知愁滋味的赵薇，都不止一次地在宿舍里小声问大家：

"怎么办？咱们能为姚红做什么？咱们总得替她做点儿什么呀！……"

当厄运突降在朝夕相处的别人头上，除了是敌人和仇人，普遍的人性，都会显出善良的一面。因为生命的脆弱和不堪一击，使每个人都由对别人的怜悯而想象自己战胜厄运的可能……

婉和徐小芬是最不肯相信那消息的。

中午，她俩又去了张老师家。

张老师的爱人说张老师不在家，仍在系里。问婉和徐小芬，找张老师是不是想打听关于姚红的事。

她俩说是的。

张老师的爱人劝她俩先别去，说张老师肯定仍在系里谈工作。

她俩问张老师的爱人清楚不清楚。

她说她不清楚，什么都不知道。又说她也很喜欢姚红，认为姚红这个工人家庭的女儿朴实可爱。

但婉和徐小芬看出，她明明什么都知道。

离开张老师家，她俩商议了一下，决定还是得去系里找张老师问清楚。

张老师已不在系里了。锁了的门上用图钉按了一页纸。张老师潦草的笔迹写满了那页纸——"我在小餐厅！"也不知是留给谁的。

婉和徐小芬又专执一念地赶到了学校开办的小餐厅——谁在那儿宴请客人，对谁必是一件郑重的事。

已经一点多了。

已经没人在散座用餐了。

只一个单间还敞开着门，一些人还在围着满桌菜肴热烈地谈论什么。徐小芬眼尖，发现张老师在单间里，急扯了婉一下，双双闪至门旁等候。

原来客人们是些记者，电台的、电视台的、报社的都有。还有显然极重要的一位，便是那位曾赞助系里开联谊会的摩登女郎。她穿得仍很摩登。化了妆的脸上，表情仍那么矜持又自信。

婉和徐小芬耐心听了一会儿，有点儿听明白了——在谈如何发动社会向姚红献爱心的事。

那女郎的话最多，喋喋不休，不住口地尽说尽说——说既然要当成一次活动，那么就要几方合作，周密策划。首先要拿出一份令几方都满意的策划书是不？说她的公司绝不在乎捐几万元钱。但起码要捐得隆重，捐得值。

策划的第一条，首先得给她个机会宣传宣传自己公司的实力吧？得动员一位市领导参加吧？得有大学生代表读一封感谢信吧？她还问记者们此事是不是准能登在第一版？多大字号？公司的全称如何突出在标题中？能在电视的第几频道哪一个时间段播出？……

记者们显然都没她想得那么细，都被她问得一时沉默，你看我，我看你的。

她说时，张老师一直在吸烟，一大口接一大口地吸。

见记者们被问得发怔发愣，张老师使劲儿按灭烟，忍不住开口了。

张老师说："我听来听去，你不就一个意思，也要成功地为你们公司做一次广告吗？我不反对你做广告。我是那么不通情达理的人吗？但……但现在的问题是，我没时间等你那儿拿出一份高明的策划书！如果要保住我学生的命，医院说得用外国进口的药，住一个月院就得三万多！得住多久院没医生能说得准！我们是大学！为了救我们学生的命，我们希望得到社会各界的捐助，但请别强我们所难，把这样的事做得热闹、做得太俗气了！……"

婉和徐小芬听张老师说话的声音不但那么大，而且口吻也分明等于是在训人了。她俩不由得朝单间里偷窥，见张老师情绪特别激动，双手扳着桌边，仿佛随时打算将桌子掀翻似的。也见坐在张老师斜对面的一位年轻女记者在用手背抹脸——看来，是张老师的唾沫星儿溅在她脸上了……

"张老师，您说太俗气了是什么意思呢？我不懂。能解释解释吗？……"

女郎的脸板起来了，用一根筷子拨拉着一只盘子里的虾，将它们都排列得整整齐齐。口中的话，也说得冷冷的。

"我……当然，您也别误会。我用词不当，用词不当……我的意思是——哪怕往最好处想，我学生失去一条腿也是无疑的了……那她将来可怎么办呢？我们不也是在为她的将来……"

张老师的话软了下来，表情也变得非常不自然。

"但敝公司不是保险公司，不是慈善机构。我们做什么事，一考虑经济效益，二考虑广告效益。如果两个目的都达不到，那样的事我们何必做？就这么简单，失陪了！"

女郎说罢，倏然起身，走出了单间。她高昂着头走到服务台那儿，打开挎包，取出钱夹，刷刷刷抽出几百元钱，甩扑克牌似的往桌上一甩，对服务员说："这顿饭我买单！不必找钱了……"说罢，扬长而去。

婉和徐小芬收回目光，再往单间里看时，见张老师呆在那儿，见记者们都茫然地望着他。

那名年轻的女记者低声问："张老师，这……您说这该怎么办呢？"

半晌，张老师嘴里才吐出一句话："你们看着办吧。"

于是记者们面面相觑一阵，也纷纷离去。

婉和徐小芬互看了一眼，都从对方眼里明白了这样的意思——咱们什么也别问张老师了。

她俩本打算也悄悄离去。刚走到外边，不约而同地都站住了。她们又都明白了对方的意思，手牵着手，返身径直走向那单间。

张老师仍低着头，一动不动地呆在那儿。

她俩都想劝慰张老师几句，又不知究竟该说什么好。

婉轻轻叫了一声："张老师……"

张老师这才抬起头来，这才发现她俩。

他眼神儿有些懵懂地望着自己的两名学生。

徐小芬说："张老师……我们……我们能替姚红做点儿什么？……"

张老师张大嘴，长长地有声地出了一口气，接着，吸烟。吸了两口，头也不抬地说："姚红她父母来了，住学校招待所。你俩，代表全体同学去看看吧……"

她俩等着张老师能再说几句话。

张老师却什么话也不说了。

她俩默默退出单间，才又听到张老师的声音："把门关上。"

徐小芬就轻轻将门关上了，将张老师一个人关在那单间里了……

离开小餐厅没多远，婉觉得自己内心里一阵恐惧般发毛，双腿一软，走不动了。

她蹲下了。

"陈婉，你怎么了？……"

徐小芬也诧异地站住了。

"没怎么，蹲会儿就好……"

婉深埋着头。

"没怎么就起来！咱俩去看姚红她爸妈……"

徐小芬将婉扯了起来。

二人走到一棵树前，婉又站住不走了。她双手捂脸，头抵树干，呜呜哭开了……

徐小芬被她哭得心慌，搂着她肩问："陈婉，你哭什么呀！哭什么呀！别哭，别哭嘛！……"

婉一边哭一边说："我怕，我心里怕极了！我想家……我想我爸妈……想我小弟……"

徐小芬明白婉说她怕是怕什么，鼻子一酸，心里一阵难受，搂抱着婉，也陪着哭起来了……

幸而那会儿校园里静悄悄的，四周无人，容她俩互相搂抱着痛痛快快地哭了一场。

后来她们互相瞧着，决定不代表同学们去看姚红的父母了。因为她们的眼睛都哭得又红又肿的……

她们回到宿舍，赵薇和赵萌恰从午觉中醒来。赵薇和赵萌看出她俩哭过，却谁也不问她俩什么，仿佛一切都不问自明。

徐小芬说："赵萌，姚红的父母来了，住学校招待所。张老师让我俩去看看他们。我觉得，你比较理性，懂得应该怎么劝。所以，我的意思……最好你去吧。赵薇你陪赵萌去……"

赵萌和赵薇交换了一下目光，仍什么话都不说，默默地赶紧穿鞋。她们都穿好鞋以后，赵萌说："我们去了。"

于是和赵薇离开了宿舍……

婉和徐小芬没想到赵萌和赵薇很快就回来了。去归大约也就半个小时。而且，她们的眼睛也是又红又肿的。

徐小芬问她们为什么回来得这么快。

赵萌说："理性又怎么样？不理性又怎么样？谁去了还不是只能陪着哭？与其陪着哭，莫如表达了份心情就赶紧走……"

赵薇说："早知姚红会这么不幸，我一定对她特别友好！"说完扑到床上，抱着被子，将脸埋入被中……

婉们觉得她说的纯粹是小孩儿话，也就都不睬她，任由她自己个儿那样子后悔，难受……

过了几天，学校里展开了向姚红献爱心的活动。

又过了几天，姚红的不幸见报了，电视新闻也报道了。

但那个月份里，中国驻南斯拉夫大使馆刚刚被以美国为首的北约轰炸过，北京人都在关注着南斯拉夫的战况，姚红的事几乎没能引起社会的一瞥。除了本校教职员工和学生们捐了一万多元钱，再无社会方面的捐助。姚红的不幸，还在于厄运降临在她头上的时候太不是时候。进一步说，不是媒介缺乏话题足可以利用了炒作的时候。许多人都这么认为……

婉带来上学的一千余元，和入学时学校补助她的一千元，已用去了十之七八。如果不是她格外节省地用，其实根本不够维持到六月份。婉每次写家信，都再三声明自己不需要家里寄钱来，自己已经找到了一份长期家教的工作，每月的酬金足够伙食费。她当然是在说谎。北京人雇家教很是挑剔，认为大学一年级生没有资格。婉曾和徐小芬和姚红去到过某些劳务市场自我推荐，也曾站立在早市街口，胸前挂着一个写有"应聘家教"四字的纸板牌期待过，结果当然是自信而去，沮丧而归……

婉最大宗的一笔钱，便是那自己发誓不到万不得已的情况之下绝不取出的五百元的存折了。

为姚红，她三次去往储蓄所，三次在储蓄所门前久久徘徊之后返回了学校。依她想来，确实到了万不得已的时候。在全校师生为姚红而发起的捐款中，怎么可以没有自己的一份儿呢？怎么可以呢？但……但那五百元，对自己也是多么重要啊！倘自己到了万不得已的时候呢？

就在她第三次从储蓄所回到学校那一天晚上，几名男生不知从哪儿搬了一台十四英寸的黑白电视，摆在她们这个女生宿舍，等着看一场足球赛。理由乃婉们这个宿舍是模范宿舍，张老师一向反对同学们在宿舍里看足球赛，但肯定不会在晚上巡查到婉们这个宿舍。几名男生再三恳求，婉们答应了。据说，那一天的新闻节目中，有记者在医院里对姚红进行了采访。婉们是那么想念姚红，都希望能从电视里看看姚红怎么样了。而这才是她们答应了那几个男生的最主要的原因。

第二条新闻使婉的心理受到了从未遭受过的猛烈的袭击，情形不亚于以美国为首的北约对南斯拉夫的狂轰滥炸。实际上那只不过是一条北京人早已司空见惯、连茶余饭后谈论的兴头都没有了的小新闻——几名外省的打工仔与一建筑承包队的头头发生了劳务纠纷，原因是他们的工资被克扣了，纠纷导致斗殴，斗殴中一名承包队的头头被愤怒的打工仔们当场打死……

新闻节目主持人以警世的口吻说——虽然此案仍在审理中，但有一点是肯定的——几名丧失理性的打工仔，将在监狱中度过他们漫长的一段人生……

打工仔们的脸——从十四英寸的黑白的电视屏幕上闪过，婉认出了他们正是那"一些"每月按时送给自己一百元钱的家乡人。

这是绝不会错的。

婉是太熟悉他们的脸了！尽管她和他们中的三人仅仅见过一面。

但那是最能给她留下深刻印象的一面啊！

真的，他们的样子，经常浮现在婉的脑海里。

谁会对自己心存大感激的人印象模糊呢？

事实就是事实。

正是他们！

那一时刻，婉如受当头一棒，只觉眼前阵阵发黑。她怕自己连人带椅栽倒于地，也怕自己心理失控，做出什么令同学们惊惶失措的反常之事，便强自镇定地，缓缓又慢慢地站了起来。

她头脑中只剩下了一个意识——别让同学们觉得自己不对劲儿，千万别让同学们觉得自己不对劲儿……

她在这种意识的支配下转身向门走去。

她听到徐小芬的声音在她背后问她："陈婉，你干什么去？可能下一条新闻就该是对姚红的采访了……"

她头也不回地说："屋里太憋闷了，我出去透透气儿……"

她听到赵薇和赵萌也各说了句什么，大概也是让她先别离开的话。

她连看都没看她俩一眼，根本没听到她俩的话似的走了出去……

三三两两在校园里散步的人很多。这儿那儿，传来着歌声，传来着笑语。校舞蹈队的女生们，占据了篮球场在排练舞蹈。她们的录音机，播放着热烈的西班牙舞曲。淡蓝色的月辉下，她们的舞影轻快曼妙……

婉不禁想起了自己从一本外国诗集中读到的诗句：

正因为厄运没落在我身上，
所以我们要尽享快乐。

……

婉习惯地走向小河边，那儿人少些。在自己曾多次坐过的大石头上，婉像一片落叶似的，悄无声息地坐了下去。她觉得自己的意识和身体已经分离开了似的，觉得更有分量的倒是自己的意识似的，否则身体怎么会变得落叶般轻了呢？

她呆望着河面。河底有什么东西在闪亮着，仿佛某种童话里的神秘之物，仿佛在等待着她涉水走过去捞起，仿佛它能带给她某种神秘的法力……

哦，是了，那是她抛在河中的小镜子呀！

那块大石头，因为只能坐下一个人，所以在这样美好的夜晚，在婉来到之前，便只有大受冷落地存在着。

校园里流行着恋爱风。

大学生们，尤其男大学生们的理由是——女人在是女大学生的时期，起码不会像电视里某些做广告的女人一样，面对名车、别墅、珠宝和钻戒娇呼——哇，这才是我的挚爱！

在情欲横流和物欲横流之间，他们若不趁着她们的心思没流向后者之前亲爱她们，更待何时？等她们到了社会上，等她们的前一种心思变得理性了，等她们的后一种心思变得炽烈了，还有他们亲爱她们的机会吗？他们又能以什么贵重的东西作亲爱她们的资格和资本呢？

而女生们的想法则是——离开了大学校园，社会上哪儿还有地方提供如此许多的亚当供自己选择实习爱情呢？大学校园里的亚当们的优点是浪漫——他明知你并不真爱他，明知你只不过在通过他实习，但宁愿想象你是真爱他，宁愿配合你实习之——他们要一个吻、一次拥抱作回扣的现实态度，远比要什么真爱更迫切。

小河的那边，稀疏的树影的掩护下，亚当和夏娃们早已盘踞了一切可供两个人坐的东西。从石凳到装点河岸的石头。

一对对的恋爱实习生中，十之七八也只不过是在排练爱情。他们和她们排练得都那么投入，如同一些体现爱之主题的连体雕塑。如果不目不转睛地盯望十分钟以上，是很难发现那些身影改变了的……

婉忧郁地望着那些身影，内心深处所产生的一种强烈的情愫，却根本与爱情无关，而仅仅是无比缠绵的，剪不断、理还乱的亲情。

婉更想家了。更想爸爸妈妈更想小弟了……

还想姚红……

据赵薇和赵萌讲，姚红的父母，是将自己后半辈子的全部憧憬和希冀和安慰，百分之一千地寄托在姚红身上了。

这一点，姚红的父母和自己的父母是一样的啊！

自己和姚红也是一样的啊！

她曾从报上读到过一大篇文章，题目是——《家境既穷既困，何必还考大学？》。

依写文章的人想当然地看来，分明是由于人的自私心理作祟。报考大学的穷家儿女是自私的。他们和她们的父母也是极端自私的。都认为——反正只要我考上了，社会总不能眼睁睁看着我读不起，总会有某些富有同情心的人乐于相助。这一种依赖他人依赖社会的心理，不是自私又是什么呢？

依写文章的人的观点，那就是人必须认命。谁家穷困，这是命。穷你还一心考大学？你读到初中就应该清楚你没资格成为大学生！你学习好你也没资格！你考上了成为大学生而读不起，纯粹是你自找的！婉从字里行间读出了两个没明写着的字是——活该！

写文章的人还认为，世人根本不应从社会问题的角度来分析百万穷困大学生的现象。而应从道德与不道德的角度进行评说——明明读不起，却偏要报考，考上了又偏要读，是很不道德的。不认命进而麻烦社会进而形成对社会的滋扰，难道是道德的吗？如果百万穷困大学生及他们和她们的父母们都能这么理智又明智地想一想，哪里还会有什么穷困大学生现象？媒体不是也会空出些栏目开展轻松愉快的话题吗？……

当时只婉一个人在宿舍里，婉读着读着，脸红起来，发烧起来。仿佛，从报上浮现出了一张面孔，像男人的面孔，也像女人的面孔。那是一张似男似女、非男非女的面孔，一张因而代表某些具体的中国男人和中国女人的面孔。婉知道他们和她们是确乎成批地存在着的。甚至，在校园里，在同学们中，也确乎地存在着。那篇文章公开了他们和她们对婉和姚红这一类穷困大学生的真实的看法……

突然宿舍门开了，姚红回来了。婉怕姚红也看到那篇文章，赶紧将它折起。那篇文章的标题字好大，比火柴盒小不了多少。

姚红恰恰是回来找婉手里那一张报看的。她听人议论那一天的那一份报上有那么一篇文章，在别处没找到，想起了宿舍里好像有一张……

趁姚红这找那找，她起身带着那张报离开了宿舍。她躲到女厕所去，将那张报撕得粉碎，冲下了便池……

那一天夜里，婉难以入眠。她在心中暗问自己：陈婉，陈婉，你是自私的吗？你的爸爸妈妈是自私的吗？……

不，不……

婉在内心里替自己辩护。

婉上大学，主要不是为了改变自己的命运，而是为了改变家庭的穷困状况，进而改变父母的命运和小弟的命运。

爸爸是自私的吗？

妈妈是自私的吗？

爸妈也不是自私的呀！他们勤劳，他们节俭，他们含辛茹苦。他们原本相信靠了他们的勤劳和坚忍，是供得起自己女儿读完大学的。他们从未有过依赖别人更未有过依赖社会的心理啊！

谁能想到一场水灾将他们一家四口冲成了无家可归一无所有的人呢？

接到录取通知书那一天，父亲不是对她说了很刚强的一番话吗？

她当时也是认命了的呀！

她又联想到了姚红，联想到了许许多多和自己和姚红一样的穷大学生们——穷大学生们谁不是企图通过自己一个人的奋斗，而为中国减少一个穷困人家呢？只要他们和她们坚持到了毕业，只要他们和她们找到了工作，只要他们和她们以后每月能往家里寄三百元钱，那么他们和她们的家庭就与从前大不一样了！父亲和母亲们的脸上从此便会多了笑容，生了病也舍得花钱买药了，弟弟妹妹也从此在年节有新衣服新鞋子穿了！

脱贫在中国特色的理论上有百种千般的办法。但是对于穷困的农民，那些办法又往往那么脱离实际。

什么办法能使自己的家庭每个月多三五百元收入？而且长久，而且无比可靠，而且无风险？

这样的办法就是支持自己的儿女上大学。

百万穷困大学生毕业以后，如果就业顺利的话，就几乎等于中国有百万个穷困人家从而脱贫呀！

这即使说是自私，也是可以理解的自私吧？

婉呆坐在河边的石头上，思绪如潮，感到孤独、迷惘而又委屈。同时感到，内心里一阵阵发冷。

几名家乡打工仔的脸，一一浮现在她眼前。像过电影慢镜头似的。

他们的人生，也许从此都完了，再也没有转机了……

这想法使婉的心抽搐不止……

据徐小芬讲，有一本外国的小说叫《不能承受的生命之轻》。

婉没看过，也不想看。

她断定那肯定不是为自己这类在现实得没法儿更现实的人生中疲惫着的人写的书。

她常想自己才刚刚十九岁！却像十九年来一直在拉着一辆沉重的车那么累。十九岁的婉的感觉是深深切切的生命不能承受之重。

婉多渴望能以一种享受生命的人生状态体会《不能承受的生命之轻》的幸福啊！

那除了是幸福，是幸运，竟会也是什么了不得的值得写成一本书来向世人倾诉的痛苦吗？……

婉的脸上，又在不知不觉中淌着两行泪了……

婉回到宿舍时快夜里了，宿舍里已熄灯了。徐小芬已躺在床上了。

黑暗中，婉听到徐小芬在蚊帐里低声说："陈婉，你过来一下。"

婉轻轻走了过去。

徐小芬撩开一角蚊帐，望着她又说："你说出去透透气儿，怎么才回来？"

婉无言以对。

"姚红变了，瘦极了。她在电视里向我们问好，说非常非常想我们……"

"外边下雨了……"

婉终于也说了一句话。话一出口，立刻谴责自己，怎么能说出这么一句风马牛不相及的话呢？

"陈婉，你真的没事儿吗？"

月辉从窗外洒入宿舍，洒在徐小芬脸上。徐小芬脸上有种研究着婉似的表情。

婉觉得月光也同样洒在自己脸上，却想象不出在徐小芬看来，自己脸上有种什么样的表情。

婉摇摇头，低声说："真没事儿……我又会有什么事儿呢？……"

徐小芬手臂一垂，蚊帐落下了。

"没事儿就好。有了什么事儿可千万别瞒着同宿舍的同学……"

自从姚红住院以后，徐小芬在宿舍里是更像一位种种家庭责任和义务系于一身的长姐了，仿佛总在担忧会有另一种什么不幸降临在另一个妹妹头上似的。

赵萌在蚊帐里叹了口长气……

赵薇在蚊帐里小声说："我收音机又播《泰坦尼克号》的插曲了，一块儿听听吧？"

谁也没接她的话。

"那我可就算获得同意了！"

自从姚红住院以后，赵薇也明显地变了，变得通情达理了，甚至也可以说变得善解人意了，变得可爱了……

婉上床后，宿舍里响起了《泰坦尼克号》那荡气回肠的爱情主题歌。在那一个夜晚，在那一个时候，以美国为首的北约的导弹刚刚又轰炸过南斯拉夫，而风靡全球的美国大片中的那一首主题歌，却仍能不可思议地感动和安慰到婉们几个不知爱滋味儿的中国女大学生内心里去……

第二天霏霏细雨仍下个不停。

婉第四次去了邮局，毫不犹豫地将那五百元连本带息全取了出来。取出来后雨下大了。婉没带伞。她不管不顾地奔下邮局的台阶，冒着大雨跑回学校。

系办公室门旁设了一个捐款箱。姚红学生证上的照片被放大了，贴在捐款箱上。照片上的姚红，神情有点儿愕异似的，大瞪双眼看着婉。

婉将五百多元钱分几次塞入了捐款箱。

她转身时，见张老师正望着她从走廊那一端走来。她低了头，紧走几步，想在和张老师走到对面时，抢先到达楼梯口那儿，奔下楼去逃之夭夭——连她自己也不明白，她怎么似乎怕起张老师来了……

却恰被张老师在楼梯口那儿拦住了去路。

张老师问："陈婉，你也捐钱了？"

"没……没有呀……"

完全不必撒谎的事，她竟撒谎了。唯恐张老师问得太多，而自己陷于不知如何回答才好的境地。

"我明明看见你往捐款箱里塞东西了，不是钱，还会是别的吗？"

张老师果然问她怕问的话。

"我……只捐了几十元……我不能……"

婉一时真的语无伦次了。

"理解，理解……你怎么把自己淋成这样？"

"……"

"陈婉，你转告同学们，就说我说的，让大家抽空儿去看看姚红。钱固然对姚红挺主要，但现在也不是最主要的了……"

"同学们本打算分批去看姚红的，考虑到医院的探视纪律，也怕反而对姚红不好……"

"医院方面，我已经打过招呼了……现在，你们也别有那么多顾虑了……姚红她想念同学们，非常想念你们，明白吗？……"

"明白……"

"给，小心着凉感冒了……"

张老师将他手中的雨伞递向婉，婉接伞在手，立刻脱身……

婉果然感冒了，发烧来势汹汹，连续三天烧到三十九度不降。校医务室的医生担心她烧成肺炎，更担心她的感冒传染同宿舍的同学，决定她必须住院，不是住到学校的合同医院去，而是住到校医务室的病房去。校医务室的病房也有十几张病床，学生们将生病住到那儿去叫"临时收容"。婉在烧得糊里糊涂呓语喃喃的情况下被"临时收容"了……

待婉退了高烧回归到宿舍里，已经是七八天以后的事了。

她迈入宿舍，一眼就看到姚红的床位腾空了，床上什么都没有了。光溜溜的床板上，却并没放别的同学的任何东西。仿佛，那张床在期待着哪一个睡上铺的同学搬下来睡，或从别的宿舍搬来的同学占有它。在婉看来，它的沉默如棺材的沉默。

婉的心顿时像灌满了铅，沉甸甸地直往下坠，会从胸腔坠到腹腔似的。

徐小芬、赵萌、赵薇那会儿都在宿舍里。婉觉得她们迎接她那一种亲热假假的。分明，是要以那一种有点儿夸张的亲热掩饰什么。

婉于是知道——姚红走了，不是随父母回家乡去了，而是到另外一个世界去了。

姚红走得也太快了!

命运真冷酷。

果真有什么天堂吗?

婉什么也不问。问什么呢?还有必要问吗?

她内心里盘桓着关于命运和天堂的悲观的思想,一边缓缓地坐在姚红的床上了。她将一只手搭在床栏上,轻轻地来回地抚摸着,同时也假假地向徐小芬们一笑。笑罢,赶紧起身爬上自己的床,仰躺下去了……

以后,婉也没向徐小芬们问过姚红什么,徐小芬们也从未提起。仿佛姚红并不曾与她们朝夕相处过;仿佛她们从未有过一个叫姚红的同学;仿佛讳而不谈是她们之间一种原则性的默契……

但一直没谁往姚红的床位上摆放过东西。

每个人负责打扫宿舍卫生时,都会仔细地擦擦姚红的床……

六月末,考试结束了。

在这个宿舍里,几名女大学生的成绩名次如下:赵萌、婉、徐小芬、赵薇。

赵萌似乎天生是那种为了考试名次而来到这个世界上的姑娘。不,这么说也不对。实际上赵萌并不多么用功。她每次考试成绩优秀全凭聪明。她的记忆力之好是令人嫉妒的。婉却是非常用功的学生。徐小芬也是。徐小芬的成绩名次上半学期在婉前边。这一学期因为她写小说分散了不少精力和时间,所以名次落在婉后边了。但她颇不在乎,实际上她在乎,尤其在乎名次落在婉的后边。正因为在乎,才偏显出不在乎的样子。真不在乎的是赵薇。赵薇的既定方针是——只要各科都及格了就行。赵薇英语好,电脑应用能力测试成绩也好,平均分在专业里一向保持着令她自己满意的中下水平。成绩刚一公布,赵薇就给父母写信,报告父母自己取得了"第四名"的好成绩。她很爱她父母,常对同学说她妈怎样怎样,或她爸怎样怎样。有次上课时,一溜嘴,还管张老师叫起"老爸"来,引得同学们一阵哄堂大笑。她自认为浮夸成绩也表明她对自己父母的深爱。她的理由是——如果好成绩会使爸妈高兴,干吗不浮夸?不浮夸白不浮夸。浮夸成绩对她自己最直接的好处则是——不久便又会收到父母汇来的一笔钱。这使她热爱考试。对于校园里减少考试的呼声,她是大不以为然的。这一学期考试也确实减少了。为了保证自己收到的汇款单不减少,她就编造出几次考试结果煞有介事地写信通报父母。有时盼汇款单心切，则干脆到邮局去打长途电话通报之……

考试一过，赵萌消失了数日。白天不见她身影，晚上也不归校。这在赵萌是很反常的。宿舍走廊有电话。某天晚上十点多钟，赵萌给徐小芬打来一次电话。她在电话里对徐小芬说，后天她就回校。让徐小芬替她在张老师和同学们面前"掩护"一下。徐小芬关心地问她是不是家里发生了什么事，比如父母病了拖住了她？她说不是。她说在电话里一时说不清，容她回到学校再交代。徐小芬告诉婉和赵薇，赵萌肯定是在马路边上的公用电话亭打的电话，因为能听到汽车喇叭和嘈杂的市声……

后天晚上六点多钟，赵萌果然回来了。她变了个人似的，一套西服衣裙挺时尚，脸上还化了淡妆。半高跟的皮鞋，使她的个子明显地高了，也仿佛苗条了，有几分亭亭玉立了，俨然一位正值芳龄的白领丽人似的。

她使婉们不禁刮目相看而又疑窦重重。

她带进宿舍一股香水味儿。

"都别这样瞪着我。都别开口问什么，谁也别开口问什么。现在，都跟我走，咱们找个清静的地方吃饭去，我请客。吃饭时咱们来个实话实说，我原原本本地都告诉你们，并且保证坦诚回答你们的一切问话……"

赵萌连推开的宿舍门都不关上，站立在门口，用鞋尖儿抵住门，随时准备一转身率领大家就走。

婉们你看我，我看你，都不仅刮目相看，不仅疑窦重重，而且不明白她在说什么似的了。

"可我们……都吃过晚饭了呀……"

婉没了主意地望徐小芬。

徐小芬注视着赵萌若有所思。

赵萌向耳后拢了一下头发，耐心有限地期待着。

徐小芬终于果决地说："走，那咱们三人就都跟她去！"

赵薇紧接着说："这就对了！我拥护。有人请客，不去白不去！……"

赵萌微笑了："我带你们去一个地方，样样都点你们平时吃不着的！反正你们都是馋鬼！撑一顿也不算害你们……"

四人走出学校，赵萌招手拦了一辆出租车。到北京快一年了，那天晚上婉第一次坐出租车，也是她长那么大第一次坐出租车。尽管那是辆"夏利"。

但婉觉得自己不再是一名享受中国最高助学金的穷大学生，而是每月起码挣一千元钱的人了。

徐小芬有言在先地说："赵萌，你偏要求我们出来的，你付车费啊！"

赵薇说："我也带着钱包呢，车费我付。"

赵萌从前座儿扭回头说："给我份愉快，省你十几元钱买零嘴儿吧！"

赵萌不时指点着司机这儿拐那儿拐，天黑，婉们辨不清街道，也不知究竟被拉到了哪儿。

在一处偏僻的街角她们下了车。那儿有一幢两层的饭庄。门前高挑着两只大红灯笼。门左右的两棵树上，盘绕着一匝匝小灯泡，五彩缤纷，煞是好看。半条街两旁停满了车。显然车主们都正在饭庄里大快朵颐。

赵薇望着那两棵树嘴尖舌快地说："我怎么觉着这儿妖气森森的呢？把树搞成蛇精似的，多瘆人！"

徐小芬低喝："不是在宿舍里，说话考虑点儿。"

婉心里忽地又想家想父母想弟弟了，还想到了姚红，并由姚红自然而然地想到了那两句诗：

　　正因为厄运没落在我身上，
　　所以我们要享受快乐。
　　……

的确，一旦离开了学校，确切地说一旦离开了宿舍，眼前一旦不见了姚红曾睡过的那张床，不唯赵薇不唯赵萌不唯徐小芬，也包括自己在内，便似乎从心头驱散了阴郁的云雾似的。

人啊！

人为什么是这样的呢？

人因与自己友好的人死了而引起的悲伤，怎么不像自己所以为所愿意的那么有质量呢？

是世上的一切人其实都如此，还是只自己和自己这几个同学如此呢？

婉也想到了张老师这位特别爱学生的好老师。

那么在这一个夜晚，在这一个时候，张老师又在干什么呢？

是仍沉浸在姚红的死给他带来的悲伤中，还是正在吸着烟看警匪片影碟？张老师一向最爱看的是美国警匪片。认为好看的美国电影不占领全球市场反倒是咄咄怪事了！以美国为首的北约轰炸了中国使馆，他是否仍像以前一样爱看美国警匪片呢？如果已经不，那么他将靠什么另外的方式取代他那几乎唯一的消遣方式呢？……

赵萌率领婉们刚一进入饭庄，有一位招待小姐立刻眼尖地发现了她。饭庄的生意好不红火！餐桌摆得那么近，人们似乎也不嫌互相影响心情。那小姐绕着一张张餐桌走到赵萌跟前，笑容可掬尊为上宾地说："助理您来了？单间给您留好了！"

婉们随着那小姐进入单间，对方躬身而退。大家刚坐下，立刻有早已守候在那儿的另一位小姐，以炫耀的技法，用壶嘴二尺多长的细嘴壶为大家沏上了八宝茶。

徐小芬说："小姐，请你先出去一会儿。"

她盯着那小姐退出，正了脸，继而盯着赵萌说："刚才她们称你什么？"

于是赵萌从挎包里掏出一个精致的名片夹，取出香喷喷的名片——发给大家。

婉见赵萌的名字上，有一行头衔是"总经理助理兼秘书"。

赵薇立刻"友邦惊诧"起来："呀，赵萌，你真行，还没毕业就有第二职业了？"

赵萌无比严肃地说："我可是个做什么事都很专一的人。要么是大学生，要么是经理助理兼秘书……"话到关键之处，她反而不说下去了。

婉小声问："那你究竟……"

她不知该如何问得明白而又不被赵萌认为唐突，话说一半，也不说了。

她觉得赵萌已经清楚她问什么了。

"从现在起，我专一的当然是后者……"

赵萌认为，她这么回答，已经回答得清清楚楚。她的表情向婉们表明了这一点。

正所谓心照不宣，何必废话？

徐小芬不动声色地问："如果我没理解错，你不打算再读下去了？"

赵萌点头。

"哇——噻！……"

赵薇又一次"友邦惊诧"，惊诧中带有"服了"的意味儿。

"可……可饭馆儿老板要的什么秘书呢？"

婉在许多时候对许多事儿总也改不了太认真的毛病。尤其事关赵萌，她的认真就更发自内心了，同时也就更显得是难以克服的毛病了。

"第一，这儿不是饭馆儿，是饭庄。北京市相当出名的一家饭庄。第二，这家饭庄的老板，另外还在北京市拥有三家连锁店。第三，他的几家饭店加起来，等于固定资产八千多万元。不是他配不配有秘书的问题，而是什么人配是他秘书的问题。我很荣幸，因为他觉得我很配。"

被婉认为对哲学研究得挺深刻挺深刻的赵萌，把话说得那么理性，那么有逻辑，又仿佛那么不容置疑。婉觉得，赵萌真是把话说到了多一字嫌多、少一字嫌少的份儿上。

她因自己那一句蠢话而脸红了。

她被赵萌说得频频点起头来。

徐小芬瞪她一眼，板着一向严厉长姐似的面孔冷冷地问："陈婉，你乱点的什么头呢？"

婉看了徐小芬一眼，一时不知所措，端起杯，低下头呷了一口茶。

赵薇却旗帜鲜明地对赵萌表示支持："你的决定对头，对头。我要是你，也先当大款的秘书再说啰！"

她故意把她的话说出四川籍革命老人们的口吻。

而这时开始上菜了，几乎全是海味，从龙虾到三文鱼到婉没听说过的贝类。赵萌见婉们拘谨，便替大家往小盘里夹。

徐小芬吃一口生龙虾肉时，由于芥末蘸多了，辣出了眼泪。她用餐巾纸擦过眼泪，接着擤鼻涕。包好了鼻涕，却不知该往哪儿处理。赵萌朝招待小姐使了个眼色，招待小姐用托盘将她包鼻涕的纸收走了……

赵薇偷偷一笑。

婉觉得没什么好笑的，暗暗捅了赵薇一下。

徐小芬放下筷子，正襟危坐，盯着赵萌的脸又问："你是怎么认识这儿的老板的？"

像审讯。

于是赵萌开始"交代"。她说，她和他早年是同一个院的邻居。早年他就挺喜欢她的，只不过从没表示过。他返城后一无所有，先摆地摊儿，后来做"板爷"，再后来由"板爷"上升为"倒爷"。再再后来，渐渐地，就由"倒爷"混成一位老板了……

"我不久前偶然碰见他，才知他是老板了……"

"等等，"徐小芬制止地竖起了一只手掌，"你不是说你们是邻居吗？"口吻更像审讯了。

"但我上中学时，我们那儿就动迁了。动迁后老邻居们就没来往了。"

"他是返城知青？"

"对。"

"那么，他和你父亲是同代人啰？"

"他是一九七四年才下乡的，小知青。"

"小，也比你父亲小不了几岁，是吧？"

赵萌点头。

"你说早年他就挺喜欢你的，什么意思？"

"还能什么意思？你们都没被叔叔辈的人喜欢过？"

"可你还说他从未表示过。"

"不错，我说了。我又不傻，一个叔叔辈的男人心里是不是喜欢我，我会看不出来？"

"哇噻！这话题要是提供给崔永元，那才来劲儿哪！"

赵薇为赵萌的话显出无比激动的样子。

"你激动个屁！"

她被徐小芬骂得张口结舌，幸而当时招待小姐不在场，否则她们都会因徐小芬那句粗话而陷入尴尬。

徐小芬弦外有音地又问："你这小女孩儿变成了女大学生，他那当年的穷叔叔变成了老板，久别重逢，他是不是比当年更喜欢你了？"

赵萌迎视着徐小芬的目光，半点儿也不觉得难为情地回答："正是这样。"

她的坦率令她的三个同学一时你看我，我看你，自己反倒觉得不好意思了。

徐小芬索性单刀直入："他早有老婆了吧？"

赵萌回答得无遮无掩："对。"

"也有儿女了吧？"

"有，儿子，才上中学。"

"那么……你，意欲何为呢？……"

"跟着感觉走。"

婉们又是一阵沉默。沉默中，各自慢夹合自己口味儿的菜，比赛斯文似地吃着。

赵薇突然问："赵萌，你是不是想傍他？"

婉替赵萌抗议道："你怎么说话呢？多难听！"

赵萌却并不觉得蒙受了奇耻大辱，仍说："跟着感觉走。"仿佛那句话成了她的外交辞令。

赵薇干脆打破砂锅问到底："一旦机会成熟，还企图第三者插足吧？"

"跟着感觉走。"

"机会不成熟，创造机会也要硬插？"

赵萌笑了，用一根筷子轻敲酒杯沿儿，哼唱了一句流行歌："你问我爱你有多深，月亮代表我的心……"

那一时刻，婉不禁觉得，赵萌是开始有那么点玩世不恭了。她的微笑，也仿佛不再是使自己感到亲近的了，仿佛有几分算计别人没商量的意味儿了。

婉不禁开始出言谨慎了。

似乎正在专心致志地对付一节龙虾钳的徐小芬，冷不丁嘴里冒出一句话："赵萌，你可是个有哲学头脑的人……"

于是婉们都将目光望向了她，静悄悄地洗耳恭听她说下去。

徐小芬却什么也不说了，连头也不抬一下，成功地从虾钳中剥出一块肉，但并不急着塞入口中吃，而是用筷子夹着，在佐料汁里左蘸右蘸，漂涤一片毡子似的。

"哲学如果不能指导具体的人生，哲学有什么用？我的哲学头脑告诉我，哲学的母体不是别的，正是钱。亚里士多德和柏拉图那种不为钱而向人类贡献思想成果的人，据我看来在地球上早已绝种了。克隆都克隆不出来了！因为人类根本没有那样的基因了！……"

赵萌的语势一反方才的温文尔雅，带有了打算与谁唇枪舌剑辩论一场的激烈色彩。

婉和赵薇的目光便从徐小芬身上转移到了赵萌身上。

徐小芬终于用筷子将那片龙虾肉塞入口中了，垂着目光津津有味地嚼。

赵萌隔桌面指着赵薇又说："你不是说我傍大款吗？不错，我正是这么决定了的！在咱们当代中国大学女生中统计统计，如果都有勇气诚实地回答，内心里真不愿傍大款的有几个？别人认为我整天捧本哲学书看是神经有毛病，而这里的老板说他喜欢的恰恰是哲学女孩儿的深度！他许诺每月给我开一万元的薪金，一年半以后我就可以拥有自己的一辆小汽车了！如果我还是虚荣地需要一份文凭，他许诺送我出国直接攻读硕士、博士！我如果没了那一种野心，他答应再专为我开一家分店，让我去当经理，而且分给我股份！你不是还说我第三者插足吗？那又怎么样？我插成功了是我前世的造化！那么，冲我们的关系，你们还愁毕业之后找不到工作吗？陈婉，你就给我当秘书！赵薇，你给我当公关部主任！工商税务一干人等，全交付你去摆平！至于小芬，你给我当位副经理不算大材小用吧？我是老板娘了，哪怕八千多万元有我一半支配权，你们几个就一辈子都没有了失业的后顾之忧！……"

连徐小芬也抬起头目不转睛地望着赵萌了，她停止了咀嚼，分明已显出一副神往的样子……

"如果我早就是我希望的那样了，姚红会走得那么快吗？不就是因为没钱维持她长期服外国进口的药，她……她……我要是早有大宗金钱的支配权，我不负责送她到国外去动手术我是狗！……"

赵萌眼眶湿了。

徐小芬擎起了酒杯："为了你最后的几句话，干！"

于是杯杯相撞，各自一饮而尽。

那一个夜晚，婉们喝光了一瓶红葡萄酒。接着纷点流行歌曲，各展歌喉，唱了一支又一支，唱到十点多钟才散。

散时，赵萌的 BP 机响，她匆匆招了一辆出租车，应呼而去。婉看得明白，呼她的准是她那位老板叔叔无疑。四个人中最高兴的还要数赵萌。她希望有人支持她的人生决定。她选择了婉、赵薇和徐小芬。有人支持，她才能自信她的人生决定是正确的、合理的，值得一往无前去实践的。她心理上才没障碍。而她的三个同学最终领悟了这一点。她们领悟到时，已被赵萌推到了没另外选择的境地。如她们反对她的人生决定，她则誓必和她们辩论不休。而真辩论起来，她们三个"同仇敌忾"也非她的对手。何况，她的人生决定，毕竟是她自己的事，她们又干吗偏要和她辩得面红耳赤呢？

所以，她们虽没说出支持她的话，但都装出充分理解的样子。理解万岁啊！理解和支持，本是分界不清的。赵萌也就一厢情愿地将理解当支持，达到了寻求理念同盟之目的。而这显然对她很重要……

赵萌请求徐小芬将一封厚厚的信转交张老师。

徐小芬答应了。

信封封了口。回到宿舍后，赵薇拿在手里掂着说："咱们撕开看看如何？要不总会觉得是个谜。"

徐小芬夺过信，斥道："你心里就装着个谜不行吗？"

第二天傍晚三个同学一起去张老师家送信。考试之后，每天几乎没课，张老师还不知道赵萌的事。所以对赵萌给他写了那么厚一封信，又差遣同宿舍的三个同学一起送来，大为奇怪。

徐小芬只得简明扼要地将赵萌退学的原因和永远不悔的人生决定替赵萌陈述了一遍。

"连退学手续也不办了？"

"她说她不在乎什么档案不档案的……"

"背叛！这是背叛！公然的、可耻的背叛！我不看！我不看她这样的学生写给我的信！……"

张老师不听犹可，一听之下，勃然大怒！将信撕得粉碎，恨恨地又团又攥，扔入了纸篓。

婉们从没见张老师气成那样，慌乱地离开了张老师家。她们走在路上，才发现各自脚上穿的都是张老师家的拖鞋。不得已，又回张老师家去换鞋。忐忑不安地第二次推开张老师家的门，却见张老师正坐在桌前一大口一大口地吸烟，而拼对在一起的信纸，一页页铺满了桌面……

张老师严肃地要求她们，不许向任何同学透露赵萌退学的真正原因……

在本学期的最后一节课的最后几分钟，张老师自己向同学们宣告："对了，有件事儿我还没讲过，那就是——咱们的赵萌同学，纯粹因为家庭经济情况发生了变化，请求学校允许她休学一个学期。学校经过研究，破例批准了。她毕竟是咱们学校学习成绩一向优良、品行端正的同学啊，学校应该对这样的同学怀有特殊的感情，是吧同学们？……"

婉们明白张老师这样说的意图。

同学们异口同声地回答："是！……"

那一种一致，在婉和赵薇和徐小芬听来，除了表明都迫不及待地准备冲出教室，不再表明别的什么。

婉们不知该为赵萌欣慰，还是该为赵萌难过——在世纪的最末一页，似乎每个人除了自身的命运，以及与自身利益相关的事，再也分不出心思，再也不愿分出点心思关怀他人的命运他人之事了……

婉觉得，中国人之人心，空间是开始明显地变小了。正如患脑血管、心血管阻塞的人越来越多。

但张老师的脸上，却分明地呈现出欣慰的表情——同学们并没因赵萌的"休学"而私议纷纷、猜测种种，这就好……

放假了。

一九九九年北京的春天来得格外早，没什么迹象地就与夏季连在一起了。而夏季一如既往地酷热。

绝大部分外地同学都回家乡探家去了。

徐小芬本不打算探家的。但放假的第五天，她忽然对婉和赵薇说，她实在是太想家了，想得连续几天夜里睡不着觉，所以她又改变主意了，决定探家了。

婉相信她说的是真话。但同时非常清楚她想家的原因——她在整整一个学期里偷偷写完并改了两稿的三十余万字的长篇小说，在几乎全国所有的大型文学月刊和出版社"旅行"了一圈之后，又回归到她的箱子里了。她为它手指磨出了茧子，搭上了近三百元的邮资。她家的经济条件虽然还过得去，但三百元对她也是举足轻重的啊！

有次退稿是婉替她捎回来的。婉本不愿那样做。她了解徐小芬的自尊心有多么强。但眼见包那一捆手稿的纸已破烂不堪，怕她的心血遭受损失，几经犹豫，还是替徐小芬捎回来了，是在宿舍里没第三个人的情况之下交给她的。

"这很正常。我经得住这点儿小考验。全世界许多大作家起初也被退过稿……"徐小芬当时无所谓地这么说。她一说完，就一手将自己的手稿抱在胸前坐到床上去了，并放下了蚊帐……

在蚊帐垂落那一刻，婉看见她脸色煞白，紧咬下唇，两眼饱含泪水……

徐小芬动员婉也回家探望父母和弟弟。说从她家乡到北京的某一次列车的一名列车员是她小表姨，婉可以免费乘坐，而且保证有卧铺。那样，婉再从她的家乡转车回自己家乡，近多了，可省一半路费……

婉比徐小芬还想家。

但一半的路费婉也舍不得花啊！

婉打算在暑假挣点儿钱，哪怕是去小餐馆洗盘子。如果在暑假里竟挣不到点儿钱，开学后，婉就陷入一筹莫展的经济危机了……

徐小芬走那天晚上，赵薇亲昵地请婉坐到了她的床上。她的床一般情况下是不许别人坐的。而且，赵薇将自己的枕头递给婉，让婉垫着腰，坐得舒服。

赵薇问："你就一点儿也不觉得奇怪吗？"

婉不解地反问："我奇怪什么呀？"

"我又不在乎路费，我怎么也不探家呢？"

婉还真没这么想过，于是又问："为什么？"

"为你。"

"为我？！……"

"对。"

"怕宿舍里只剩下我一个人寂寞，所以留在学校陪我？……"

婉不但一时感动，而且有点儿受宠若惊起来。

不料赵薇这么说："不是要陪你，是希望你陪我……"

婉不明白了。

"希望你陪我到南中国去，具体说，到珠海去。珠海，知道吧？海滨城市，没有冬天的城市，风景优美，人口不多，经济却挺发达……"

"陪你旅游？……"

"必须有这样的决心——此一去，不混出个人样，这辈子就永远也不到北京来了！"

"那……你……不是也等于退学了吗？……"

"如果你有决心和我一起走，退学就不只是我一个人的事儿了……"

这话题太意外，也太突然，婉瞪着赵薇，一时不知该作何表示。她想起了张老师说赵萌的话，感到赵薇对自己的劝诱，严峻得近乎密谋着叛国。

赵薇笑道："我没把你吓着吧？"

"可……可你……"

婉竟怀疑赵薇是在开玩笑。

"陈婉，我不是在和你开玩笑。这是认真的事儿。实话对你说吧，我爸妈犯事了……"

"？！……"

"因为贪污受贿，他们都被判刑了。我爸判了七年，我妈判了五年。我早知道会有这么一天的。想给他们送礼、想贿赂他们的人太多太多了。他们能……现在才犯事儿，也怪不容易的……我觉得他们够了不起的了……"

赵薇的语调很平静，表情也没什么特别的变化，仿佛在评述报刊上的事，而不是在谈自己的父母。

"你……你什么时候知道的？……"

"赵萌请咱们吃饭的第三天，我姨专程来北京告诉我的……"

婉没见到赵薇的姨来找过她，料想徐小芬也肯定没见到过。婉心中暗一掐算，已经是两星期前的事儿了。婉不禁地对赵薇顿生佩服，家中遭了如此大的变故，她竟能若无其事似的承受到今天，整日照样笑盈盈无忧无虑！即使是装的，那也是第一流的装的本事吧？

好一个赵薇！

赵薇蜷腿而坐。婉抱膝而坐，下颏抵在膝上，以沉思默想的目光望赵薇。仿佛赵薇是画家，而自己正按她的要求，给她当模特。

"你要是想哭，就哭吧。我发誓，你爸妈的事儿我决不告诉任何人。"

婉低声说，语调又同情，又值得信任。婉一向憎恶贪官污吏，但现在贪官污吏是自己同学的父母，她憎恶不起来了。

赵薇笑道："哭？我当时都没哭，过后也一直没哭过，现在哭什么劲儿？我不愁。听我姨讲，赃款大部分都退了，估计还会减刑。那他们服刑的年头，不就比我们上大学的年头还短了吗？就当他们接受一种特殊的封闭式教育了吧！……"

"你……不是很爱你爸妈的吗？"

"那当然呀，这还值得怀疑吗？所以我不因他们感到耻辱。"

赵薇说，她的家在当地属于一个大家族。她爸妈早就当官当腻烦了，早就打算辞职下海的。纯粹是为了家族的总体利益，才当官当到今年的。如果早下海了，哪至于会有现在的下场呢？……

婉终于是从赵薇口中听出了一点儿幽怨，甚至也算不上是幽怨，只不过是对家族的抱怨,替父母感到的遗憾罢了。这一种话语成分,在赵薇的讲述中,淡淡地存在着,若有若无。也许,是婉觉得有,才似乎有。其实本没有的。

"陈婉,跟我到珠海去吧!"赵薇几乎是在请求了。

"为什么非得是我呢?"婉变相地回绝着。

"因为,我现在最最需要的……是一位朋友。一位可以与之同甘共苦的朋友。一位可以完全信赖的朋友。我觉得,我没看错人,你正是我所需要的朋友。我不愿受任何人操纵,你永远不会企图操纵我;我不愿被任何人整天教诲,应该这样,或者不应该那样,你没这毛病。即使你反对别人的时候,你口中说出的话也是委婉的,不至于使别人受到伤害;我从小个性很强,而你那么善于容忍;我怕被朋友出卖和抛弃,而你是那种宁愿人负你、不愿你负人的人……"

婉第一次听到赵薇以如此诚恳的表情说出如此诚恳的话语,她被深深地感动了。既感动于赵薇对她的诚恳,也感动于赵薇对她的信任。不是特别的信任,赵薇又怎么会将自己父母的事告诉她呢?当然,她还感动于赵薇对她的评价。那评价带有赞美的性质。但她相信赵薇说的是心里话。

"可……可我们怎么对赵萌解释呢?"

"对赵萌解释什么?这事与她有什么关系?"

"她不是让咱们毕业了都去她那儿吗?"

"嗨,陈婉呀陈婉,你怎么这么实心眼儿?也许不等咱们毕业,某一天就从法制报刊上发现了她的名字,而她的名字和一桩什么女子沉沦案连在一起!我们头脑正常的人,能把自己的人生寄托在她那种傍大款的同学身上吗?……"

"……"

"我存折上还有一万来元钱。到了珠海,够咱俩花一个时期的了!再说我小舅在珠海,是一家外企的全权中方代理。我已经和他通过长途电话了,他欢迎我去投奔他。你是我朋友,冲我他也不敢委屈了你呀!……"

"你小舅……和你……也是赵萌和她那位叔叔的关系吗?……"

"你想哪儿去了!你就为这一点不放心我呀?好,那就给你个放心!……"

赵薇说罢,下了床,从床底拖出自己的皮箱,打开取出了影集。然后坐婉旁边，翻着指着，告诉婉哪位是她爸，哪位是她妈，哪位是她小舅……

赵薇一家和她小舅合了不少影。她小舅看去也不小了，四十多岁了。几乎过早地秃顶了。

"别看我小舅长得不怎么样，能力特强，外商特赏识他！"

显然，赵薇对她小舅相当崇拜。

婉却仍犹豫不决。

"陈婉，你再想一想，就算你省吃俭用地熬到了毕业，在北京哪儿找份好工作去？别怪我嘴直，就你这先天条件，会有老板聘你当秘书吗？那，文凭还不是废纸一张呀？……"

赵薇的话像一把盐，撒在了婉心头最敏感的地方。

婉自卑地垂下了头。

赵薇最后说："这样吧陈婉，现在就让你做出决定也太难为你了！给你三天时间考虑。三天后，你还不主动表态，我就只好和你拜拜了。三天内，我也不再动员你了……"

婉默默点了一下头。

三天内，她们同时起床，同时洗漱，同时去食堂吃饭，结伴儿逛街，结伴看了一场电影——赵薇买的票。但就是谁也不提去珠海的事儿……

第四天早晨，赵薇醒后，听到婉在上铺说："赵薇，买票吧！"

赵薇沉默了许久才反问："买几张？"

"两张。"

婉的声音很细小，很细小。

"乌拉！乌拉！……"

赵薇一跃而起，赤着双脚在地上欢呼雀跃，接着爬上婉的床，搂抱住婉，在她脸上呱呱有声地连亲了几下，高兴地说："这是历史性的决定！陈婉，你以后一定会对我感激不尽的！"

……

因为婉没乘过飞机，赵薇坚定不移地买了两张机票。虽然花的是赵薇的钱，但婉还是心疼得要命，认为是完全不必要的浪费。嘴上却又不便说什么，因为赵薇纯粹是为了填补她"人生的空白点"啊！

登机检票前，赵薇去了次邮局，回来交给婉一张汇单条，嘱咐婉保存好。说以婉的名义，往婉家里寄了一千元钱。

"你！……你怎么可以这样？！你怎么可以不经我允许……"

婉冲她嚷起来。

"有些事儿，我认为不必非得到你的批准。我有我的自主权，神圣不可侵犯。"

赵薇得意扬扬地笑。

"可……可我爸妈会怎么想呢？一千元……这也太多了！他们会怀疑我的钱的来路！……"

"我在留言边条上写了，是你家教挣的钱。"

"你使我的感受像乞丐！"

"别嚷了，让周围人看着什么样子！失态！也别那么娇气。拒绝善意也是一种娇气！"

婉哑口无言了……

飞机在云层以上平稳地运行着。

婉坐在靠舷窗的座位上，望着无边无际的云海，心绪茫茫。

她还没告知父母自己人生的重大决定。数次提笔，却没勇气写完一封家信。

张老师夫妇回老家为他的父亲奔丧去了。

她和赵薇倒是联名给张老师留下了一封信，也给徐小芬留下了一封信。两封信都留在宿舍的桌子上，都是婉执笔写的。写前，婉似有千言万语要表达。而真写起来，却又觉得每一行字表达的意思都是那么不准确。所以两封信其实都写得很短。中心内容无外乎就是——对不起学校，对不起老师，对不起与自己朝夕相处了一年多，而且关心爱护自己像长姐的好同学……

婉仿佛又看到了张老师因赵萌的退学而生气的样子；仿佛又听到了张老师怒不可遏的声音："背叛！这是公然的、可耻的背叛！……"

张老师，敬爱的张老师啊，您是否会因您的学生接二连三地退学，并且都连手续也不办了，都连档案也不要了，而觉得这个时代背叛之风盛行呢？

婉也想象得到，徐小芬兴冲冲地回到学校，进了宿舍，见除自己的床以外，所有的床都空了，会多么惊讶！想象得到徐小芬看了她留在桌上的信以后，又会多么伤感。虽然婉的决定是在她离开学校以后做出的，虽然婉在信中再三替自己解释了这一点，但徐小芬又怎么能相信呢？

婉仿佛看见徐小芬在空荡的宿舍里这张床坐坐,那张床坐坐,忽然双手捂脸哭了。一边哭一边喃喃地说:"陈婉,陈婉,你不应该对我隐瞒得那么严密呀!难道我对你还不够好吗?……"

眼泪从婉的眼角缓缓流下。

她抹去眼泪,扭头瞧赵薇,见赵薇在打盹儿。

她又想到了赵薇对自己带有赞美性的评价——"我不愿受任何人操纵……"

婉觉得,自己却仿佛已经开始受到赵薇的操纵了……

前边的命运会是怎样的呢?会对自己的人生有多么重大的改变和多么重大的影响呢?是福,还是祸?是柳暗花明,还是山穷水尽?……

婉瞧着赵薇,在心里说——赵薇,赵薇,我陈婉一半儿的人生已经被你牵着了,我应该信任你到什么程度呢?你可千万别坑害了我呀!……赵薇仿佛猜到了婉心里正在想什么,闭着眼睛说:"陈婉,放心睡两个小时吧!飞机不会失事,我也不会把你拐卖了!……"

婉刚闭上眼睛,飞机一阵剧烈颠簸。她紧张得全身一缩,仿佛自己的整个人生,也在经历着万米高空之上的剧烈颠簸……

(选自 2001 年梁晓声著《婉的大学》)

北方的森林

他在掌声中走上台，从颁奖人手中接过了获奖证书，彬彬有礼地致谢——在这次"森林与人类"国际论坛，四十八岁的范晓鸣教授被要求做一小时的演讲。

他语调缓慢地说："诸位，我是很少穿西装的。我为参加此次会议，买了这身西装和领带……"

有人笑了。

范晓鸣："不知道在座的国内同仁是否都喜欢吃榨菜？至于在座的外国朋友们，也许有人还没吃过，甚至，还没听说过。榨菜是中国南方的一种咸菜。虽然也叫咸菜，但一点儿都不咸，很好吃。我今天之所以能上台领奖，和榨菜是有着亲密关系的。我带来了几小袋儿，诸位如果肯一边嚼着榨菜一边听我讲述往事，那么即使我的讲述乏味，大家也不至于纷纷离去的……"

他将手伸入兜里，掏出几小袋榨菜抛向台下——有人笑着接住。然而笑归笑，笑并不代表不困惑。事实上，台上台下的人，除了范晓鸣自己，脸上皆呈现困惑的表情。

有人撕开小袋，送入口中一条榨菜，随之将小袋递向别人。

不少人嘴里都嚼着榨菜了；外国男女们互相点头，还有的竖大拇指。人们嚼着榨菜，困惑地、期待地望着台上的范晓鸣。

范晓鸣："我是在林区长大的，我的父亲是一名伐木工人。那一片林区很大很大，其间存在着多处伐木场，叫林场。林场下设分场，分场下设伐木队的伐木点。每一个伐木点，实际上便是一个由伐木工人及其家属组成的林区自然村。那一片林区分布着很多那样的自然村，我在其中一个村里诞生，自幼见惯了一卡车又一卡车的木材往外运的情形。那种运木材的卡车叫大挂车。小时候的我，以为森林是永远也伐不完的……"

冬季的林区，一座座披雪的原木堆宛如一座座银塔；伐木工人在林间用电锯伐树———一棵棵粗大的树轰然倒下，"顺山倒"的喊声此起彼伏。

一辆辆载着圆木的大挂车缓行在林区运输路上。

一处林区自然村：小学校遗址——玻璃破碎，门扇倒在地上，窗框斜吊在窗口外；但牌子仍在，白底黑字，上写着"林场伐木队小学"；白灰墙上"誓将文化大革命进行到底！"的红字标语依然醒目。

老师被气走了。学校被撤销了。范晓鸣等几个淘气学生，于是成了整天疯玩儿的野孩子。那一年是一九七三年，"文化大革命"正在中国各地进行得轰轰烈烈，连小学算术课本中都隔几页就印着黑体字的"最高指示"，语文课本就更不用说了，成了另一种语录选编，所以他们不爱学。尽管把老师气走了，却一点儿也没有罪过感。全中国到处弥漫着"读书无用论"的思想气氛，大人们还常说知识越多越反动。反正对于他们，多上几年学也罢，少上几年学也罢，长大了都是要当伐木工人的，而且得托关系走后门。

那是冬季的一个夜晚，山林骤起喊声：

"往那边跑了！"

"快截住！"

"干脆打死算啦！"

"别打，抓活的！"

"那呢！那呢！"

各拿器械的大人的身影和赤手空拳的孩子的身影，踏着深雪，在山林忽上忽下，忽左忽右……

大人孩子们忽而站住——他们对面伫立一个瘦老头，戴狗皮帽子，穿大衣；但大衣没扣扣子，衣襟对掩，双手搂抱胸前，仿佛裹着个幼儿。

瘦老头："它跑不动了，我把它抓住了。它也太害怕了，抖得像过电。让我抱一会儿，等它不抖了再给你们处置……"

大人孩子默默看他，似乎都没明白他的话。

瘦老头："行吗？"

一个女孩声音小小地说:"行。"——她叫林雪。

几个男孩点头。

两个大人耳语。他俩是伐木队的正队长和副队长,男孩吕鹏的父亲和范晓鸣的父亲。

范父:"王五,你把它放下。"

瘦老头服从地弯下腰,展开大衣襟——一个浑身散发磷光的小怪物落地,跑远,消失……

"你成心找打呀?"林雪的父亲上前一步,扇了瘦老头一耳光,将他的狗皮帽子扇掉了;接着踹了他一脚,踹得他膝盖一屈,差点儿跪倒。

吕父一掌将林父推开:"你冲他耍什么威风?滚一边去!"

林雪和林母一左一右将林父拽开。

瘦老头捡起帽子,转身走了。

范父:"不管大人孩子,都给我听着,今晚的事儿谁也不许跟外队的人说。私自养猪,走资本主义道路,这是严重的事情!"

林父叫喊:"花了我一个月的工资!谁赔我工资?!"

吕父:"你给我住口!"

范父:"咱们这片林区没什么猛兽,估计它在野外也能活得不错。以后咱们设套子把它套住,那时咱们吃的就是野猪肉,和走资本主义道路的罪名不沾边了……"

伐木队队部——几个男孩贴墙站一溜,吕父在他们面前走来走去,一一叫出他们的名字:"马不停、谭克俭、季家兴、郝中华……你们简直成了大大的名人了!偷公家的磷粉,把人家林雪家的小猪弄成那个样子!还想怎么个淘法?嗯?还想怎么个淘法?!"

吕鹏:"爸,是我出的主意!"

吕父将吕鹏拽过去,按倒在长凳上,对范父大声说:"老范,替我找根棍子,今儿我非狠打他一顿不可!"

范晓鸣跨到自己父亲跟前,哀求:"爸,你快拦着!不关吕鹏他们的事,是我出的坏点子,你打我吧!……"

孩子们异口同声:"是我!是我!……"

吕父:"我扇你们!"

范父将吕父推开,交抱双臂,看着孩子们说:"既然你们都在一份保证书上签了名了，今晚的事那就暂且饶过你们。现在我要说的是刚才那个瘦老头儿——他六十六了，得晚期胃癌了，活不过今年冬天去的。他被调到咱们队来，住那个小破值班房里，负责登记运出的木材。尽管他是右派，那也不许你们去犯他，听明白了？……"

孩子们纷纷点头。

与伐木队正队长吕父比起来，是副队长的范父不论从形象到气质到言行，都分明显得是个特理性的人。

队部外——几个孩子的母亲们聚在门口，有的偷听，有的交谈。

范母叹道："唉，小学一撤，咱们这几个孩子，完了。一个个才小学三四年级的文化，将来能有什么出息啊！……"

吕母："你们家晓鸣还可以指望他爸教他点儿，他爸人家毕竟是个有高中文凭的人啊！真没什么指望了的，是我们几家的小祖宗……"

马不停的母亲："这年头，什么叫有出息，什么又叫没出息呢？我就不指望我家马不停以后有什么大出息，能和他爸一样当名伐木工那我就心满意足了！"

谭母叹道："我家克俭是近视，明摆着，将来连名伐木工都当不上，愁死我了！……"

门一开，孩子们垂头耷脑地出来了……

天亮了——春季里一个明媚的早晨。

河边———双枯瘦的手磨一块书本大的卵石，瘦老头试图将卵石的一面磨平。

他往卵石上撩了几下河水，抬头之际，朝对岸望——树林中，几个孩子的身影迅速闪在树后。他有一张瘦削的脸，会令人联想到古希腊或古罗马神话、宗教故事中某些修士的脸，呈现着一种被苦难磨砺得异常沉静的气质。有那么一种气质的人，别人可以将他打翻在地，再踏上一只脚，但是却难以使他说出一句自轻自贱的话。哪怕否则即死，也达不到目的。他穿的是伐木工人穿的那种棉袄，右上方缝着一小片圆形的白布，写有"右"字。头上，像昨晚一样，仍戴那顶破狗皮帽子；毛已快掉光，帽耳朵系上去了。

不知他发现了那几个孩子没有，他继续磨卵石了。

大人们的警告，反而使孩子们对瘦老头发生了莫大的兴趣。但他们决定不冒犯他。因为林区人相信，冒犯一个将死的人是会给自己带来灾祸的，不管那是多么下等的人。

瘦老头走着，挎着小篮子，里边是那块卵石。他虽然是活不了多久的人了，但腰板挺得很直，使他的背影看去颀长。

孩子们争相跟在他后边。

瘦老头进了他住的破败不堪的道班房；孩子们站住，望着——道班房的右边，翻种了不大不小的一片园子，用不知从哪儿捡的木板、木条、树枝和草绳，围起了篱笆。道班房的正面，门两旁，沿房根用卵石砌起了护土墙。而且，在门的前边，用卵石砌着一座半月形花坛；显然，内中的土里已撒下了花种。

孩子们七言八语：

"他知道自己活不了多久了吗？"

"听我爸说，他知道。"

"我爸也说他知道。"

"那干吗还种花种菜的？"

"有的人不怕死。"

"我佩服不怕死的人。"

天不怕地不怕的他们，从某一天起，忽然都怕起死来。那"老右"竟使他们有点儿肃然起敬了。

吕鹏："走，看他又在干什么？"

郝中华："不好吧？"

吕鹏："有什么不好的！"——率先而去；于是其他孩子们跟着。

道班房的门半掩半开——孩子们分两伙：季家兴和郝中华闪在门旁往屋里探头探脑；吕鹏、范晓鸣、马不停、谭克俭躲在窗子两边，贼似的向屋里窥视。他们看到，瘦老头已脱下了棉袄，戴着花镜，正往下拆那片圆形的、写有"右"字的白布片儿。他拆得很小心，用大号针一下一下地挑线。

接着，他从窄"床"上拿起一件蓝色单衣（看来洗过了但还没往身上穿），认认真真地再将白布片缝在单衣上。

闪在门旁的季家兴和郝中华看到了另一情形——瘦老头将单衣展开在"桌"上，喝水，含口中；从炉盖上拎起了那块卵石（原来他将卵石弄出了孔，穿上了铁丝，做成了熨斗），朝单衣上喷出水，用"熨斗"仔仔细细地熨。熨那片写有"右"字的白布片时，神情尤为专注，仿佛在熨名牌衣服的商标——那是一件肩、肘、背、袖口都补了补丁的单衣。他将单衣穿在身上，一边扣扣子一边说："现身吧，早就感觉到你们在偷看我了！"

蹲在窗子两边的四个孩子互相交换一下眼色，站起来了。门旁的季家兴和郝中华也绕到窗前来了。

瘦老头："听说，你们很淘气？"孩子们纷纷点头。马不停骄傲地说："昨天晚上那头小猪，就是我们弄成那样的！"

其他孩子瞪马不停；马不停自知失言，表情极不自然。

瘦老头："淘气的男孩加上想淘气的男孩，肯定是全世界所有男孩子中的多数……"

范晓鸣遇到了知音似的大声说："同意！完全同意！"

其他孩子又纷纷点点头。

瘦老头："这是你们体内肾上腺素在起作用，淘气使你们产生兴奋感。一般来说，是男孩子成长过程中的普遍现象。"

吕鹏："你是说我们都有肾病？"

瘦老头："我不是那个意思，以后再讲给你们听吧。我现在要说的是，咱们之间立个君子协定怎么样？"

吕鹏："怎么协？怎么定？"

瘦老头："你们别祸害我的园子。我也许……活不过今年冬天的。我在园子里种了土豆、豆角、茄子、辣椒、西红柿、黄瓜……总之种了不少菜。不小的一片园子是不是？秋后一定能收挺多。如果你们不祸害园子，秋后收的菜全归你们，行不行？"

孩子们皆大点其头。

瘦老头："如果我死得更早，连秋天都没活到……那时，我窗前门前种的花，就该打籽了。我还想拜托你们，把花籽捋下来，包在小纸包里，交给接替我的人，嘱咐他明年春天还要种。这处路口最应该有一丛丛花开着，过往行人看着，那多好啊！……我能信任你们吗？"

孩子们又点头。

瘦老头："真是些好孩子。我的亲人刚给我寄来邮包，分你们点儿吃的尝尝新鲜吧！"

两块板拼成的桌上摆着纸盒邮件，他将手伸入纸盒，抓出一把小塑料袋儿，一一分给孩子们。

他们头一次听到大人夸他们是好孩子,也头一次被一个大人所信任,离开道班房时,心里都觉得暖暖的。

孩子们在路上站住了,各自看手中的小塑料袋,每一个塑料袋上都印着醒目的"榨"字,下边的"菜"字却很小。

吕鹏:"晓鸣,这是什么字?"

范晓鸣:"我也不知道。"

季家兴:"数他认字多点儿,他都不知道,别问我们了啊!"

吕鹏:"你以为我还会问啊……"——撕开小袋,捏出一条榨菜往嘴里塞。

谭克俭:"先别吃!……他可是个老右,会不会存心害咱们?"

马不停:"说得也是。"

吕鹏犹豫一下,断然地:"我觉得那老头儿没坏心眼儿,豁出去了!"

他嚼起榨菜来,连说:"好吃!好吃!……"

其他孩子纷纷撕开小袋也吃起来,皆言好吃。

当年,北方人连榨菜两个字都没听说过,好吃的榨菜一下把孩子们肚子里的馋虫给勾活了。一个个仰起头,将小袋里的榨菜往嘴里倒,嚼出一阵阵响声……

范晓鸣家——范母扎着围裙在灶间贴饼子。范晓鸣进入,神秘地说:"妈,闭上眼睛!"

范母:"这孩子,一野又野了一上午,才进家门让我闭上眼睛干什么?"

范晓鸣:"闭上嘛!"

范母闭上了眼睛。

范晓鸣:"张嘴!"

范母张开了嘴。

范晓鸣将一条榨菜塞到母亲口中:"嚼。越嚼味儿越好。"——说罢,将小袋一攥,扔入灶口,跑进屋去。

进了屋的范晓鸣,从桌上的一个小书架上取下了《简用新华字典》,伏在炕上查起字来——小书架上除了那字典,再就全是"毛选"。

范母:"儿子,你给妈妈吃的什么呀?这要是拌着大米饭吃,非撑死人不可!"

范晓鸣:"等会儿告诉你!……我查到了——zhà!给你吃的是榨

菜！……"

晚——吕鹏家，范母在跟吕母说话……

范母："晓鸣说你家来亲戚了，榨菜是亲戚带来的，吕鹏给了他一小袋儿。我吃着好吃，所以来问问，是哪种疙瘩腌的，怎么腌的？"

吕母："听你家晓鸣瞎说！我家根本没来亲戚……哎，他们不会是从哪儿偷的吧？……"

范母："那倒不会。咱们的孩子淘是淘点儿，偷东西的事儿他们都是绝不会做的。这一点我相信他们。"

翌日——又是大好的一天。

道班房的窗子擦过了，裂纹的玻璃用纸条粘上了，破损的玻璃用碎玻璃拼上了。瘦老头在往道班房的木板上刷漆——他脚旁摆了几个油漆桶，看来是捡的。他用剩在各个油桶里的丁点儿油漆刷。

孩子们又来了，站在他背后看；他刷得很专注，竟没觉察到孩子们在背后。

吕鹏对范晓鸣耳语："这哪儿够刷完的，帮他再捡几个来。"

瘦老头一转身，孩子们已跑了。

瘦老头望着他们的背影疑惑。

瘦老头在检查一辆大挂车上的圆木，往记录单上记录，放行……

他身后，道班房已被刷遍了油漆，还画出浪花、海鸥、鱼和帆船。

大挂车司机："哎，我说你这个老右，把道班房画上了那些，你什么意思？"

瘦老头："不是我画上去的，是那几个孩子画上去的。"

司机朝园子里望去；在园子里搭菜架的孩子们，一个个叉着腰也正望他。

司机将车开走了……

暮色降临——园子里搭起了一排排菜架，孩子们还在收拾这儿收拾那儿。

瘦老头来了，夹着纸板邮箱，说："孩子们，真谢谢啦。我也没什么别的东西给你们……"

孩子们皆盯着邮箱。

他们都没吃够榨菜，都觉得，榨菜是人一辈子也吃不够的东西之一。

正是为了再吃到榨菜，他们才心甘情愿地为瘦老头出了一天的力。在北方的林区，春季是人最懒得吃饭的季节，因为家家户户的饭桌上，除了咸菜疙瘩再不可能有别的下饭菜。而咸菜疙瘩，他们真是吃得够够的了！

瘦老头："我也只有这个值得给你们。"

马不停："这个就很好，给多少我们要多少！"

他伸出一只手，首先得到一小袋榨菜；于是其他孩子皆伸手。

孩子们一个个嚼着榨菜，听瘦老头问他们话。

瘦老头："因为你们把老师气走了，所以小学校才撤了？"

孩子们只顾吃榨菜，一个个点头而已。

瘦老头："你们小学还没毕业就不上学了，刚学点儿，再忘点儿，长大以后怎么办啊？"

吕鹏："当伐木工。"指着范晓鸣又说，"除了他爸，我们几个的爸爸差不多都是文盲，可个个都是熟练的伐木工！"

瘦老头："如果森林伐光了呢？那伐木工不都失业了？"

季家兴："不可能！"转身望着山林，又说，"这一片伐光了，还有别处的！我们就是跟着爸爸从别的林场转来的，全中国的森林多了去啦，那是永远也伐不光的！"

瘦老头："伐光一片森林只需要几年的时间，可长成一片森林却需要几十年的时间，长得没有伐得快，怎么能说永远也伐不光呢？"

季家兴被问住了，其他孩子也都一愣。一个极其简单的道理，他们却从没想过。

马不停："伐光了也不关我们的事儿，还够我们长大以后再伐几十年就行！"

瘦老头："有些事可是不等人的。你们没听到过'说时迟，那时快'这句话吗？也许等你们长大不久，中国的伐木工人就都面临着失业的问题了。"

对"失业"二字，连孩子们也是敏感的，皆愣愣地瞪着瘦老头。

范晓鸣："你是说，那时我们也许成不了正式工人？"

郝中华："唉，我爸妈整天就担心会那样。"

瘦老头："我是想说，你们的一生，肯定会赶上中国需要各种人才的时候，你们长大以后，也可以当工程师、教师、医生、各类科研工作者啊！……"

马不停对范晓鸣耳语："老右就是老右，本性难改，他开始向我们宣扬成名成家的资产阶级思想了……"

瘦老头："孩子们，咱们再达成一个君子协定怎么样？如果，你们同意让我教你们学点儿文化知识，我保证能把你们教得……"

马不停不屑地打断他的话："都当成工程师、教师、各类科研工作者？"

瘦老头："那倒不敢保证，我不是活不了多久了嘛。你们还是继续上学的好，我保证能帮你们把荒废的学业补上。"

吕鹏："哎，老……老，大爷，咱们别扯那些虚的，你只给一句板上钉钉的话吧——如果我们同意了，以后还能吃到榨菜不？"

瘦老头也被问得一愣，旋即肯定地说："能。"

吕鹏："三击掌！"

瘦老头又愣了愣，伸出一只手。

谭克俭："男左女右！"

瘦老头放下右手，伸出了左手。

吕鹏在他手掌上拍出了响声，之后示意其他孩子也那样；于是每一个孩子都在瘦老头掌上拍出了响声。

孩子们都笑了。

瘦老头也不由得笑了。

好大的风！林区的风像找不到方向的龙，因为找不到方向而暴怒；即使最初的春风也是那样。它不肯钻入林海去，便只能顺着唯一的大道往前扑，而那唯一的大道正是运木材的大挂车来往的道路。

破狗皮帽子被刮得在道路上滚，自然是瘦老头戴的那顶——他终于追上了它，一脚踩住它，已是气喘吁吁。

道班房前，也就是横着拦车杆的路口那儿，司机在训斥瘦老头："你倒是先抬了杆再去追你的帽子呀！"

瘦老头："说得是，说得是，耽误您了，太对不起太对不起……"

他扳动横杆，做了一个很绅士的"请"的手势，放行了那辆车。

刚将帽子戴上，第二辆车开来。

司机催促："老家伙，快点儿快点儿！"

瘦老头就用卷尺丈量车上的木材。

司机："你认得什么真啊！别量了，快抬杆！"

他装没听见，继续丈量。

瘦老头："多了，得卸下几根。"

司机："胡说！你会不会量？！"

瘦老头："会。我做这工作五六年了。"

司机："呸！你也配说你做这工作？！"

瘦老头："既然让我干，就证明我配。你不卸下几根，我是不能放你的车过去的。"

瘦老头一副原则问题不让步的庄严表情。司机气得干瞪眼。

司机从车上撬下了两根圆木。

瘦老头在车下帮着系好大绳。

司机瞪他，骂道："你个老右派，成心让我不痛快是不是？！"——从他头上掠去帽子，用帽子抽他的脸，拿着他的帽子上了车，车开走……

天快黑了——大风还在刮，道路上弯腰走着一个人，是瘦老头。他的腰，只有那时才弯下了。大风刮乱了他长长的白发，像无家可归的李尔王。

他走进邮局。

邮局里只有一男一女两名员工。男的在捆扎信件，女的在点钱。

男员工："马上下班了，明天再来吧。"

瘦老头满头满脸的尘土，他卑恭地说："求求你们，行个方便。急事儿，要发电报。"

女员工："那，快点儿啊！"

瘦老头："多谢多谢。"

瘦老头精瘦的手，握着一支笔杆笔帽裂了、缠了胶布的自来水笔填电文：速寄榨菜，多多益善。

他将电报纸交给女员工。

女员工："得明天发了，咱们这儿直接发不了电报。"

瘦老头："知道。等等……我改一下。"

女员工将电报纸推给他。

瘦老头划掉已写上的八个字，重新写下了四个字：榨菜、快、多。

瘦老头："这样，对方也能明白。"

女员工："你还不是为了省下四个字的钱！"

瘦老头："四个字一角二，够买两小袋榨菜。"

他从内衣兜掏出一卷钱点数，一半是很旧的角钱。

男员工："还不走？又数钱干什么？"

瘦老头："我得寄十元钱……"

男员工不耐烦地朝他瞪眼……

天黑了——瘦老头回到了他的道班房；道班房没接上电线，没电灯，只有一盏马灯。

瘦老头划火柴点亮马灯——在马灯的光晕中，瘦老头一手握成拳，顶着胃部，表情痛苦；另一只手从邮件纸箱里取出一小袋榨菜，咬住边沿，撕开小袋，将整袋榨菜倒入口中……

他那只手将空了的塑料袋紧攥着，小臂横在桌上；他的额头伏在小臂上了。

嘎嘣嘎嘣一声一声嚼榨菜的声音，听来令人揪心。

林间少见的一处平坦之地，在小河边。这里原本也长着些粗壮的大树，但已被伐倒，不知为什么，却没被拖走，都腐朽了，留下些高高矮矮的根桩。河上架了座简陋的、没护栏的桥。而对岸是山脚，生长着一片白桦林，新叶翠绿……

瘦老头跟随着孩子们走来，问："为什么非到这里？"

吕鹏严肃地说："在这里不容易被别人发现，我们倒不在乎什么，是为你好，明白不？"

瘦老头："明白了。"

范晓鸣："而且这里有坐的地方。如果你不愿意，咱们也可以再到别处去。"

瘦老头："愿意。我喜欢这儿。"将夹着的纸板邮箱交给范晓鸣，环顾四周，又说，"真是一处美好的课堂。"

孩子们纷纷在树桩上坐下，期待地望着他。

瘦老头："先讲语文还是先讲算术？"

马不停大声地："随便！"

瘦老头："在这么美好的地方，我立刻想到了一些诗句，那就先讲语文吧！语文的语，言字旁，右边是吾字，我要说话的意思。语叫语言，语文首先是教人怎么把话说好的课程。把话说好要掌握更多的字、更多的词。

那样，就可以出口成章。写下来，就成了文章。好的文章要有文气，像诗那样。咱们古代的中国，是一个诗的国度。有些诗，听起来像大白话，比如：'一去二三里，烟村四五家，亭台六七座，八九十枝花。'"

马不停小声对郝中华嘀咕："卖狗皮膏药。"

郝中华也小声地："盯着点儿晓鸣，防止他往自己兜里揣榨菜。"

瘦老头："还有的诗，听来像顺口溜，为的是供劳动者吟唱，诗意恰在其顺，又比如：'江南可采莲，莲叶何田田。''田田'在这儿是形容像田地一般连成一大片的情形。'鱼戏莲叶间。鱼戏莲叶东，鱼戏莲叶西，鱼戏莲叶南，鱼戏莲叶北……'"

吕鹏："哎，我说老王头，这种诗你就别瞎浪费工夫了，我也会！"

他站起，大声地："森林可伐木，人树何绵绵，鸟戏树林间。鸟戏树枝东，鸟戏树枝北……"

其他孩子讪笑不止。

瘦老头庄重地："大家不要笑他，我认为他很有诗才。范晓鸣，奖给他一袋榨菜！"

范晓鸣不情愿地抛给吕鹏一袋榨菜。

谭克俭不服气了："那种歪诗我也会！森林可采蘑，蘑菇何多多。人在林中转。采蘑森林东，采蘑森林西，采蘑森林南，采蘑森林北！"

瘦老头："好哇，很好哇！也奖给他一袋。"

谭克俭迫不及待，干脆自己走过去，大模大样地抓了一袋榨菜。

季家兴也往上一站："咱也来一首，听我的听我的！松树结松子，松子何坚坚，松鼠跳枝头。鼠跳树枝东，鼠跳树枝西……"

瘦老头刮目相看地："想不到，你们都是些有诗才的孩子……"

季家兴："晓鸣，扔过来一袋！"

范晓鸣将纸箱往地上一放，站起来生气地说："够啦！老家伙，你耍我们，拿我们取乐开心是不是？"

瘦老头一怔："不是啊！"

范晓鸣："你当我们是些狗熊？谁出点儿洋相就给谁点儿好吃的？你究竟能不能背出一首好诗？八月秋高风怒号，卷我屋上三重茅。这样的诗你会背吗？……"

肃静。

马不停："作瘪子了吧？实话告诉你，他爸当年是林场出名的诗人！"

吕鹏："老右，你要是真像他说的那样，成心耍我们取乐的话，那可就别怪我们以后对不起你了啊！"

瘦老头："你们误解我了。我承认，我是把你们的语文程度估计得太低了……那，那就说说杜甫那一首诗吧！你们肯定都爱看电影，对不对？"

马不停："你怎么又扯到电影去了？"

瘦老头："中国古代的许多诗，直接就可以拍电影，导演都不用分镜头。范晓鸣，你来一句句朗诵，我是摄影师，咱们现在就把杜甫的诗拍一遍……"

瘦老头做出肩扛摄影机的样子，朗声地："开拍啦！"

范晓鸣："八月秋高风怒号……"

瘦老头："我在拍树梢，这叫仰拍。树梢被刮得像女人的头发似的飞扬不止，金色的叶子纷纷落下……"

吕鹏："给点风声！"

马不停等人鼓其腮，吹出逼真的风声……

范晓鸣："卷我屋上三重茅……"

瘦老头："我现在移拍，摄影机镜头从树梢缓缓地转移向茅草屋顶……"

范晓鸣："茅飞渡江洒江郊……"

瘦老头："这我得追拍……"

他"扛着摄影机"走上小桥，走到了对岸；孩子们身不由己地跟着……

范晓鸣："高者挂罥长林梢，下者飘转沉塘坳……"

瘦老头仰拍，俯拍……

范晓鸣举臂一指，悲哀地："南村群童欺我老无力，忍能对面为盗贼，公然抱茅入竹去，唇焦口燥呼不得……"

马不停们扮作盗贼般的"南村群童"，还"抱着茅"气吕鹏扮作的杜甫……

瘦老头将镜头对准了"杜甫"的脸："现在我拍的是杜甫脸部的表情，电影中叫特写……"

范晓鸣："归来倚杖自叹息……"

马不停在吕鹏跟前双手着地，躬起了背；吕鹏发愣……

谭克俭："坐呀，大喘气！"

郝中华捡了根树枝塞在吕鹏手中……

吕鹏夸张地大喘气、顿足、发抖……

瘦老头："镜头对准主人公，三百六十度环拍……"

范晓鸣："安得广厦千万间，大庇天下寒士俱欢颜，风雨不动安如山！呜呼！何时眼前突兀见此屋，吾庐独破受冻死亦足！"

瘦老头一步步后退："现在，特写拉成中景、远景——银幕上，杜甫的破草房远了，杜甫的身影小了，更小了，为的是表现诗人晚年生活的孤独无助……没胶卷了……"

瘦老头终于停止拍摄，脸颊淌下汗来……

孩子们彼此刮目相看，随之将刮目相看的目光集中在瘦老头身上……

肃静。

吕鹏："你以前是拍电影的？"

瘦老头摇头。

范晓鸣："那你是干什么的？"

瘦老头："不知道……就别知道吧。咱们……这样上语文课……可以吗？……"

看得出，他是那么担心遭到反对。

孩子们皆点头。

郝中华："我们该不该都受奖励？"

瘦老头："应该，给我留一两包就行……"

孩子们发一声喊，奔过小桥，抢夺纸板箱里的榨菜……

瘦老头隔河望着，笑了，掏出手绢擦汗；他脸上忽而又呈现痛苦表情，立刻用拳头顶住胃部。大概是怕孩子们看到，转过身去。即使那时，腰板也挺得笔直。还简直可以说，挺得越发直了……

嚼着榨菜的孩子们，确实在隔河望他。

吕鹏："他还站在那儿干什么？"

谭克俭："肯定又入到另一首诗里去了。"

瘦老头夹着纸板箱回到了道班房，他一进屋就将手伸入纸板邮箱里，内中只剩一袋榨菜了；赶紧撕开，将榨菜倒入口中。

他又像我们见过的那样，头枕着小臂伏在桌上了。

咯嘣咯嘣的嚼榨菜声……

不久，他们那样一些另类学生的人数增多了。后来加入的孩子也和他们几个一样，一律不叫他老师。因为，虽然他们是孩子，却也都明白，一旦叫一个"老右"老师，被某些大人知道了，不论对于他还是对于他们，那肯定就是种"动向"。

林区的夏季悄悄来临，园子里的菜垅生长出了菜苗。有的菜苗，已开始向架子上爬着细嫩的蔓条了。而道班房的四周和前边，花秧也长出了花骨朵。

同样明媚的一天——道班房门前，伫立着瘦老头。关着的门就当成了黑板，上写着"算术"二字。瘦老头打补丁的一身衣服，照例洗得干干净净，熨得平平板板。他的脸，也显然仔细刮过。在他面前，十几个孩子或坐砖块、石头、木段，或坐从家里带的小凳、马扎子。林雪等女孩儿，还将作业本摊在膝上，手拿铅笔准备记……

瘦老头："我们人类社会每天发生的事，有许许多多都是和数有关的。但是数，一定要进行算才有意义。比如你们的爸爸每到月底领了工资，交给你们的妈妈，之后的一个月里，你们的妈妈一定是要计算着来花的。要不，你们的爸爸准和你们的妈妈吵架……"

汽车喇叭声……

瘦老头："对不起孩子们……"

道路上已经停着两辆大挂车了。瘦老头跑来。

道班房那儿，孩子们都坐在原地等着。

林雪指斥吕鹏："都怨你们几个把学校给闹黄了，不然我们也没必要听一个老右派给上的什么课！"

马不停："那两个老师根本就没诚心长期教我们！"

林雪："那你们也不该把老师气走！"

吕鹏："林雪，你再老右派老右派的我对你不客气！我们就觉得他比那两个混工资的老师有诚心，那样的两个老师就该气走！……"

一个男孩匆匆而至，问："怎么吵起来了？那老右呢？哎晓鸣，发榨菜没有？我不是嘱咐你了吗？没替我领一包？"

吕鹏："你给我住嘴！还有谁是冲着榨菜来的？冲着榨菜来的都给我滚！……"

那男孩："你就不是冲着榨菜来的吗？要滚你先滚！"

吕鹏："我不是！"

那男孩："你们几个最是！"

吕鹏扑过去，两人厮打起来；范晓鸣等拉架，一阵混乱……

两辆大挂车开走了……

瘦老头颠颠地跑回道班房门前，却见只有林雪一个还坐在那儿，郁闷着。

瘦老头："他们呢？"

林雪："打了一架？都走了。"

瘦老头："打架？为什么？"

林雪："因为……榨菜……"

瘦老头："我都忘了榨菜的事儿了……"

他进入道班房，片刻夹着还没开封的纸板邮箱出来，双手捧给林雪："昨天傍晚才从邮局取来，你拿去，分给大家，剩下的归你……"

林雪猛地站起，生气地说："谁稀罕你的榨菜！你以为我也和范晓鸣、吕鹏他们几个坏东西一样啊！"

瘦老头："对不起……可你怎么觉得，他们几个那么坏呢？"

林雪："他们专干祸害人的坏事！把老师气走了，把学校搅黄了！还把我家的小猪搞成了小怪物，使我爸赔了一个多月的工资！你喜欢他们几个，那我以后再也不来了！……"

瘦老头："难道我偏心了吗？"

林雪："你总提问他们几个！"

瘦老头："我以后改。"

林雪："改我也不来了！"——转身就跑……

瘦老头："等等。"

林雪站住，没回头。

瘦老头："求你，以后得再来。有你这样爱学习的好女孩，才能影响别的孩子也爱学习。"

林雪不作声。

瘦老头："再说，你也不能把吕鹏、范晓鸣他们几个看得那么坏。他们淘是淘点儿，可我认为，他们本性非但不坏，还都很善良。不管是谁，将他们那样的孩子说得很坏，基本上是一种想象……"

林雪仍没回头——跑了。

瘦老头夹着纸板邮箱，低头呆在那儿。

道班房的侧面——在偷听的吕鹏和范晓鸣们悄悄离去……

吕鹏家——吕母和范母在研究榨菜的做法……

吕母将撕开封口的半袋榨菜递给范母："我家吕鹏这孩子，不知怎么地，变得有点儿孝心了，没舍得全吃完，剩了半袋给我吃……"

范母从袋中挤出一条，吃在嘴里，细嚼，说："味真好。要是咱们也能做出来，那多高兴。别说些孩子们了，连咱们大人，从冬到春，总吃咸菜疙瘩不是也吃烦了嘛！"

吕母："问题是，咱们北方也没这种疙瘩呀！"

范母："可究竟谁给的呢？……他们最近神神秘秘的，别又做出什么不好的事来！"

门被撞开，吕鹏等先后进入，将一间屋子站满了。

吕母："你们几个坏小子，又成帮结伙地跑哪儿撒野去了！"

吕鹏："我们不坏！"

马不停："我们的本性非但不坏，还很善良！"

范晓鸣："不管是谁，将我们说得很坏，基本上是一种想象！"

两位母亲听得一愣一愣的。

吕母看着范母问："他们怎么这么说话了？"

范母："以前数落你们坏，你们还低头承认。现在可好，连承认都不承认了，都成心和大人作对是不是？"

吕母："我看是那右派老头把他们教唆的！他婶，非告诉他们爸爸不可！"

两位母亲忧心忡忡地说话时，吕鹏已从桌子底下拖出了工具箱，将手锯、锤子、凿子什么的一一递给范晓鸣们。

吕母："你动你爸那些东西干什么？"

吕鹏："用用。"——摆头，孩子们出去了……

中午——小河边的白桦林中，范晓鸣在拉小提琴。那是一把很旧的小提琴，几处地方掉漆了。他拉的是电影《冰山上的来客》主题曲，琴质不佳，显然刚学，其声不美……

小河上游——瘦老头在洗衣服，听到琴声，停止搓洗，站了起来。

拉琴的范晓鸣发现了瘦老头在呆呆地看他。

范晓鸣窘迫地："我刚学……"

瘦老头："你的琴？"

范晓鸣："我爸和我妈结婚前买的一把旧琴。他会拉，我不会。让他教我，他没空儿。"

瘦老头："可以让我拉拉吗？"

范晓鸣将琴递向瘦老头，瘦老头接过，反复视之，持弓的手激动得发抖，眼睛似乎都顿时变亮了。

范晓鸣："拉呀。"

瘦老头的目光仍盯着琴："也不知现在还能拉得怎么样了，那是很早的事了，很早的事了……"

范晓鸣："你刚才听到了，我也刚学，我不笑话你！"

瘦老头于是搭弓于琴，仅从那优雅的姿势看，就是个曾经谙熟此艺的人。他试了试音，专注地拉起了莫扎特的《命运》。他越拉越投入，越拉越自如，越拉越忘我，他那一头白发，随着头部的晃动而飘起，那一时刻，他简直就宛如贝多芬本人——晚年的贝氏……

范晓鸣看呆了，听呆了。

嘣——断了一弦。

瘦老头失色地说："对不起……我……我赔你……"

范晓鸣："没关系，我家还有几根备用的。"

瘦老头自言自语："想不到，想不到，太想不到了……"

他将琴还给了范晓鸣。

范晓鸣："想不到什么？"

瘦老头："死前还能做件对你们孩子有益的事，还能再拉一次小提琴！……幸亏我被转到了你们这里……我太幸运了，我死了也会梦见这里的！……"

范晓鸣："人死了就不能做梦了。"

瘦老头一愣，苦笑："是啊，是啊。"

范晓鸣："你以前是小提琴家？"

瘦老头又苦笑："不是。只不过年轻的时候热爱过音乐，还热爱文学、绘画、各种体育运动……"

范晓鸣："那，你以前肯定是个挺不一般的人！现在你还喜欢什么？"

瘦老头环望四周："现在……喜欢活着……"

范晓鸣理解地沉默片刻，又说："以后你教我吧！"

瘦老头："教你拉小提琴？"

范晓鸣点头。

瘦老头："不，我不能教你。"

范晓鸣自尊心受伤害地说："觉得我不配你教？"

瘦老头想摸他的头一下，范晓鸣本能地将头一偏。

瘦老头："不是你以为的那样。我教你，对你不好。"

范晓鸣："怎么不好？你给我们补课怎么就不说不好？"

瘦老头："那不一样。补课，我是和多个孩子在一起。教你拉小提琴，咱俩就得经常单独在一起了……我们不可以那样……"

范晓鸣："借口！"

"晓鸣，干什么呢？"——老少二人循声望去，见范父和几名伐木工人各自扛着工具站在河对岸。

范晓鸣转身跑了……

范家——一家三口在吃午饭。

范母："他那么说了以后，你又怎么说的？"

范晓鸣："我说那是他的借口。"

范父："那不是他的借口。他说得对。"

范晓鸣不爱听，将吃着的窝头一放，离去。

范母："我看你应该跟那老右认真谈一次话了！"

范父："谈什么？"

范母："还用我教你啊！"

范父："该谈的时候，我自然会跟他谈。现在还不必，又没有什么证据可以证明他教孩子们学坏。"

傍晚——小学校那儿，操场上的杂草被铲除了，并且扎成了捆。也扫过了，用白灰撒出两条"铁轨"。几张修理过的课桌课椅摆在操场一侧，坐着马不停等孩子，个个手中有一小袋榨菜，皆津津有味地嚼着，看着，如同旧戏园子里的头等看客。

范晓明和林雪分别站在一条"铁轨"的起点，双手举胶合板做成的圆牌，其上写着"甲""乙"二字。

吕鹏站在一旁，大声念一页纸："甲列车以每小时65公里的速度开出……"

范晓鸣右脚一蹬，左脚的轮板带动他的身体滑向前去……

吕鹏："林雪别急，三小时后乙列车才开出……给点儿声音！"

马不停："呜……"

其他孩子异口同声："库哧库哧库哧库哧……"

道班房前的路口那儿，瘦老头在丈量一辆大挂车上的圆木。

他手中的卷尺掉在地上，弯腰捡，那只手却没立刻伸向卷尺，而是握成了拳，顶着胃部蹲在那儿一时没起来。

司机："老头儿，没事儿吧？"

瘦老头这才捡起卷尺，缓缓直起身；他颊上淌下冷汗来，彬彬有礼地说："没事儿，谢谢关心。"

他走到横栏那儿，扳起了横栏，做着优雅的手势又说："您请。"

大挂车开走了……

瘦老头的登记夹用细绳拴着，吊在肩上，他从上衣兜取下笔，拿起登记夹登记：第一百二十七车，松木，六立方米……

两滴冷汗滴在那一页上。

他又用拳顶着胃部蹲下了……

小学校那儿——谭克俭兴奋地大叫："我算出来了，七小时十八分钟后，乙车赶上甲车！甲车比乙车还提前一小时二十分钟到达终点！……"

季家兴："我也算出来了！比你还精确，是一小时十七分钟！"

郝中华："家兴，咱俩得数一样！……"

"林雪！你跑这儿来干什么？"——孩子们一起扭头，见林雪的母亲不知何时出现了。她上前一把抓住林雪的手腕，扯着女儿就走，同时嘟哝："把老师气跑了的些个坏小子，你个姑娘家家的，跟他们混在一起能学出好吗？！"

范晓鸣："婶儿，你那基本上是一种……"

林母站住，转身，表情厉害地说："晓鸣，你想说我什么？"

范晓鸣低下头，支支吾吾不敢说了……

吕鹏双手往腰里一叉："是一种想象！"

林母："小兔崽子，你敢讽刺我！"——放开女儿手腕，要打吕鹏，追得吕鹏满操场跑……

马不停们起哄："大人欺负小孩儿啰！大人欺负小孩儿啰！……"

吕鹏撞在一个人身上，是瘦老头，他躲在了瘦老头身后。

林母高举一只手，瞪着瘦老头，一时怔住。

瘦老头："我的学生有什么冒犯您的地方，请跟我说。"

林母："你的学生？你忘了你是哪类人了吧？你也配有学生？你也忘了活不过今年冬天了吧？！"

林雪："妈！你干什么你？！"——气哭了，双手捂脸跑了。

林母也嘟嘟哝哝地走了。

瘦老头笔直地、一动不动地站在那，垂着目光，宛如被浇铸在那儿了。

孩子们默默地，不知如何是好地望着他。

远处传来林区小火车的汽笛声……

天黑了……

范晓鸣家——他在屋外偷听他父亲和吕鹏父亲的谈话……

两位父亲坐小灶桌两侧，在饮酒——桌上除了酒瓶，只有一盘土豆丝和一盘咸菜丝。

二人对饮一盅后，吕父夹了一口土豆丝吃，问："怎么苦的？"

范父："这青黄不接的月份，窖里只剩点儿土豆了，都长芽了，将就点儿吧。"

吕父："那依你的意思是，先不管？"

范父："先不管。有些事儿，咱得睁只眼闭只眼。反正他又没把孩子们往邪道上引，看情况再说。来年这时候他都不在了，咱们犯不着和将死的人较真儿！"

吕父："听你的。再走一个！"

二人又对饮一盅……

夜里下起了倾盆大雨。闪电照得窗子一亮一亮的，炸雷阵阵。

范晓鸣被惊醒，骨碌坐起，摸黑找衣服，着急忙慌地穿。

母亲也醒了，问："你这是抽的什么疯？"

范晓鸣："闹肚子。"——说罢，下了地，匆匆穿鞋。

范母："这么大雨，别出去了，就便在尿盆吧。"

范晓鸣："不。"

范母欠起身："撑伞！"

范晓鸣已冲出门。

范母愣了愣，推醒发出鼾声的丈夫："儿子闹肚子，冒雨出去了，会不会是吃了老右的榨菜……"

闪电耀现瓢泼大雨中的道班房，尤显孤零零的。

道班房内多处漏雨，所有可用来接雨滴的东西都用上了，滴声交响。"床"上方漏雨处最多，但已无物可接。瘦老头披块黑塑料布坐在"床"上，像入禅，也像就那么坐化了。

房顶上响起了钉什么的响声；瘦老头睁开了眼睛，抬头看……

渐渐地，房顶不再漏雨了。

道班房外——雨仍不见小，闪电的光耀中，瘦老头看见，四个孩子搭起来两组人梯，另两个孩子正从房顶踩着人梯下来。

一组人梯倒了，瘦老头上前扶起孩子们。大雨中，瘦老头和孩子们默默无言地对望……

孩子们闯祸了。因为他们撬开了伐木队的仓库，扛走了一卷油毡纸。但接下来发生的一件事，却使他们免受处罚……

吕父、范父等伐木工人在伐木，"顺山倒"之喊声此起彼伏……

吕母出现在林中，惊惊慌慌地，呼唤："老吕！老吕！吕鹏他爸！……"

吕父："我在这儿呢！你大呼小叫的干什么你？！"

范父也走过来，问："嫂子，家里火上房了？"

吕母："正好你也在这儿！可不得了啦！出大事儿了，比火上房的事儿还大！……"

吕父、范父率领几名伐木工人，个个手持大斧、杠棒什么的向村里跑……

村边上，离林雪家的院子二十几步远的地方，林母在哭，范母等女人在劝她别着急，也有的女人在望着林家摇头叹气。

林父、吕父、范父等伐木工人跑来……

林父冲林母吼："你在家是干什么吃的？怎么就让一头熊进了屋？"

吕母："她哪能想到出这种事儿呀！多少年没听说谁见着熊了！"

林母："我出门才转眼会儿工夫，回来时见它已进了院子……"

林父："为什么不锁门？！"

林母："我说了我出门才转眼会儿工夫！"

林父："为什么不锁门！"——向林母举起抬木头的杠棒……

众人拉开了他。

北方的森林

349

范母:"你对着她嚷嚷有什么用?不爱锁门的就她一个女人吗?林雪她弟还睡在屋里,你们这些大男人倒是赶紧拿主意呀!"

林雪哭道:"爸,快救我小弟吧!"

林父夺过一柄大斧要往家里去……

吕父一挥手:"都去!"

范父:"别!大家这样不行,遭殃的肯定是孩子!那什么,谁去把护林员找来,让他带上枪!"

护林员:"我来了,子弹上膛了。"

"我也来了。"——众人循声望去,见是瘦老头,身上脸上不知抹了什么脏东西。

吕鹏、范晓鸣等孩子也跑来。

瘦老头:"最好的办法是,先让我一个人进屋去,争取平平安安地把孩子抱出来。"

所有人的表情都是疑虑的或不信任的。

瘦老头:"我发现了熊粪,抹在身上了。如果我失败了,你们再用你们的办法。屋里有个人,总归能起到保护孩子的作用……"

范父将吕父扯到一旁,耳语。

林父:"我是孩子父亲,那也轮不到你!"

吕父:"什么时候嘛,你还说这话!"

范父:"瞎了?!没见他身上脸上抹了熊粪啊!"走到瘦老头跟前,倚重地说,"王五,那就看你的了!"

男人们跟着瘦老头走向林家,女人和孩子们远远望着。男人们分散在窗两侧和门两侧,瘦老头站在门前。门敞开着,其上有熊爪挠过之痕。瘦老头定了定神,迈入门槛……

窗一侧,范父向屋里窥视,见一两岁的孩子熟睡在炕上,旁边舒舒服服地卧着大熊;见瘦老头在门口那儿站了片刻,看也不看大熊一眼,镇定地走到炕边,缓缓坐下,微微眯起眼望窗外——于是情形成了这样:孩子熟睡中间,一边卧着大熊,另一边坐着瘦老头。

窗外——院子里的扫帚梅开得正美,远处可见绿色山廓。

屋里——马蹄表滴答作响,猫眼转动不止。

女人们一阵惊喜,因为她们望见瘦老头抱着孩子出现在院子里了;她们向林家的院子跑去。

院外——瘦老头将孩子交给林母。

瘦老头："看，还睡着呢。"

林母流下泪，不停地亲孩子的小脸，将孩子弄醒了。

枪声……

又一声……

肃静。

瘦老头和女人们都转身望向屋门。

瘦老头大步走向林家……

男人们各持家把式从林家出来，林父手拎一只熊掌。

林父："谁说什么也没用，反正这只熊掌得归我！老婆，一会儿就给我炖了它，晚上我要用它下酒压惊！"

瘦老头："为什么？"

男人们愣愣地看他。

瘦老头："为什么？！为什么孩子平安无事了，你们却还是杀了它？！"

男人们、女人们、孩子们都愣愣地看他。

瘦老头一转身，谁也不看，径自离去……

孩子们跑在通往道班房的路上……

有的孩子站在道班房敞开的窗外，有的孩子推开了道班房的门——

瘦老头不在道班房里。

范晓鸣："肯定到河边洗衣服去了！"

孩子们又往河边跑……

在通往河边的路上，孩子们发现了瘦老头。他侧伏于地，身体蜷缩，昏迷着。破铝盆滚到了一旁，抹了熊粪的脏衣服裤子散落在盆和他的身体之间。

范晓鸣和马不停一左一右将瘦老头的上身扶起。他额角磕出了血。

范晓鸣："吕鹏，快去找你爸，也找我爸！"

吕鹏转身跑了。

马不停："你们三个快去找医生姐姐！"

谭克俭等三个孩子也转身跑了。

瘦老头苏醒了一下，他说："那是……不对的……"说罢又昏迷过去……

道班房里——瘦老头仰躺在"床"上，吕父、范父和一位穿白褂的医生姑娘站在"床"边，孩子们聚在门外。

医生姑娘怜悯地："他太瘦了……我认为昏迷是长期营养不良造成的……我也没什么办法。"

范父："小李，那也得想想办法！"

医生姑娘："他的情况，你们又不是不知道……我唯一能做的，也只不过是给他吊一瓶葡萄糖……"

吕父："那你还啰唆什么？快点儿呀！"

医生姑娘："可……他……葡萄糖也不是我有权随便给他这种人输的啊！不是有严格规定，得你们正副队长联名批准吗？"

吕父范父不由得对视，沉默。

范晓鸣迈入，央求道："爸，求求你！"

吕鹏相继迈入，也央求："爸，我也求求你！我们几个，不是不那么淘了吗？……"

他们的父亲轻轻推着他们出了道班房；范父将门关上，掏出烟，让吕父抽出一支，自己也叼上一支。

两位父亲各自吸着烟沉思。

范父扔了烟，踏一脚，将吕父扯到一旁，耳语；吕父点头。

两位父亲走到孩子们跟前——孩子们都在默默流泪。

范父："晓鸣，葡萄糖就算是给你输的，啊？"

范晓鸣点头。

吕父看着儿子也说："吕鹏，如果需要输两瓶，也算是给你输了一瓶！"

吕鹏点头。

范父："如果以后有人问你们，你们都要照我和吕伯伯的话说，记住了？"

两人噙泪点头。

葡萄糖液输向瘦老头的身体……

医生姑娘靠窗站着，孩子们全坐地板上。金橘色的夕阳洒在道班房，温馨。窗台上，一大丛野花插在罐头瓶里。

医生姑娘看着野花问："真美！你们在哪儿采的？"

谭克俭："翻过一座山。山那边野花多极了！"

范晓鸣:"医生姐姐,什么是右派?"

医生姑娘:"这……我也说不明白。"——显然,她是不想说。

吕鹏:"他从哪儿来?"

医生姑娘:"我也不知道。"

郝中华:"他的真名叫什么?王五怎么会是他的真名呢?"

季家兴:"张三、李四、王五、姚六,谁会这么起名啊!"

医生姑娘:"是啊!可我也不清楚他的真名叫什么。"

郝中华:"葡萄糖能治好他的胃癌吗?"

医生姑娘摇头。

季家兴:"要是以后他再昏迷了,你还给他输葡萄糖,就说是为我季家兴输的,行不?"

医生姑娘摇头。

郝中华:"你如果答应,整个夏天我们都为你采野花,每天采几大捧!"

医生姑娘苦笑:"那也不行啊!那我会犯错误的,很严重的政治错误。"

孩子们都沮丧地垂下了头。

林雪来了,抱着暖水瓶。她说:"我妈叫我送来的。不是白开水,是鸡汤,我家……我家还偷养了一只母鸡,我妈把鸡杀了。"

三天以后,瘦老头才又能工作了。而大人们,在道班房的另一侧,接出了一大间木板仓库。

瘦老头在道口丈量一辆大挂车上的木材;在他后边,道班房那儿,仓库已盖好,范父在往木板墙上刷写大字——"仓库重地,闲人禁入。"

瘦老头从此多了仓库管理员的一份工作,道班房也从此多了一扇小门。其实仓库里尽是破烂儿,不算破烂儿的,是孩子们。

天黑了——一盏盏小灯笼或手电光,从四面八方聚向道班房;一个个孩子的身影进入道班房。可小小的道班房,显然是容纳不下那么多孩子的。孩子们原来是通过新开的一扇小门进入仓库里了。瘦老头一身洁衣站在小门旁,夹一个大了些的纸板邮箱,分给每个即将通过小门的孩子一袋榨菜,并欣然地笑着。他那身衣服照例熨得很平板,一片白布上的"右"字也醒目。

仓库里传出孩子们的朗诵声:

朝起早,夜眠迟。

353

老易至，惜此时。
　　晨必盥，兼漱口。
　　便溺回，辄净手。
　　……

秋季到了，林区红黄绿三色层叠，满目斑斓。

　　对饮食，勿拣择。
　　食适可，勿过则。
　　年方少，勿饮酒。
　　饮酒醉，最为丑。
　　……

吕鹏、范晓鸣等孩子一边朗诵，一边在园子里收获；林雪和一个女孩儿在撸花籽……

冬季到了——仓库的烟囱冒着烟，传出孩子们很齐的朗诵声：

　　奸巧语，秽污词。
　　市井气，切戒之。
　　见未真，勿轻言。
　　知未的，勿轻传。
　　……

瘦老头在道口那儿丈量大挂车上的木材。因为没有了狗皮帽子，他用条打了补丁的长围巾包头护脸，样子看去可笑。

司机："老右，这儿又有老师了吗？"

瘦老头佯装耳背："您说什么？"

司机大声地问："是谁在教这儿的孩子？"

瘦老头："什么？"

司机："不是都说你活不过今年冬天吗？！"

瘦老头："我想，我能。"

司机："老家伙！装什么聋呢？"——大挂车开走了……
朗诵声：

无心非，名为错。
有心非，名为恶。

瘦老头转身望着仓库，搓手，跺足，小声附和：

过能改，归于无。
倘掩饰，增一辜。
……

汽车喇叭声——瘦老头一转身，见又一辆大挂车已到路口……

山林的春天归来了——道班房旁边的园子里，吕鹏、范晓鸣等孩子在翻地、修篱笆；门前，林雪等女孩儿在用小铲子埋花籽；而马不停和谭家兴在擦窗；季家兴和郝中华在房顶补油毡纸……

邮局那儿，瘦老头拄着根长棍，步子虚弱地走来……

邮局里——瘦老头在填汇款单；他的手抖得厉害，字写得歪斜了；这一次他要寄的仅仅是五元……

道班房顶上——郝中华发现瘦老头在往回走，夹着邮件箱，步态令人联想到祥林嫂……道班房里——纸板邮箱放在桌上，瘦老头喃喃自语："看，寄来了吧？我说不会再不寄给我了嘛……我那把小刀子呢？……"孩子们默默看着他。他找到了小刀，欲划开邮件箱。

范晓鸣上前一步，双手压住邮件箱。瘦老头不解，范晓鸣看着他，摇头。

吕鹏们也都看着他摇头。

林雪："我们，我们再也不吃榨菜了！"——她猛转身走到门口那儿，背朝屋里坐下去，双手捂脸呜呜哭了。

瘦老头困惑地："你们这是怎么了？都哭什么呢？为什么又都不爱吃榨菜了呢？……"

直到那一天，他们谁都没叫过他老师。事实上，他们跟他说话时，谁也没称呼过他——因为王五根本不是他的名字；王大爷也不是他们最想称呼的；而老右，那是大人们对他的叫法……

一次列车驶往林区，卧铺车厢的过道，已是教授的范晓鸣和同样年过半百的林雪对面坐在窗旁，窗外掠过冬季的景象……

林雪的手机响了，她接了一会儿手机。

范晓鸣一直望着窗外，问："谁打来的？"

林雪："咱们儿子。他说他已经适应了哈佛大学的新环境，结识了一些新朋友……你在想什么？"

范晓鸣这才看着她问："我怎么也想不起来，当年是谁先叫他老师的了……是你吧？"

林雪："不是我，是季家兴。"

范晓鸣："肯定？"

林雪："肯定。那件事我记得太清楚了！……"

当年，瘦老头正在仓库里给孩子们上课，一辆吉普车停在了仓库对面的路段上。从吉普车上下来三个人，一个是县革委会主任，另两个是范晓鸣的父亲和吕鹏的父亲。县革委会主任疑惑地望着"仓库"，"仓库"里传出孩子们的读诗声：

泉眼无声惜细流，
树阴照水爱晴柔。
小荷才露尖尖角，
早有蜻蜓立上头。

县革委会主任："你们这儿不是没有小学校了吗？那现在是谁在给孩子们上课？"

吕父："李主任，县革委会还是得考虑给我们派两位老师来，因为现在只不过是那个老右……"

县革委会主任扭头瞪他："嗯？！"

范父："李主任您千万别误会，政治上的大原则我们还是把握得住的……这不是冬天嘛，孩子们在家里太憋闷得慌，所以才允许那个老右……暂时的，暂时的……"

县革委会主任已不听他的解释，一脸怒气地向"仓库"走去；两位父亲不安地对视一眼，慌忙跟随……

"仓库"里，瘦老头在向同学们发还批改后的作业本。

季家兴："老师，我这个字没写错！你看，我这一竖没和横连上，张口已，闭口巳，半张半闭是已经的已，我记着呢！"

瘦老头愣愣地看他，良久才说："你不可以……"

季家兴："我……我可以！老师判错了，那也得承认是判错了……"

瘦老头将吊在胸前的花镜戴上，从季家兴手中接过作业本，认真看了看，还给季家兴，又说："是我判错了，但那你也不可以……"

吕鹏："可以！老师判错了，哪个同学都可以向老师指出，大家说对不对？"

孩子们异口同声："对！"

瘦老头走回到黑板那儿，望着孩子们，低声地："我是说……我告诉过你们的……你们不可以叫我老师……这是不可以的……"

片刻的肃静。

马不停往起一站，大声地说："这也可以！我们爱叫就叫，谁都管不着！……"

谭克俭也往起一站，同样大声地说："老师！……"

吕鹏、范晓鸣、郝中华、林雪一齐站了起来："老师！……"

坐着的和站着的孩子们异口同声地喊道："老师！老师！老师！老师！……"

瘦老头呆住。他缓缓背转过身去。他的双手，缓缓捂住了脸……

孩子们仍异口同声地："老师！老师！老师！……"

"仓库"门突然开了——县革委会主任闯入，身后跟着吕父和范父。风卷着雪粉扑向孩子们……

肃静。

瘦老头转过身，正与县革委会主任的目光对个正着。

瘦老头不卑不亢地说："不关孩子们的事，也不关其他任何人的事。我对我的行为，负完全的责任……"

县革委会主任："岂有……此理！……"

那件事，成了一次阶级斗争的新动向。瘦老头的罪名是，妄图与无产阶级争夺接班人。孩子们都被勒令到县里的小学去办少年思想学习班。之后，

357

经过考试，才有资格成为住宿生……

县中——范晓鸣等孩子聚在一间平房外，吕鹏和马不停低着头一脸不服气地走了出来。

吕鹏问范晓鸣："你爸和我爸受处分没有？"

范晓鸣："别在这儿说。"

他们簇拥着吕鹏和马不停走到校门那儿……

马不停："那家伙说，如果我们考不好，就宣布我们为社会主义的废人！"

吕鹏："他是个坏人！先不说他。晓鸣，快说咱俩爸爸的事儿！"

范晓鸣："听说我爸和你爸，都当不成队长和副队长了……"

吕鹏："凭什么办咱们的学习班？咱们都是小孩儿，再说咱们可都是红五类！"

马不停："都不考了！都走！废物就废物，我认了！"

季家兴："对！都不考了，这就走！"

谭克俭："看，咱们老师来了！"

远远地，瘦老头夹个邮件，拄着长棍，蹒跚而又匆匆地赶来……

孩子们迎上去。

季家兴："老……您怎么来了？"

瘦老头："对不起……我有罪，我该死……想不到会连累了你们，还连累了你们的父亲……看，这是今天新到的邮件，我还没来得及打开，你们分分。考试的时候，如果闷住了，嚼一条，也许能提神开窍。"他将邮件递给范晓鸣，"快打开。"

瘦老头发现林雪在抹眼泪，问："你们以后又能成为正式学校的学生了，对你们毕竟是好事，也是我的初衷。哭什么啊？"

经他一问，林雪捂脸哭出了声，边哭边说："我不想当社会主义的废人……"

瘦老头："这是从何说起呢？你们都是很聪明的孩子，怎么会成为废人呢？不会的，绝不会的，你们将来一定都很有出息！……"

他想摸摸林雪的头，但伸出的手还没碰到林雪的头，却僵在那儿了……

而此时，范晓鸣和吕鹏已打开了邮件——里边并不是榨菜，是一顶旧毡帽。

瘦老头看见，僵住的手伸向了范晓鸣。范晓鸣将邮件给予他，他抓起毡帽，看也不看就往头上一扣，之后急切地在纸箱里翻："有榨菜！肯定有榨菜！肯定有！肯定……"

确乎地——纸箱里除了些纸团外，没有一袋榨菜。

瘦老头失望极了，流泪了，喃喃地说："怎么会这样，怎么会这样！我都有今天没明天的人了，我还怕冻吗？我信上明明写的是榨菜，偏给我寄一顶毡帽干什么呀！……"

他从头上抓下毡帽，扔于地，随之蹲下，双手捂脸，无声地哭。

孩子们一个个神情为之愀然。

范晓鸣捡起毡帽，拂了拂土，替他戴在头上。

谭克俭和郝中华一左一右将他搀扶了起来……

这时，从刚才那教室里走出一位男老师，冲孩子们嚷："你们几个干什么呢？十分钟后考你们的试，都给我进来！快点儿快点儿！"

孩子们仿佛没听见，呆望着瘦老头。

男老师："都聋啦？！想集体罢考呀？！"

瘦老头一手掩面，另一只手循声挥动……

孩子们一个个倒退着离开了他。

孩子们一个个被推入教室，男老师随入。

门刚关上，又开了——林雪探出头喊道："你快回去吧！慢慢走！……"

林雪显然是被推开了；随之探出的是范晓鸣的头，他喊："别听她的！听我的！快点儿走，要不赶不上小火车啦！……"

也显然地，范晓鸣被拽开了……

教室里——老师将一张张考卷拍在他们面前；卷纸又宽又长，粉色的，其上考题密密麻麻。

郝中华故作眩晕状，额头咚的一声磕在桌上；老师看他一眼，得意地笑。

吕鹏往起一站："我抗议！强烈抗议！成心想把我们都考煳啊？"

老师朝他一指："你说得对！要用事实证明，一个老右派是绝对教不出什么好学生的！"

范晓鸣："我也抗议！哪儿有用粉色纸印考卷的？粉色纸使我眼花！"

老师："胡说！不只黑白是分明的，粉黑二色也是分明的！学校没这么大的白纸了，为考你们，动用了写大标语的宣传纸！校长亲自出的题，我亲自裁的纸,你们别不识抬举!不愿考的出去!……"

郝中华暗扯范晓鸣的衣角,范晓鸣忍气吞声地坐下了,吕鹏也忍气吞声地坐下了。

老师走到了林雪跟前,对她这名女生态度例外,将考卷轻轻放在她跟前,但说了一句有分量的话:"你一名女生,为什么也跟他们几个混在一起,也想成为社会主义的废人?"

林雪将头一扭。

校园门口那儿——瘦老头被一个人拦住了。他往左走,那人左拦;他往右走,那人右拦——是那个欺负过瘦老头的司机。

教室里——孩子们都没开始做题,皆扭头望窗外;透过窗子,可见瘦老头被那名坏司机揪住围巾两端,拖至校园当中。他将瘦老头拄的长棍夺过去,用以击打瘦老头的腿,意欲使瘦老头跪下。瘦老头一次次跪倒,却又一次次倔强地站起来。司机气急败坏,扔了棍子,踢瘦老头的腿——瘦老头倒下,片刻,盘腿坐在了地上,又像是入禅的样子。司机绕他转,还踢他……

老师用黑板擦猛敲黑板。

孩子们仿佛全都聋了。

教师也发现了窗外的情形,走了出去……

马不停:"那家伙是吕鹏的小舅!"

孩子们的目光这才一齐转向吕鹏;吕鹏的头垂着,仿佛永远抬不起来了。

谭克俭:"我保留了一袋榨菜,带来了!"

他赶紧将榨菜袋撕开,息事宁人地分给大家……

老师进入教室。

范晓鸣再扭头看窗外时,操场上已不见了瘦老头和吕鹏的小舅……

天黑了——在一间生着炉子的教室里,一张张课桌对起来,其上展开着铺盖,孩子们一个个坐在自己的被褥上。而四面墙上,贴着"千万不要忘记阶级斗争""睁大你的双眼,阶级敌人就在身旁"之类的标语。

吕鹏在接受小伙伴们的审问。

马不停:"你明明知道是为什么,你还不说,你到底什么意思啊?"

谭克俭:"你和你小舅一个鼻孔出气呀?"

季家兴："不管是谁，那么欺负人，太过分了！"

郝中华："头儿，老实交代吧，啊？坦白从宽，抗拒从严，这还用我提醒啊？"

吕鹏顶了他一句："怎么个严法？"

郝中华："我……那我和你绝交了！以后，大路朝天，各走各边！"

谭克俭："我也没你这个哥们儿了！"

马不停："同意克俭话的，举手。"

他自己率先举起了手，其他孩子都高高举起了手。

林雪也犹犹豫豫地举起了手，同时婉言相劝："快说吧。你看，大家都这种态度了。"

吕鹏一仰脸，叹气道："好，我说——我小舅在筹划着结婚，想搞一批木材做家具，结果，被咱们老师给查出来，扣下了……"

马不停："咱们老师做得对，你小舅那是挖社会主义墙脚！"

范晓鸣从铺位上往下一蹦，目光四处寻找，最终落在劈柴堆上，上前抓起一块应手的，冷着脸，指着吕鹏说："你听明白了，不教训教训你小舅，我咽不下这一口气！我知道他们开大挂车的常聚在哪儿喝酒，愿意替老师报仇的后边跟上！"

他一脚踹开门，走了出去……

马不停他们互相看看，也都往地上一蹦，纷纷去拿劈柴……

下雪了——县街上，范晓鸣们大步匆匆往前走，后边跟的是吕鹏和林雪。

林雪喊："你们几个打不过一个大人的！开大挂车的个个都是厉害的男人！"

没人应她的话。

林雪："你那么做会闹出事的！我要去报告派出所了啊！"

范晓鸣站住，转身，吼："你敢！"

吕鹏："晓鸣，替我求求大家，下手别太狠，千万别破了他的相，他可总归是我小舅啊！……"

范晓鸣望着他，退行着，不说话。忽一转身，追马不停他们去了……

县城一家小酒馆外——范晓鸣闪在窗子一侧朝里窥视。

他学了一声狗叫。

吕鹏的小舅出了酒馆，跟跟跄跄地走，边怪腔怪调地唱：

穿林海，
跨雪原，
气冲霄汉，
……

孩子们从后跟上他。

他走到一处不见灯光的地方，被一个孩子拦住——是吕鹏。

吕鹏："小舅……"

他小舅："小鹏……你在这儿干什么？"

吕鹏："等你。"

他小舅："啊，知道了……想让我明天捎你回去？你说你，啊，整天带着几个坏孩子惹是生非，还跟一个老右派亲亲密密的！你要是个大人，那就连当伐木工的资格也没有了，那不就把自己废了吗？学习班结束了？考试考完了？……"

他小舅一边教诲，一边打酒嗝儿。

吕鹏："跪下。"

他小舅："你说什么？偷喝酒了？醉了？我是你小舅，你叫我跪下？！"……

吕鹏大喊："跪下！"——脸上流下了泪。

他小舅："我揍扁了你！"

范晓鸣："你敢！"

他小舅一转身，见范晓鸣们从四面围住了他。

"你们几个小崽子想干什么？！"

范晓鸣一声长叫，低下头，弯着腰，小牛犊子似的朝他撞去；不但撞倒了他，自己也倒了……

马不停等孩子冲上前去，有的拽起范晓鸣，有的骑住吕鹏他小舅的背，有的压住他双腿，有的举起劈柴开打……

吕鹏小舅被打得哀叫不止……

吕鹏流着泪在一旁看着，急喊："别往头上打！小心破了他的相！……"

雪停了——

银装素裹，分外妖娆。

行驶着的林区小火车车厢里，坐着那些孩子们。他们心情良好，说说笑笑。唯吕鹏一个呆望窗外，闷声不语。

校长居然亲自召见了他们，夸他们考得好。他们每一个人都跳了级，范晓鸣、吕鹏和林雪，还连跳两级，直接成了初中生。

林雪对范晓鸣耳语，抓住他一只手，塞入她书包里。

郝中华："哎哎哎，不许又说悄悄话又搞小动作啊！"

范晓鸣："林雪用她攒的钱买了二两生毛线，她要为咱们老师织一个脖套。"

季家兴："等我长大了，能挣钱了，我要为咱们老师买一顶皮帽子，狐狸毛的！"

谭克俭向大家使眼色，让人家注意吕鹏，于是大家的目光集中在吕鹏身上。

马不停："哎，我没打你小舅的头啊！"

范晓鸣："我承认真想打他的头，但也没有。"

郝中华："我也没有。"

谭克俭："我确实往他头上打了一下。就一下，没使太大的劲儿。"

吕鹏缓缓将头转向小伙伴们，面无表情地说："谁也不许告诉老师，欺负他的是我小舅。"

范晓鸣们值得信任地点头……

吕鹏家———家三口在吃午饭……

吕母边往一张薄饼中卷土豆丝，边说："今天是爸妈值得为你高兴的日子，所以妈要亲自为你卷这张饼。中午先这么吃一顿，晚上妈再……"

吕父打断道："吃这么一顿就是不错的一顿了，你别再跟他许什么愿！惯子如杀子你懂不？"

吕鹏："爸，妈，以前我浑，总惹你们生气，是我不好。以后我一定努力学习，做好学生，让你们省心。"

吕母："呀，呀，我儿子咋忽然变得这么懂事了？真让妈妈高兴死了！"

她捧住吕鹏的脸，鸡啄米似的亲。

门一开，吕鹏的小舅进入。

吕父："你来干什么？以后不许进我家门，出去！"

吕鹏的小舅："你当我是来讨好的呀？你连个伐木队队长都不是了，我讨好你这个姐夫干什么？我是来找你儿子算账的！"——摘下帽子：大冬天他剃了个光头，光头上敷着药布……

吕鹏的小舅："那老右冻死在半道了是我的罪过吗？谁叫他明明赶不上小火车还偏往回走的？！……"

吕父一拍桌子："住口！他是右派，他只请了半天假那就不得不往回赶！滚出去！……"

吕鹏的小舅："姐夫，因为一个老右的死，你东听一句西听一句的，值得跟我拍桌子吗？以后请我我还不来了呢！吕鹏，咱俩的账以后再算！……"

他摜门而去……

跑在路上的吕鹏——边跑边流泪。

范晓鸣家——一家三口也正吃饭……

吕鹏闯入，已是泪流满面。

范家三口愕然。

吕鹏："他……死了……"

吕鹏蹲在地上痛哭……

孩子们跑向道班房——道班房四周的雪地上一个脚印也没有。房顶上覆盖着厚厚的雪，房檐下结着长长的冰溜子，窗前的雪几乎和窗子齐平了；自然，烟囱也不冒烟。

孩子们的脚从洁白无瑕的雪地上跑过……

道班房的门前也堆了很厚的雪——孩子们推开了门。道班房里除了那三块搭作床的木板和那张小破"桌"，再无别物；对了，那卵石做的熨斗摆在"桌"上。而"床"上，是拆开压平了的一层层邮箱纸板。

小窗的玻璃被厚厚的霜结满了。

"围严！这次千万别再让它跑了！"

"放心，逃不掉它！"

"我说话算话，晚上家家有肉吃！"

外边一阵嘈杂。

孩子们离开道班房，见一头壮猪被几个男人包围在菜园子里：从猪身上斑斑片片的颜色可以断定，是林雪家那头被放跑的猪崽。

男人们皆持棍棒锹斧；护林员也在其中，手提猎枪。

"我给它一枪算啦！"——林雪的父亲从护林员手中夺去枪，向猪瞄准……

走投无路的猪困惑而听天由命地望着枪口。

林雪："爸！……"

林父望向女儿……

林雪摇头："求求你，别打死它。就当你没花钱买过它，让它变成一头野猪吧！……"

林父："你不想吃猪肉了，我还想吃呢，大家还想吃呢！"——又举枪瞄准。

林雪扑过去，咬她父亲的手，枪掉地上……

男孩子们，有的破坏篱笆，有的驱赶那头猪，有的挡住着急的男人们……

猪夺路而逃……

林父："你们！……这些孩子！刚懂点儿事，转眼又犯浑了，又犯浑了！你们就都教育不好了吗？！"

其他大人也都瞪着孩子们生气。

孩子们，则一个个流着泪，或嫌恶，或谴责，或抗议地看着大人们。那时的他们，似乎已懂得了一个什么道理，然而却说不明白。他们的泪，也未尝不是因这一种道理上的孤立无援而流着……

吉普车驶在林区公路上——是一辆合资的中高档车。

吉普车驶入县城，驶入县中学校园——已有几位中年男女迎候着了，还有四个从十一二岁到十七八岁年龄不等的男孩女孩在堆雪人、滚雪球、打雪仗——是吕鹏、马不停、季家兴、谭克俭及他们的妻子、孩子。吕鹏已是县中学的校长，他的妻子是县中的语文老师。当年的孩子们都是年至半百的人了。

吉普车上踏下范晓鸣和林雪，他俩与吕鹏们握手，拥抱，一阵寒暄。

吕鹏问范晓鸣："儿子怎么没一块儿来？"

林雪："儿子不是在美国读大学嘛！"

吕鹏："你们不对啊。人家克俭一家三口可专程从英国赶回来了。克俭你得向他俩亲自介绍一下你夫人！"

于是谭克俭将妻子和十四五岁的女儿引至范晓鸣夫妇跟前做了介绍，

他妻子是英国人，女儿的混血特征很明显，也很漂亮。

范晓鸣："促进中英两国人民友谊的使命，那就有劳你们两口子啦！"

大家笑。

林雪："郝中华没来？"

别人沉默。

吕鹏："他确实来不了啦。"

范晓鸣："什么理由？为什么对他就可以特殊允许？"

季家兴："他牺牲了……在汶川抢险救灾过程中，他那个武警团的伤亡最大……几天几夜没合眼……他一头栽倒在指挥现场，没醒过来……"

大家又是一阵沉默。而孩子们却玩闹得极开心，笑声不断。

会议室门外——大家在签到册上签到：

马不停——军医

谭克俭——英国大学教授

季家兴——电脑工程师

林雪——驻外使馆文化参赞

范晓鸣持笔问吕鹏："我们都没成为废人，是吧？"

吕鹏："是的。我们后来赶上了好时代。"

范晓鸣："我当年考上大学凭的是两种动力，第一要为他争气，第二才是为自己争气。"

吕鹏拍拍他肩："我也是那样。"

多媒体会议室里——大家已经就座，吕鹏在发榨菜。他妻子引着孩子们和夫人们进入，吕鹏也向孩子们发榨菜。

谭克俭的女儿摇头。

吕鹏："小马驹子，你得接一袋儿！"

那十六七岁的男孩也摇头。

吕鹏："很好吃的。"

并排而坐的四个孩子一齐摇头。

吕鹏："儿子，你带头给我吃。这是老爸的命令！"

儿子不高兴地："别人不爱吃，干吗非强迫别人吃？这种命令我不服从！"

吕妻："算了，别勉强他们，我关灯了啊！"

会议室黑了。投影幕上出现了画面——"吕鹏"挎着小篮子，与"范晓鸣"等男孩踏着深雪向道班房走去……

吕鹏在黑暗中解说着："从自愿报名的学生中选了几个演当年的我们，我演咱老师。"

幕上——道班房里，篮子放在桌上，里边是黏豆包和冻饺子。孩子们和瘦老头站在桌旁，外边响着零星的鞭炮声……

瘦老头："我不能收你们的任何东西。"

吕鹏："这不过节了嘛！我们一家才给了十个饺子、五个黏豆包。"

范晓鸣："我们爸爸妈妈都知道的，不是偷偷给你送来的。"

郝中华："他俩的爸爸还是队长和副队长呢！他们都没反对，就等于队长和副队长批准了！"

瘦老头："孩子们，多谢了。可是，那我也不能收。"

谭克俭："为什么？"

瘦老头："这……不能收就是不能收。"

门一开，林雪进入，从兜里掏出一个红纸包放在桌上，虔诚地："我的礼物您一定会收下的。"

瘦老头："是吗？现在就可以打开看看吗？"

林雪点头。

季家兴："我替您打开！"

红纸包打开了，里边是些圆形的白布片，每一片上都用黑笔道描出一个"右"字，还是隶书体。

郝中华冲林雪吼："你怎么送这个当礼物啊你？！"

林雪："我……"

她要哭了。

瘦老头："别冲她嚷，林雪这份礼物我倒是可以收下的。林雪，谢谢你啊，我明白你的意思，是为了让我每件衣服上都缝一片，免得总拆拆缝缝的，对不对？"

林雪噙泪点头。

投影光中，坐在后边的孩子们一阵骚动。

马不停有些带气地说："都给我安静！"

吕妻站起，将门开了一道缝，孩子们鱼贯溜出。

获得释放的孩子们，一冲到外边，立刻又快乐地打起雪球仗来……

会议室——幕上是瘦老头在小河边为当年的孩子们带表演地讲"电影诗"的情形；孩子们在菜园里收获的情形；孩子们在撸花籽、包花籽的情形；孩子们在"仓库"里异口同声大叫"老师"的情形……

黑暗中，大人们的对话——

季家兴："头儿，我听你电话里说过，不是可以拍成正式电影的吗？"

吕鹏："是有过那么一码事儿，但投资方要求加入一个半疯不疯的女人，以咱们老师和那样一个女人有性关系却没有爱情的内容为主，我没同意。"

林雪："是不能同意。不管你花了多少钱，我们人人有份儿，还要谢谢你。"

范晓鸣："我们中就你留在当地当校长了，后来打听清楚他的真名实姓没有？"

吕鹏："没有。连他究竟是怎样的一个人也没搞清楚。一种说法是——一九五二年他从国外回国了，在某大学当教授，教物理。一九五七年因为反对砍伐森林大炼钢被发配到了咱们这儿。另一种说法是——他只不过是一位小学校长，一九五七年当地发生了自然灾害，农民拒交公粮，而他多次上书，对那些农民表示同情……"

幕上——夏季，道班房门前，林雪扇了范晓鸣一耳光；与此同时，门开了，被迈出的瘦老头看到。

林雪一扭身跑了……

瘦老头询问地望着范晓鸣。

范晓鸣："是她不对！我塞给她一个纸条，可她看也不看就撕了！……"

瘦老头弯下腰，从地上捡起撕碎的纸条。

瘦老头："我可以看吗？"

范晓鸣点头。

瘦老头将纸片对在掌上，看着说："她误会你了。"

范晓鸣："我要恨她一辈子！"——也转身跑了……

粘齐了的纸片在桌角，其上写的是——"你家小猪的事，我向你道歉。"

瘦老头戴着花镜，在往一件衣服上缝写有"右"字的布片——林雪给他的礼物中的一片。

林雪坐在桌旁，垂目瞧着桌角的纸，嗫嚅地说："那，我该怎么办呢？"

瘦老头："向他认错。"

林雪："我就说，那天我因为别的事儿心里烦，所以才……"

　　瘦老头："真的？"

　　林雪摇头。

　　瘦老头："那为什么？"

　　林雪："其实，我以为他……心里对我产生了坏念头……"

　　瘦老头："你最好实话实说。向人认错要真诚，不能找借口。坦诚的孩子是可爱的，坦诚的大人是可敬的，明白？"

　　林雪点头，从桌上拿起了那页纸……

　　并坐的范晓鸣和林雪，他们的手握在了一起。

　　季家兴："哪怕有万分之一的可能，还是应该争取拍成正式的电影。"

　　谭克俭："这种电影，谁肯投资，谁肯拍，谁又肯进电影院看啊！我估计，万分之一的可能是断断没有的，但亿分之一的可能是有的。"

　　马不停："有亿分之一的可能也要争取。"

　　吕鹏："那就不要争取了吧。亿分之一，不就是我们几个，加上老婆孩子嘛！"

　　吕妻："孩子们也不愿看，早跑出去玩儿了。"

　　在以上对话中——幕上，是那块用卵石做的熨斗的特写——镜头从窗口拉出，渐渐拉成中景、远景；夏季里道班房最美时的情形，门前开着花，窗前开着花，窗台上还摆着一罐头瓶花。而木板墙体上的图案，那由孩子们绘上去的图案，色彩显得格外亮丽。

　　谭克俭的英国妻子："如果我说我肯看这样的电影，能算在亿分之一的中国人里吗？"

　　没有人回答她的话。

　　幕上出现了一行字：

　　　　为了忘却的纪念

　　不知谁的手机响了——在一阵特摇滚的彩铃声中，幕上出现了"完"字。校园里，有更多的孩子们在打闹着了……

（选自 2011 年梁晓声著《回家——梁晓声最新小说集》）